Als die zwölfjährige Agga am Ostermorgen zum ersten Mal in die tiefblauen, eiskalten Augen ihrer Tante Freyja blickt, die als Witwe aus Amerika zurückgekommen ist, ahnt sie nichts Gutes. Und sie soll recht behalten. Auf einmal ist in dem kleinen isländischen Fischerdorf nichts mehr wie vorher: Die Frau mit den rotbemalten Lippen und mit der Figur einer Coca Cola-Flasche bringt nicht nur die Frauen des Ortes gehörig durcheinander, sondern darüber hinaus liegen ihr auch bald fast alle Männer zu Füssen. Agga beobachtet ihre Tante, sie spioniert ihr nach und erfährt Dinge, die sie besser nicht gehört und gesehen hätte. Warum nur unternimmt die Tante diese stundenlangen nächtlichen Wanderungen? Und warum passieren ausgerechnet dann immer so merkwürdige Dinge, die den ein oder anderen sogar das Leben kosten? Ist sie etwa ein Trollweib, das auf Rache sinnt? Oder ist es nur Aggas blühende Phantasie, die aus der Tante eine Mörderin machen will?

Das Leben im Dorf wird für Agga immer verworrener und mysteriöser, alles verändert sich, und es sind nicht nur der Abschied von der Kindheit und die Schwierigkeiten mit dem Frauwerden, die ihrem Leben eine andere Richtung geben.

Kristín Marja Baldursdóttir hat vor einer faszinierenden isländischen Kulisse einen wunderbaren Roman geschrieben, der uns mit den Augen der respektlosen Agga die Welt der Erwachsenen in einem ganz anderen Licht zeigt.

Kristín Marja Baldursdóttir wurde 1949 in Island geboren. Sie ist eine bekannte Journalistin bei der isländischen Tageszeitung *Morgunbladid*. Ihr neuer Roman ›Kühl graut der Morgen‹ ist im Krüger Verlag erschienen.

Unsere Adresse im Internet: www.fischer-tb.de

Kristín Marja Baldursdóttir

Möwengelächter

Roman

Aus dem Isländischen von
Coletta Bürling und Renate Einarsson

Fischer Taschenbuch Verlag

Veröffentlicht im Fischer Taschenbuch Verlag GmbH,
einem Unternehmen der S. Fischer Verlag GmbH,
Frankfurt am Main, Dezember 2002

Lizenzausgabe mit freundlicher Genehmigung
des Krüger Verlags, Frankfurt am Main
Die isländische Originalausgabe erschien 1995
unter dem Titel ›Mávahlátur‹
im Verlag Mál og Menning, Reykjavík

Druck und Bindung: Clausen & Bosse, Leck
Printed in Germany
ISBN 3-596-15422-7

Möwengelächter

Die Dame aus Amerika

Am Ostermorgen, als Agga mit der Aprilsonne im Nacken auf dem alten Steinpier stand und die Flundern im seichten Wasser am Ufer mit Steinen zu treffen versuchte, bekam sie dieses merkwürdige Prickeln im Bauch, das die Erwachsenen bekommen, wenn sie verliebt sind oder irgendein fürchterliches Gebräu getrunken haben. Allerdings hatte sie weder das eine noch das andere ausprobiert, und deshalb glaubte sie, das Gefühl sei ein Vorzeichen großer Ereignisse, denn genauso ging es Kidda in der Kellerwohnung immer, wenn Orkane oder Vulkanausbrüche im Anzug waren, und außerdem konnte diese plötzlich und unvermittelt Lemurengeruch wittern, was unweigerlich den Tod ankündigte. Agga schnupperte, konnte aber nichts anderes riechen als den penetranten Geruch von Seetang.

Gelbe Strahlen erleuchteten die glatte, graue Meeresoberfläche im Hafenbecken, und im Ort herrschte Grabesstille. Nur der Rauch aus den Häusern, die zum Teil halb versteckt in den Lavamulden kauerten, deutete darauf hin, dass manche bereits auf den Beinen waren. Die Uhr am Kirchturm zeigte gut zehn, und bald würden sich die Männer mit Schlägermützen und in abgewetzten Sonntagsanzügen am Hafen einfinden und mit den Händen in den Hosentaschen die alte Leier über mageren Fischfang, Reaktionäre und die verdammten Kommunisten anstimmen.

Die Möwen am Ufer kreischten laut an diesem Auferstehungstag des Gottessohnes, und Aggas Magen rumorte, als hätte sich dort ein Poltergeist eingenistet. Dass die Übelkeit von dem riesigen Schokoladenosterei herrühren könnte, das sie sich noch vor Sonnenaufgang einverleibt hatte, kam ihr nicht in den Sinn, sie glaubte eher an das Vorzeichen, spürte aber das Bedürfnis, aufzustoßen oder sich über einen Küchenhocker zu legen, um sich von Blähungen und Bauchschmerzen zu befreien. Sie trottete den alten Steinpier wieder zurück, über die Brücke, die über den Bach führte, und hielt sich bis nach Hause den Bauch. Unterwegs hörte sie aus einiger Entfernung das Klappern von hochhackigen Schuhen, war aber zu sehr mit ihren Bauchschmerzen beschäftigt, um es zu beachten. Es war ihr so egal, dass sie sich nicht einmal umdrehte, um zu sehen, wer schon so früh am Ostersonntag unterwegs war. Sie war bereits zu Hause am Gartentor angelangt, als ihr bewusst wurde, dass die Frau ihr die ganze Zeit auf den Fersen gewesen war. Da endlich drehte sie sich um.

Als sie in eisblaue Augen blickte, erinnerte sie sich undeutlich an ein Foto und an die Beschreibung einer Frau, von der Kidda und Großmutter gesprochen hatten. Einer Frau, die angeblich eine Figur wie eine Coca-Cola-Flasche hatte, eine Haut wie Alabaster und Augen wie Diamanten, dunkles Haar und Lippen wie Schneewittchen. Eine Offenbarung, hatten sie gesagt. Die Frau, die dort mit halb geschlossenen Augen vor ihr stand, das aufgesteckte Haar unter dem Hut verborgen, gertenschlank und langbeinig, konnte deswegen durchaus eine Offenbarung sein.

Agga hing wie ein Äffchen am Gartentor, die beiden musterten sich gegenseitig, und schließlich fragte Agga pfiffig: »Bist du die aus Ämärrika?«

»Ich bin Freyja«, sagte die Frau leise aus zierlichem Mund.

Agga schluckte, und die Frau fragte, ob sie das Tor öffnen wolle oder ob sie darüberklettern müsste. Agga öffnete, indem sie sich mit einem Bein abstieß, und die Frau stöckelte mit einem kleinen, kantigen Koffer in der Hand auf ihren hohen Absätzen durchs Tor. Mitten auf den Stufen zum Haus drehte sie sich um und fragte: »Ist Júlíana zu Hause?«

»Die Oma? Die ist da, die Oma, jetzt«, antwortete Agga und hatte Schwierigkeiten mit dem Satzbau.

Sie eilte hinter der Frau her und kam gerade noch rechtzeitig, um die erstaunte Miene ihrer Großmutter zu sehen, als sie diese hoch gewachsene Frau vor der Tür stehen sah, die Großmutter höflich grüßte und merkwürdig lispelnd fragte, ob sie sich nicht an sie erinnern könnte. Großmutter legte den Kopf schief, lächelte geradezu schüchtern und fragte zurück, ob sie nicht die kleine Nichte sei, die nach Amerika gegangen war? Die Frau, die mehr als einen Kopf größer war als Großmutter und kaum als klein bezeichnet werden konnte, lächelte erleichtert und sagte, genau die wäre sie. Ob sie vielleicht hereinkommen dürfte?

Den Frauen des Hauses war nicht entgangen, dass Besuch gekommen war. Großvaters Schwester Kidda tauchte aus der Kellerwohnung auf, und seine Töchter, beide im Nachthemd, kamen von der Mansarde herunter. Alle starrten sie die Frau an, bis Großmutter barsch fragte, ob sie nicht ihre Cousine begrüßen wollten. Sie reichten ihr schweigend die Hand und knicksten. Dann standen sie im Korridor und machten Stielaugen, als hätten sie nie zuvor eine elegante Dame gesehen. Großmutter legte wieder den Kopf schief und fragte, ob man ihr nicht einen Schluck Kaffee anbieten könne. Die Frau lächelte dankbar, folgte ihr in die Küche, und die anderen liefen im Gänsemarsch hinterher.

Sie scharten sich um die amerikanische Offenbarung herum, die sich in die Ecke setzte und die langen Beine übereinander schlug. Großmutter setzte den Kessel auf, und indem sie sich wie in einem Selbstgespräch die Geschichte des Mädchens in Erinnerung rief, das Ende des Krieges nach Amerika gegangen und jetzt nach sieben Jahren zu Besuch gekommen war, fragte sie, ob Freyja Durst hätte oder Hunger, ob man im Flugzeug etwas serviert bekäme oder ob sie vielleicht mit dem Schiff gekommen sei? Ob ihr Mann mitgekommen oder zu Hause geblieben sei, und ist er immer noch Offizier?

»Er ist tot«, antwortete die Dame, ohne zu zögern.

Die Frauen sahen sich betreten an, Kidda zog ihre Pfeife aus der Kittelschürze, und Dódó und Ninna kratzten sich unter ihren Nachthemden.

Während die Dame in ihrem Handkoffer nach einem Taschentuch suchte, offenbarte sich sein Inhalt. Die Frauen hielten die Luft an und bekamen glänzende Augen.

»Jemine«, sagte Agga.

Die Sonne, die über dem Felsenhügel hing, schickte ihre Morgenstrahlen in das Küchenfenster, sodass die Parfümfläschchen und vergoldeten Cremedöschen wie Gold in einer Schatzkiste glänzten. Madame lächelte, als sie die Neugierde der Frauen bemerkte, denen das Schicksal des Offiziers im Augenblick gleichgültig geworden war, und stellte ein Fläschchen und Döschen nach dem anderen auf den Tisch. Duftende Cremes und Parfüms, Lippenstifte, diverse Sorten Nagellack, Rouge, Lidschatten, Puder und Puderquasten.

»Rita Hayworth benutzt diese Duftnote«, sagte sie und zeigte ihnen einen Flakon. Nicht eine Sekunde zweifelten sie an ihren Worten. Dódó, die Schönheit aus Döschen verehrte, schraubte ein Nagellackfläschchen auf und zog sich genussvoll einen feuerroten Streifen über einen Fingernagel. Ninna, Agga, Großmutter und Kidda sahen sich an, grinsten und mokierten sich. Griffen dann nach den Döschen, öffneten eins nach dem anderen und schnupperten und schnüffelten. Sie drückten am Zerstäuber der Parfümflakons, sprühten sich etwas hinters Ohr und in die Achselhöhlen, und der exotische Duft der großen weiten Welt verjagte den Fettmief von gekochtem Hammelfleisch mit Rüben und stellte bessere Zeiten in Aussicht.

Schließlich erinnerten sie sich aber wieder an den Offizier und fragten, was ihm zugestoßen sei. Die Dame blickte zu Boden und sagte, dass er vor zwei Monaten gestorben sei. Er hätte eines schönen Tages, als sie gerade den Eisschrank abtaute, einen Herzschlag bekommen. Weiter kam sie nicht, denn alle riefen im Chor: »Hattest du einen Eisschrank!?«

Nachdem sie sich ein wenig ins Spitzentaschentuch geschnäuzt hatte, erzählte sie unter Seufzern von der Beerdigung, den schwierigen Verwandten, ihrer Einsamkeit und schließlich von ihrem Entschluss, nach Hause zurückzukehren. Sie hätte das Haus verkauft, das Auto und den Eisschrank, die Spielschulden des Offiziers bezahlt und hätte jetzt noch ein kleines Sümmchen und ein bisschen Garderobe. Alle blickten wie auf Kommando auf den kleinen Handkoffer und schwiegen.

Wenn Großmutter sich abends aus ihrem Korsett schälte, erzählte sie Agga manchmal von ihrer Verwandtschaft. Ein Satz hier, ein Satz da, während die Ösen sich von ihren Haken lösten. Oma und Freyjas Mutter waren zusammen aufgewachsen. Freyja war ihr einziges Kind, und da sie nicht verheiratet gewesen war, hatte sie sich stets geweigert, den Namen des Vaters preiszugeben. Nicht einmal Oma wollte sie ihn verraten, obwohl sie so gut wie Schwestern waren, aber Großmutter hatte ihre Vermutungen über die Vaterschaft und ließ sich darin nicht beirren. Ein bestimmter Seemann aus dem Westen war seinerzeit ins Städtchen gekommen und wieder fortgegangen, wohin, wusste man nicht. Ob Freyja wusste, wer ihr Vater war, konnte Oma nicht sagen. Und dann war der uniformierte Bill mit der amerikanischen Armee gekommen, hatte die damals siebzehnjährige Freyja erblickt und war dieser Blume erlegen, die gerade dabei war, ihre Knospen zu öffnen. Nach langem Überreden stimmte sie zu, mit ihm nach Amerika zu gehen. Ihre Mutter konnte wenig dagegen tun, denn das Mädchen war im heiratsfähigen Alter und der Mann finanziell in sicherer Position, aber so sehr hatte sie sich den Verlust der Tochter zu Herzen genommen, dass sie eine Krankheit nach der anderen bekam und am Ende an einer Lungenentzündung starb.

An dieser Stelle der Geschichte angelangt, konnte Großmutter nie weitererzählen, sie atmete nur mehrmals tief durch, legte sich dann ins Bett und drehte sich zur Wand, ohne gute Nacht oder dergleichen zu sagen. Dieser Rückblick erinnerte sie immer an andere Ereignisse. Großmutter hatte nämlich nicht nur ihre Ziehschwester verloren, sondern auch eine Tochter, die in der Blüte ihres Lebens an Tuberkulose starb und die die nur einen Monat alte Agga hinterließ. Aggas Vater starb kurze Zeit später an derselben Krankheit, sodass sie wenig von ihren Eltern gehabt hatte und bei den Großeltern aufwuchs. Aber sie hatte ein gutes Foto von ihnen. Über ihre Tochter war Großmutter nicht bereit zu sprechen, egal wie sehr Agga auch bat und bettelte. Es war einfach zu viel für sie.

Aber jetzt ging es um diese Frau aus Amerika, die behauptete, nach Hause gekommen zu sein, aber nirgendwo zu Hause war.

»Wo willst du denn jetzt wohnen?«, fragte Agga.

Die Frau nahm ihren Hut ab, strich sich übers Kostüm und sagte, sie wüsste es einfach noch nicht. Irgendwo würde sie ja wohl eine kleine Wohnung mieten können.

»Wohnung?«, sagte Oma. »Das kannst du dir aus dem Kopf schlagen, hier in diesem Ort findest du keine Wohnung. Hier ist die Wohnungsnot so groß, dass die Leute sich oft zu mehreren ein Bett teilen müssen.«

Die Frau runzelte die Stirn. »In irgendeiner Pension werde ich ja wohl noch unterkommen können.«

»Pension!«, tönte der Chor. »Weißt du, was das kostet?«

Hier schien sich augenscheinlich ein großes Problem anzubahnen, und die Frauen blickten sich mit tief besorgter Miene an. Großmutter verschränkte die Arme unter dem Busen, der sich dadurch etwas anhob.

»Wenn du willst, kannst du hier schlafen, bis du was gefunden hast«, sagte sie zögernd. Die Frauen nickten zustimmend, doch Agga lief es kalt über den Rücken.

Die Frau gefiel ihr nicht. Sie war anders. Sie war zu fein, und sie strömte Kälte aus. Sie sprach zwar mit weicher Stimme, doch ihre Augen waren kalt wie Gletschereis.

Und wo gedachte sie zu schlafen? In diesem Haus hatte jeder sein Plätzchen, und es war eigentlich ein Unding, noch jemanden für längere Zeit unterzubringen. Sie schliefen alle oben unterm Dach, die Schwestern in den Kammern am Nord- und Südgiebel, und die Großeltern im Mansardenzimmer an der Westseite, von wo aus man am besten die einlaufenden Schiffe beobachten konnte. Während Großvater auf

See war, schlief Agga in seinem Bett, ansonsten auf der Liege bei Ninna. Und wohin sollte sie dann gehen, wenn die Frau ihre Liege bekommen sollte?

»Wo soll sie denn schlafen?«, fragte Agga.

Diese Frage hatten die Anwesenden sich offensichtlich im Stillen auch schon gestellt, denn sie reagierten prompt. Da die Schwestern ungewöhnlich gut aufgelegt waren an diesem Ostersonntagmorgen, gepudert und geschminkt und mit dem Duft der großen weiten Welt hinter den Ohren, diskutierten sie in großer Eintracht darüber, wo die Cousine unterzubringen sei, und Dódó meinte, es sei das Beste, sie in der Kammer ihres Vaters, die vom Wohnzimmer abging, einzuquartieren.

Die Frau runzelte wieder die Stirn und blickte zu Boden. Großmutter sah auf die Salzdose über dem Herd und sagte: »Freyja ist eine Dame, und deshalb schläft sie allein in der Nordkammer. Dódó nimmt ihr Zeug und geht auf die Liege zu Ninna und damit basta.«

Wo Agga schlafen sollte, wenn Großvater wieder an Land käme, wurde nicht mehr besprochen. Die Schwestern stapften übertrieben schwerfällig nach oben, Kidda ging nach unten in den Keller und Freyja ins Wohnzimmer. Sie stand da und starrte aufs Meer hinaus. Agga blieb in der Küche sitzen und blickte mit böser Miene auf ihre Großmutter, die ihr den Rükken zuwandte und Kartoffeln aufsetzte.

»Oma«, sagte sie mit Nachdruck. »Wo soll ich denn schlafen, wenn Opa nach Hause kommt?«

»Dann schläfst du auf der Liege drinnen bei deiner Tante Freyja.«

»Auf der Liege? Ich? Ich will aber nicht auf der Liege schlafen und auch nicht drinnen bei ihr, sie ist keine Spur mit mir verwandt. Ich will sie nicht im Haus haben.«

»Sei still, Agga«, zischte Großmutter leise. »Du schläfst auf der Liege.«

Die Rückansicht ihrer Großmutter blieb unerbittlich.

»Omilein«, flüsterte Agga und schmiegte sich an sie. »Weißt du was, ich finde, das ist eine böse Frau, hast du ihre Augen gesehen? Die wollen wir doch nicht bei uns im Haus haben.«

»Unerhört, wie du dich benimmst, Kind«, sagte Oma und verzog das Gesicht. »Lass das bloß niemand hören. Hier in diesem Haus sind Gäste immer gut empfangen worden, egal, woher sie kommen, wohin sie gehen und was für Augen sie haben, hörst du. Pfui, du solltest dich schämen, marsch, nach oben.«

Als sie sich an diesem Ostersonntag zu Tisch setzten, um sich an einer kräftigen Suppe mit Lammfleisch zu laben, die wegen der Misswirtschaft der Konservativen, wie Großvater behauptete und Oma weiszumachen versuchte, schon seit ewigen Zeiten nicht mehr auf dem Tisch gestanden hatte, stellte sich heraus, dass die Dame aus Amerika nicht den geringsten Appetit hatte. In einem Land, wo man Milch oder Margarine, Kleider oder Schuhe nur auf Marken kaufen konnte, war man nicht wählerisch mit dem Essen, schon gar nicht, wenn es sich um isländisches Lammfleisch handelte. Nervös blickten die Frauen sich an und hatten zunächst den Verdacht, Freyja sei eingeschnappt wegen der Diskussion über ihre Unterbringung am Vormittag, doch das schien nicht der Grund zu sein, denn sie sagte, sie würde einfach kein Lammfleisch essen.

Agga war sprachlos. Als Großmutter die Marken im Guttemplerhaus abgeholt hatte, hatte sie gehört, dass in der Karwoche Lammfleisch in die Geschäfte kommen sollte. Herzlich wenig zwar, aber wenn alle Fleisch- und Wurstwaren vom

Markt verschwunden sind, begnügt man sich mit jeder Kleinigkeit. Oma hatte den ganzen Sonnabend vor dem Laden Schlange gestanden. Deshalb wurde Agga wütend, als die Tante sich als wählerisch entpuppte, und sie fragte so frech wie möglich, ob Frau Freyja wüsste, wie lange Großmutter und sie vor Ostern Schlange gestanden hätten, nur um ein paar Bissen Lammfleisch zu ergattern? Ob sie das wüsste?

Freyja blickte zu Boden und spitzte die Lippen.

»Was für Fleisch isst du denn?«, fragte Großmutter und hielt den Atem an.

»Ich esse überhaupt kein Fleisch«, antwortete Freyja. Alle waren sprachlos und starrten sie an, als ob sie einer exotischen Vogelart angehörte.

»Was isst du denn dann, wenn man fragen darf?«, fragte Großmutter verunsichert.

Freyja sagte, sie äße alles, nur kein Fleisch, und von Milch sei sie auch nicht gerade begeistert, aber Fleischsuppe fände sie gut, wenn nur kein Fleisch drin wäre. Auch Toastbrot würde sie gern essen, und die hauchdünnen isländischen Pfannkuchen seien das Beste, was sie bekommen könnte, die hätte sie sieben Jahre lang entbehren müssen. Großmutter, die immer Pfannkuchen backte, wenn Großvater an Land kam, erholte sich ein wenig, als sie das hörte, und sagte, sie würde ein paar zum Nachmittagskaffee backen, auch wenn Lúther nicht erwartet werde. Aber andererseits blieb es ihr völlig unbegreiflich, wie man sich einfallen lassen konnte, kein Fleisch zu essen. Das müsste doch Auswirkungen auf den Körper haben. Dann durften sie die Körpergröße der Frau messen, und da bekamen sie die Bestätigung. Ausgewachsen war sie einszweiundsiebzig groß, zehn Zentimeter größer als Ninna und Dódó und zwanzig Zentimeter größer als Agga und Oma. Aber sie behauptete, nicht mehr als zweiundfünfzig Kilo zu wiegen, und als sie ihr ein Maßband umlegten, kreischten alle vor Erstaunen, denn die Frau maß um die Taille gerade etwas mehr als einen halben Meter. Enges Becken und kein Bauch, aber ein gut entwickelter Busen. Das einzige Fleisch an ihr, sagte Großmutter.

Wo sie nun schon einmal dabei waren, sie zu inspizieren, wollte Dódó wissen, welche Länge das Haar in ihrem Knoten hätte, und als sie eine Haarnadel nach der anderen löste und die Locken schwer, braun und glänzend am ganzen Körper hinabwallten, waren alle völlig sprachlos, setzten sich nieder und zogen hörbar die Luft durch die Nase ein. Die Haare reichten ihr bis über die Hüften, lang und dicht genug, um gegebenenfalls die Blöße der Frau zu verhüllen. Obwohl Agga gerade erst ihr zwölftes Lebensjahr angetreten hatte, begriff sie, dass die Frau trotz ihrer Augen wirklich eine Offenbarung war, und die Frauen waren augenscheinlich der gleichen Meinung, denn sie starrten sie an, als wäre sie die Mutter Gottes.

Während Großmutter Pfannkuchen backte, brachte ein Taxi Gepäck und Besitz der Frau, insgesamt sieben Koffer, die alle ins Wohnzimmer befördert wurden.

Freyja empfand es offenbar als eine Selbstverständlichkeit, dass sieben Koffer auf einmal auf den Wohnzimmerteppich gestellt wurden, aber für die Hausbewohner der Sonnenstraße war es ein Ereignis, das nachhaltigen Eindruck hinterließ. Als die Dame die Koffer öffnete, verschlug es den Frauen die Sprache, denn so etwas hatten sie ihr Lebtag noch nicht gesehen. Zum Vorschein kamen Abendkleider aus Tüll, Seide, Organdy und Musselin, Nachmittagskleider aus Wolle, Seide und Baumwolle, lange Hosen, karierte und gestreifte, Westen und Blusen, plissierte Röcke und wattierte, Strickjacken und Pullover, Trenchcoats, Wolljacken, Wollmäntel, Regenmäntel und ein dreiviertellanger Pelz, unzählige Paar Schuhe, Nachthemden aus Seide und Baumwolle, Hüftgürtel und Büstenhalter für jeden Tag der Woche, zig Paar Schlüpfer und Nylonstrümpfe in vielen noch ungeöffneten Verpackungen. Außerdem verschiedene Accessoires wie Handschuhe, Kragen, Haarbänder, Tücher, Schals, Hüte, Mützen, Strumpfhalter und Gürtel.

Sah man einmal von den Spielschulden des Offiziers ab, so war es klar, dass diese Frau in Amerika eine Dame gewesen war. Agga beschlich der Gedanke, dass in ihrem Haus wohl nicht nur ein Eisschrank gestanden hatte.

Die angebliche Tante packte alles mit größter Bescheidenheit aus und verzog ab und zu den Mund, wenn sie das eine oder andere Stück hochnahm, als versuchte sie, sich daran zu erinnern, ob sie es schon einmal getragen hatte oder nicht. Zwischendurch blickte sie auf die Frauen, um festzustellen, ob sie weitermachen sollte, aber die waren wie vom Schlag gerührt ob der ganzen Herrlichkeit und jeder Reaktion unfähig, standen sie nur starr und unbeweglich da wie Trauernde um einen Sarg.

»Damit kannst du ja einen Laden aufmachen«, sagte Großmutter, und Freyja meinte, das wäre gar keine so schlechte Idee. Als sie endlich ihre Sprache wieder gefunden hatten, redeten alle auf einmal, ließen die Sachen von einem zum anderen gehen, begutachteten die Stoffe und die Verarbeitung, hielten sich Kleider an und versuchten schließlich, sich hineinzuzwängen. Eigentlich passten die Sachen nur Dódó, denn Kidda war zu dürr und Oma und Ninna zu dick. Aber kleinere Artikel wie Strümpfe, Halstücher, Hüte und Handschuhe,

Unterwäsche, Nachthemden und Hausschuhe konnten alle gebrauchen.

Oft hatte Großvater dies und jenes von seinen Seefahrten mitgebracht, worüber die Frauen sich freuten, wie Schränkchen und Stühle, ein Kaffeeservice, Kekse und Curry in Dosen und Puppen, die Mama sagen konnten, aber noch nie hatte eine solche Begeisterung im Haus an der Sonnenstraße geherrscht. Eine Art von erhabener Heiterkeit lag in der Luft, Gesichter strahlten, Falten glätteten und Busen hoben sich, und die Atemzüge aller wurden kurz und schnell. Das Gepäck enthielt auch noch andere Sachen wie Klöppelarbeiten, seidene Bettwäsche und bestickte Tischtücher, und in einem der Koffer verbarg sich der herrlichste Luxus der Welt: Konfekt, Kaugummi, Karamellen, Schokolade und eine verschnörkelte Likörflasche. Die Frauen sahen sich viel sagend an, als sie die Flasche sahen, und lachten verlegen.

»Was, du hast Alkohol mitgebracht, Mädel?«, kreischte Kidda und hielt sich die Hand vor den zahnlosen Mund.

»Ich weiß ja nicht, was Lúther dazu sagen würde«, meinte Großmutter und verschränkte die Arme unter dem Busen. »In diesem Haus hat es noch nie Alkohol gegeben, und Betrunkene noch viel weniger.«

Dódó, deren Selbstbewusstsein sich mit den Kleidern erheblich gesteigert hatte, meinte, er würde sich da unten in England wohl kaum dazu äußern können.

»Im Film trinken feine Damen Likör zu Kaffee und Kuchen«, sagte Ninna, die alles über das öffentliche Leben von Hollywoodstars wusste. Das war aber auch das Einzige, was sie wirklich wusste, denn Gott hatte vergessen, ihr normalen Verstand zu geben, wie Oma einmal gesagt hatte. Sie konnte aber wenigstens so viel lesen, um sich durch den Klatsch über

Filmstars, den die Wochenzeitschriften brachten, hindurchzubuchstabieren, und das schien ihr zu genügen.

»Soviel ich weiß, genehmigt die Frau des Präfekten sich ab und zu einen Sherry zum Kaffee«, sagte Kidda und wies mit einer Kopfbewegung in Richtung Wohnhaus der Genannten.

Oma warf gedankenverloren ein, dass es eigentlich keine große Arbeit sei, Marmelade auf die Pfannkuchen zu geben, als wäre das Kaffeegebäck das Wichtigste von allem. Alle waren derselben Meinung und beschlossen, den Esszimmertisch mit der bestickten Decke und dem königlichen Porzellan zu decken, das Großvater von einer seiner Fahrten mitgebracht hatte.

Da warf Freyja Oma einen bittenden Blick zu und fragte lispelnd, ob es ihr recht wäre, wenn ihre Freundin Dísa auch zum Kaffee käme? Oma hatte nichts dagegen und schickte Agga, sie zu holen.

Kurz nach Mittag begann es zu nieseln, am späten Nachmittag blies der Wind aus Süden und es regnete, und deshalb waren die Straßen menschenleer, nirgendwo Kinder, die Hinkepinke, Fußball oder Räuber und Gendarm spielten. Außerdem war Feiertag, und gesetzlich vorgeschriebene Langeweile lastete über dem Ort.

Das einstöckige, mit Wellblech verkleidete Holzhaus, in dem Dísa wohnte, hielt nur noch aus reinem Trotz Wind und Wetter stand, und als Agga kam, saß Dísa tränenüberströmt am Fenster. Die Söhne im Alter von sechs und sieben Jahren rangelten sich vor ihr auf dem Fußboden, aber sie achtete überhaupt nicht darauf, sondern starrte nur auf die nassen Fensterbänke. Der Ehemann war nirgends zu sehen, was Agga nicht unerwartet kam, denn sie hatte gehört, dass irgendwas los sei mit Gudmund, der Mundi genannt wurde. Sie hatte Dísa schon oft mit roten Augen und Laufmaschen in den Strümpfen im Milchladen gesehen, obwohl sie doch eine Strumpfmaschine besaß.

Es dauerte eine Weile, Dísa begreiflich zu machen, wer gekommen war, aber als endlich der Groschen gefallen war, machte sie sich ein wenig zurecht und ging dann mit, die Jungen sich selbst überlassend. Agga konnte kaum mithalten, als Dísa die Straße entlangstürmte, das Gesicht dem Nieselregen zugekehrt und den Mantel, der schon zweimal gewendet war, fest an sich ziehend. Die gespannte Erwartung in ihrem Gesicht war nicht zu übersehen, es war, als ob der Messias, auf den sie schon so lange gewartet hatte, endlich erschienen wäre. Je mehr sie sich dem Haus in der Sonnenstraße näherten, desto schneller lief sie. Die letzten Meter rannte sie, und die Treppen nahm sie in drei Sätzen. Freyja riss die Tür von innen auf, und die beiden fielen sich in die Arme. Flüsterten sich etwas in die Ohren und küssten sich, sodass Agga sich angewidert wegdrehte.

Als Dísa die Kleider sah, die wie Treibgut in der ganzen Stube herumlagen, kreischte sie und appellierte an Gott und alle Heiligen und brachte damit die anderen erneut in Aufruhr. Jetzt reichte es der Katze, sie machte einen Satz durchs Küchenfenster und ließ sich ganze vier Tage lang nicht mehr blicken. Die Frau aus Amerika verteilte Kleidungsstücke, als wäre sie vom Roten Kreuz. Die Freundin bekam Kleider und tolle Sachen und war außer sich vor Dankbarkeit. Agga ließ das Ganze ungerührt, doch achtete sie darauf, sich nicht allzu weit von den Konfektschachteln zu entfernen.

Schließlich und endlich setzten sich alle an den gedeckten Tisch. Sie waren sechs zuzüglich Agga, die noch nicht zu den weiblichen Wesen gezählt wurde, und alle setzten eine feierliche Miene auf, als Großmutter den Kaffee einschenkte und alle aufforderte zuzugreifen. Freyja goss Likör in kleine Schnapsgläser, und alle setzten sich kerzengerade, legten die linke Hand unter den Tisch und versuchten, nicht zu schlürfen oder zu schmatzen. Die Pfannkuchen wurden immer weniger und ebenso der Likör in der Flasche, denn die Frauen fanden diese Kombination wunderbar.

»In dänischen Haushalten sind alle Vorratskammern voll von Fruchtweinen und Marmelade«, sagte Großmutter, die vor der Wirtschaftskrise bei einer feinen dänischen Dame in Reykjavík gearbeitet hatte und es jetzt an der Zeit fand, die Anwesenden darüber zu belehren, wie ein ordentlicher Haushalt geführt wird. Und plötzlich hatten die Frauen viel Interessantes zu erzählen, alle redeten um die Wette und hörten nicht, was ihre Tischnachbarinnen sagten. Da niemand Lust hatte, Agga zuzuhören, griff sie, wenn die Anwesenden wegschauten oder nach vorn gegangen waren, verstohlen zu dem einen oder anderen Glas und fand, dass der Inhalt eher etwas für Kinder als für Erwachsene wäre, so zuckersüß, wie er war.

Gegen Abend waren die jungen Frauen ausgelassen und lustig. Ihre Augen glänzten, sie redeten und lachten ohne jeden Grund und waren so lieb und gut, dass Agga ganz gerührt war. Dódó holte ihr Grammophon herunter und legte beschwingte Tanzmusik auf. Oma und Kidda hatten sich in Großvaters Kämmerlein zurückgezogen, und Agga glaubte zu hören, dass sie sich über Geister unterhielten und Männer, die ihre Familien schlecht ernährten. Oma schien ganz und gar vergessen zu haben, dass Ostersonntag war, wo niemand laut sein oder gar tanzen durfte, ganz zu schweigen vom Alkohol. Allerdings hatte Agga Schwierigkeiten, dem Wortlaut zu folgen, denn sie wurde plötzlich von einer unglaublichen Schläfrigkeit erfasst, legte sich drinnen bei den Tänzerinnen aufs Sofa und schlummerte ein Weilchen ein.

Als sie wieder zu sich kam, bemerkte sie, dass die Gesellschaft dabei war, sich aufzulösen, denn Dísas Jungen standen heulend vor der Tür und verlangten nach ihrer Mutter. Sie meinte zu hören, dass die Freundinnen sich lachend und kichernd verabschiedeten, und das am Ostersonntag. Agga hätte nicht sagen können, wie spät es war, als Großmutter sie endlich ins Bett schickte. Und ohne sich gewaschen oder das Vaterunser gebetet zu haben, schlief sie in Großvaters Bett ein.

Ein Haus voller Frauen

Agga fand es merkwürdig, morgens mit dieser neuen Frau im Haus aufzuwachen.

Der Duft ihrer Kleider und Schönheitsmixturen erfüllte die Sinne und übertrumpfte den allgegenwärtigen Geruch von Bohnerwachs. Allerdings war sie sich aber nicht sicher, was ihr lieber war.

Nach den Osterfeiertagen wurde sie mit Kanne und Geldbörse in den Milchladen und ins Fischgeschäft geschickt. Die Schwestern waren frühmorgens zur Arbeit gegangen, Dódó in die Bäckerei und Ninna ins Altersheim, und auch bei Kidda, die im Kühlhaus arbeitete, hatte die Arbeit nach dem Trawlerstreik wieder begonnen.

Tauwetter hing über dem Dorf, es war weder Winter noch Frühling, und der Rauch aus den Schornsteinen kräuselte sich kraftlos zum Himmel. Es war bewölkt und grau. Unter der Brücke rauschte der Bach, und die Enten auf dem Teich scharten sich um eine Gruppe von Kindern, die sie mit altem Brot fütterten und keine Ahnung davon hatten, dass eine Frau in den Ort gekommen war, die kein Fleisch aß. Aber Agga war entschlossen, ihrem Freund, dem Wachtmeister Magnús, von der Frau zu erzählen, die gerade aus Amerika gekommen war, kein Fleisch aß, sieben Koffer voller Kleider mitgebracht hatte und kälter war als eine Leiche. Auf dem Heimweg huschte sie schnell zur Polizeiwache.

Die Wachstube lag zur Straße hin, doch die untere Hälfte der Scheibe war dunkel gefärbt, sodass man nicht sehen konnte, wer gerade Dienst hatte und am Schreibtisch saß. Als sie eintrat, war Oberwachtmeister Thórdur, höchster Befehlshaber der örtlichen Polizei, im Begriff, sich von seinem Stuhl zu erheben; Magnús saß ihm gegenüber und schrieb Protokolle. Sie wagte nicht, Thórdur anzuschauen, der an ihr vorbeistiefelte. Sie hatte Angst vor diesem Koloss mit dem bohrenden Blick, doch Magnús sah auf und sagte wie gewöhnlich, wenn er sie erblickte: »Sieh mal an, wen haben wir denn da, unser kleines Aggalein.«

Sie stellte die Milchkanne und das Einkaufsnetz mit dem Fisch unsanft auf die Bank, auf der sonst die Ganoven saßen, wenn sie verhört wurden, und trat eilig an seinen Tisch. Sie baute sich so dicht wie möglich vor ihm auf, aber anstatt ihn wie gewöhnlich erwartungsvoll anzulächeln, sprudelte es aus ihr heraus: »Die Frau aus Ämärrika, die Freyja, ist bei uns eingezogen mit sieben Koffern voller Ballkleider.«

Magnús legte den Füllhalter links neben den Bericht, das Löschpapier rechts, fuhr sich mit der linken Hand durch sein volles, dunkelbraunes Haar, streckte die rechte zur Fensterbank aus, wo ein kleines Schachbrett stand, und verschob eine Figur. Dann zog er die oberste Schreibtischschublade auf und holte eine verknüllte Bonbontüte heraus.

Agga kannte Magnús gut genug, um zu wissen, dass sie mit dieser Nachricht einen Volltreffer gelandet hatte, und freute sich innerlich wie ein Schneekönig. Magnús wollte immer alles von allen ganz genau wissen, aber jetzt hatte sie ihn überrumpelt, denn das war etwas, womit er nicht gerechnet hatte. Agga kam häufig auf die Wache, wenn Magnús Dienst hatte, um sich von ihm fünfundzwanzig Öre für Schokoladenzigaretten zustecken zu lassen. Außerdem konnte er mit Engelsgeduld ihr Geplapper anhören, und wenn er dann schließlich selbst einmal zu Worte kam, sprach er mit Agga wie mit einer Erwachsenen, und das wusste sie zu schätzen.

Meistens begann ihre Unterhaltung damit, dass er sie fragte, woher sie käme, und wenn sie gerade aus der Schule kam, fragte er sie nach den Lehrerinnen, ob sie gut gelaunt gewesen wären und ob sie gehört hätte, worüber sie sich in den Pausen unterhalten hätten. Magnús hatte ein unglaubliches Interesse an ledigen Frauen. Wenn sie von der Post kam, wollte er wissen, welche Männer dort gewesen wären und worüber sie palavert hätten. Das hatte mit einer anderen Sache zu tun, für die er sich interessierte.

Agga unterrichtete Magnús über alles, was sie sah und hörte und was auch nur im Entferntesten etwas mit den finanziellen Verhältnissen, Bekanntschaften und Affären der Einwohner zu tun haben könnte, und sie durfte im Gegenzug die Angelegenheiten der Penner mitverfolgen, die volltrunken gewesen waren und deswegen einsitzen mussten. Außerdem bekam sie oft das Neueste vom Präfekten, seiner Frau, seinen Kindern und seinem Dienstmädchen zu hören, denn Magnús war der Neffe von dessen Frau und deshalb gut informiert über die Angelegenheiten dieser Familie.

Diese Unterhaltungen fanden meist vormittags statt oder kurz vor dem Abendessen, wenn es ruhig auf der Wache war, und sie konnten sich in die Länge ziehen, wenn Magnús allein war. Es passierte oft, wenn er etwas erzählte, dass Agga sich ganz unbewusst näher an ihn heranschob und dann seinen Geruch aufsog, diesen Duft, den junge und gesunde Männer ausströmen. Manchmal überkam sie dann Lust, an seinem Nacken zu schnuppern und ihre Lippen die straffe Haut berühren zu lassen. Nach solchen Gefühlsausbrüchen schämte sie sich hinterher tagelang in Grund und Boden und wagte weder Gott anzusprechen noch das Vaterunser zu beten. Sie begriff nicht, was in ihr vorging, und außerdem verlor sie sich vor dem Einschlafen auch noch in Phantasien, in denen Magnús entweder in der Rolle ihres Vaters oder ihres Verlobten war. In Bezug auf die Vaterrolle hatte sie keine Gewissensbisse, aber der Gedanke an Magnús in der anderen Rolle genierte sie. Aber dann verging dieses entsetzliche Gefühl, und sie konnte wieder zur Wache gehen und sich fünfundzwanzig Öre für Schokoladenzigaretten holen.

Magnús bot ihr Bonbons an, was er immer tat, wenn er glaubte, sie würde Neuigkeiten in petto haben, die etwas wert waren.

»Frau Freyja, ach ja, war das nicht diese Mollige, die sich während des Krieges mit den Amis herumgetrieben hat?«

»Mollige!«, schrie Agga und meinte, er ticke nicht ganz richtig. »Die ist eine richtige Bohnenstange!«

Magnús streckte sich zur Fensterbank aus, schlug den schwarzen Springer und kniff die Augen zusammen, als hätte er etwas hineinbekommen.

»Und hat sie den Ami mitgebracht?«

»Nee, sein Herz ist kaputtgegangen. Er hat sich so erschrocken oder so was.«

»War der Mann nicht noch verhältnismäßig jung?«

»Doch, ein bisschen älter als Freyja.«

»Wie konnte er dann einen Herzinfarkt kriegen?«

»Was?«

»Haben sie Kinder?«

»Nö.«

»Warum nicht, waren sie nicht schon lange verheiratet?«

»Doch. Freyja hat aber keine Kinder. Aber sie hat unheimlich viel Kleider und hat uns auch einen ganzen Haufen geschenkt.«

»Soso, da seid ihr wohl alle sehr glücklich?«

»Nö, ich will sie überhaupt nicht im Haus haben.«

Er sah sie interessiert an und bot ihr noch ein Bonbon an.

»Diese Frau ist kälter als eine Leiche«, sagte Agga. »Ihre Augen sind eiskalt, die Hände sind eiskalt, sie bewegt ihren Mund fast gar nicht, wenn sie spricht, und dann tut sie so eingebildet. Ich glaube auch, dass sie ganz fürchterlich lügt. Und außerdem hat sie nicht einfach so mir nichts dir nichts am Ostermorgen hereingeschneit zu kommen, wenn noch niemand aufgestanden ist. Mir ist egal, ob ihre Mutter mit meiner Oma zusammen aufgewachsen ist. Das hat überhaupt nichts damit zu tun. Ich bin sicher, dass sie einfach böse ist oder so was.«

Magnús machte einen Zug mit einem schwarzen Bauern. »Jetzt nimmt Klein Agga den Mund aber voll, scheint mir. Und alles wegen einer armen Frau, die zu Besuch aus Amerika kommt und niemand hier hat außer deiner Oma. Hat sie etwas gesagt, was dich beleidigt hat? Musstest du vielleicht dein Zimmer oder dein Bett für sie räumen? Was hat sie denn getan, dass du glaubst, dass sie böse ist?«

Agga guckte auf alles, nur nicht auf Magnús, ließ alle ihre Finger knacken und sagte: »Nichts. Ich spür's eben.«

»Agga«, sagte er tadelnd. »Du bist bald zwölf, wenn ich mich nicht irre, und darfst dich weder von kindlichen Gefühlen irreführen lassen, noch nach Belieben oder nur nach Gespür über Leute urteilen. Wahrscheinlich machst du dir nur etwas vor, hast einfach beschlossen, etwas zu spüren. Zu Gästen muss man höflich sein, besonders zu solchen, die aus dem Ausland kommen. Aber wie dem auch sei, welche Damen haben denn heute im Milchladen bedient, und worüber haben die Frauen getratscht?«

Agga kniff die Lippen zusammen, schüttelte den Kopf, griff nach Milchkanne und Fisch und zog beleidigt ab. Sie hörte das Klimpern von Kleingeld, als er seine Geldbörse öffnete, tat ihm aber nicht den Gefallen zurückzukommen.

Obwohl Aggas Gefühle der neuen Tante gegenüber, wie Großmutter sie nannte, gemischt waren, hielt sie sich in den nächsten Tagen in ihrer Nähe, starrte sie an und beschnupperte sie. Freyja war schweigsam, wollte nur ungern über ihren Aufenthalt im Ausland sprechen und noch weniger Agga Ausländisch beibringen, fragte aber hin und wieder nach den Leuten im Ort und wollte wissen, was man über sie redete. Als Agga erzählte, dass Polizist Magnús gefragt hätte, ob sie nicht diese Mollige wäre, die sich mit den Amis herumgetrieben hätte, wurden die Pupillen von Frau Freyja klein wie Stecknadelköpfe, und Eiseskälte verbreitete sich um sie herum.

Frau Freyja schlief lange, erschien erst gegen zehn Uhr im seidenen Morgenrock in der Küche, bekam von Großmutter Tee und Toast serviert und brauchte dann ewig lange, um sich anzuziehen und zurechtzumachen. Den Frauen im Haus gefiel diese Manier, und sie verfolgten mit Interesse alles, was sie tat, was allerdings nicht viel war. Sobald Dódó mit ihrer Arbeit in der Bäckerei fertig war, beeilte sie sich nach Hause, um sich mit den neuen Schönheitsmitteln zu schminken und zu pudern und die Kleider anzuprobieren, die jetzt sämtliche Kleiderschränke füllten. Ninna aber, die in dieser Hinsicht etwas unterentwickelter war, übernahm sogleich die Strumpfwäsche der Frau. Etwas anderes kam gar nicht infrage. Täglich kam Dísa auf einen Sprung zu Freyja; sie saßen entweder oben bei ihr oder im Wohnzimmer und tuschelten so schändlich leise, dass Agga kaum ein Wort mitbekam. Aus ihrer Haltung und Miene aber hätte man schließen können, dass sie einen Einbruch und groß angelegten Raub planten. Jedes Mal, wenn Agga sich ihnen zu sehr näherte, hörten sie auf zu reden und sahen sie so lange an, bis sie wieder abzog. Das brachte Agga auf die Palme, und sie beschloss, sich in Zukunft nicht von ihnen unterkriegen zu lassen.

Freyja ging wenig außer Haus, nur spät abends machte sie Spaziergänge auf den Felsenhügel hinauf und blieb oft lange fort. Magnús begegnete ihr als erstes männliches Wesen im Ort, und Agga amüsierte sich köstlich über seine Miene, als er sie erblickte, obwohl Umstände und Anlass dieser Begegnung ansonsten nicht sehr erfreulich waren.

Als der Winter vorbei war und Straßen voller Schlaglöcher zurückgelassen hatte, fanden die Kinder des Ortes es an der Zeit, wieder aktiv zu werden und die Umgebung nach künftigen Spielmöglichkeiten auszukundschaften. Durch Zufall geriet Agga dabei zusammen mit anderen Kindern an einen Schuppen, der im Hof der Schlosserei unten am Meer stand. Schwimmkugeln und Tauwerk lagen überall herum, und oben auf dem Dachboden bewahrten die Kutterfischer ihr Werkzeug auf. Aus unerfindlichen Gründen hatte der Kioskbesitzer Mási auch sein Warenlager hinter einem unverschlossenen Lattenverschlag auf besagtem Dachboden.

Wie von ungefähr begannen einige, ausgiebig an den Süßigkeiten, von denen viele Pappkartons voll waren, zu naschen, als das plötzliche Auftauchen der Hüter des Gesetzes dem Vergnügen ein jähes Ende machte. Die kleinen Sünder wurden wie Ganoven in der grünen Minna zur Wache abtransportiert, obwohl diese kaum mehr als einige hundert Meter entfernt lag. Der Petzer hätte allerdings der Polizei einen größeren Gefallen getan, wenn er den Mund gehalten hätte, denn alsbald begannen die Gedärme der meisten zu rebellieren und nach sofortiger Entleerung zu verlangen.

Die gesamte Bagage bekam während des Verhörs auf der Wache einen akuten Dünnpfiff, und drei ausgewachsene Männer mussten machtlos zusehen. Der Gestank war so unerträglich, dass ein Penner, der auf der Wache seinen Rausch ausgeschlafen hatte, inständigst darum bat, an die frische Luft gesetzt zu werden. Der gut zwei Meter große Thórdur, dem so etwas in seiner gesamten Dienstzeit noch nicht passiert war, rannte wutschnaubend wie ein angestochener Stier in der Wachstube hin und her. Endlich befahl er den jungen Polizisten, die kleinen Langfinger nach Hause zu verfrachten und die Mütter ins Gebet zu nehmen. Als Mási vom Kiosk auf der Wache erschien, um sich über die Festnahme zu informieren, drohte man ihm mit Einbuchten, wenn er nicht auf der Stelle verschwinden würde. Bei Oberwachtmeister Thórdur stand das Barometer auf Sturm, denn seine Wache war wegen des Gestanks funktionsunfähig. Die jungen Männer fuhren also die kleinen Übeltäter direkt nach Hause, wo sie von ihren Müttern mit nicht gerade offenen Armen empfangen wurden. Einige wurden sogar so böse, dass sie ihre Söhne mit Kochlöffeln und Kleiderbügeln traktierten.

Agga wurde mit dem Befehl, sich zu waschen, ins Bad gejagt. Sie nahm alles mit Gelassenheit hin, schlimm fand sie nur, dass Magnús mit der Sache zu tun hatte. Magnús gab sich verantwortungsbewusst und streng, und er hielt es für seine Pflicht, ein Wörtchen mit den Erziehungsberechtigten zu reden. Als er draußen auf der Treppe stand und Oma würdevoll etwas über Rechte und Pflichten des Bürgers erzählte, erschien Freyja mit offenem Haar im Korridor und blickte den jungen Mann fragend an. Magnús blieb das Wort im Halse stecken, und wie unter Hypnose zog er seine Dienstmütze und starrte die Frau hingerissen und ehrfürchtig an.

Madame lächelte dem Hüter des Gesetzes höflich zu und nahm alsdann ihre Wanderung durchs Haus wieder auf. Der junge Polizist hatte vollkommen vergessen, weswegen er gekommen war, stand noch ein Weilchen herum, drehte seine Mütze in der Hand und verdrückte sich dann wieder.

Es stand völlig außer Zweifel, dass Magnús nach diesem Vorfall das Haus ständig unter Beobachtung hielt. Egal, ob Agga die Stufen zum Haus hinauf- oder hinunter-, hinein- oder hinausging, immer sah sie Magnús, Hände in den Hosentaschen, Mütze in den Nacken geschoben, auf der Schwelle der Wache stehen und in Richtung Haus blicken. Agga überlegte, ob sie ihm nicht die Mühe ersparen und ihm sagen sollte, dass Freyja immer erst nach dem Abendessen das Haus verließ, aber eingedenk der Schmach, in die grüne Minna verfrachtet worden zu sein, ließ sie es bleiben. Ihretwegen konnte er den lieben langen Tag auf das Haus stieren.

Wenn sich Abendruhe über den Ort legte und normale Leute schlafen gingen, begab Madame sich auf lange Spaziergänge. Sie und die Katze schlüpften gemeinsam aus dem Haus, aber am Gartentor trennten sich ihre Wege. Die Katze machte einen Satz in Richtung Strand, und Freyja nahm Kurs auf den Felsenhügel.

»Geh ihr mal nach«, sagte Großmutter eines Tages zu Agga und meinte Freyja, denn bei der Katze hätte Agga sowieso keine Chance gehabt. Für einen geübten Rübenstibitzer, der es gewohnt war, über Mauern und Zäune zu klettern, war die Verfolgung anfangs ein Kinderspiel, aber oben auf dem Hügel beschleunigte Freyja ihre Schritte und lief am Ende so schnell, dass Agga nicht mehr mitkam. Sie konnte sich nicht vorstellen, wohin Madame wohl gehen würde, und völlig außer Atem erzählte sie Oma, dass sie sie irgendwo in der Lava oben auf dem Felsenhügel aus den Augen verloren hätte. Die Frauen im Haus wussten nicht, wie sie diese Spaziergänge deuten sollten, aber für Agga waren sie ein Beweis für ihren Verdacht, dass die Frau Böses im Schilde führte.

»Es ist einfach nicht normal, so herumzurennen«, sagte Dódó und machte sich ernsthafte Sorgen um die geistige Gesundheit der Cousine. Sie wollte wissen, ob derartige Krankheiten in der Familie lägen. Oma meinte nicht, hingegen wären Verkalkung und Krampfadern durchaus verbreitet in ihrer Familie. Und zum Beweis schwang sie ihr rechtes Bein, das voll von blauen Knoten war, auf einen Küchenhocker. Als endlich, lange nach Mitternacht, die Haustür ging, richtete Oma sich von ihrem Kissen auf und fragte beiläufig: »Warst du spazieren, meine Liebe?«

»Ja, ein bisschen die Beine vertreten«, sagte Freyja nach dreistündigem Marsch.

Freyja brauchte geraume Zeit für ihre Morgentoilette. Agga sah ihr einmal, während sie faul auf dem Treppenabsatz lümmelte und direkt in die Nordkammer blicken konnte, dabei zu. Die Zeremonie begann damit, dass Madame ihren Morgenrock fallen ließ, sodass die Offenbarung lediglich in rosa Spitzenhöschen dastand. Ihr Körper erinnerte an eine unbekleidete Schaufensterpuppe, nirgendwo zeichnete sich ein Knochen unter der Haut ab, Arme und Beine rank und schlank, und kein Säugling hatte den hoch entwickelten Busen ruiniert. Aus einer Schublade zog sie ein Korselett mit eingearbeitetem Büstenhalter und Strapsen hervor, und beim Zuhaken musste sie den Bauch einziehen und durch die Nase Luft holen. Es war offensichtlich zwei Nummern zu klein und schnürte die Taille dermaßen ein, dass Agga allein vom Anblick Bauchschmerzen bekam.

Nachdem sie sich Kleid und Strümpfe angezogen hatte, löste sie ihr Haar, das zu einem langen dicken Zopf geflochten war, und begann jede einzelne Locke sorgfältig zu bürsten. Das war eine zeitraubende Arbeit, und Agga nickte beim Zuschauen auf dem Treppenabsatz ein. Wie ein Wasserfall floss das Haar über Schultern und Rücken und erhielt einen merkwürdigen Glanz, der weder rot noch blau war, eher gelb, wenn man überhaupt von Farbe sprechen konnte. Gelb wie Katzenfell im Frühjahr.

Madame nahm eine dicke Haarsträhne von der linken Wange, machte eine Tolle und steckte sie dann mit einem Kämmchen hinter dem Ohr fest. Ihre Schultern bewegte sie, als hätte sie eine schwere Last zu tragen. Mit derselben Methode wurde mit den Locken auf der rechten Seite verfahren, und dann nahm sie den Rest des Haares hinten zusammen und wickelte es zu einem dicken Knoten, den sie mit unzähligen Haarnadeln feststeckte. Schließlich band sie ein kleines Tuch um den Knoten. Damit war die Morgentoilette abgeschlossen, und Agga hatte vom Liegen auf dem Treppenabsatz von der Hüfte aufwärts bis in den Nacken ein taubes Gefühl in den Gliedern. Bevor Madame sich von ihrem Stuhl erhob, ließ Agga sich auf dem weichen Teppich der Stufen nach unten gleiten, obwohl sie das Gefühl hatte, dass ihre Anwesenheit auf dem Treppenabsatz nicht unbemerkt geblieben war.

Freyja betätigte sich außer der ausgiebigen Morgentoilette

herzlich wenig, aber trotzdem verbreitete sie eine gewisse Unruhe im Haus. Dódó litt unter Gemütsschwankungen, sie war laut und kratzbürstig in diesen Tagen, und Agga setzte dieses Gebaren in direkten Zusammenhang mit dem Besuch aus Amerika. Häufig beobachtete sie, wie Dódó Freyja von oben bis unten taxierte und anschließend sich selbst. Unzufrieden brauchte sie nicht zu sein mit ihrem eigenen Aussehen, klein, wie sie war, blond und mollig und so hübsch, dass die jungen Burschen sich im Vorbeigehen jedes Mal nach ihr umdrehten. Sogar der Bäcker, bei dem sie tagsüber arbeitete, und der Kinobesitzer, für den sie abends Karten verkaufte, sagten, es würde sich mehr als bezahlt machen, so ein süßes Mädchen am Schalter zu haben. Aber irgendwie war das Fräulein seit Erscheinen der neuen Cousine unzufrieden mit sich selbst, und diese Unzufriedenheit machte sich bemerkbar, indem sie an allem herummäkelte.

Eines Abends war sie ungewöhnlich irritiert, ließ die Türen knallen und lehnte es strikt ab, weiterhin mit ihrer Schwester Ninna im gleichen Zimmer zu schlafen, weil die so entsetzlich schnarchen würde. Sie verlangte rundheraus, dass entweder sie oder Ninna ins Zimmer zu Freyja ziehen sollten. Freyja war gerade auf ihrem Spaziergang und verpasste den Auftritt, aber Ninna fing an zu heulen, weil sie so fürchterlich schnarchte und doch nichts dafür konnte. Großmutter fragte Dódó barsch, ob sie nicht was Separates haben wollte, und fiel aus allen Wolken, als Dódó brüllte: JA! Dann erklärte sie, dass sie so schnell wie möglich aus diesem Haus ausziehen wollte. Großmutter sagte, sie würde sie nicht zurückhalten, es sei ja wohl auch an der Zeit für ein Mädchen über zwanzig, sich einen Mann zu suchen. Obwohl sie sich kaum vorstellen könnte, dass jemand so eine Zicke wie sie haben wollte. Damit brachte sie Dódó in noch größeren Aufruhr, denn das mit den Männern war eine delikate Sache. Jeder wusste, dass sie hinter ihr her waren, das konnte keinem verborgen bleiben, der den Bäckerladen betrat, denn meist hingen dort zwei oder drei Burschen über dem Ladentisch und wetteiferten darum, sie zum Lachen zu bringen, aber Dódó zeigte allen die kalte Schulter. Das bereitete sowohl den jungen Männern als auch Großmutter Sorgen.

»Du kannst doch nicht ewig auf den Prinzen warten«, sagte Oma und hatte ganz und gar vergessen, dass sie selbst gewartet hatte, bis sie dreißig war. Aber es war nicht einfach, Mädchen im heiratsfähigen Alter im Hause zu haben, denn das brachte nur Unruhe mit sich. Jetzt saß Oma mit drei Weibsbildern da, Agga nicht mitgezählt. Eine, der kein Mann gut genug war, eine, die spät oder nie heiraten würde, weil sie geistig zurückgeblieben war, und eine, die mit fünfundzwanzig schon Witwe war. Die Aussichten waren nicht gerade rosig, und Großmutter sagte immer wieder: Ich weiß nicht, wofür der Herrgott mich bestraft.

Auch wurde die Lage nicht dadurch besser, dass jeder, der ins Haus kam, die schlanke Taille von Freyja bewunderte. Es führte dazu, dass Dódó nur noch im Essen herumstocherte, anstatt wie früher herzhaft zuzulangen, und ihre Laune wurde immer mieser. Die anderen ließen sich durch Taillengeplänkel nicht irritieren und aßen nach Herzenslust, solange es noch Lebensmittelmarken und Waren in den Geschäften gab. Agga kam es mehr als spanisch vor, wie Madame es fertig brachte, von dem bisschen Vogelfutter existieren zu können, und beschloss, ihre Essgewohnheiten genauestens zu studieren. Was Freyja täglich vor aller Augen zu sich nahm, war ein Toastbrot mit Marmelade und eine Tasse Tee zum Frühstück, Kartoffelpüree zu Mittag und abends einen Brei aus Reis, Sago oder Gries. Manchmal durfte Großmutter Beerensaft darüber gießen. Gesalzene oder frische isländische Butter verschmähte sie, selbst wenn sie auf dem Tisch stand, weder aß sie Quark, noch trank sie Milch, außer dem bisschen, was in den Brei gehörte. Das war fast weniger, als die Katze fraß. Eines schönen Tages kam Agga ihr auf die Spur, aber das machte die Sache nicht einfacher.

Der Mann vom Elektrizitätswerk kam, um den Zähler abzulesen, und nachdem er den Stromverbrauch des Haushalts sorgfältig in sein schwarzes Notizbuch eingetragen hatte, trank er wie gewöhnlich mit Großmutter zusammen Kaffee. Agga hörte, wie er in der Küche Oma und Freyja über Gerede und Lebenswandel der Ortsbewohner unterrichtete. Sie hörte nicht genau hin, denn sie war in eine Bildergeschichte vertieft, aber so viel verstand sie, dass von Amiliebchen und amerikanischen Soldaten auf der Basis die Rede war. Das schien Freyja aus dem Gleichgewicht zu bringen, denn als er fort war, stürmte sie durchs Haus, als würde sie etwas Bestimmtes suchen, öffnete dann die Kellertür und verschwand nach unten. Da Agga von Kindesbeinen an darauf bedacht gewesen war, so gut wie möglich die vertraulichen Gespräche der Erwachsenen zu belauschen, sah sie sich nun genötigt, das Heft beiseite zu legen und Freyja nachzugehen.

Leise öffnete sie die Kellertür, und als sie auf der obersten Stufe stand, hatte sie wie immer das Gefühl, zwischen zwei Welten zu stehen. Bei Großmutter lag der schwere Duft von Bohnerwachs in der Luft, eine Mischung von Fußboden- und Möbelpolitur, und unten bei Kidda roch es immer nach Fladenbrot, egal, ob sie gerade erst welches gebacken hatte oder ob es schon eine Woche her war.

Sie schloss die Tür hinter sich, schlich die enge, dunkle Treppe hinunter und versuchte, etwas zu erlauschen. Der Korridor unten war dunkel, aber ein breiter Lichtstrahl aus Kiddas Küche fiel auf die Mäntel, die an den Garderobehaken neben der Haustür hingen. Eine Kuckucksuhr tickte, und man hörte das Geräusch von Besteck auf Geschirr. Agga wunderte sich über die Stille, denn sie war der Meinung, dass von zwei beieinander sitzenden Frauen mehr zu vernehmen sein müsste. Sie versteckte sich hinter den Mänteln und konnte direkt in die Küche sehen.

Kidda saß mit gekreuzten Armen und Beinen auf ihrem gewohnten Platz am Schrank mit den Töpfen und nuckelte an ihrer Pfeife. Am Tisch unter dem Küchenfenster saß Freyja und aß.

Rings um den Teller reihten sich im Halbkreis kalte Kartoffeln, gekochtes Hammelfleisch, Schwarzbrot, Butter, Streichwurst, eine Kanne mit Milch, und auf ihrem Teller lag eine Schlachtwurst, die sie rasch in Scheiben schnitt und mit den Fingern in sich hineinstopfte, ohne viel Zeit auf das Kauen zu verschwenden. Dazu trank sie Milch, nahm dann das Fleisch in Angriff und strich sich gleichzeitig mit vollem Mund eine Schwarzbrotscheibe dick mit Butter und Wurst, um sie sofort, nachdem sie sich das Fleisch einverleibt hatte, gierig hinunterzuschlucken. Agga zwischen den Mänteln musste würgen.

Kidda sah Freyja nicht an und tat, als wäre sie Luft. Mit ihrem wie eine Dornenkrone verschlungenen Kopftuch saß sie schweigend da, während die Dame sich in grenzenloser Gier mit Innereien und Fett voll stopfte, doch trotz des Schweigens verband sie deutlich ein unsichtbares Band.

Ob Großmutter von der Fresserei im Keller Kenntnis hatte, wusste Agga nicht; doch selbst wenn, würde sie niemandem davon erzählen, denn Oma und Kidda waren dicke Schwägerinnen, die zusammenhielten, egal, was passierte. Dasselbe konnte nicht über Großvater und Kidda gesagt werden, die sich nicht ausstehen konnten, obwohl sie Geschwister waren.

Agga kannte die Geschichte nicht genau, aber indem sie hier und da etwas aufgeschnappt hatte, war sie zu dem Schluss gekommen, dass Großvater die Heirat zwischen Kidda und dem Mann, den sie liebte, vereitelt hatte. Dem Bruder war der Mann nicht gut genug für seine Schwester gewesen. Seitdem hasste Kidda ihn und wünschte ihm jedes Mal, wenn er in See stach, alles erdenklich Schlechte. Das machte sie nun schon seit dreißig Jahren, doch der Erfolg blieb aus, der Kerl kam immer wieder zurück.

»Die Götter nehmen natürlich nur jene zu sich, die sie lieben«, sagte Kidda jedes Mal, wenn er mit seinem Seesack wieder an Land kam.

Die Geschwister mieteten das Haus von einem reichen Verwandten, der in Reykjavík wohnte. Großvater bezog Etage und Mansarde, weil er Familie hatte, und Kidda die Kellerwohnung. Kein einziges Mal war er nach unten gekommen, und Kidda kam auch nie hoch, wenn der alte Knacker, wie sie ihn nannte, an Land war. Aber Großmutter und Kidda waren Busenfreundinnen. Agga konnte es sich deswegen sparen, Oma einzuweihen. Aber es war vielleicht eine Überlegung wert, Dódó davon zu erzählen, das würde vielleicht ihre Laune und ihren Appetit anregen.

Sie wagte nicht, plötzlich in Kiddas blaugrüner Küche zu erscheinen, das war so, als ob man uneingeladen in ein religiöses Ritual platzte. Sie rührte sich nicht vom Fleck und atmete durch den offenen Mund.

Freyjas Taille blieb aber weiterhin schlank, denn als sie alles bis zum letzten Krümel aufgegessen und ein Weilchen gesessen und vor sich hingestarrt hatte, stand sie auf, rannte in den Flur und riss die Toilettentür auf, warf sie hinter sich zu und übergab sich. Kidda tat, als ginge sie das Ganze nichts an, und räumte in aller Seelenruhe den Tisch ab. Agga hingegen rannte in Panik nach oben ins Wohnzimmer und warf sich bäuchlings aufs Sofa, weil sich ihr der Magen umdrehen wollte.

Einfache Verhältnisse

Als dicke Wolken über die Westküste trieben und kalte aggressive Frühjahrsluft sich über den Fjord legte, begann Oma missbilligend vor sich hin zu grummeln. Sie hatte bei ihrer Schwägerin im Keller ins Konservativenblatt geguckt und dort eine Anzeige gesehen, die bewirkte, dass sie ständig vor sich hin grummelte, wo immer sie sich auch im Haus aufhielt. Grummelte im Wohnzimmer, wenn sie die rotbraunen Gardinen in Form schüttelte und dem grünen Sofa eine gezielte Linke versetzte, grummelte beim Öffnen des Bufetts im Esszimmer, schlug grummelnd gegen das Bücherregal, grummelte, als sie in Großvaters Kammer schaute und die Stapel von Soziblättern sah und als sie den Besenschrank im Korridor öffnete. Unten an der Treppe angekommen, stieß sie schließlich hervor: »Es ist ja nicht auszuhalten mit diesem Staub!«

Die Anzeige im Konservativenblatt, die einen derartigen Einfluss gehabt hatte, war klitzeklein und lautete: »Hausfrauen! Erleichtern Sie sich den Frühjahrsputz mit unseren neuen Politurmitteln für Möbel und Fußbodenbeläge.«

Hektik verbreitete sich im Haus. Staub, der friedlich in Regalen und Schränken, auf Türrahmen und Betten geruht hatte, wirbelte auf, als Großmuter ihm mit Elan zu Leibe rückte.

In den Strahlen der Frühjahrssonne vollführten die bedauernswerten Stäubchen einen wilden Veitstanz, und die Töchter des Hauses blickten sich erstaunt an und fragten: »Woher kommt bloß dieser ganze Staub?«

»Das solltet ihr am besten wissen, ihr Dummriane«, knurrte Oma, und der Schrubber bebte in ihren Händen. Großmutters Laune war derart, dass sie es nicht wagten, sich dieser Staubkampagne zu verweigern, leise murmelten sie aber: »Man kann's auch übertreiben.«

Kidda war auch nicht besser als Großmutter, sie schien die anklagenden Blicke der jungen Frauen nicht zu bemerken, kniff den zahnlosen Mund zusammen und marschierte o-beinig durch Haus und Hof, Lappen und Tücher schwingend und volkstümliche Melodien vor sich hin summend.

In den offenen Fenstern der Häuser hingen den ganzen Tag lang Oberbetten und Kopfkissen, überall war man beim Hausputz, und im ganzen Ort war von nichts anderem die Rede als von der neuen Politur für Möbel und Fußbodenbelag und dem neuen Putzmittel für Wände und Fenster und überhaupt für alles, was Wasser verträgt. In den Frauenbeilagen der Zeitungen konnte man gute Ratschläge für den Frühjahrsputz lesen, unter anderem, dass sich Fliegendreck mit einer halbierten Zwiebel entfernen lasse. Die Fliegen summten den ganzen Tag, insbesondere über Mülltonnen, die keinen Deckel hatten, und die Frühlingsluft wurde langsam, aber sicher milder und angenehmer.

Eine gab es, die diese Putzwut im Frühjahr liebte und mit größerer Hingabe bei anderen als bei sich zu Hause aufräumte. Das war Emelía, Aggas Freundin.

Im Haus des Apothekers war in Aggas Gegenwart noch nie ein Putzlappen geschwungen worden. Obwohl der Apotheker und sein Sohn Hilli pieksauber waren und unten in der Apotheke kein Staubkörnchen ertragen konnten, galt das keineswegs auch für Emelías Mutter, die den lieben langen Tag oben im Bett lag und die Fliegen beobachtete. Lediglich einmal in der Woche stand sie auf, um sonntags einen Lammrücken zu braten. Agga fand es ganz unglaublich, wenn sie sie an Feiertagen in senkrechter Haltung sah, denn alte Fotografien zeugten davon, dass diese schwabbelige Person einstmals eine blendende Figur gehabt und zu den attraktivsten Frauen im Ort gezählt hatte. Zu Agga war sie immer freundlich und mit ihrer Tochter ging sie liebevoll um, auch wenn sie Essensrückstände, die an ihrem Pullover klebten, übersah und sie sich selten dessen bewusst war, dass Staub sich buchstäblich auf alles setzt. Die Zimmer, in denen die Freundinnen spielten, waren völlig verstaubt, und Agga hoffte nur, dass die Frau gar nicht erst anfinge, Staub zu putzen, denn da würden sogar die Nachbarn von Hals- und Darmkatarrh heimgesucht werden. Ab und zu schien der Staub jedoch auf unerklärliche Weise zu verschwinden, sodass Möbel und Kristall wieder in ihrem natürlichen Glanz erstrahlten. Emelía hatte daran aber keinen Anteil, so viel war sicher. Bei Großmutter jedoch war Emelía nicht zu bremsen im Staubaufwirbeln und schrubbte mit Hingabe alle Marmeladen- und Saftregale unten im Keller.

Als die größte Putzwut bei Großmutter abgeebbt war, baute sie sich mit unter der Brust verschränkten Armen und tief in Gedanken versunken vor dem Kohlenkeller auf. Sie hatte nämlich im Konservativenblatt ein anderes Inserat gesehen, in dem eine Firma Heizkessel für Zentralheizungen inserierte, sowohl für Öl- als auch Kohlefeuerung. Früher oder später würde es in dieser Sache zum Eklat kommen, das wusste Agga. Großmutter wünschte sich eine Ölheizung, und Ausdruck und Mimik gaben zu verstehen, dass dieser Wunsch jetzt in die Tat umgesetzt werden sollte, egal was der Herr des Hauses dazu sagen würde.

Am selben Tag, an dem die Blaskapelle ihr Frühjahrskonzert im Kino gab, lief Großvaters Trawler ein. Es war ein schöner Maitag, der die Menschen trotz vorausgegangen Fleisch- und Fischmangels optimistisch stimmte.

Die Strecke vom Hafen bis nach Hause war weit genug, dass Großvater meinte, sie mit einem Taxi zurücklegen zu müssen. Agga verfolgte deshalb genau das Einlaufen des Schiffes, damit sie rechtzeitig am Kai sein konnte, um nicht dem Vergnügen zu entgehen, in einem Automobil sitzen zu dürfen.

Großvater war immer hocherfreut, wenn er sie am Kai stehen sah, eigentlich kam es ihr so vor, als würde es ihn von Jahr zu Jahr froher machen, war sich aber nicht sicher, ob das stimmte. Selbst war sie selten glücklicher, als wenn sie ihn, groß und stattlich, frisch rasiert und gekämmt, während des Anlegens auf dem Deck hin und her gehen sah.

Nachdem sie zum Empfang einen dicken Kuss bekommen und es sich in den samtweichen Polstern des Taxis bequem gemacht hatte, legte sie los und gab Bericht über alle bemerkenswerten Ereignisse der letzten Zeit. Das Wichtigste hob sie sich immer bis kurz vor dem Haus auf.

»Oma will 'ne Ölheizung«, sagte sie und blickte prüfend auf sein Profil.

»Geht das nun wieder los«, antwortete er gelangweilt und stieg aus.

»Ja, und dann ist diese Frau aus Ämärrika im Haus.«

Da stöhnte Großvater und schwieg lange, half dem Taxifahrer, Seesack und Taschen aus dem Kofferraum zu holen, fragte ihn, ob er immer genug zu tun hätte, bezahlte und sagte, den verdammten Rest könne er behalten. Während er die Treppen zum Haus hochging, fragte er Agga näher nach der Frau, die er zu kennen schien, und Agga sagte ihm, dass sie wohl bei ihnen im Haus wohnen wollte, bis sie sich einen neuen Mann geangelt hätte, das meinte Agga jedenfalls.

Da holte Großvater tief Luft, blieb einen Moment stehen und sagte: »Als ob nicht schon genug von diesen vermaledeiten Weibern im Haus wären.«

Agga war ganz seiner Meinung.

Die Katze miaute missmutig aus ihrer Ecke neben der Haustür, verzog sich aber, als sie den Ankommenden erkannte. Dann wurde die Haustür aufgerissen und Großmutter stand in der Öffnung und sagte: »Na?«

Sie hatte einen fünftägigen Hausputz hinter sich, während dessen sie kaum gesprochen oder gegessen hatte, aber jetzt hatte sie Pfannkuchen gebacken und ein sauberes Kleid angezogen.

»Na?«, sagte auch der Großvater, beugte sich zu ihr nieder und gab ihr einen flüchtigen Kuss auf die Stirn.

»Hammelfleisch gibt es schon seit vor Ostern nicht mehr, du kriegst also keine Fleischsuppe«, sagte Großmutter bar jeder Gefühlsduselei und ging zurück ins Haus.

Großvater stellte Seesack und Taschen nieder, und Agga half ihm beflissen, die Sachen im Korridor zu verstauen. Da erschienen die schlanken Beine von Freyja oben auf dem Treppenabsatz. Dann folgte die Wespentaille und schließlich das von der vollen Haarpracht umgebene, blasse Gesicht. Unten an der Treppe blieb sie stehen, neigte ein wenig ihr Haupt und sagte guten Tag.

»Guten Tag«, erwiderte Opa und hieß sie dann willkommen auf Island.

»Danke«, sagte die Frau aus Amerika, ohne dabei die Lippen zu bewegen, hieß ihn aber nicht gleichfalls willkommen an Land.

Großvater hievte sich mit den in den Hosentaschen steckenden Händen die Hosen hoch und wusste nicht so recht, was er sagen sollte, denn es war nicht einfach, mit Leuten zu konversieren, die nur danke sagten, fragte dann aber laut, als wäre er draußen auf hoher See, ob sie ohne Mann und ohne alles aus Amerika gekommen sei und was sie wohl mit dem Herrn Offizier gemacht habe?

»Ich hab ihn umgebracht«, antwortete Freyja höflich.

Da lachte der Großvater schallend, und es schien, als hätte er damit das Interesse an der Frau oder ihrer Anwesenheit im Haus verloren, zog sein Schnupftuch aus der Hosentasche, schnäuzte sich und verlangte nach den Zeitungen. Großmutter deutete auf einen Stapel Zeitungen, die sie beim Aufräumen unterm Kammerfenster aufgestapelt hatte, und er grunzte zufrieden, warf sich auf den Diwan und machte Anstalten, sich in den Lesestoff zu vertiefen.

Das triste Grau der bemoosten Lava war einem satten Grün gewichen, das Meer war blau, und Austernfischer und Möwen zankten sich den lieben langen Tag am Meeresufer. Großmutter hörte bei dem warmen Wetter zu feuern auf und sagte, dass sie in diesem Haus kein Feuer mehr anzünden würde, entweder bekäme sie eine Ölheizung oder sie ginge. Großvater ärgerte sich über diese Ansprüche und fragte, ob sie nicht eine Waschmaschine mit Schleuder besäße, ob das nicht, verdammt nochmal, reichen würde? Da war Großmutter so eingeschnappt, dass kein Wort mehr aus ihr herauszuholen war.

Agga schlief auf der Liege drinnen bei Freyja und ließ diesen Umzug über sich ergehen, obwohl sie wenig Lust hatte, ihre Habseligkeiten ständig von einem Zimmer ins andere transportieren zu müssen. Ansonsten konnte sie sich aber nicht über Madame beklagen, denn sie hatten sich das Zimmer einigermaßen schwesterlich geteilt. Das Fenster befand sich in der Mitte des Raumes und darunter ein Tisch, während ihre Betten zu beiden Seiten der Dachschräge standen.

Großvater und Freyja sprachen nicht viel miteinander, und die wenigen Male, an denen sie gemeinsam zur Essenszeit in der Küchenecke saßen, redete er über die verdammten Erzkonservativen und Preisindexe, aber diese Themen lagen außerhalb des Horizonts der Dame. Der Streik der Trawlerfischer im Herbst und der Fleischmangel im Frühjahr hatten Großvaters Blut in Wallung gebracht, von der erniedrigenden Rationierung anderer notwendiger Lebensmittel ganz zu schweigen. Er sagte, diese verdammte Regierung habe isländischen Arbeiterfamilien nichts anderes beschert als Arbeitslosigkeit und Lohnsklaverei, und damit seien sie aufs Neue Armut und Not ausgeliefert.

»Hier sind Kräfte am Werk, die sich gegen das Volk verschworen haben«, beendete er jede seiner Reden.

»Die wollen uns klein halten, damit ihre Überlegenheit besser zur Geltung kommt«, sagte Dódó mit dem Mund voller Salzfisch, und Großvater verschlug es die Sprache, denn er wusste nicht, ob seine Tochter eine aufrechte Genossin oder im Begriff war, eine verdammte Kommunistin zu werden.

Großmutter, die meist stehend am Arbeitstisch unter dem Fenster aß, sagte trocken, dass die Regierung sogar im Radio habe verlauten lassen, dass das Wetter und schlechte Fangergebnisse Ursache der Arbeitslosigkeit seien.

Da plusterte Großvater sich auf und sagte, auf das Wetter könnte, verdammt nochmal, die Schuld nicht geschoben werden, das wüsste er als Seemann am allerbesten, und wie, zum Teufel, sie eigentlich dazu käme, die Reaktionäre in Schutz zu nehmen, die doch mit allen Mitteln versuchten, einen Keil in die isländische Arbeiterbewegung zu treiben und sie der konservativen Politik der Marshallparteien und des amerikanischen Kapitalismus hörig zu machen.

Als er das Wort ›amerikanisch‹ aussprach, warf er Freyja, die mit Widerwillen auf den Salzfisch auf ihrem Teller sah, ohne ihn anzurühren, einen scharfen Blick zu und stieß dann hervor: »Warum arbeitest du eigentlich nicht wie andere Leute auch, Menschenskind?«

Bei diesen Worten erstarrten die Frauen förmlich und sahen dieses einzige männliche Wesen im Haus mit einem Blick an, der zu verstehen gab, dass er eventuell sein letztes Wort in diesem Erdenleben gesprochen habe. Großmutter bewegte sich langsam vom Fenster weg und baute sich mit in die Hüften gestemmten Fäusten am Tischende auf, direkt gegenüber von Großvater.

Großvater war einen Moment lang verunsichert, sagte aber mit Verdruss in der Stimme: »Arbeitet Dódó vielleicht nicht von morgens bis abends in der Bäckerei und im Kino, legt Ninna vielleicht nicht bis in die Nacht hinein Greise trocken, bin ich nicht das ganze Jahr lang bei Wind und Wetter draußen auf hoher See, ist Agga nicht in der Schule – und schrubbst du nicht Fußböden und wäschst du nicht jede Woche Wäsche in dieser verdammten, sündhaft teuren Maschine? Alle rackern wir uns ab, nur nicht Madame, die den lieben langen Tag nichts anderes tut, als sich zu baden und zu kämmen!«

Die Hausbewohner blickten auf ihre Teller, und es entstand ein langes Schweigen.

»In diesem Haus fehlt eine Ölheizung«, sagte Großmutter schließlich eiskalt.

»Dieses Heizungsgejammer hör ich mir nicht länger an«, sagte Großvater laut und stand so abrupt auf, dass die Teller klirrten und Fett auf den Tisch spritzte, nahm seine Schiebermütze und knallte die Haustür mit solcher Wucht hinter sich zu, dass das Haus in seinen Grundfesten erbebte.

»Im Kino zeigen sie Roy Rogers«, flüsterte Ninna liebevoll Freyja zu.

Doch diejenige, um die sich alles drehte, zog ihre linke Augenbraue hoch und gab damit zu erkennen, dass sie über den Dingen stehe.

Die Frauen waren alle in Aufruhr, denn Großvater hatte eine Frage aufgeworfen, mit der sie sich früher oder später auseinander setzen mussten. Was würde aus Freyja werden? Sie konnte nicht ewig von ihren Gastgebern leben. Aber wo könnte sie schon arbeiten, dachte Agga, mit all diesem Haar?

Nach dieser Küchendebatte stand Madame auf, gelassen wie immer, und begab sich nach unten zu Kidda. Agga hingegen lief zu ihrer Freundin Emelía und erzählte ihr brühwarm, was sich beim Mittagessen abgespielt hatte, ohne weiter darüber nachzudenken. Als sie aber am nächsten Tag aus der Schule kam, hatte Freyja Arbeit in der Apotheke bekommen. Der Apotheker selbst hatte angerufen und gefragt, ob sie eventuell bei ihm arbeiten wollte, er würde zum nächsten Monatsende eine Hilfe brauchen, um Medikamente abzufüllen.

»Das ist, weil sie Ausländisch kann«, erklärte Großmutter. »Viele Mixturen sind nämlich auf Ausländisch. Ja, das ist schon was, wenn man Ausländisch kann«, fuhr sie fort und ging beschwingt wie ein junges Mädchen durchs Haus.

Die Schwestern freuten sich auch, als sie die Neuigkeit hörten, denn in der Apotheke zu arbeiten galt als fein. Dort arbeiteten eigentlich nur bessere Damen. Großvater tat, als hörte er das alles nicht und als ginge es ihn nichts an, und las während des Essens das Blatt der Sozialdemokraten, damit er die Weibsbilder nicht anzusehen brauchte.

Als es so weit war, wurde Freyja in der Apotheke aber nicht im Hinterzimmer eingesetzt, um Gläser abzufüllen, sondern hinter dem Ladentisch und hatte deshalb kaum Verwendung für ihre Ausländischkenntnisse.

Nachdem Freyja angefangen hatte, Medikamente zu verkaufen, mehrte sich die Zahl der Penner, die sich vor der Apotheke versammelten. Die Bedauernswerten lungerten jetzt nicht mehr, durchnässt, ausgestoßen und völlig verschmutzt, an der Hausecke herum, um Vorbeigehende anzubetteln, ihnen aus der Apotheke ein Fläschchen Sprit zu besorgen. Jetzt standen sie in Gruppen herum, verdreckt wie immer, aber munter und fidel, und diskutierten die Weltpolitik über einem Schluck Sprit. Es war ja so angenehm, in der Maisonne im Windschatten an der Giebelseite des Hauses herumzugammeln, über den Fjord zu blicken, das Ein- und Auslaufen der Schiffe zu beobachten und mit halbem Ohr dem Gackern der Möwen zu lauschen, während das Spritfläschchen brüderlich von einem zum anderen wanderte.

Ellis Hänschen war der Held, denn er hatte das Eis gebrochen. Zwar gehörte es zur festen Gewohnheit von Hänschen, in die Apotheke zu gehen, mit der Faust auf die Theke zu schlagen und ein Fläschchen Sprit, bitte sehr, zu verlangen, auch wenn er ganz genau wusste, dass die Verkäuferinnen antworten würden: Hier wird kein Spiritus verkauft. Es war nämlich vorgekommen, vielleicht dreimal im Jahr, dass die Damen ein Fläschchen auf die Theke stellten, es in Papier einwickelten, ihn mit eisigem Blick ansahen und den Preis nannten. »Verstehe einer die Frauen«, war er gewohnt zu sagen. Deshalb blieb ihm mehr als die Spucke weg, dass er, als er eines schönen Tages in miserablem Zustand direkt aus dem Kittchen in die Apotheke marschierte und Sprit verlangte, ihn ohne Umschweife erhielt. Die Verkäuferin war ein großes Mädchen, das ein wenig lächelte und fragte: Haben Sie sonst noch Wünsche? Lange stand er mit dem ungeöffneten Fläschchen in der Hand draußen vor der Apotheke und war völlig verdutzt. Wie ein Lauffeuer verbreitete sich die Geschichte, und noch bevor der Tag zur Neige ging, waren acht Spritfläschchen zum oralen Gebrauch verkauft worden. Die Kumpels fanden keine Worte über die Gutherzig- und Liebenswürdigkeit der neuen jungen Verkäuferin, und Jonni Heulboje sagte, sie müsse ein Sendbote Gottes oder zumindest mit ihm verwandt sein. Ellis Hänschen nahm einen kräftigen Schluck und meinte, dies sei seiner Meinung nach der Beweis dafür, dass Gott eine Frau sei. Diese Erklärung machte alle sprachlos und bedurfte eines ordentlichen Schlucks aus der Flasche.

Nicht alle freuten sich über Freyjas Gutherzigkeit. Eine der Verkäuferinnen steckte es dem Apotheker, dass die Neue Sprit verkaufe wie Lakritz. Der Apotheker ließ Freyja zu sich ins Hinterzimmer rufen und bat sie inständigst, den Pennern auf gar keinen Fall Spiritus zu verkaufen. Ihm war nicht ganz wohl in seiner Haut, das Arbeitsverhältnis mit einem Tadel beginnen zu müssen, und er war mehr als erleichtert, als Freyja liebenswürdig lächelte und Verständnis und vollen Kooperationswillen zeigte.

Großmutter war über den Spritverkauf mehr als entrüstet.

»Ich habe gehört, dass du den Säufern Sprit verkaufst«, sagte sie scharf, als Freyja eines Abends von der Arbeit nach Hause kam. Mit betretener Miene zog diese sich den Mantel aus.

»Was soll das heißen«, fuhr Großmutter fort, »geht es ihnen nicht schon dreckig genug, musst du unbedingt ihr Elend noch größer machen, indem du ihnen dieses Gift besorgst?«

Freyja schwieg einen Augenblick und sagte dann: »Ich verkaufe das, was zu verkaufen ist und nichts weiter.«

»Aber du weißt doch, dass sie das Zeug trinken!«

»Sie sind erwachsene Menschen und können laut Landesgesetz über sich selbst bestimmen.«

Großmutter wurde feuerrot im Gesicht: »Ich dachte, du wärest gescheit genug, um deinen Leuten nicht die Schande zu machen, Säufern Sprit zu verkaufen. Was denkst du wohl, wie über uns und unsere Familie geredet wird? Das sind schließlich alles Familienväter mit einem Haufen Blagen zu Haus, sie haben nie einen Pfennig Geld, und du verkaufst ihnen Spiritus, dieses teuflische Zeug; es schreit wirklich zum Himmel!«

»Opa kauft aber auch häufig Sprit für die Säufer, wenn er an Land ist, weil er so viel Mitleid mit ihnen hat«, warf Agga, die zusammengesunken am Küchentisch saß, unbedacht ein.

Da wurde Großmutter purpurn im Gesicht, und Agga wurde klar, dass Großvater Glück hatte, nicht an Land zu sein.

Der Umsatz in der Apotheke stieg. Alle wollten Freyja sehen, nicht weil sie Sprit verkaufte, sondern weil sie aus Amerika kam, so groß, schlank und schön, wie man sagte, so eine junge Witwe mit einer riesigen Kleidersammlung. Man war also bereitwilliger als je zuvor, für die armen Kerle ein kleines Spritfläschchen zu erstehen. Auch Pflaster, Hustensaft und Lakritze wurden in unglaublichen Mengen verkauft, und rezeptfreie Medikamente standen auch nicht lange in den Regalen. Allerdings waren schmerz- und blähungsstillende Mittel oder Kondome weniger gefragt, man konnte sich einfach nicht dazu durchringen, eine derart schöne Frau um so profane Waren zu bitten. Mit dem Kauf solcher Sachen wartete man lieber, bis man mal den Sohn des Apothekers hinter dem Ladentisch stehen sah.

Der Apotheker war hocherfreut über das blühende Geschäft und lief ständig mit Flaschen und Gläsern in der Hand im Laden hin und her und fragte die Verkäuferinnen nach der Uhrzeit oder ob genug Zinksalbe in den Schubladen wäre. Nachdem Höddi, der Briefträger, drei Fläschchen Magenmixtur gekauft hatte, sollte er angeblich gesagt haben, dass Freyja eine göttliche Anziehungskraft besäße und den Leuten buchstäblich alles verkaufen könnte. Da musste was Wahres dran sein, denn eines Tages waren plötzlich Haarpflegemittel und Gesichtscremes Mangelware. Wenn Frau Freyja, die Schönheit in Person, den Frauen bei gewissenhafter Benutzung bestimmter Cremes ewige Jugend versprach, glaubten sie ihr blind und öffneten, ohne zu zögern, ihre halb leeren Geldbörsen.

Der Sohn des Apothekers war nicht minder begeistert von Freyjas angeborenem Verkaufstalent, doch in erster Linie bewunderte er ihr Haar. Oft durfte er es nach Ladenschluss kämmen, es zu Knoten drehen und flechten und mit Kämmchen, Schleifen und Spangen hochstecken. Hillis Interesse am Frisieren war fast allen bekannt, aber obwohl viele es merkwürdig fanden, sprachen die wenigsten darüber. Denn der Mann war so unglaublich amüsant und darüber hinaus einer der besten Komödianten am Ort und die treibende Kraft im Schauspielverein, obwohl er nicht viel älter als zwanzig war.

Die Abende, an denen er seinen Schulkameradinnen Lockenwickler und Dauerwellen verpasste, waren ungezählt. Vor größeren Tanzveranstaltungen strömten unablässig junge Mädchen in sein Zimmer. Seine Mutter sagte kein Wort zu dem regen Betrieb im Badezimmer, wo das Haar der jungen Fräulein gespült wurde, sondern lag im Bett wie immer, und Agga hatte den Verdacht, dass das Geplauder, das zu ihr ins Zimmer drang, eine Art Zeitvertreib für sie war. Freyjas Haar war für Hilli eine Offenbarung, und er war so fasziniert von dieser braunen Lockenpracht, dass er ganz rastlos wurde, wenn einmal längere Zeit verging, ohne dass seine Finger damit in Berührung kamen. Freyja war hocherfreut über seine Besessenheit.

Für Agga war es ein Glück, dass Freyja in der Apotheke arbeitete, denn jetzt war sie nicht länger von Emelía abhängig, wenn es um die Beschaffung von Apothekerlakritze ging. Fast jeden Tag guckte sie bei ihr herein, stand ein Weilchen an der Ladentheke, beobachtete die Kundschaft und bekam, wenn es etwas ruhiger geworden war, Lakritzreste zugesteckt. Einmal, als sie sich gerade in der Apotheke aufhielt, kam Birna, die Tochter des Präfekten herein, doch erst am Abend wurde ihr klar, dass sich zwischen den beiden jungen Frauen etwas abgespielt hatte, auch wenn nicht viele Worte gefallen waren.

Freyja stand halb versteckt hinter einem Regal, als Birna eintrat, kam aber sofort nach vorn in den Laden, mit einem Blick in den Augen, als hätte sie eine böse Vorahnung. Das Fräulein, das sich ebenfalls umgedreht hatte, starrte in eisblaue Augen, und so blickten die beiden sich an wie zwei Katzen, die darauf lauern, zum Sprung anzusetzen. In der Apotheke schien die Zeit stillzustehen, und Agga hielt, ohne zu wissen warum, den Atem an. Schließlich bat Birna um einen Karton Wundverband, drei Rollen Heftpflaster und ein Paket Watte. Madame packte das Ganze wortlos in Einwickelpapier, reichte es ihr über den Ladentisch, und Birna hielt ihr wortlos einen Geldschein entgegen. Ihre Hände berührten sich nicht, doch ihr Atem ging schnell, und sie verbreiteten eine derartige Kälte um sich herum, dass man sich nicht gewundert hätte, frostigen Nebel aus ihren Mündern treten zu sehen. Ihre gegenseitige Abneigung war mehr als offensichtlich, doch warum und weshalb, das wusste Agga nicht. Das Fräulein stopfte alles in ihre Tasche und stolzierte hinaus, ohne die Anwesenden auch nur eines Blickes zu würdigen, doch Madame zog die linke Augenbraue hoch und sagte kurz angebunden zum nächsten Kunden: »Sie wünschen bitte?«

Diese kleine Episode führte zu Diskussionen abends am Küchentisch. An diesen wunderschönen Frühlingsabenden kam Dísa manchmal nach dem Abendessen mit ihrem Nähzeug im Beutel vorbei, und dann wurde zu Aggas größter Zufriedenheit genäht und getratscht. Freyja erkundigte sich nach Birna, was genügte, Geschichten und Klatsch über das Fräulein und die Honoratioren des Städtchens in Gang zu setzen.

Dísa erzählte Freyja, Birna hätte in Dänemark das Sportlehrerexamen gemacht und wäre so gut wie verlobt mit Björn Theodór, dem Sohn des verstorbenen Arztes. Er sei dabei, ein furchtbar feines Ingenieurstudium in Deutschland abzuschließen, und sie hätte die ganzen Jahre auf ihn gewartet, immerhin sei sie schon fünfundzwanzig Jahre alt und immer noch ledig, ein nettes Mädchen, so hübsch und strahlend und obendrein gelenkig wie eine Katze. Sie fragte Freyja, ob sie sich wirklich nicht an Teddy, den Arztsohn, erinnern könne, und sie sagte, dass sie sich nur zu gut an ihn erinnere, er hätte sie vor zwölf Jahren auf dem Teich beim Schlittschuhlaufen eine dicke Nudel gerufen. Sie sagte, sie würde sich auch gut an Birna erinnern können, denn sie und ihre Freundinnen hätten sie einmal in eine Ecke des Schulhofes gedrängt, sie ausgelacht und, wahrscheinlich wegen ihrer ungewöhnlichen Augenfarbe, Frostflunder genannt. Dísa schien die Geschichte zu kennen, denn sie senkte den Kopf, als Freyja sie erzählte.

Agga hatte sich bislang nicht für die vornehmen Leute interessiert, sie konnten ihretwegen sich verloben, heiraten oder sterben, wie sie wollten, aber jetzt hatte sie begriffen, dass es Menschen gab, die anders und besser lebten als sie und ihre Familie. Das waren jene Leute, über die Großvater ständig lästerte und die er zum Kuckuck wünschte. Die Leute, die ins Ausland fuhren, sonntags aus Kristallgläsern tranken, auch werktags im Esszimmer aßen, sich alles kaufen konnten, was das Herz begehrt, immer Pralinen und Limonade im Haus hatten, Badewanne und Eisschrank besaßen, andere Frauen für sich die Wäsche waschen ließen und sich ein Hausmädchen hielten.

Sie konnte sich des Eindrucks nicht erwehren, dass das Tun und Lassen solcher Leute bei Frau Freyja an diesem wunderschönen Frühlingsabend zunehmenden Missmut hervorrief.

Steine kommen ins Rollen

Gen Norden gerichtet stand die Bergkönigin* auf dem Podium und sprach beim Deklamieren der Nationalhymne ein wenig durch die Nase. Die Teilnehmer des Festzugs hatten sich am Südhang niedergelassen und spürten deshalb nicht den kalten Nordwind, der über den Felsenhügel strich. Bis zum Nachmittag wehte es, doch um die Kaffeezeit herum, gerade als die Kunstturnerinnen unter der Leitung von Fräulein Birna, ihres Zeichens Gymnastiklehrerin und Präfektentochter, antraten, wurde es etwas milder, und die Sonne gewann die Oberhand, und später erinnerte man sich an diesen Nationalfeiertag in goldenen und rosaroten Farben.

Zwischen den Darbietungen spielte die Blaskapelle, und ständig strömten fähnchenschwenkende Leute mit Kinderwagen auf den Festplatz, die Frauen aufgetakelt in eng anliegenden Kostümen, manche mit Hut und kurzen Handschuhen, und die Männer mit Brillantine im Haar und bunten Krawatten um den Hals. Agga trug weiße Kniestrümpfe zu ihrer Pfadfindertracht, obwohl Emelía und sie ernsthaft daran gedacht hatten, seidene Damenstrümpfe anzuziehen. Nach

* Die »Bergkönigin« symbolisiert die isländische Nation. Bei offiziellen Veranstaltungen zum 17. Juni wird sie von einem jungen Mädchen verkörpert.

einigem Hin und Her beschlossen sie jedoch, damit bis zum Abend zu warten.

Die Aufmerksamkeit der Zuschauer ruhte jetzt auf den Kunstturnerinnen, den ansehnlichsten Mädchen am Ort zwischen fünfzehn und zwanzig, die all ihre Übungen im Gleichschritt ausführten und sich reckten und streckten. Ihre Trainerin stand etwas abseits und knüllte ein Taschentuch zwischen ihren Fingern.

»Sie ist so nervös, weil Björn Theodór, ihre Flamme, aus dem Ausland gekommen ist und sie anschaut«, sagte Emelía und deutete Richtung Abhang auf einen großen, kräftigen und blonden Kavalier, der Kaugummi kaute. Er stand breitbeinig und ziemlich lässig da, die Hände in den Hosentaschen seines blauen Anzugs, und um ihn herum hatte sich eine Gruppe junger Männer versammelt, die sich unterhielten und lachten. Agga sah sich diesen Theodór, auf den die Präfektentochter so endlos lange gewartet hatte, ganz genau an.

Dann hielt Frau Freyja Gestsdóttir mit ihrem Gefolge Einzug auf dem Festplatz. Sie trug ein rotes Kostüm mit engem Rock. Die Jacke war so stark tailliert, dass die berühmten 50 cm voll zur Geltung kamen. Unter dem breitkrempigen Hut fiel das Haar in winzig kleinen, mit Seidenschleifen zusammengehaltenen Zöpfen auf ihre Schultern. Dódó und Dísa in ihrem Gefolge reckten und streckten sich so gut sie konnten, um neben der stattlichen Freyja nicht gar so klein zu erscheinen, und setzten beim Gehen zuerst die Zehenspitzen nieder. Das ließ sie selbstbewusster erscheinen. Die Söhne von Dísa trippelten neben den Frauen her und schwenkten isländische Fähnchen.

Der Auftritt erweckte Aufsehen, denn das rote Kostüm stand im Kontrast zu dem blauen Himmel und dem blauen Teich und wirkte wie loderndes Feuer auf hoher See. Die Hälse der Zuschauer verrenkten sich, die jungen Männer starrten auf die Taille, stöhnten und pfiffen mit gesenktem Kopf leise durch die Zähne, während Björn Theodór aufhörte zu kauen. Agga begriff die Situation, machte einen Satz zu ihrer Tante hin und klopfte, um ihre Zugehörigkeit zu demonstrieren, imaginären Staub von ihrem Kostüm.

Die Frauen stolzierten über den Festplatz, ließen sich am Hang nieder, und es war nicht zu übersehen, dass Madame die auf sie gerichtete Aufmerksamkeit zu schätzen wusste. Sie streifte sich mit zwei Fingern die Handschuhe ab, wies die Kinder zurecht, als wären es ihre eigenen, und kniff die Augen zusammen, während sie sich nach allen Richtungen hin umblickte. Noch nie hatte Agga Dísa so herausstaffiert gesehen, mit frischer Dauerwelle und einem kleinen, am Hinterkopf festgesteckten Hut, doch sie wirkte verunsichert in dieser Aufmachung, verfolgte die Blicke der Leute und flüsterte Dódó zu: »Jetzt sind alle schockiert über den Luxus, den ich mir leiste, wo doch alle wissen, dass wir arm sind wie die Kirchenmäuse.«

»Immer diese ewigen, schafsdummen Komplexe«, antwortete Dódó. »Lass doch diese reaktionären Wucherer glotzen wie sie wollen, es tut ihnen nur gut, zu sehen, dass sich die kleinen Leute auch ab und zu mal den Hintern bügeln.«

Selbst war sie in ihrem hellblauen Kostüm, das ihre mollige, ansehnliche Figur unterstrich, weit davon entfernt, gewöhnlich auszusehen.

Der Kinobesitzer ging an dem Frauenpulk vorbei, und Dódó lächelte ihm devot zu. Die Spitzen der Gesellschaft waren hier zusammengekommen und hatten sich unter das gemeine Volk gemischt, nur die Penner waren nirgendwo zu sehen. Oben auf dem Hang standen die Hüter des Gesetzes, Thórdur, Magnús und Gústaf, geschniegelt und gestriegelt, in

Uniform und weißen Handschuhen, und badeten sich in den Blicken der jungen Mädchen. Großmutter war wie immer nicht gekommen, denn Großvater empfand seit jeher diese Vermarktung des Nationalfeiertags als das Blödeste, was Isländer je erfunden hätten; ihm verursachten Umzüge Übelkeit, und Fahnenappelle schlugen ihm auf die Gedärme. Deshalb fand Großmutter es unpassend hinzugehen, auch wenn er nicht an Land war.

Irgendwann am späten Nachmittag, als die Sonne im Südwesten stand, Schatten auf die unter dem Felsenhügel kauernden Häuser warf und einen goldenen Lichtstreifen auf den Teich zauberte, hörte Agga Stimmen hinter dem Verkaufszelt.

»Wachsen in Amerika auch Veilchen?«, fragte eine tiefe Männerstimme.

»Außer mir keine«, antwortete leise eine Frauenstimme, die Agga von zu Hause kannte.

»Und der Duft dieses Veilchens ist so stark, dass nicht einmal das Meer zwischen den Ländern imstande ist, ihn auszumerzen?«

»Sie drücken sich so gewählt aus.«

»Und Sie duften so gut. Wo haben Sie sich versteckt, schöne Frau? Ach ja, in Amerika. Warum kann ich mich nur nicht an Sie erinnern, war ich blind, oder waren Sie unsichtbar?«

»Wenn ich mich recht erinnere, war es mein Umfang, hinter dem Sie mich früher nicht erkennen konnten«, sagte die Frau liebenswürdig.

Etwas schien ihnen zu verraten, dass sie einen Zuhörer hatten, denn sie gingen ein Stück weiter. Sie liefen nebeneinander her, ohne sich zu berühren, und selbst von hinten strahlten sie. Er war einen Kopf größer als sie. Agga sah sie in der Lava oberhalb des Teiches verschwinden.

Nach dem Tauziehen ging jeder nach Hause, um sich den Staub abzuspülen, den Hunger zu stillen und die Jüngsten ins Bett zu bringen, bevor der Tanz unter freiem Himmel im Schein der Mitternachtssonne unten am Meer begann.

Agga kam nach Hause, um sich für den Abend fein zu machen, und wunderte sich über die Stille, die über dem Haus ruhte, während es im Ort hoch herging. Ninna war dabei, kaltes Hammelfleisch zu zerkleinern und in die Fleischsuppe zu geben, die Großmutter auf dem Herd aufwärmte. Agga beeilte sich, von den Feierlichkeiten zu erzählen, bevor die anderen nach Hause kamen, und berichtete in allen Einzelheiten, wer mit wem gesprochen hatte; das Veilchengespräch aber ließ sie weg, da sie es nicht über sich bringen konnte, solchen Quatsch zu wiederholen.

Großmutter ließ sich nichts anmerken, aber irgendwie schien sie doch etwas erschrocken. Sie sagte, es könne auf keinen Fall angehen, dass Freyja sich mit dem Sohn des verstorbenen Arztes einließe, außerdem sei er, soweit sie wüsste, der Tochter des Präfekten versprochen und deshalb könnte er sich nicht mit einer Witwe sehen lassen, deren Sippe nicht fein genug sei, um in diese Familie einzuheiraten. Ihrerseits müsse sie auch sagen, dass sie kein Service hätte, um eine Hochzeit auszurichten, auch wenn ihr dänisches eines der schönsten am Ort wäre, aber das würde nicht reichen, sie kenne Frau Rannveig, die Mutter des jungen Mannes, gut genug, um zu wissen, dass jede Verbindung dieser Art völlig undenkbar sei. Im Übrigen solle man sich nur an die Worte von Jón Vídalín* erinnern, der freundlichst darauf hingewiesen hätte, dass es nicht

* Anspielung auf die Hauspostille des isländischen Bischofs Jón Vídalín, aus der früher abends im Familienkreis vorgelesen wurde.

gut ginge, wenn die Dienstmagd genauso angezogen sein wollte wie ihre Herrin, der Diener wie sein Herr und der Sohn besser als sein alter Vater.

Agga fragte, ob dieser Jón Vídalín mit Großvater zur See gefahren sei, aber als sie keine Antwort bekam, sagte sie, dass es ihr piepegal sei, was dieser Knilch gesagt hätte, und weil es ihr immer auf die Nerven ging, wenn Großmutter über ihren Töpfen diese Reden hielt, fragte sie boshaft, ob sie denn nicht wissen wollte, wo Dódó gewesen sei, denn wenn sie es wissen wollte, könnte sie ihr sagen, dass sie gesehen habe, wie sie mit irgendwelchen Lackaffen vor Másis Kiosk geredet hätte.

Großmutter war zu stolz, um darauf zu antworten, und stellte auch keine Fragen, als die jungen Frauen zur Tür hereinstürmten, die eine mit einem kleinen Lächeln um den winzigen Mund, die andere aufgeregt verkündend, sie äße keine Fleischsuppe. Niemand bräuchte für sie in den nächsten Tagen zu kochen, denn sie hätte nicht vor, zu werden wie diese da, und meinte Großmutter und Ninna. Die, die gemeint waren, gaben keine Antwort und aßen mit Würde ihre Fleischsuppe, während die Schönheitsköniginnen oben in Kleiderschränken wühlten und sich mit Kosmetikartikeln zu schaffen machten. Agga zog Seidenstrümpfe an und überlegte dabei, wie sie am besten das Treiben der beiden am Abend verfolgen könnte, aber die Mühe, die damit verbunden sein würde, schreckte sie fast wieder ab.

Ein Felsen, so groß wie ein Haus, ragte in die Hauptstraße hinein, die seinerzeit um ihn herumgelegt worden war, und unter ihm war jetzt ein Podium aufgebaut. Eine Kapelle spielte zum Tanz auf, und die festlich gestimmte Abendsonne zauberte einen goldenen Schimmer auf die Gesichter der Musikanten. Der Sänger blickte zufrieden über die Menschenmenge, wiegte Oberkörper und Arm im Takt der Musik und sang eine Seemannsschnulze. Die herumstehenden Männer gaben sich einen Ruck, ergriffen die Damen und schwangen sie über die Straße. Agga und Emelía sausten zwischen den Leuten hin und her und sammelten leere Brauseflaschen, die sie verkauften, um sich für den Erlös Limonade zu kaufen. Zwischendurch versuchten sie, Flirts und Blicksignale innerhalb einer bestimmten Gruppe zu verfolgen. Viele standen herum, sahen den anderen zu und wagten nicht zu tanzen, Mitglieder des Frauenvereins in Nationaltracht und Poeten, die in Gedanken versunken auf ihre Pfeifen blickten, und Kinder, die riefen, schubsten und sich anstießen. Dies war der zweite Abend im Jahr, an dem sie bis Mitternacht draußen bleiben durften, der andere war Silvesterabend, und obwohl die meisten bereits blass vor Müdigkeit waren, wollten alle bis zum Schluss durchhalten.

Die Präfektentochter Birna stand im Sonntagsstaat da und umklammerte mit beiden Händen ihr Täschchen, das blonde Haar fiel lockig um ihr zartes Gesicht, und der Oberlehrer sah sie mit verliebten Augen an, was sie aber vollkommen kalt ließ. Allerdings blickte sie unruhig in alle Richtungen, als ob sie jeden Augenblick jemanden erwartete. Ihre Eltern standen nicht weit entfernt, die Mutter schien an den Gefühlen der Tochter teilzunehmen, doch der Vater blickte mit unbeteiligter Miene auf das Podium.

Nirgendwo konnte Agga Dódó erblicken, hatte aber von Hilli, der bei seinen Kameraden stand und bereits leicht beschwipst war, gehört, dass sie zuletzt mit irgendwelchen unbekannten Burschen in einer Limousine aus Reykjavík gesehen worden war. Auch Freyja hatte sie aus den Augen verloren, doch als die Sonne sich kurz vor Mitternacht zu einem roten Feuerball verfärbte und die Musik immer romantischer wurde, tauchte sie zusammen mit Björn Theodór am Hang unweit der Bank auf. Wie ein Elfenpaar in der Neujahrsnacht schwebten sie Hand in Hand in den Tanz hinein, tanzten langsam, aber schwungvoll und sahen nur sich selbst, während hundert fremde Augen auf ihnen ruhten. Ein schöneres Paar war noch nie am Ort gesehen worden, darüber war man sich einig.

Um Mitternacht sah Agga sich gezwungen, dem Gebot der Großmutter Folge zu leisten und die Gesellschaft zu verlassen. Deshalb wusste sie nicht, wie die beiden anderen Frauen aus dem Haus den Rest der Nacht verbracht hatten. Doch indem sie am nächsten Tag von einem Zimmer zum anderen lief und hier ein Wort und da einen Satz aufschnappte, erfuhr sie, dass die jungen Frauen erst gegen Morgen nach Hause gekommen waren. Dódó behauptete, gesehen zu haben, wie Magnús auf der Treppe der Polizeiwache gestanden und ihr Haus im Visier gehabt habe. Großmutter meinte, das sei gar nicht verwunderlich, der Mann sei natürlich erstaunt über ihr ausschweifendes Leben.

Der Kontormief auf der Wache war überwältigend, doch die Männer schienen ihn nicht zu bemerken, denn niemand hatte es für nötig gehalten, ein Fenster zu öffnen, um frische Luft hereinzulassen. Fliegen kämpften um ihr Leben, krochen krampfhaft an den Scheiben hoch und fielen immer wieder zurück, ohne dass jemand ihrem Todeskampf Aufmerksamkeit schenkte. Ab und zu streckte Magnús seinen Arm zur Fensterbank aus, um einen Bauern zu versetzen, ansonsten blickte er nicht von seinen Papieren auf, und Thórdur schrieb mit ernster Miene Zahlen ins blaue Buch.

Agga hatte nichts Besseres zu tun, als sich mit ihrem Springseil zu setzen und zu warten. Drinnen aus der Zelle hörte man ständiges Husten und Stöhnen, das in weinerliches Rufen überging: »Thórdur!« Agga erkannte die Stimme von Jonni Heulboje. Thórdur überhörte ihn.

»Thórdur, liebster, bester Thórdur, könntest du bitte mal einen kleinen Moment herkommen?«

Thórdur ließ sich bei seiner Arbeit nicht stören. Das Gewinsel hielt so lange an, bis ihm der Geduldsfaden riss und er ärgerlich rief: »Versuche mal eine Minute lang die Klappe zu halten, Jonni!«

»Liebster, bester Thórdur«, winselte Jonni und wurde immer weinerlicher, »kannst du mir nicht ein ganz klein bisschen was geben, Sprit oder sonst was, egal was es ist, liebster Thórdur?«

»Verdammt nochmal«, stieß Thórdur aus, stand auf und ging nach vorn.

Agga ging auf Magnús zu.

»Opa ist schon lange wieder auf See«, sagte sie.

Magnús blickte konzentriert auf seine Papiere.

»Du hast mein Haus beobachtet in der Nacht des 17. Juni«, fuhr sie fort und bekam ein wenig Herzklopfen ob ihrer Courage. Er griff nach seinen Bügelfalten und zog sie hoch.

»Wolltest du wissen, wann Freyja nach Hause kommen würde? Sie kam um fünf«, sagte Agga und war ganz nervös, versuchte es aber zu verbergen.

»Fünf Uhr dreizehn«, berichtigte er. »Was willst du denn sonst noch, Fräulein Agga?«, fragte er dann müde und fuhr sich mit der linken Hand durchs Haar.

»Ich meine bloß, warum hast du mein Haus beobachtet?«

»Dein Haus? Ist das dein Haus? Ist es deine oder meine Sache, hier Verhöre abzuhalten? Ist es deine Sache, Eintragungen und Protokolle zu machen, die beim Präfekten oder Strafrichter verhandelt werden, oder ist es meine?« Um seinen Worten Nachdruck zu verleihen, sah er sie streng an und fuhr dann fort, seine Papiere zu lesen. Agga verstand nicht, was der Mann meinte.

»Oma war böse wegen irgendwas«, sagte sie dann. »Ich glaube, das war, weil Freyja mit diesem Mann war oder weil Dódó mit irgendeinem Lackaffen aus Reykjavík weg war, ich weiß es nicht.«

Magnús streckte einen Arm zur Fensterbank aus und schlug einen Bauern mit dem Springer.

»Dein Großvater wird aber nicht begeistert sein, wenn er hört, dass Dódó sich mit irgendeinem Lackaffen aus Reykjavík eingelassen hat, und ob er, der alte Sozi, darüber erfreut sein wird, wenn er hört, mit wem Freyja zusammen ist, weiß ich noch weniger, Tatsache ist, dass keineswegs alle begeistert davon sind.«

»Wer ist nicht begeistert?«, fragte Agga erstaunt. »Warum sind nicht alle begeistert?«

»Weil es erstens sozusagen feststand, dass Björn Theodór mit meiner Cousine Birna, der Tochter des Präfekten, verlobt ist, und zweitens ist deine Tante Witwe und stammt aus einfachen Verhältnissen.«

Agga kapierte überhaupt nichts. Sie zupfte an ihrer Unterlippe und fragte, ob viele betrunken gewesen wären am 17. Juni? Oder ob es nur Jonni Heulboje gewesen war?

»Es gab eine Menge Betrunkene«, antwortete Magnús irritiert, »deshalb habe ich die halbe Nacht draußen auf der Treppe gestanden, um frische Luft zu schnappen, wenn du es genau wissen willst. Aber sag mal«, fügte er höhnisch hinzu,

»hast du in letzter Zeit mal wieder irgendwas gespürt in Bezug auf die Veranlagung der Dame aus Amerika?«

Agga ließ ihre Finger knacken und machte eine nachdenkliche Miene. Da er so abweisend zu ihr war, beschloss sie, ihm nicht von dem merkwürdigen Benehmen der Frau zu erzählen, das wahrhaftig darauf schließen ließ, dass sie anders war als normale Leute. Sie würde ihm nicht von ihren nächtlichen Spaziergängen auf den Felsenhügel erzählen oder ihrer zügellosen Fresssucht mit dazugehörigem Erbrechen. Wenn er ihr aber fünfundzwanzig Öre für Schokoladenzigaretten gegeben hätte, wäre sie vielleicht damit herausgerückt und auch damit, dass sich die Frau so kalt anfühlte; nicht einmal morgens, wenn sie aus dem Bett kroch, war sie warm.

Doch sie schwieg, und dann kam Thórdur wieder hereinmarschiert. Er sah sie an, als müsste er überlegen, wo er sie hinstecken sollte, denn Thórdur kannte meistens die Kinder im Ort nicht. Sie waren zu klein, und er hätte sich bücken müssen, um ihnen in die Augen schauen zu können.

In der Küche fand nach dem Abendessen eine Art Säuberungsaktion statt. Die Frauen nahmen eine nach der anderen ein Fußbad, und am Ende beschloss auch Großmutter, ihre Füße ins Wasser zu stecken und den Versuch zu machen, ihren Hühneraugen zu Leibe zu rücken. Kidda war nach oben gekommen, nuckelte an ihrer Pfeife und verfolgte gleichzeitig mit der Fußwäsche gespannt den Roman im Radio. Dódó saß mit geschlossenen Augen da und träumte vor sich hin, solange Ninna jede einzelne Locke bei ihr mit über Kreuz geklemmten Haarspangen feststeckte. Freyja kämmte schweigend ihre Haare und blickte auf den Felsenhügel.

Agga hatte keine Ahnung, ob die Ereignisse, die sich am

Nationalfeiertag zugetragen hatten, beredet worden waren. Auch schienen sie in keinster Weise Einfluss auf den Gemütszustand der Frauen gehabt zu haben. Trotzdem hatte sie das Gefühl, dass die Klatscherei losgehen würde, sobald sie selbst die Küche verließe. Deshalb blieb sie beharrlich sitzen, mischte Karten und baute damit Häuser. Die ganze Zeit über hatte sie aber mit dem Schlaf zu kämpfen. Wenn es ganz schlimm wurde, lehnte sie sich etwas an die Wand, aber wenn sie gewahr wurde, dass in verhaltenem Ton gesprochen wurde, setzte sie sich sofort wieder auf und begann Karten zu mischen. Es war zwar irgendwie unnormal, an einem taghellen Sommerabend so müde zu sein, aber vielleicht war es der Nieselregen, der die Schwere verursachte.

Großmutter hatte Schwierigkeiten mit ihren Hühneraugen, und Kidda meinte, das wären doch überhaupt keine Hühneraugen, sondern Knochen, die in die falsche Richtung wuchsen, alles nur wegen zu engem Schuhzeug und Eitelkeit. Dann stöhnte sie und erklärte, dass der verdammte Lemurengeruch sie dieser Tage noch umbringen würde. Großmutter sagte, sie hoffe nur, dass es nicht auch noch zu einem Vulkanausbruch käme, es reichte wirklich, dass der Fisch ausblieb.

Nachdem Agga wiederholt in ihrer Ecke eingenickt war, wurde sie ins Bett geschickt. Sie schlief immer noch auf der Liege bei Freyja, obwohl Großvaters Bett frei war, und sie schob es darauf, dass sie das Umziehen satt hatte. Kurz darauf kam Freyja hoch, und Agga beobachtete sie beim Ausziehen. Sie fand, dass Freyja sich ähnlich auszog wie Großmutter. Mit feierlichen Gebärden, als würden sie sich darauf vorbereiten, am nächsten Morgen in einer anderen Welt zu erwachen. Jedes Kleidungsstück wurde sorgfältig zusammengelegt, geglättet und zurechtgelegt, Strümpfe wurden in Form gezogen und mit Hingabe aufgerollt und Hände und Füße eingeölt. Agga war es nicht zu heiß unter ihrer Bettdecke, sie lag zusammengekrümmt und hatte sie sich bis übers Ohr gezogen. Das Haus war seit Mai nicht mehr geheizt worden, die Sommerwärme sollte bis zum Herbst reichen, und Gott allein wusste, was werden würde, wenn die Ölheizung bis dann noch nicht im Haus war. Großmutter konnte stur sein.

Als Freyja sich das Nachthemd über den Kopf zog, fragte Agga, ob sie in diesen Ingenieur verschossen sei? Freyja lächelte und sagte, sie könnte nicht verstehen, warum sie es nicht sein sollte, der Mann sei sowohl höflich als auch gebildet. Agga fragte mit Nachdruck, ob sie ihn süß fände, denn das war ihrer Meinung nach das Wichtigste.

»Süß und nicht süß«, sagte Freyja und ihre Eisaugen bekamen eine noch blauere und tiefere Farbe. Sie versuchte, vor dem Schlafengehen ihr Haar in einem Zopf zu bändigen und begann ungefragt zu sprechen.

»Anfangs sind wir nur die Straße entlangspaziert und haben uns die Fahnen angeguckt«, sagte sie, »dann sind wir am Strand entlang, an den Felsen vorbei und ans andere Ende der Stadt, wo Björn Theodór als Junge im Meer geschwommen ist, er hat schlanke Lenden, der Theodór, sind dann bei den Stockfischgestellen in die Lava eingebogen, seine Schenkel sind übrigens sehr muskulös, denn er hat im Ausland Langlauf trainiert, und da bei den Gerüsten habe ich Butterblumen gepflückt, die waren rot in der Abendsonne, sein blondes Haar wurde auch rot, wir haben versucht, die Butterblumen in meine Zöpfchen zu stecken, und dann wurde Björn Theodór sehr hungrig.«

Sie verstummte, so als ob dieses Kapitel abgeschlossen wäre, und weil Agga den Verdacht hatte, dass es mit diesem

Hunger etwas auf sich hatte, fragte sie, was er denn gemacht hätte gegen diesen großen Hunger?

»Hat Stockfisch von den Gestellen gegessen«, sagte Freyja nach einigem Überlegen, und Agga wusste, dass sie log wie gedruckt.

»Aber was habt ihr dann in der Nacht gemacht, nachdem der Tanz zu Ende war, irgendwas habt ihr doch gemacht, denn du bist doch erst um fünf Uhr dreizehn nach Hause gekommen?«

»Fünf Uhr dreizehn?«, wiederholte Freyja wie aus weiter Ferne und fuhr fort: »In der Nacht? Ja, die Nacht. Nächte sind in Tüll gehüllt, der gegen Morgen, wenn die Dunkelheit in den letzten Zügen liegt, violett wird. Er löst sich in Wohlgefallen auf, wenn die Wolken die Flucht ergreifen und ziellos von Süd nach Nord irren, bis die Sonne, stark und zu allem fähig, im Osten wieder aufgeht. Gleichzeitig erwacht alles, der Goldregenpfeifer hüpft von einer Grasmulde zur anderen, die Fliegen summen einem ins Ohr, und die Steine am Ufer kommen ins Rollen.«

»Wo bist du gewesen?«, wiederholte Agga schläfrig und angeödet von diesem Geschwätz, hörte aber wie aus weiter Ferne, dass die Tante sagte: »Er ist wieder ins Ausland gefahren, um sein Studium zu Ende zu bringen, aber er schreibt mir.«

In hellen Flammen

Noch waren keine Briefe aus dem Ausland gekommen, obwohl es bereits Mitte Juli war. Kurz nach sechs Uhr abends kam Freyja von der Arbeit, steckte ihren Kopf zur Küchentür herein und warf aus ihren blauen Augen einen Blick auf das Tischende, wo die Post hingelegt wurde.

»Keine Post«, sagte Großmutter. Daraufhin zog Freyja den Mantel aus, holte sich das Soziblatt und ließ sich in den braunen Sessel am Wohnstubenfenster fallen. Wie immer hatte sie keinen Appetit, und Großmutter sagte zu Kidda, dass das einfach nicht so weiterginge mit dem Kind, sie bestünde nur noch aus Haut und Knochen.

»Freyja ist kein Kind, und Freyja braucht auch nicht zu essen«, sagte Kidda und rauchte mit röchelndem und pfeifendem Atem.

»Du bist ja selbst wie ein Stochereisen«, stieß Großmutter hervor.

Agga fand es ärgerlich, dass der Mann nicht schrieb, wie er versprochen hatte, und immer, wenn sie den Briefträger in der Sonnenstraße sah, sprang sie ihm erwartungsvoll entgegen. Briefträger Höddi war anfangs die Freundlichkeit in Person, geschmeichelt über so viel Aufmerksamkeit nahm er seine Mütze ab und verneigte sich respektvoll vor den Frauen, wenn sie mit vorgebundener Schürze vor der Haustür standen. Als aber die dritte Woche ihrem Ende entgegenging, ohne dass das Interesse der Frauen in diesem Haus an der Postzustellung im Ort nachgelassen hatte, begann er, einen Bogen um das Haus zu machen, um der Fragerei zu entgehen. Insbesondere schien ihm das Gör auf die Nerven zu gehen, das immer seine Nase in seine Tasche steckte und ihm unterstellte, stapelweise Briefe auf der Post vergessen zu haben.

Diejenige, die die meisten Qualen litt, wachte morgens um fünf Uhr auf, machte einen zweistündigen Spaziergang auf den Felsenhügel und in die Lava oder Gott weiß wohin, und irgendjemand hatte sie sogar am Friedhof gesehen. Wenn sie zurückkam, kämmte sie sich, nahm Tee und Toast zu sich und ging mit langen Schritten zur Apotheke. Abends nach den Nachrichten begab sie sich oft auf einen anderen, genauso langen Spaziergang, und das überstieg Großmutters Fassungsvermögen. Sie ließ niemand von diesem Benehmen wissen, weil sie sich deswegen in Grund und Boden schämte. Genauso wenig sprach Großmutter über die Mixtur aus vier Eiweiß mit Salz, die Freyja täglich trank, schickte Agga nur einen Tag hierhin und einen Tag dorthin, um Eier zu holen, damit der enorme Verbrauch nicht so auffiel. Sie war nur froh, solange die Nichte wenigstens etwas in den Magen bekam.

Ende August wog Freyja nur noch etwa fünfzig Kilo, eine Frau von Einszweiundsiebzig und nach wie vor mit einer Taille von fünfzig Zentimetern. Der Busen schien jedoch seine Form zu behalten, doch Großmutter sagte klagend zu Kidda, dass der ihr wohl auch noch abhanden kommen würde.

Während Freyja vom Fleische fiel, nahmen die Schwestern in gleichem Maße zu, blühten äußerlich wie innerlich auf, und der Liebhaber in einer blauen Limousine kam mit heruntergedrehten Scheiben im Höllentempo durch die Straßen des Städtchens gebraust. Selbstverständlich hatte der Romeo nichts mit Ninna im Sinn, das wusste jeder, sondern es war Dódó, hinter der der Typ aus der Stadt, wie Großmutter ihn nannte, her war. Der Typ hatte dunkle Haare und ein hübsches Gesicht, lächelte und war selbstbewusst, so viel konnten die Frauen vom Stubenfenster her sehen, und Dódó flatterte wie ein Schmetterling mit offenem, knallroten Mund und blonden, wild fliegenden Locken die Treppen hinunter. Agga wagte nicht, Großmutter zu erzählen, dass der Typ aller Wahrscheinlichkeit nach in einer Tanzkapelle spielte und dass die Limousine alt und zusammengeflickt war, denn Oma glaubte, er müsste aus gut situiertem Hause kommen, sonst hätte er kein Auto. Nur Freyja war das Aussehen des Jungen vollkommen gleichgültig, was Dódó sehr verletzte, denn eigentlich hatte sie außer Freyja niemand, mit dem sie über ihre große Liebe sprechen konnte, da die anderen Hausbewohner ihrer Meinung nach nicht ganz dicht waren.

Freyjas Apathie nahm jedoch eines Augustabends ein plötzliches und unerwartetes Ende, als Dísa zu Besuch kam und versuchte, sie mit Klatsch und Tratsch über unerfüllte Liebe aufzumuntern, obwohl solche Geschichten während der Sommerzeit nicht sehr häufig passierten. Wenn drei oder mehr Frauen um den Küchentisch versammelt waren, teilte Großmutter immer Karten für eine Runde Rommé oder Whist aus, die Frauen sortierten ihre Karten nach Art und Farbe, und schon waren sie, ohne es zu merken, ins Spiel vertieft. Dísa versuchte, alles aus Großmutter und Freyja herauszuholen, was sie über Dódós Typ wussten, und Großmutter sagte, er wäre ein durchaus vorzeigbarer Junge aus gutem Hause, wo es sowohl heißes Wasser in den Leitungen gab als auch einen elektrischen Herd. Sie wären wohl insgesamt fünf Brüder, alle ungemein tüchtig, arbeiteten hin und wieder bei ihrem Vater und hätten das Auto selbst finanziert.

»Er raucht Chesterfield«, sagte Ninna, und alle sahen sie an, als wäre das die bislang weitaus wichtigste Information. Ninna hatte oft das eine oder andere auf Lager, aber da sie nie mehr als einen Satz auf einmal von sich gab, ging vieles verloren.

»Sind seine und unsere Familie denn gleichgestellt?«, fragte Agga und wusste nicht so recht, wie sie das ausdrücken sollte. Die Frauen vergaßen abzulegen und sahen sie fragend an.

»Weil doch Magnús gesagt hat, dass dieser Björn Theodór sich nicht mit einer Witwe aus einfachen Verhältnissen einlassen sollte, nur mit der Präfektentochter«, sagte sie und genoss die Aufmerksamkeit.

Die Spielerinnen senkten die Köpfe und warfen sich aus den Augenwinkeln Blicke zu.

»Willst du jetzt wirklich den König opfern?«, fragte Großmutter und blickte auf Freyja, die den Herzkönig ablegte. Dísa schielte nervös auf ihre Freundin. Sie spielten weiter, aber die Stimmung war umgeschlagen. Agga fühlte, dass sie wie immer überflüssig war, aber es fiel ihr nicht ein zu gehen.

»Lass die Katze rein und dann ab ins Bett«, sagte Großmutter zu Agga, ohne von den Karten aufzublicken, und Agga gehorchte widerwillig. Sie war kaum oben und dabei, sich auszuziehen, als unten in der Küche eine lebhafte Diskussion einsetzte. Es war ja nichts Neues, dass es in dem Moment, wo sie weg war, losgehen würde. In Windeseile überschlug sie ihre Chancen und setzte sich schließlich auf die unterste Stufe, wo sie von der Küche aus nicht gesehen werden konnte, und betete inständigst, dass sie die Tür nicht zumachten. Sie musste sich enorm anstrengen, um ganze Sätze verstehen zu können, und wenn jemand hustete, einen Stuhl zurechtrückte oder Wasser in den Kessel laufen ließ, verlor sie den Zusammenhang.

»Das konnte man sich ja selbst sagen, dass Rannveig, eine der feinsten Damen am Ort und obendrein Tochter eines Propstes, damit nicht einverstanden ist«, hörte sie Großmutter sagen. Freyja gab dazu ihren Kommentar ab, sprach aber so leise, dass Agga nichts verstand.

»Freyja ist aber doch so viel schöner und besser als Birna«, stöhnte Dísa.

Da sagte Freyja plötzlich und laut genug, dass Agga es hörte: »Ich kreuzige ihn.«

Totenstille trat ein, und endlich sagte Dísa: »Nein, Freyja, das ist nicht die richtige Methode.«

Was für Methoden auch immer Dísa für richtig hielt, jedenfalls waren diejenigen, die sie selbst einige Tage nach diesem Gespräch in ihrer eigenen Wohnung anwendete, ziemlich unerquicklich.

Kurz vor dem Abendessen erschienen Dísas Söhne ganz außer Atem und mit kreidebleichen Gesichtern und hervorquellenden Augen. Großmutter befürchtete, dass ihnen das Zwerchfell geplatzt war und sie auf den Teppich reihern würden. Als sie fragte, was los sei, konnten sie mit Mühe und Not herausbringen, dass ihre Mutter einen Tobsuchtsanfall hätte und dabei sei, die Küche zu demolieren. Freyja und Dódó reagierten prompt, denn es war außergewöhnlich, dass Dísa die Fassung verlor, und rannten mit Agga auf den Fersen, so wie sie waren, zur Mittelgasse. Noch nie hatte Agga Frauen so schnell laufen sehen, und sie konnte sich nichts anderes vorstellen, als dass Dísas Haus in Flammen stehen müsste.

Der Anblick, der sich ihnen bot, war verheerend. Jemand hatte wie ein Berserker gewütet, auf dem Küchenboden lag zwischen Reis, Mehl, Milch, Fischhaut und Fischgräten das ganze Geschirr in tausend Scherben. Gardinen waren mit Stangen von den Fenstern gerissen worden und Stühle waren umgefallen. Sie stiegen über die Bescherung hinweg und blieben vor der Wohnstubentür stehen.

In der Ecke am Fenster saß Dísa kerzengerade mit untergezogenen Beinen, starrte auf die gegenüberliegende Wand und hielt mit beiden Händen ein Fleischmesser auf ihren Bauch gerichtet.

Alle standen wie vom Schlag gerührt, bis Freyja leise aufstöhnte: »Dísa, was geht hier vor?«

»Mundi betrügt mich seit Monaten mit einer anderen, und jetzt ist er auf Sauftour«, sagte Dísa, ohne das Messer aus den Augen zu lassen.

Seitdem hatte Agga das Bild von Dísa vor Augen, wie sie dort in geblümter Kittelschürze und gelber Strickjacke kauerte, mit hängenden Schultern und dünnem Haar, fade, schielend und mit stumpfem Blick. Neben ihr stand auf einem Tisch, ihrem neuesten und besten Möbelstück, das Radio, aber der Teppich darunter war verschossen, zerfranst und hässlich.

»Kommt mir nicht zu nahe«, sagte sie tonlos. Dann erhob sie die Hände mit der Waffe.

»Nein, nein!«, riefen Freyja und Dódó.

»Du weißt nicht, was du tust, liebste Dísa«, sagte Freyja.

»Dísa!«, rief Dódó, »die Welt ist voll von Männern, lass diesen verdammten Idioten laufen, diesen widerlichen Schuft, er hat es nicht verdient, dass du dich seinetwegen umbringst.«

»Wer soll sich um die Jungen kümmern, Dísa?«, sagte Freyja scharf. »Das Weibsbild, mit dem er fremdgeht, oder was? Du wirst dich um deine Kinder kümmern, Dísa, du wirst die Familie zusammenhalten, im Guten oder Bösen. Leg das Messer beiseite.«

»Dísa«, sagte Dódó weinerlich, »du wirst es ewig bereuen, wenn du dich umbringst. Dísa, wer sich umbringt, der kommt nicht in den Himmel.«

Einen Moment lang schien das zu wirken, Leben kam in die Augen, und die Schultern entspannten sich, aber dann nahm sie wieder diese zeremonielle Stellung ein und konzentrierte sich auf den Akt, der unausweichlich schien. Die Sekunden vergingen, und die Frauen wagten nicht, sich zu rühren, doch plötzlich sagte Freyja leise und entschlossen: »Schau mal.«

Sie nahm ihre Zöpfe, die sie mit Haarnadeln hochgesteckt hatte, und während sie sich auf die Knie sinken ließ, begann sie langsam und mit sicherer Hand, sie zu lösen. Die Anwesenden konnten sich überhaupt keinen Reim auf dieses Gebaren machen, blickten aber wie hypnotisiert auf das Haar, das mehr und mehr wurde, bis es schließlich Schultern und Busen einhüllte. Dann beugte Freyja ihren Kopf nach vorn und ließ das volle und glänzende Haar auf den Fußboden fallen, dessen Duft aufstieg und das Zimmer füllte. Langsam kroch sie auf allen vieren mit gesenktem Kopf und wallendem Haar auf Dísa zu und flüsterte lockend: »Riech mal.«

Die Unselige vergaß sich bei dem Anblick und war abgelenkt. Und während sie tief den Duft des Haares einsog, griff Freyja nach dem Messer und warf es zur Tür. Hob dann den Kopf, nahm die bebende Frau in die Arme und wiegte sie beruhigend hin und her. Dódó griff nach dem Messer, atmete erleichtert auf, schloss die Augen und lehnte sich an den Türrahmen.

Die Frauen waren völlig am Ende. Dódó warf sich auf die Liege, und Agga ließ sich wie ein Mehlsack neben sie fallen. So verging eine gute Weile. Dísa hatte angefangen zu weinen und würde bald laut schluchzen. Sie lauschten dem Trippeln der Regentropfen auf dem Dach. Der Sommer war ausnehmend nass gewesen, und Agga fand, dass in solchen Sommern Frauen mehr herumnörgelten. Sie regten sich über alles Mögliche auf, nasse Schuhe, die Dreck machten, Wäsche, die draußen auf der Leine nicht trocknete, Kartoffeln, die nicht wachsen wollten, Hering, der nicht gefangen wurde, Männer, die zu geizig waren, um eine Ölheizung anzuschaffen.

Das Wimmern in der Ecke war in Schluchzen übergegangen. Freyja beschwichtigte und besänftigte, hätschelte und tätschelte. Zwischen den Schluchzern sagte Dísa, es wäre gar nicht komisch, dass Gudmund sich eine andere Frau genommen hätte, wo sie doch selbst wie eine Vogelscheuche aussähe.

»Das stimmt doch gar nicht«, sagte Freyja müde.

»Mein Bauch ist zu dick, und ich schiele wie sonst was«, jaulte Dísa so laut, dass die Wände widerhallten. Sie war untröstlich, und Agga weinte innerlich mit.

»Du hast das schönste Herz am Ort, Dísa, da kann einer sagen, was er will«, sagte Freyja, »Gudmund hat das bloß nicht gesehen. Vielleicht ist er ein schlechter Mensch.«

»Er ist ein Drecksack«, erklärte die auf dem Bauch liegende Dódó.

»Keiner, kein Mann will eine schielende Frau«, sagte Dísa und weinte unaufhörlich.

»Du schielst doch gar nicht, du hast bloß manchmal einen

Silberblick, du Dummchen, und zeig mir die Frau hier, die eine schönere Nase und einen schöneren Mund hat als du, und wenn du eine findest, dann gehe ich, so wahr ich Freyja heiße, wieder nach Amerika.«

Diese Worte schienen die größte Wirkung zu haben.

Sie kochten Kaffee für sie, wuschen ihr das Gesicht und fingen dann langsam an sauber zu machen. Füllten einen Eimer nach dem anderen mit Scherben und machten sich Sorgen darüber, was wohl die Müllmänner dazu sagen würden.

»Wir sagen einfach, dass der Küchenschrank von der Wand gefallen ist«, erklärte Dódó, und alle nickten bestätigend.

»Großer Gott, ich komm in die Hölle für das, was ich machen wollte«, flüsterte Dísa auf einmal und begann wieder zu weinen.

»Nein, liebes Kind, du kommst schnurstracks mit zu uns nach Hause«, sagte Freyja.

Agga war nicht gerade begeistert von der Aussicht, mir nichts dir nichts drei Personen mehr im Haus zu haben. Sie befürchtete, dass Großmutter auf die Idee kommen würde, irgendeinem ihr Bett zu geben, und war mehr als froh, als beschlossen wurde, Dísa und ihre Jungen in Großvaters Kammer unterzubringen. Es ging hoch her, als am Abend die Sache in allen Einzelheiten beredet wurde, insbesondere was die Gemeinheit von Gudmund betraf. Dísa, die nie ein schlechtes Wort über jemanden fallen ließ, informierte in ihrem Elend die Anwesenden, dass Gudmund sich nicht nur seit Ostern mit anderen Frauen herumtrieb, sondern er wäre immer häufiger versackt und hätte sie, wenn es ganz schlimm mit ihm stand, auch einige Male verprügelt. Aber das wäre einzig und allein der Arbeitslosigkeit zuzuschreiben, das hätte dem Ärmsten schwer zugesetzt. Großmutter sagte, es sei ihr völlig unbegreiflich, wie Arbeitslose immer noch Geld für Tabak und Schnaps haben könnten.

Kurz vor dem Zubettgehen stellte sich heraus, dass der Familie Kleidung und andere Kleinigkeiten fehlten, sodass Freyja und Dódó sich auf den Weg zur Mittelgasse machten; Agga heftete sich ihnen an die Fersen.

Es hatte aufgehört zu regnen, aber es war windiger geworden, und die Augustdämmerung hing wie brauner Dunst über dem Ort. Im Haus brannte Licht in der kleinen Wohnstube, was sie merkwürdig fanden, aber sie dachten nicht weiter darüber nach und stürmten hinein. Mit allem hatten sie gerechnet, aber nicht damit, dass der Hausherr zu Hause sein würde, und deswegen blieben sie wie angewurzelt stehen, als sie ihn plötzlich auf dem Diwan liegend vor sich sahen, Schnapsflasche, Zigaretten und Krimis in wüstem Durcheineinander um sich herum verstreut.

»Jemine«, sagte Agga.

»Wo ist das verdammte Frauenzimmer, ihr Idioten?«, brüllte er und rappelte sich hoch. Sie traten alle ein paar Schritte zurück, und Agga versteckte sich hinter Freyja.

»Dísa und die Kinder werden sich bei uns etwas erholen«, sagte Freyja forsch. »Wir wollen hier nur ein paar Kleider holen, wenn du nichts dagegen hast.«

»Ich habe verdammt viel dagegen, ihr dämlichen Zicken, macht, dass ihr rauskommt, und sagt der blöden Kuh, dass sie sich, verdammt nochmal, nach Hause scheren soll; hier ist ihr Platz, kapiert! Hier hat sie zu sein!«

Die Augen waren blutunterlaufen, und der Speichel lief ihm aus dem Mund, als er ihnen mit erhobenen Fäusten auf den Leib rückte. Der Gestank, der von ihm ausging, war unerträglich. Angewidert wichen sie zur Haustür zurück, stolperten auf der Türschwelle, kamen sich gegenseitig in die Quere und wären beinahe im Matsch der Gosse gelandet. Er schlug die Tür so heftig hinter ihnen zu, dass die Wellblechverkleidung des Hauses krachte.

»Warte nur ab, du verdammter Kerl«, zischte Freyja, und ihre Pupillen wurden wie Stecknadelköpfe.

»Das soll er mir büßen, dieser miese Typ«, sagte Dódó zitternd vor Wut. »Ich geh zur Polizei, die können die Klamotten holen.«

Gústaf, der allein auf der Wache war, sagte, er wolle sich möglichst nicht in Familienangelegenheiten einmischen. Aber um sie zu beruhigen und da er schlechte Erfahrungen mit wütenden Frauen gemacht hatte, bequemte er sich widerwillig zu dem kleinen Haus mit der Wellblechverkleidung, kehrte aber nach kurzer Zeit wieder zurück und sagte, dem Mann sei überhaupt nicht beizukommen, denn er bestehe darauf, dass seine Frau nach Hause käme, und zwar auf der Stelle. Sie bedankten sich ironisch für seine Mühe und beschlossen, eine erneute Attacke auf den nächsten Tag zu verschieben.

Was du heute kannst besorgen, das verschiebe nie auf morgen, sagte Großmutter für gewöhnlich, und das war das Erste, was Agga einfiel, als sie von den grauenvollen Ereignissen der Nacht erfuhr.

Agga war gerade aus dem Bett gekrochen, als Oberwachtmeister Thórdur und der Pastor vor der Haustür standen. Thórdur musterte sie scharf, als sie in der Tür erschien, als käme sie ihm bekannt vor, und bat sie dann, ihre Mutter zu holen. Agga wollte so früh am Morgen einen witzigen Ton anschlagen und sagte, dass das vielleicht nicht so einfach wäre, aber dann war Großmutter auch schon da und befahl ihr hastig, nach oben zu verschwinden. Was sie natürlich nicht tat, denn der Pastor und die Polizei kamen schließlich nicht alle Tage zu Besuch.

Die Frauen versammelten sich halb angezogen in der Wohnstube, und die Männer blickten teilnahmsvoll auf die Versammelten. Nach Verlesen der einschlägigen frommen Worte und Verweisen auf christliche Denkweise, Christi Leiden und Sterben und Auferstehen, verkündigte der Gottesmann wundersanft, dass Dísas Ehemann aller Wahrscheinlichkeit über seiner brennenden Zigarette eingeschlafen sei, die einen Höllenbrand entfacht habe, der das ganze Haus in Schutt und Asche gelegt hätte. An diesem Punkt mischte Thórdur sich ein und sagte kurz und bündig, dass Gudmund bewusstlos ins Krankenhaus eingeliefert worden sei und in Lebensgefahr schwebe.

Dísa blickte erschrocken auf die beiden Stützen der Gesellschaft und fragte dann: »War die andere bei ihm?«

Die beiden sahen sich an, räusperten sich und sagten, dass sich außer ihm keine Menschenseele im Haus befunden hätte. Andererseits wäre das Haus vom Feuer stark mitgenommen und keinesfalls mehr bewohnbar. Eigentlich wäre alles zerstört, was sich im Haus befunden hätte.

Freyja fragte, wann das genau passiert sei, und Thórdur sagte, dass ein Fischer, der unterwegs zum Hafen war, gegen fünf Uhr am Haus vorbeigegangen war und die Polizei gerufen hatte. Die Ursache des Feuers sei noch unbekannt, aber wie bereits erwähnt, ging man davon aus, dass Gudmund über einer brennenden Zigarette auf dem Sofa im Wohnzimmer eingeschlafen sei. Branntwein und Papierkram um ihn herum hätten wahrscheinlich dem Feuer Zunder gegeben, und vermutlich hätte es schon eine Weile gelodert, bevor die Feuerwehr eintraf. Der Sturm in der Nacht hätte dann das Seinige getan.

»Ist wirklich die Feuerwehr gekommen?«, fragte Agga, ganz geknickt darüber, dieses Ereignis verpasst zu haben, und wurde schleunigst nach oben gejagt.

Sie hatte drei Knöpfe an ihrem Kleid zugeknöpft, als sie sich plötzlich daran erinnerte, dass Freyja in der Nacht etwas in die Kommodenschublade gesteckt hatte. Ganz langsam zog sie die oberste Schublade auf, tastete mit der Hand zwischen Seidenunterwäsche und Rüschen und stieß auf ein leeres Spiritusfläschchen. Brennspiritus, stand auf dem Etikett. Sie blickte ungläubig auf die Flasche. Konnte es sein, dass Freyja angefangen hatte, Sprit zu trinken wie die Penner? Trank sie wirklich Sprit, wenn sie abends auf ihren Spaziergängen war?

Dann erinnerte sie sich, dass Freyja nicht abends weggegangen war, sondern erst spät in der Nacht. Sie war zwar zur gleichen Zeit zu Bett gegangen wie sie selbst, aber sehr viel später war sie völlig angezogen ins Zimmer gekommen, hatte das Fläschchen in die Schublade gesteckt und sich dann zum zweiten Mal ausgezogen. An all das konnte sie sich erinnern, weil sie schlecht geträumt hatte und ständig aufgewacht war.

Sie hatte gerade wieder das Fläschchen an seinen Platz zurückgelegt, als sie jemanden die Treppe hochkommen hörte. Nach den Geräuschen von unten zu urteilen, machte Dísa sich fertig, um mit dem Pfarrer und Thórdur mitzugehen. Freyja erschien in der Kammer, und Agga machte sich mit ihrem Kleid und ihren Strümpfen zu schaffen. Aus den Augenwinkeln heraus sah sie, wie Freyja sich Strickjacke und Kopftuch holte, die oberste Schublade aufzog, ein Weilchen herumtastete, dann etwas in ihre Handtasche steckte und nach unten ging. Agga zog in Windeseile die Schublade auf und stellte fest, dass das Fläschchen verschwunden war.

Dísa, die bei ihrem Mann war, als er seinen letzten Atemzug tat, kam gebeugt und leblos nach Hause und wurde dort unter eine Decke gepackt. Sie bot einen jämmerlichen Anblick. Zur Verwunderung und zum Ärger aller trauerte sie heftig um ihren Mann, sprach darüber, was für ein guter und lieber Mensch er gewesen sei, und machte sich Vorwürfe, ihn so schlecht behandelt zu haben.

Der ganze Ort sprach von nichts anderem als dem Brand in dem kleinen Haus in der Mittelgasse und dem merkwürdigen Eingreifen des Schöpfers, der diesen Mann in die Ewigkeit schickte, nachdem er beinahe seiner Frau den Garaus gemacht hätte.

»Gott straft die, die es verdient haben«, sagten die Frauen.

»Verdammt nochmal, den Gudmund hat's aber plötzlich erwischt«, sagten die Männer.

Wie zu erwarten war, herrschte in den nächsten Tagen Hochbetrieb im Haus. Oberwachtmeister Thórdur ließ sich von den Frauen die Ereignisse des Abends vor dem Brand erzählen, der Pastor sprach lange mit Dísa und den Jungen und sagte, Gottes Wege seien unerforschlich, Verwandte von ihr und Gudmund kamen und weinten mit ihr und tranken Kaffee; Frauen aus dem Frauenverein brachten Kleidung und trösteten Dísa, sie solle sich keine Sorgen machen, sie hätten bereits eine Wohnung für sie gefunden, und der Bäcker kam und versprach, ihr einen Monat lang täglich Brot ins Haus zu liefern. Dísa schwamm vor Dankbarkeit in Tränen und hatte wenig Zeit zum Trauern.

Die Beerdigung fand in der überfüllten Kirche statt. Als man hinaustrat, ging man vornübergebeugt und hielt sich den

Hut fest, den der scharfe Südwind wegzutragen drohte. Dísa ging schleppenden Schrittes mit ihren Jungen hinter dem Sarg her. Unmittelbar dahinter folgte der gesamte Ort, und die Schlange wollte überhaupt kein Ende nehmen. Alle waren zur Beerdigung erschienen.

»Man könnte meinen, der Mann wäre Präfekt gewesen«, sagte Agga, die am Strand stand und den Leichenzug beobachtete, zu den Möwen. Eissturmvögel schwebten über ihrem Kopf, kamen ab und zu im Sturzflug niedergeschossen, als wollten sie das Mädchen an ihr Revier erinnern, und Agga flog so einiges durch den Kopf. Sie fand es merkwürdig, dass man innerhalb von einer Woche in den Sarg kommen kann. Und noch merkwürdiger fand sie, dass Freyja genau zu der Zeit draußen herumspazierte, als der Mann mitsamt seinem Haus in hellen Flammen stand, ohne etwas zu bemerken. Und warum war die Frau lange, nachdem sie zu Bett gegangen war, aus dem Haus gegangen? Und dann das mit dem Spritfläschchen.

Es war klar, dass Wachtmeister Magnús diese Fragen zu beantworten hatte, wenn er konnte.

Der Hüter des Gesetzes saß mit Trauermiene da und zählte Scheine und Münzen in seiner Brieftasche. Er warf Agga einen Blick zu, ohne mit dem Zählen aufzuhören.

»Du bist dabei, dein Geld zu zählen, wie ich sehe«, sagte Agga respektvoll. »Bist du ein reicher Mann?«

Magnús schnaufte gequält, schüttelte den Kopf und holte fünfundzwanzig Öre hervor, die er vor ihr auf den Tisch legte.

»Ich habe eigentlich nicht an Schokoladenzigaretten gedacht.« Agga verschränkte die Hände hinter dem Rücken und wippte auf den Zehenspitzen wie ein Polizist. »Ich habe an Mord gedacht«, sagte sie und blähte die Nasenflügel auf.

»Na so was«, sagte er und streckte sich zum Fenster aus und machte einen Zug. Turm schlug Läufer. Auf dem Schachbrett waren nur wenige Figuren übrig, aber beide Damen waren noch im Spiel. »Mord, so so, und in welchem Film war das, Aggalein?«

»Das war in dem Film über die Frau, die aus Ämärrika kam, sich bei ihrer angeblichen Tante auf Island einquartierte und dann den Mann ihrer Freundin anzündete, weil er gemein zu ihr war. Das ist der Mord, von dem ich rede. Freyja ist in der Nacht rausgegangen und hat das Haus von Dísa angezündet. Sie hat sich ein Spritfläschchen geholt, weil sie davon genug in der Apotheke kriegen kann, ist ins Haus geschlichen, hat den Sprit über den Kerl gegossen, wie er da lag und schlief, hat ihn angezündet, ist dann wieder nach Hause gegangen und hat die leere Spritflasche in der Kommodenschublade versteckt. Ich hab gesehen, wie sie sie versteckt hat.«

Nachdem sie alles herausgesprudelt hatte, bebte sie vor Erregung. Er lehnte sich zurück und wippte hin und her, seine Laune schien sich um einiges gebessert zu haben, und er sagte mit Bewunderung: »Welch eine Phantasie, wenn man so sagen darf! Ich wusste gar nicht, dass das in deiner Familie liegt, oder vielleicht doch, dein Großvater soll auf Versammlungen oft ein großer Redner sein, habe ich gehört. Aber sag mal, du scheinst mir gar Experte in Sachen Sprit zu sein? Hast du dir etwa mit Sprit zu schaffen gemacht?«

»Wie bitte?«, sagte Agga.

»Na komm schon, ihr Kinder habt wohl mit Sprit herumgespielt, was?«

»Nein, wir haben keinen Sprit gehabt«, sagte sie fuchsteufelswild, auch wenn sie und Emelía sich manchmal daran versucht hatten. »Ich habe gesagt, dass Freyja in der Nacht weggegangen ist und den Kerl und das Haus in Brand gesteckt hat.«

»Freyja geht doch oft spät abends spazieren, nicht wahr? Sie ist eine schöne Frau, die auf ihre Figur achten muss. Insbesondere wenn sie sich einen neuen Mann angeln will. Aber was fällt dir eigentlich ein, einen ganzen Krimi über deine Tante zu erfinden? Ich muss doch sehr darum bitten, keine solchen Geschichten in Umlauf zu setzen, wo doch jeder weiß, dass das Feuer durch eine brennende Zigarette entstanden ist. Ich begreife wirklich nicht, warum du so einen Blödsinn erfindest. Was hat Freyja dir eigentlich getan?«

Agga setzte eine hochnäsige Miene auf. Diese Frage konnte sie nicht beantworten, denn Freyja hatte ihr überhaupt nichts getan. Sie war sich eben nur sicher, dass Freyja Mundi in Brand gesteckt hatte. Sie spürte es. Sie konnte es ihr ansehen. Sah und spürte, dass diese Frau böse war und anders als alle anderen bei ihr zu Hause und im ganzen Ort. Magnús war nur in sie verknallt, und deshalb glaubte er nichts Schlechtes über sie. Sie würde ums Verrecken keine Schokoladenzigaretten annehmen.

Herbststimmung

Die Johannisbeeren waren rot und reif und das Laub an den Sträuchern tiefgrün, nur hier und da waren die Blätter schon gelb gestreift.

»Nicht schlecht, wenn man wie ein Baum wäre«, sagte Kidda zu Großmutter, während sie Beeren in einen Eimer pflückten, um Johannisbeergelee zu machen. »Dann würde man jeden Herbst seine volle Reife erlangen, bekäme Ruhe und Frieden bis zum nächsten Frühjahr, um dann wieder von neuem aufzublühen.«

»Was diese Dichter immer für einen Blödsinn verzapfen, die Menschen in ihren Gedichten mit einem Baum zu vergleichen«, sagte Großmutter. »Und dass der Herbst dieses verflixte Alter darstellen soll, wo alles zerstört wird. Ja, der Schöpfer lässt die Bäume wieder zu neuem Leben erwachen, aber uns lässt er ins Gras beißen.«

»Ob das wohl stimmt, dass man anderswo wieder aufwacht, mit glattem faltenlosen Gesicht«, sagte Kidda nachdenklich und hörte auf zu pflücken. »Ich hätte nichts dagegen, wenn ihm das genehm wäre, so verdammt runzlig wie ich bin.«

Über den Schöpfer sprachen sie immer im gleichen Tonfall wie über Paul im Büro der Fischfabrik, der manchmal auszahlte und manchmal nicht, je nach Finanzlage des Unternehmens. Jetzt waren sie an einem Punkt angelangt, wo gewisse Einzelheiten besprochen werden mussten, sie hatten ihre Eimer abgestellt und angefangen, leise über Heimlichkeiten zu tuscheln, die das Kind nicht hören sollte.

Als ob ich nicht auch sterben müsste, genau wie sie, dachte Agga und warf ihnen ärgerliche Blicke zu. Sie befahlen ihr, weiterzupflücken, aber selbst trockneten sie sich die Hände an ihren Schürzen ab und steuerten auf die Kellertür zu, Kidda dürr und mit dem rechten Fuß über den großen Onkel gehend und Großmutter watschelnd. Wenn sie ihre Ruhe haben wollten, gingen sie immer zu Kidda in den Keller, und Agga wusste aus Erfahrung, dass sie achtkantig wieder herausfliegen würde, wenn sie ihnen nachging. Aber sie wusste sich zu helfen und hatte ein gutes Lauschversteck, und deshalb wartete sie ruhig ab. Es würde eine Weile dauern, bis der Kaffee aufgebrüht war, denn ein Schluck Kaffee war die Grundlage zu jedem Gespräch über Gott und den Teufel.

Agga stöhnte und schnaufte wegen der Pflückerei, denn sie wusste, dass das nur der Anfang war. Morgen wollte Großmutter alle weiblichen Wesen im Haus zum alljährlichen Blaubeerenpflücken schicken. Eigentlich hatte sie es in diesem Jahr ausfallen lassen wollen, aber weil es so wenig Lebensmittel zu kaufen gab, weder Fleisch noch Kartoffeln und kaum vernünftigen Fisch, beschloss sie, dass alle in die Beeren gehen sollten, damit sie so viel wie möglich einkochen könnte.

»Als ob man einzig und allein von Marmelade leben könnte«, sagte Dódó grantig.

Von morgens bis abends räsonierte Großmutter über die teuren Zeiten, und die Hausbewohner fürchteten inzwischen ihren morgendlichen Gang zur Haustür, wo sie das Soziblatt draußen von der Türklinke nahm und zu lesen begann. Die

Zeitung kündigte eine Lawine von Preiserhöhungen an, die Grundpreise für landwirtschaftliche Erzeugnisse waren errechnet worden, und es waren Erhöhungen von durchschnittlich zwölf Prozent zu erwarten.

Das schlägt dem Fass den Boden aus, die bringen einen noch ins Grab, sagte Großmutter an diesem Morgen, als sie die Zeitung von der Türklinke nahm, und war vor lauter Erregung nicht in der Lage, sich zu setzen. Dódó tat, als hätte sie ihre Mutter nicht gehört, und Freyja blickte mit ihrer Teetasse in der Hand finster zum Küchenfenster hinaus und sagte: »Hier weht alle Tage kalter Südostwind, es ist diesig und regnerisch, die Leute haben keine Arbeit, der Hering bleibt aus, es gibt nichts ohne Marken, zum Essen vergammelten Fisch, das Radioprogramm ist zum Einschlafen, und um dem Ganzen die Krone aufzusetzen, gibt's im theosophischen Verein einen Vortrag über den Untergang der abendländischen Kultur.«

»Und du kriegst keine Post«, warf Agga ein.

Unruhe und Gereiztheit hatten die Frauen in den ersten Herbsttagen befallen. Dódó, die glücklich und zufrieden mit ihrem Typen immer erst nach Mitternacht ins Haus geschlichen kam und in aller Herrgottsfrühe wieder ging, war jetzt merkwürdig zappelig und überall im Weg. Rannte die Treppen hoch und runter, knallte Türen und Schränke zu, verrückte Möbel, verschüttete Milch und Zucker und schnauzte herum, wenn jemand sich über diesen Spektakel ausließ. Großmutter sagte, Dódó sei am Ende ihrer Kräfte, der Typ würde sie noch fix und fertig machen mit dieser ewigen Ausgeherei. Allerdings sagte sie das nicht direkt zu ihr selbst, denn sie fand, dass sie schon hysterisch und zappelig genug wäre.

Freyja hingegen schwebte blass und abgemagert umher und war völlig teilnahmslos. Wenn sie nach getaner Arbeit nach Hause kam, ging sie in den Keller zu Kidda, um das Sprachrohr der Konservativen zu lesen, das oben nicht über die Schwelle kommen durfte, und nach dem Abendessen, das oft aus Fleischbrühe oder Teeplörre mit eingeweichtem Zwieback bestand, legte sie sich im Wohnzimmer aufs Sofa und döste vor sich hin, während das Radio Violinkonzerte und Kantaten spielte.

Der Typ von Dódó hatte eine ganze Woche lang nichts von sich hören lassen. Weder war seine Limousine draußen gesehen worden, noch hatte man seine Stimme am Telefon gehört. Entweder hatten seine Eltern kein Telefon oder es war kaputt, denn als Dódó vollends die Verzweiflung packte, rief sie bei seinem Freund an und klagte, sie hätte so lange nichts von ihm gehört.

»Würdest du mal zu ihm rübergehen und seine Mutter fragen, wo er ist?«, schrie Dódó in den Hörer. Sie drehte wie verrückt an der Drehscheibe herum, während sie auf den Rückruf wartete, ließ aber den Apparat lange klingeln, bevor sie den Hörer abnahm und übertrieben beherrscht antwortete. Der Freund musste etwas gesagt haben, was ihr nicht passte, denn sie brüllte: »Nicht zu Hause! Was! Eine ganze Woche lang nicht zu Hause gewesen und allen ist es schnuppe! Ihr seid wohl nicht ganz bei Trost da in der Stadt! Was für Armleuchter seid ihr eigentlich?«

Dann knallte sie den Hörer auf, und die Frauen in der Küche traten sich gegenseitig auf die Zehen.

»Wenn jemand anruft, bin ich nicht zu Hause«, sagte sie aufgelöst, ging aber mit übermenschlicher Gelassenheit die Treppe hoch.

Niemand wagte ihr gegenüber zu erwähnen, dass der Typ sich vielleicht eine Neue angeschafft haben könnte, denn Großmutter hatte Angst, sie würde etwas im Haus zerschlagen. Erst Dísa, als sie einmal zu Besuch kam, sagte mit besorgter Miene und aus bitterer Erfahrung heraus: »Ob er wohl eine andere hat?«

Dódó begann zu zittern, knallte die volle Kaffeetasse auf den Tisch, sodass es durch die Gegend spritzte, und lief nach oben. Großmutter frage Dísa zermürbt, ob das nun nötig gewesen wäre, und wischte den Tisch ab. Die Tasse war Gott sei Dank heil geblieben, Großmutter hatte etwas dagegen, wenn jemand etwas aus ihrem Service kaputtmachte.

Das Theater mit Dódó und ihrem Typ setzte Großmutter zu, und als eines Morgens die Zeitung mit der fett gedruckten Nachricht über eine enorme Preiserhöhung der Molkereierzeugnisse ins Haus flatterte, war das Maß voll. Sie drehte regelrecht durch, als sie las, dass sich die Milch auf drei Kronen vierzig pro Liter und die Sahne auf vierundzwanzig Kronen erhöht hatten. Danach sprach sie von morgens bis abends nur noch von der Wucherpolitik der Regierung, sogar mit sich selbst, wenn niemand da war, um ihr zuzuhören, und einige Tage lang war sie nicht dazu zu bewegen, Milch, Butter zur Aufbesserung der Margarine, Quark oder sogar Würfelzucker zu kaufen. Agga verstand allerdings nicht im Geringsten, was der Würfelzucker mit der Erhöhung der Milchpreise zu tun hatte.

In Wahrheit war der ganze Ort in Aufruhr wegen dieser Preiserhöhungen, und wohin man kam, wurde von nichts anderem geredet, sei es im Fischgeschäft, im Konsum, auf der Post, im Gefrierhaus, am Kai, in den Wohnungen und im Milchladen, den die wenigsten betraten. Dort sah man lediglich Mütter mit Flaschenkindern, die verdrossen hineingingen und wütend wieder herausrauschten.

»Als ob das meine Schuld wäre«, beklagte sich die Verkäuferin im Milchladen.

Bei Großmutter wühlte die Preiserhöhung der Milch tiefgründige Gefühle auf, die mit der Ölheizung in Verbindung standen. »Der Winter wird kalt«, sagte sie zur Katze, die auf der Fensterbank lag. »Wir kriegen weder Milch noch Heizung.«

Im Haus herrschte eine derart deprimierte Stimmung, dass Agga vor Freude fast die Tränen kamen, als Freyja die Nachricht aus der Apotheke brachte, dass Emelía wieder aus den Ferien auf dem Land zurück sei. Nachdem die Freundinnen sich umarmt und nach der Trennung gebührend lange gekichert hatten, spürte Agga jedoch sehr schnell, dass sich etwas verändert hatte. Es stellte sich heraus, dass Emelía während des Sommers nicht nur einen Busen bekommen hatte, sondern auch ihre Tage und eine pickelige Haut. Die Brüste waren allerdings nicht größer als Tennisbälle, und die Pickel versteckten sich unter dem Pony, aber die schmierige Tatsache der Blutungen bedeutete, dass Emelía wie eine Frau Damenbinden verwenden musste. Auch sonst war sie völlig verändert, gab ihrer Mutter freche Antworten und benahm sich insgesamt, als ob irgendetwas in sie gefahren sei. Agga konnte sie zu keinem Spiel überreden und ging wieder nach Hause. Auf der Wiese vor dem Haus des Präfekten schlug sie ein paar Mal Rad und betete zu Gott, er möge sie niemals zur Frau machen.

»Selten kommt ein Unglück allein«, sagte Kidda, als Ninna in dieser unseligen Woche eines Tages mit verweintem, knallrotem Gesicht und sabbernd zur Tür hereingeschlurft kam, nur noch mit einem Schuh bekleidet. Bei ihrem Anblick verschlug es den Frauen die Sprache. Großmutter hielt sich am Herd fest und fragte mit bebender Stimme, ob jemand im Altersheim sie überfallen hätte.

»Das waren diese frechen Rowdys«, murmelte Agga mit vollem Mund, denn niemand kannte die Verhältnisse im Ort besser als sie. Es gelang ihnen, Ninna auf einen Stuhl zu setzen, aber als sie versuchten, sie mit Taschentuch und Waschlappen wieder zu säubern, liefen Nase und Tränen unablässig, egal wie oft abgewischt wurde.

»Waren es diese Rowdys?«, fragte Dódó entrüstet. »Woher kamen sie, wie viel waren es, zwei, drei, vier? Kennen wir sie?«

»Hör auf damit«, sagte Großmutter, kurz davor, die Geduld zu verlieren. Ninna kniff die Augen zusammen, schniefte, dass die Unterlippe zitterte wie bei einem Säugling und jammerte zwischen Schluchzern: »Mein Schuhuhuh.«

»Ja, Ninchen, wo ist dein Schuh?«, sagte Kidda zärtlich.

»Den haben sie in den Bach geschmissen, und er ist ins Meer geschwommen«, flüsterte sie.

»Waren das Jungs?«, fragte Dódó scharf.

»Ja, Jungs«, weinte Ninna. »Mit Ohren.«

»Ich weiß, ich weiß«, rief Agga, »das waren Óli Löffel und Lilli Milchzahn. Die laufen immer hinter den alten Leuten und den Säufern her und rufen ihnen nach. Manchmal schmeißen sie auch mit Steinen.«

»Die Bösartigkeit in diesem Ort übertrifft doch wirklich alles«, sagte Kidda.

»Was du bis jetzt gesehen hast, war noch gar nichts«, sagte Freyja mit sanfter Stimme.

Es gelang ihnen im Moment nicht, mehr aus Ninna herauszuholen, aber niemand konnte so recht verstehen, warum diese Schufte Ninna überfallen hatten, die keinem etwas zuleide tat und ihrer Wege ging, ohne jemals irgendwen zu belästigen. Obwohl Ninna etwas einfältig und in Wort und Tat nicht gerade die Schnellste war, sah sie nicht aus wie eine Verrückte und gab niemandem Anlass, sie besonders aufs Korn zu nehmen. Alle waren über den Vorfall schockiert. Ninna war untröstlich, wollte weder essen noch trinken, ging zu Bett und wollte in Strümpfen schlafen.

Großmutter saß bis kurz vor Mitternacht mit zusammengekniffenem Mund in der Wohnstube und blickte aufs Meer hinaus. Dódó und Freyja versuchten, sie davon zu überzeugen, dass Ninna sich wieder beruhigen würde.

»Meine Güte, das weiß ich auch selber, aber wer kümmert sich um sie, wenn ich tot bin?«, sagte Großmutter bitter.

Der Herbst legte sich über den Ort, klar und kalt, die Straßen füllten sich mit Kindern, die bis in die Nacht hinein Landabnehmen spielten. Frauenvereine, Männerchöre, der Schachverein, der Verein der Schafbesitzer, die Theosophen und die Laienspieler hielten endlose Sitzungen. Emelía wollte nicht mehr mit Agga zu den Pfadfindern gehen, weil sie einen Busen bekommen hatte, zeigte aber stattdessen Interesse am Laientheater. Bevor ihre Mutter sich ein für alle Mal ins Bett legte, war sie Vorsitzende des Vereins gewesen, und deshalb wurde Hilli zum Vorsitzenden und Regisseur gewählt, denn der Junge hatte das Theater im Blut. Emelía machte sich Hoffnungen, eine Nebenrolle bei dem neuen Regisseur zu erhalten.

Das Spieljahr wollte Hilli mit einem Musical beginnen, das der Oberlehrer in der Mittelschule komponiert hatte. Es handelte von Ólaf Lilienritter*, der von Elfen verführt werden sollte, und als Hilli eines Tages in der Apotheke Mixturen herstellte, sah er Freyja zwischen den Regalen hin und her wandeln, und da wusste er, wer die schöne, aber grausame Elfenkönigin spielen würde. Wahrscheinlich war Freyja vor lauter Freude ganz aus dem Häuschen, dass er ihr die Rolle angeboten hatte, denn am Abend aß sie Großmutters Salzfisch, was sie noch nie zuvor gemacht hatte. Der Typ in der Hauptstadt, die Milchpreiserhöhung und Ninnas Unbill waren eine Weile vergessen, und alle Frauen freuten sich darauf, Freyja als Elfenkönigin in entsprechender Ausstattung zu sehen. Glücklicherweise musste in dieser tragenden Rolle nicht viel deklamiert werden, denn Freyja lispelte etwas und hatte eine leise Stimme. Aber ihre eiskalte Schönheit war unumstritten, und im Geiste sahen sie Freyja aus dem Felsen treten, groß und schlank und mit diesem prachtvollen Haar.

Das Haus lebte wieder auf. Freyja lüftete ihre Sommerkleider, verstaute sie oben im Schrank und änderte ihre Wintersachen der neuesten Mode entsprechend. Sie zeigte auf einmal ungewöhnliches Interesse an den Dorfbewohnern, wollte plötzlich nicht nur wissen, was sie über sie redeten, sondern auch, wovon sie lebten und wie ihr Ehe- und Privatleben war. Eines Abends im Bett fragte sie Agga, wer im Ort unverheiratet sei. Das fand Agga ein gutes Zeichen, und sie gab ohne zu stocken ausführliche Steckbriefe der bewussten Personen.

An dem Abend, als Großvater an Land kam, ging Freyja zur ersten Vorbesprechung ins Guttemplerhaus. Hilli hatte die

* Die isländische Ballade »Ólafur liljurós« erzählt von Ólafs Begegnung mit einer Elfenschar, die ihn mit ihren Reizen und Geschenken verlocken will. Ólaf weigert sich standhaft, sich mit Elfen einzulassen und seinen christlichen Glauben zu verraten, worauf die Elfenkönigin ihn mit einem Schwert tötet.

meisten Rollen besetzt und wollte den Schauspielern und dem Vorstand des Frauenvereins, der sich um das Nähen der Kostüme und andere Verrichtungen kümmerte, das Werk vorstellen. Freyja nahm sich Zeit mit dem Zurechtmachen, teilte das Haar in drei Strähnen, die sie vom Scheitel her flocht, zog eine schwarze Bluse aus Wolljersey und einen rosaroten Rock an und kam selbstsicher die Treppe herunter. Agga bettelte inständig, mitkommen zu dürfen, aber das lehnte Freyja rundheraus und entschieden ab.

Madame war gerade wieder zur Tür hereingekommen und nach oben gegangen, als Großvater seinen Seesack im Korridor ablud und auf der Stelle nach seinen Zeitungen verlangte. Er war ziemlich ungeduldig und schroff, und deshalb dauerte es eine Weile, bis die Frauen etwas über die geplante Theatervorstellung erfuhren, denn der Zeitungsstapel wies Lücken auf, und da die Frauen aus Erfahrung wussten, dass Großvater keine Ruhe geben würde, bevor nicht jedes einzelne Blatt gefunden war, durchsuchten sie stöhnend das ganze Haus. Zeitungen versteckten sich hinter Sofas, unter Tischen und in Regalen, auch wenn alle behaupteten, sie dort nicht abgelegt zu haben.

Den letzten großen Krach im Haus hatte es gegeben, als die Sozialdemokraten die Wahlen verloren. Agga konnte sich nur noch so weit daran erinnern, dass Großvater schimpfend, fluchend und Türen knallend auf und ab gerannt war. Die Katze hatte seitdem etwas gegen ihn und ließ sich oft tagelang nicht blicken, wenn er an Land war. Wie aus heiterem Himmel brach das Unwetter herein, als Dódó aufgeregt die Treppe heruntergeschossen kam und schrie: »Freyja hat sich eingeschlossen!«

In einem Haus, wo noch nie eine Tür abgeschlossen worden war, war dies eine umwerfende Meldung, und die Frauen des Hauses gerieten in Aufruhr.

»Was, zum Teufel, ist hier los?«, donnerte Großvater, denn der Vorfall hielt die Frauen vom Zeitungsuchen ab.

Alle blickten mit einer Zeitung in der Hand auf Dódó.

»Die Frau des Präfekten und die Arztwitwe haben verhindert, dass Freyja die Rolle der Elfenkönigin bekommt«, sagte Dódó. »Sie sagten, sie könnte weder singen noch richtig Isländisch sprechen. Die Arztwitwe hasst sie, weil sie am 17. Juni mit ihrem Sohn zusammen war, und die andere Ziege hasst sie auch.«

»Aha, sie ist ihnen also nicht fein genug«, sagte Großmutter und betonte jedes Wort.

»Kann sie nicht einfach Isländisch lernen?«, fragte Agga.

»Die Präfektenzicke hasst Freyja, weil sie seit langem beschlossen hat, dass ihre einzige Tochter den Sohn des Arztes heiraten soll, wenn er mit seinem Studium fertig ist«, sagte Dódó.

Die Frauen senkten bei dieser Nachricht die Köpfe, als ob der Tod eines großen Staatsmanns bekannt gegeben worden sei. Großvater zündete sich eine Zigarre an und blickte mit müden Augen über die Gruppe.

Nachdem er einige Züge getan hatte, sagte er: »Verdammtes Weiberpack. Immer und ewig dies verfluchte Gejammere. Man ist noch nicht ganz zur Tür herein, und schon geht das Lamento los. Eure Mutter zetert wegen der Milchpreiserhöhungen und droht damit, uns erfrieren zu lassen, wenn ich nicht auf der Stelle eine verdammte Ölheizung herbeischaffe. Man hat kaum seine Mütze abgenommen, und schon fängt sie an zu predigen. Dódó ist knatschig, weil irgendein hergelaufener Musikantenlümmel seine Visage ein paar Tage lang nicht gezeigt hat, Ninna lässt sich von irgendwelchen Rabauken mit Steinen bewerfen, ohne sich zu wehren, und läuft heulend davon, anstatt ihnen den nackten Hintern zu versohlen, wo sie doch Bärenkräfte hat und die Alten wie nichts in ihre Betten hebt, und dann schmeißt Madame Freyja beleidigt und in Tränen aufgelöst die Tür hinter sich zu, weil irgendwelche Weibsbilder meinen, sie könnte keine Elfenfrau spielen.«

Er schlug mit der Hand auf den polierten Esszimmertisch: »Ihr solltet mal auf Deck sein wie wir Männer und bei tobendem Sturm auf den nächsten Brecher warten, ihr denkt wohl, wir rennen dann schlotternd und flennend zum Kapitän, oder wie? Was glaubt ihr wohl, wie oft wir schon trotz Sturmwarnung auslaufen mussten. Da hab ich auch nicht heulend an euren Schürzenzipfeln gehangen und gejammert, dass ich an Land bleiben will, ihr vermaledeiten Frauenzimmer.«

Er haute wieder auf den Tisch, und die Asche von seiner Zigarre fiel ab. Keine von den Frauen wagte, sich zu bewegen.

»Das Einzige, worum man bittet, nachdem man wochenlang kalt und nass draußen auf hoher See herumgeschippert ist und nichts anderes zu essen gekriegt hat als halb vergammelte, wurmstichige Seevögel, ist, dass man in Ruhe seine Zeitung lesen kann. Aber dann hört man nichts anderes als verdammtes Gewäsch von Bangebüxen und Zierputen, die auf der Stelle klein beigeben, wenn der Wind mal von vorne bläst. Ihr solltet mal ein bisschen Mumm in die Knochen kriegen, ihr Jammerlappen. Euch für die Allgemeinheit und eine bessere Gesellschaft einsetzen, mit den Bedürfnissen der arbeitenden Bevölkerung vor Augen. Ihr kümmert euch gefälligst um das, was euch betrifft, alles andere geht euch nichts an, und Frau Freyja Gestsdóttir darf gerne wissen, dass in diesem

Haus sozialdemokratische Familien einen höheren Rang haben als konservative.«

Er schlug noch einmal auf den Tisch, sodass die Kristallschale klirrte, drehte sich dann abrupt um und stiefelte in seine Kammer.

Großmutter strich mit beleidigter Miene den Tischläufer glatt und rückte die Schale zurecht, wischte die Asche in den Handteller und sagte leise, aber so, dass es noch zu hören war: »Mach bloß diese widerliche Zigarre aus.«

Am nächsten Morgen hörte Agga ein wohl bekanntes Geräusch aus den Tiefen des Hauses, nämlich das Schürfen der Kohlenschaufel. Sturm und Regen hatten die ganze Nacht an die Scheiben gehämmert, und unter den schrägen Wänden hatte sich Kälte eingenistet. Die Schwestern und Freyja waren schon aus dem Haus. Agga zog sich bei der Kälte so schnell wie möglich an und machte, dass sie nach unten kam. Aus der Küche strömte Wärme, die Kaffeekanne stand auf dem Herd, und Großmutter saß mit der Zeitung vor der Nase in der Ecke. Es musste also Großvater sein, der Kohlen schaufelte.

Sie fragte Großmutter, was sie essen sollte, denn sie sah nichts Essbares auf dem Tisch, weder Graubrot noch Weißbrot, und Haferbrei hatte Großmutter nicht mehr gekocht, seit die Milch teurer geworden war. Großmutter war steif in ihren Bewegungen, als sie die Zeitung zur Seite legte und schwerfällig aufstand, um etwas für Agga aus dem Eckschrank zusammenzusuchen. Wie von ungefähr fiel Agga die Überschrift in der Zeitung auf, wo dick gedruckt stand: »Preiserhöhungen von Fleisch, Schlachterzeugnissen und Kartoffeln wesentlich höher als bei Molkereierzeugnissen.« Agga hatte es sehr eilig, in die Schule zu kommen.

Als sie mittags nach Hause kam, war es warm im Haus, Fisch schwamm im Topf, und Großmutter war bester Laune. Die Schwestern saßen mit friedlicher Miene in der Ecke. Während Agga Fisch und Kartoffeln mit der Gabel zu Mus verarbeitete, fragte sie nach Großvater, und Großmutter erwiderte, dass er unterwegs sei, um sich Heizkessel anzusehen. Die Schlosserei hätte Reklame für Ölheizungen gemacht. Großmutter schmäckelte vor Vergnügen, als sie davon erzählte. Agga fragte, ob sie nicht schrecklich froh sei, aber das wollte Großmutter nicht wahrhaben, denn wenn es nach ihr gegangen wäre, hätten sie schon längst eine.

Die jungen Frauen, die in ihrem Leben noch keine Kohlenschaufel angefasst hatten, aßen schweigend, Freyja rührte nur die Kartoffeln an, und Agga fragte, was denn Hilli gesagt hätte, als sie heute Morgen in die Apotheke kam.

»Gar nichts«, sagte Freyja freundlich. »Er sagte, er wollte sich nicht gegen die Damen stellen, das würde nur Ärger machen.«

»Wirst du trotzdem die Elfenkönigin spielen?«, fragte Agga.

»Ich brauch sie nicht zu spielen, ich bin die Elfenkönigin«, antwortete Freyja.

Unterm Tisch

Die Theatergruppe probte jeden Abend Ólaf Lilienritter, und Emelía informierte Agga regelmäßig über größere und kleinere Begebenheiten, die sich während der Proben zutrugen, die Agga gewissenhaft an Freyja weitergab. Alle im Städtchen wussten, dass Freyja als Elfenkönigin abgelehnt worden war und dass die Gymnastikprinzessin und Tochter des Präfekten die Rolle bekommen hatte. Alle fanden, dass ihr das auch wohl zu gönnen sei, wo sie doch den Frauenturnverein im Ort wieder auf die Beine gebracht hatte und sportlich und gut gewachsen war, auch wenn man vielleicht einwenden konnte, dass sie nicht die geringste Ähnlichkeit mit einer Elfenkönigin besaß. In dieser Hinsicht konnte sie mit Madame aus Amerika nicht konkurrieren.

Freyja nahm das Gerede mit großem Gleichmut auf, häufig wusste Agga nicht einmal, ob sie überhaupt zuhörte, wenn sie ihre Berichte ablieferte. Sie flötete nur leise vor sich hin, während sie ihre Haare kämmte und ihre langen Beine mit wohlriechenden Essenzen eincremte. Wie gewöhnlich verschwand sie im Keller, wenn sie von der Arbeit kam, aber nicht nur, um das Konservativenblatt zu lesen, denn eines Abends, als Agga unten aus dem Vorratskeller Marmelade holen ging, sah sie, wie Madame bei Kidda am Küchentisch saß und kalte Rauchwurst, sauren Walspeck und Dörrfisch in sich hineinstopfte. Wahrscheinlich hatte irgendwas in der Apotheke sie aus dem Gleichgewicht gebracht. Sie schnitt einen riesigen Happen ab, den sie sich so gierig in den kleinen Mund schob, dass die Backen kugelrund wurden, und die Hälfte davon schluckte sie ungekaut hinunter. Zum Schluss benutzte sie kein Besteck mehr, und als sie ohne zu kauen einen großen Bissen Walspeck in einem Stück verschlang, begann Agga zu würgen und zog sich geräuschlos nach oben zurück. Sie hatte kein Interesse daran, das anschließende Erbrechen mitzuverfolgen.

Manchmal saß Madame am Tisch vor dem Fenster im Nordzimmer, wollte mit niemandem sprechen und schrieb etwas in ein Büchlein. Aggas Anwesenheit störte sie jedoch nie, und oft bat sie sie darum, ihr dickes Haar in die merkwürdigsten Zöpfchen zu flechten. Davon war Agga nicht begeistert, aber um sehen zu können, was sie schrieb, tat sie so, als würde sie sich mit dem Haar beschäftigen, und las dabei über Freyjas Schulter hinweg, was da auf dem Papier stand. Freyja verfasste merkwürdige Gedichte, die Agga ganz und gar nicht verstand, insbesondere wenn seltsame Ausdrücke verwendet wurden, die das tägliche Leben der Menschen wiedergeben sollten, doch manchmal geschah es, dass sie die Worte selbst verstand, auch wenn der Zusammenhang unklar war, wie in diesem Teil eines längeren Gedichtes:

Tränen trocknen
da wo der Tod
in Frauengestalt
mahnt.

Agga wollte sie nicht beleidigen, indem sie sagte, das sei kein richtiges Gedicht, und beschloss zu schweigen. Freyja war zurzeit sowieso reichlich konfus, da war es das Beste, man hielt sich zurück.

Bevor Agga nach oben zu Emelía ging, bekam sie meist in der Apotheke Lakritze von Freyja und beobachtete dabei gleichzeitig das Treiben im Laden. Nie konnte sie feststellen, dass Freyja unfreundlich war. Sie lächelte sowohl Hilli wie auch den Kunden ausgemacht höflich zu, aber trotzdem fand Agga, dass Hilli nervös und verunsichert sei. Wenn jemand Hustensaft verlangte, eilte er mit dem Fläschchen in der Hand nach vorn in den Laden und reichte es Madame, um ihr gefällig zu sein. Nach den Spritfläschchen allerdings musste sie sich selbst bücken.

Jedes Jahr im Frühjahr und im Herbst klagte die Obrigkeit über übermäßig viel Sauferei im Ort, der Wechsel der Jahreszeiten schien sich den Leuten aufs Gemüt zu legen. Die Säufer fingen an, den Ort zu verunsichern, und als Not am Mann war, formierten sie eine neue Attacke auf die Apotheke. Ellis Hänschen trat mit Schwung zur Tür herein, warf sich in seinem zerlumpten Parka, den ihm ein Ami während der Besatzungszeit vermacht hatte, in die Brust, und wenn außer Freyja keine Erwachsenen im Laden waren, legte er sich quer über den Ladentisch und lallte: »Teufel bist du schön. Wenn bloß das Weibsbild zu Hause einen Bruchteil von deiner Schönheit hätte. Jonni Heulboje behauptet, dass du ein göttliches Geschöpf bist. Vielleicht bist du Gott? Liebster Engel, du hast nicht zufällig ein oder zwei Fläschchen Sprit auf Lager, ich muss Fieberthermometer reinigen.«

Freyja lächelte ein wenig, griff nach dem Fläschchen und wickelte es ein. Nach kurzer Zeit erschien Jonni Heulboje, nahm seine Schlägermütze ab, drehte sie in der Hand, ohne ein Wort herauszubringen, und starrte Freyja hingerissen an. Er brauchte nichts zu sagen oder zu verlangen, sie packte einfach ein Fläschchen ein. Diddi Wanze musste sich allerdings mehr anstrengen, um sein Scherflein zu bekommen.

»Ist ausgegangen«, sagte sie meistens kurz angebunden. Dann wankte er rückwärts zur Tür hinaus und schickte einen anderen hinein. Er musste Freyja auf die Nerven gehen, auch wenn niemand wusste, warum, er am allerwenigsten.

Dieser öffentliche Spritverkauf war jedoch den meisten Bewohnern des Ortes ein Dorn im Auge. Ehefrauen wie Frauenverein beschwerten sich beim Apotheker, der seinen Sohn damit beauftragte, Freyja ins Gebet zu nehmen. Der von Gewissensbissen geplagte Hilli konnte sich aber nicht dazu aufraffen. Als die Sauferei im Ort mit den dazugehörigen Schlägereien und anderen Ärgernissen überhand nahm, reichte es der Obrigkeit. Denn es war schließlich nicht ganz billig, diese Männer ständig in Ausnüchterungszellen stecken zu müssen, da man ihre Verpflegung aus dem Wirtshaus kommen lassen musste.

Magnús nutzte eines Tages die Gelegenheit, Freyja nach Ladenschluss nach Hause zu begleiten, und da Agga sowieso auf dem Heimweg war, lief sie hinter ihnen her. Magnús trug einen eleganten englischen Uniformmantel und hielt die behandschuhten Hände auf dem Rücken verschränkt. Anfangs sprach er höflich über das Wetter und fragte, ob sie es nicht kalt fände.

»Doch, mir ist sehr kalt«, antwortete Freyja eisig. Er fuhr zusammen und geriet aus dem Konzept. Er räusperte sich und hustete, sagte, dass es ihm Leid täte, erwähnen zu müssen, dass der Frauenverein und der Oberwachtmeister wünschten, sie möge sie doch im Kampf gegen Bacchus unterstützen.

»Bacchus?«, sagte Freyja. »Was für ein Bacchus? Wie heißt er mit Nachnamen?«

Das Gesicht von Magnús wurde lang und länger, und er sagte, sie müsste doch verstehen, wovon er spräche.

»Nein, wie soll ich das verstehen, lieber Magnús«, antwortete sie herzlich, »ich stamme doch schließlich nur aus einfachen Verhältnissen.«

Er errötete bis unter die Haarwurzeln, und Agga hinter ihnen freute sich diebisch, fand es nur recht und billig, dass er so von einer Frau zurechtgewiesen wurde.

Dann müsste er sie allerdings bitten, den Säufern keinen Sprit mehr zu verkaufen. Freyja antwortete, das sei mehr als selbstverständlich. Sie war blendender Laune und sprach mit ihm über amerikanische Schlager, von denen er keinen blassen Schimmer hatte. Als sie an der Gartenpforte zu Hause angekommen waren, drehte sie sich plötzlich zu ihm um und fragte, ob er sie nicht ins Kino einladen wollte? Er blieb ruckartig stehen, trat ihr auf die Zehen und stotterte etwas vor sich hin.

»Hol mich dann einfach um halb neun ab«, sagte sie und schwebte die Steinstufen hinauf, ohne sich zu verabschieden oder zu fragen, ob er überhaupt Zeit hätte, und Agga beauftragte sie, schnell zur Apotheke zu laufen und Hilli zu bitten, auf der Stelle herzukommen und sie zu kämmen.

Gegen Mitternacht an diesem Abend war Freyja immer noch nicht zurück. Zu ihrer Verabredung war sie mit kunstvoll geflochtenem Haar erschienen, und Magnús, der nervös in Anzug und Trenchcoat, mit Bogart-Hut in der Hand unten im Flur gewartet hatte und weder den von Oma angebotenen

Kaffee noch sich setzen wollte, wurde von den Frauen im Haus ganz ungeniert taxiert und so ohne Uniform als ein richtig gut aussehender Mann befunden.

Agga hatte sich vorgenommen, auf das Paar zu warten; sie lag mit einem Liebesroman unter der Bettdecke und trug ein Duell mit dem Schlaf aus. Ab und zu sah sie hinaus in die schwarze Nacht, ihr bot sich aber nur der stille und schweigende Anblick der Nordlichter. Draußen wie drinnen herrschte komplette Stille. Es war der Augenblick, in dem die Menschen in Schlaf fallen und keinen Mucks mehr von sich geben. Gerade als der Schlaf sie endgültig übermannen wollte, hörte sie endlich Schritte draußen, sprang ans Fenster und sah, wie das Paar um die Hausecke verschwand. Wie ein Wiesel huschte sie in die schlafende Dunkelheit, hob den Saum des Nachthemds und zählte beim Hinunterlaufen die Stufen, um die zu vermeiden, die immer knarrten.

Bei Sternenlicht und Nordlichtschein kletterte sie auf den Küchentisch unter dem Fenster, hob die Gardine, drückte ihr Gesicht an die Scheibe und spähte hinaus. Das Paar stand im Schutz der Treppe. Er küsste sie auf die Stirn, und Agga kam es so vor, als ob Freyja lächelte. Er fummelte an ihren Mantelknöpfen, und Agga sah Freyjas lange Finger an seinem Hals. Ihr Mantel war aufgeknöpft und zurückgeschoben, sie beugte den Kopf zurück, und er küsste sie auf den Hals, ließ seine Hände an ihrem Körper entlanggleiten, presste ihre Hüften an sich, legte den Kopf auf ihren Busen, und ihre Körper wiegten sich in weichem Rhythmus. Agga glaubte, Stöhnen zu hören, war sich aber nicht sicher; sie vergaß alle Vorsicht, griff nach der Gardinenspirale und drückte sie nach unten, um besser sehen zu können. Sie sah, wie Freyja ein Bein anwinkelte und es einen Augenblick lang an seine Schenkel presste, und plötzlich, auf dem Höhepunkt der Spannung, stieß sie eben dieses Bein blitzartig in seinen Unterleib, sodass er rückwärts torkelnd an die Hauswand krachte.

Die Gardinenspirale summte, als Agga sie losließ und sich vom Tisch rollen ließ. Sie hatte wahnsinniges Herzklopfen, doch sie schaffte es nach oben, bevor sich die Haustür öffnete.

Alle Pfützen waren gefroren, und tief in Gedanken versunken trampelte Agga auf dem Heimweg in jede hinein. An der Polizeiwache machte sie Halt, weil sie unbedingt herausfinden wollte, ob sich Magnús sichtbare Verletzungen zugezogen hatte. Insgeheim hoffte sie, dass es so wäre, obwohl sie kaum wusste, warum. Das Leben war trist und grau an diesem sonnenlosen Frosttag, und deshalb würde eine Beule im Nacken vielleicht das Dasein etwas erhellen.

Es war nicht leicht, von hinten an Magnús heranzukommen, ohne dass es auffiel, doch auf den ersten Blick schien er völlig unverletzt und empfing sie sogar verhältnismäßig freundlich, gab ihr Bonbons und Papier zum Zeichnen. Während er etwas ins blaue Buch eintrug, sagte er völlig unbefangen: »Deine Tante hatte vielleicht eine tolle Frisur.«

»Hilli hat auch zwei Stunden zum Frisieren gebraucht, sie hat ja so lange Haare«, sagte Agga.

»Tatsächlich, ja, sehr ungewöhnlich«, sagte er, neigte den Kopf und streckte die Hand nach dem Schachbrett auf der Fensterbank aus. Agga blickte angestrengt auf seinen Nacken, konnte aber keine Beule entdecken und war enttäuscht.

»Ist sie zu ihm gegangen, um sich frisieren zu lassen, oder war er bei ihr?«, fragte er, nachdem er gezogen hatte.

»Oben in der Kammer?«, fragte Agga geistesabwesend.

»Was, waren sie oben in der Kammer?«

»Natürlich, da hat er sie frisiert.«
»Und als sie sich umgezogen hat?«
»Was?«
»Ist er da bei ihr gewesen?«
»Sie war im Unterrock, als er sie frisiert hat.«
Er schlug hastig einige Bauern.
»War's schön im Kino? Welchen Film habt ihr denn gesehen?«, fragte Agga interessiert, als ob sie von der ganzen Sache keine Ahnung hätte.
»Im Bann der Liebe«, sagte er und bekam einen merkwürdigen Ausdruck ins Gesicht.
»Bist du vielleicht im Bann der Liebe?«, fragte Agga spitz.
Er war entrüstet über ihre Dreistigkeit und antwortete gereizt: »Ist das etwas, was dich was angeht, Fräulein Agga?«
»Ja, mich, Fräulein Agga, geht das etwas an«, sagte Agga patzig. »Du wirst doch bloß benutzt von der Frau aus Ämärrika, sie ist stocksauer auf dich und will sich ganz bestimmt nur an dir rächen, weil du gesagt hast, sie käme aus einfachen Verhältnissen. So was kann sie nicht vertragen. Mundi hat sie dämliche Zicke genannt, und da hat sie ihn in Brand gesteckt. Und dann ist sie verknallt in diesen Ingenieur und wartet nur darauf, sich den in aller Ruhe zu angeln. Sie ist genau wie unsere Katze, liegt und wartet. Die Frau tickt nicht ganz richtig, isst nichts tagsüber, lebt von Luft, aber dann geht sie runter in den Keller zu Kidda, schlägt sich dort den Bauch voll und kotzt alles wieder aus. Und nachts wandert sie draußen herum, schläft so gut wie gar nicht, und wenn sie schläft, hört man sie überhaupt nicht, als ob sie tot wäre. Findest du das normal? Ich meine, du solltest dich vor solchen Leuten in Acht nehmen.«
Sein Gesicht wurde heiß, die Augenbrauen hoben sich, und das Kinn schob sich ein wenig nach vorn.

»Ich danke Ihnen, mein Fräulein, ich sehe mich schon vor. Aber bist du dir eigentlich im Klaren darüber, dass du über deine Tante sprichst, als wäre sie eine böse Hexe?«

Das war Agga noch nicht eingefallen, aber in dem Moment, wo er es aussprach, wurde ihr klar, dass er den Nagel auf den Kopf getroffen hatte. Natürlich war sie eine Hexe, diese Frau.

Das Kinn von Magnús wurde immer länger, dann sagte er langsam und abgehackt: »Und wer hat ihr wohl erzählt, dass ich gesagt habe, sie käme aus einfachen Verhältnissen?«

Agga sagte, sie hätte keine Ahnung. Aber das Benehmen des Polizisten war inzwischen so, dass Agga beschloss, ihn nicht länger zu belästigen und sich aus dem Staub zu machen. Wahrscheinlich hatte Jonni Heulboje ihn wach gehalten oder sonst jemand, sonst wäre er nicht so schlecht gelaunt.

Großvaters Geburtstag rückte immer näher, und Großmutter war entweder oben im Wäscheschrank unter der Schräge, Tischdecken und Spitzen abtastend, oder halb im Wohnzimmerschrank, Teelöffel und Tassen zählend. Tief in Gedanken versunken holte sie den Frauenratgeber hervor und murmelte den ganzen Tag lang Rezepte vor sich hin wie eine Zauberin Beschwörungen.

Großvater sagte, er wolle keine Umstände.

»Du bist an Land, es kommen bestimmt Leute zu Besuch, und womit willst du die bewirten, wenn man fragen darf?«, sagte Großmutter.

Darauf wusste er keine Antwort.

Der bevorstehende große Geburtstag wurde bei allen Mahlzeiten und mit allen und jedem besprochen, der es hören wollte, und Dódó machte den Vorschlag, Dísa die gesamten Geburtstagstorten backen zu lassen, denn die Frau hatte unglaublich geschickte Finger, und außerdem könnte diese Aufgabe dazu beitragen, ihre Trübsal zu vertreiben.

Dísa war in einer neuen Wohnung und hatte ein neues Sofa und ein neues Radio bekommen, aber sie war trotzdem immer niedergeschlagen. Nachts konnte sie nicht schlafen, hörte Agga, und morgens hatte sie Schwierigkeiten, aus dem Bett zu kommen. Agga verstand nicht, warum die Frau nicht früher schlafen ging, sagte aber nichts, um nicht die Aufmerksamkeit auf sich zu lenken, denn sie hatte gelernt, dass niemand sie registrierte, wenn sie mit Buch oder Buntstiften schweigend in einer Ecke saß. Dísas Jungen waren obendrein verwahrlost, der Rotz lief ihnen aus der Nase, und aus den Schuhen lugten die Zehen. Das Auskommen der Familie war von der Näherei der Mutter abhängig, aber die Mutter saß die meiste Zeit des Tages am Fenster und spähte schielend hinaus auf das Meer, als ob es da etwas zu sehen gäbe.

»Das geht so nicht weiter«, sagte Freyja und kaufte Gummischuhe für die Jungen und Wolle für Pullover. Dódó, die immer ihr ganzes Geld ausgab und deshalb nichts kaufen konnte, drohte Dísa mit allem Möglichen, unter anderem damit, die Wohlfahrt einzuschalten, wenn sie sich weiterhin so gehen lassen würde. Und Dísa nahm sich das etwas zu Herzen, kroch morgens früher aus den Federn und eines Tages schaute sie bei Großmutter herein, um den Backofen zu inspizieren und die Backhitze zu testen.

Da Großvater bei den Sozialdemokraten und im Seemannsverband war, rechnete man mit vielen Männern zum Kaffee. Großmutter hoffte, dass nicht alle zur gleichen Zeit kommen würden, und zählte immer wieder die Plätze in beiden Stuben. Das größte Kopfzerbrechen bereitete ihr aber die Schlagsahne, denn der Viertelliter kostete vierundzwanzig Kronen, was sich kein Mensch leisten konnte. »Aber was, bitte sehr, sollen wir auf die Torten tun?«, stöhnte sie ratlos und hätte wahrscheinlich die ganze Feier und alles miteinander aufgegeben, wenn Kidda ihr nicht geraten hätte, die Bauern in der Nähe des Städtchens anzurufen, um billig an Sahne zu kommen. Großmutter rief überall an, und da sie es nicht gewohnt war zu telefonieren, brüllte sie in den Hörer, als ginge sie davon aus, dass Bauern schwerhörig sind. Man versprach ihr die Sahne, und jetzt begann das große Backen. Jeden Tag lief der Backofen auf Hochtouren, wobei Großmutter und Dísa am meisten damit zu tun hatten, da die anderen weiblichen Wesen bei der Arbeit waren.

Agga sauste kreuz und quer durch den ganzen Ort und besorgte alle möglichen Pulver und Tropfen. Zu Hause war sie überall im Wege und hörte kaum anderes als Befehle, Finger weg, komm mir nicht in die Quere, geh zur Seite und raus mit dir. Wollte sie zu Emelía gehen, wurde hinter ihr hergebrüllt: »Solltest du nicht zu Hause bleiben und helfen? Solltest du nicht Silber und Messing putzen, Mädchen?« Agga hatte all diese Frauen langsam satt, die wegen eines lächerlichen Geburtstags halb verrückt spielten und außerdem den ganzen Tag mit schlabbernden Büstenhalterträgern und runtergerollten Strümpfen im Kittel herumliefen, Tücher über die trockenen Haarzotteln gestülpt hatten und einen strengen Geruch ausströmten.

Nur Großvater war normal. Er ließ sich von Weibsen nicht aus dem Gleichgewicht bringen. Den ganzen Tag war er in Bücher und Zeitungen vertieft, und zwischendurch hatte er Unterredungen mit Leuten im ganzen Ort, zu denen er Agga manchmal mitnahm. Eines Tages gingen sie hinunter zum Kai, und Großvater erzählte ihr von den Engländern und Deutschen, die seit den Zeiten der Segelschifffahrt den Hafen angelaufen hatten, und erklärte ihr, dass es mit den verdammten Tommis auf den Fischbänken immer Ärger und Scherereien gegeben habe, etwas anderes wäre es mit den Deutschen, mit denen könnte man Geschäfte machen wie mit anständigen Menschen.

Die Deutschen waren so beliebt, dass man es sich zur Gewohnheit gemacht hatte, hinunter zum Hafen zu gehen, wenn ein deutsches Schiff einlief, und sonntags vormittags ging man immer, gleichgültig, ob ein Schiff erwartet wurde oder nicht. »Deshalb war immer erst am Nachmittag Gottesdienst, und dabei ist es geblieben«, sagte Großvater.

»Aber du gehst ja nie zur Kirche, Opa«, sagte Agga.

»Der Pfarrer ist so verdammt langweilig und ein Erzkonservativer obendrein«, antwortete Großvater.

Sie unterhielten sich über dies und jenes, und Agga erzählte ihm, dass Emelía einen Busen bekommen hätte.

»Das arme Ding«, sagte Großvater, aber es schien ihm keine sonderlichen Sorgen zu bereiten.

»Ich hab aber noch keinen«, fuhr sie fort.

»Nein, so was«, sagte er. »Deine Oma hat auch unheimlich lange gebraucht, um Frau zu werden. Das dauerte und dauerte, ich glaube, sie war schon ganze siebzehn Jahre. Diese Leute aus dem Westen sind so, sind nur zum Teil menschlich. Sie glauben ja auch an Elfen und Huldren und sprechen mit ihnen wie mit Verwandten. Da stimmt was nicht mit diesen Leuten. Mit dir ist es ganz was anderes. Du bist in diesem Ort aufgewachsen und deine Familie ist von hier, und das seit Generationen. Nur deine Großmutter hat es aus dem Westen nach hier verschlagen.«

Großvater kam auf dem Heimweg beim Vater von Magnús

vorbei, der Bibliothekar war. Vater und Sohn wohnten in einem kleinen Haus an der Sonnenstraße, und ihr Wohnzimmer war voll gestopft mit Büchern. Sie stapelten sich in Wandregalen, in Schränken, unter den Betten, auf Tischen, auf Fensterbänken, Fußboden und Stühlen. Der Bibliothekar Einar war mit einer schönen Frau aus guter Familie verheiratet gewesen, die ihn aber wegen eines reichen Mannes in der Hauptstadt verließ. Großmutter behauptete, sie wäre gegangen, weil sie den verflixten Bücherstaub nicht ertragen konnte. Großvater meinte allerdings, dass Einar mehr als froh gewesen war, als sie ging.

Einar geriet bei Großvaters Erscheinen aus dem Häuschen und er ging noch tollpatschiger einher als sonst. Seine moosgrüne Strickjacke hing ungeknöpft wie ein Sack an ihm herunter, und die Schleife am Hemdkragen saß ganz schief. Er nahm einige Bücher vom Stuhl am Fenster, damit Großvater sich setzen konnte, und drehte sich erst mal ratlos einige Male um sich selbst, weil er nicht wusste, wohin er sie legen sollte, taxierte Agga zweifelnd ab, als überlege er, ob sie vielleicht als Bücherständer zu verwenden sei, und legte den Stapel dann auf die Fensterbank. Die Unterhaltung zwischen Großvater und Einar drehte sich um die Njálssaga, und schließlich holte Einar eine alte Scharteke hervor und sagte: »Das werden wir gleich haben, das kommt hier im nächsten Kapitel, gleich haben wir's, ja, es war in der Mitte, ja, es war, genau, glaubst du, ja, nein, das weiß ich nicht, tja, das fiel mir nur so ein, ähem, glaubst du, dass Njál eventuell, neinnein, ja, dass er vielleicht etwas verkehrt herum gewesen ist?«

»Bist du verrückt, Mensch?«, sagte Großvater entrüstet. Er sprang auf, riss Einar das Buch aus der Hand und blätterte mit rasender Geschwindigkeit hin und zurück, während Einar von einem Bein aufs andere trat. Sie waren beide groß in Fahrt. Agga legte sich auf den Fußboden neben den Zeitschriftenstapel und las »Die Woche«, die darüber informierte, dass Clark Gable der Frauen ziemlich überdrüssig sei. Am Ende begann sie sich zu langweilen und fragte Einar, ob er nicht Bücher über Hexen hätte?

Sie schauten Agga beide an, als ob sie es wäre, die etwas verkehrt herum sei, und Einar schüttelte den Kopf. Literatur dieser Art gäbe es in seinem Haus nicht. Die Frage schien jedoch etwas bei ihm ausgelöst zu haben, denn plötzlich lehnte er sich zu Großvater hinüber und flüsterte: »Sag mal, ja, wie, hm, ja, wie ist dieses Frauenzimmer eigentlich, das bei dir ist?«

»Frauenzimmer? Welches Frauenzimmer, Mann, das Haus ist voll von Frauenzimmern«, sagte Großvater.

»Ich meine die mit, ja, die mit den hellblauen Augen, ja genau, äh, die mit dem vielen Haar.«

»Ja, das ist ein verdammt gut aussehendes Weibsbild«, dröhnte Großvater.

Einar nickte, wollte etwas sagen, was ihm auf dem Herzen lag, und Agga hielt gespannt den Atem an, aber dann schien er es sich plötzlich anders zu überlegen, blickte eine Weile starr vor sich hin und blätterte dann wieder eifrig in der Njálssaga.

Großvater war so geistesabwesend nach dieser Diskussion über die Njálssaga, dass er vergaß, Agga mitzunehmen, als er sich verabschiedete.

Am Tag des Geburtstages, Anfang November, standen bereit: Zimttorte, Baisertorte, Feigentorte, Wienertorte, Schokoladentorte, Eiserkuchen, Linzer Torte, Fladenbrot, Windbeutel, Rosinenplätzchen, Liebesknochen, Kringel, Schokoladenroulade und die hauchdünnen isländischen Pfannkuchen. Morgens wurde die Sahne geschlagen, und die Frauen verfolgten fasziniert, wie die Flüssigkeit in der Schüssel steif wurde, jene Flüssigkeit, die genauso viel kostete wie ein Kilo Suppenfleisch. Dann wurde die steife Sahne in der Morgenstille mit Akribie und Hingabe auf die Torten appliziert. Die Frauen sahen ein wenig besser aus als am Abend zuvor und dufteten auch besser, aber alle hatten noch Haarklammern im Haar oder Turbane auf dem Kopf.

Die Leckerbissen lagerten in der kalten Vorratskammer, und gegen Mittag lag das geklöppelte Tischtuch auf dem Esszimmertisch, der an die Wand geschoben worden war. Die Frauen verschwanden in ihren Zimmern, um sich zurechtzumachen und herauszuputzen, und Hilli kam und frisierte Freyja. Die Haarwäsche hatte am Tag vorher stattgefunden und viele Stunden gedauert. Sie begann im Allgemeinen damit, dass Freyja zwei Kessel Wasser heiß machte, das sie in einem Krug zur Hälfte mit kaltem Wasser mischte und in eine kleine Wanne goss. Das Haar wurde in der Wanne ordentlich nass gemacht und mit grüner Seife und ausländischem Shampoo eingeseift und gründlich gespült. Daraufhin war es an der Zeit, noch einen Kessel Wasser aufzusetzen und vier Eigelb mit drei Esslöffeln Cognac, von dem niemand wusste, woher Freyja ihn hatte, zu verrühren und in das Haar einzumassieren, um es dann dreißig Minuten einziehen zu lassen und dann mehrfach zu spülen. Dem letzten Spülwasser wurde Essig hinzugefügt. Drei Handtücher wurden zu jeder Wäsche gebraucht, und das Trocknen des Haars war ein Kapitel für sich, denn es war trocken schon schwer genug, aber wenn es nass war, bekam Freyja sowohl Kopfschmerzen als auch einen steifen Nacken. Das Trocknen ging so vor sich, dass Freyja sich in den braunen Stuhl am Wohnzimmerfenster setzte, den Kopf nach hinten zurücklegte und das nasse Haar über die Stuhllehne wallen ließ. So saß sie stundenlang, während die Wärme des Heizkörpers unter dem Fenster die Haare trocknete. Zur Beschleunigung wechselten die Frauen sich darin ab, mit trockenen Handtüchern ins Wohnzimmer zu kommen und damit aus Leibeskräften die Feuchtigkeit aus den schweren Locken zu pressen.

Am Tag des Geburtstags knisterte das Haar vor Sauberkeit, die Locken waren lebendig und kraus, und Hilli hatte seine liebe Mühe damit, sie zu bändigen. Freyja saß im Unterrock und wurde immer gesprächiger, während Hilli immer stiller wurde. Agga konnte sich unmöglich vor ihm in Leibchen und Wollunterrock zeigen und ging nach vorn in die Südkammer, um sich das Sonntagskleid anzuziehen. Großmutter trug ihr schwarzes Kleid mit der Spitze am Vorderteil und steckte eine goldene Brosche mit grünen und roten Steinen an die Brust. Das dünne, grau gesprenkelte Haar wirkte aufgesteckt voller, und sie duftete nach Kölnisch Wasser. Agga tänzelte um sie herum.

Während die Frauen im Haus sich inzwischen sehen lassen konnten, machte das Geburtstagskind sich rar. Er war mittags weggegangen, um jemanden zu treffen. Die Torten thronten auf dem Tisch, einige dekoriert mit isländischen Papierfähnchen, und die Frauen schwatzten bereits aufgeregt durcheinander, als er sich endlich blicken ließ.

»Ich glaube, du bist nicht ganz bei Trost«, sagte Großmutter, aber er erklärte, er hätte keine Lust, ihr ewiges Genörgel anzuhören, ging ins Wohnzimmer und beabsichtigte, vor dem Umziehen noch eine zu rauchen. Er stand am Fenster, als der erste Gast auf das Haus zuschritt. Großvater stierte durch die Gardine, sog den Rauch tief ein und sagte völlig baff: »Kommt doch der verdammte Kerl mit Blumen!«

Agga dachte, Großmutter würde vollends die Beherrschung verlieren, doch endlich beeilte Großvater sich nach oben, um sich umzuziehen.

Gott sei Dank hielten sich Blumensträuße in Grenzen, die meisten waren so vernünftig, Großvater Bücher zu schenken, das Einzige, was seiner Meinung nach Sinn hatte. Emelía erschien in ihrem besten Kleid mit Schleife im Haar und überreichte Großvater mit Grüßen von ihrer Familie ein Buch von einem Dichter aus dem Nordosten Islands. Großvater freute sich so sehr, dass er Emelía an das Kuchenbüfett zog und sagte: »Nun iss, so viel du kannst.« Und das ließ sie sich nicht zweimal sagen.

Die Zimmer füllten sich, jeder Platz war besetzt, und ständig mussten neue Hocker geholt werden. Das Haus erzitterte unter politischen Disputen, und wenn jemand fuchtig wurde, wippte Großvater vor Freude auf und nieder. Die Frauen, die mit ihren Männern gekommen waren, wanderten verlegen zwischen Küche und Stube hin und her, bis sie endlich oben einen Platz auf den Betten der jungen Damen fanden. Dísas Platz war an der Spüle in der Küche, in der ein heilloses Durcheinander herrschte. Kidda aber ließ sich nicht blicken.

Gäste kamen und gingen, und dementsprechend änderten sich die Gesprächsthemen, manche waren mit Getuschel, andere mit Lautstärke verbunden. Da es wenig Platz gab, waren Agga und Emelía so einfallsreich, sich unter den Kaffeetisch im Schutz der Klöppeldecke zu verkriechen, unter den gegebenen Umständen der beste Platz im Haus. Alle Schlemmereien befanden sich in Reichweite, und es war so gut wie unmöglich, etwas von dem, was um sie herum vor sich ging, zu verpassen. Mit Orangenlimonade und Sahnetorte neben sich spielten sie Mau-Mau. Zwischendurch spielten sie auch Füßeraten und mussten herausfinden, wer in welchen Schuhen steckte, was die Leute in neuem Licht und aus der entgegengesetzten Perspektive erscheinen ließ. Die Schuhe sagten etwas über die gesellschaftliche Position aus, und Bügelfalten deckten hausfrauliche Tüchtigkeit oder Faulheit auf. Einige waren allerdings unbeschuht, sie hatten schon in frühester Kindheit gelernt, dass es eine Unsitte ist, in Schuhen ins Haus zu trampeln, und sie spazierten in Socken herum, wobei die Freundinnen manchmal deutlichen Fußgeruch zu riechen glaubten. Schnell fanden sie heraus, dass Vereinsvorsitzende und Schriftführer in Schuhen waren, ebenso der Bibliothekar, Guttempler und Kirchendiener Einar. Ab und zu erschienen Frauenschuhe, und dann wurde das Spiel hektisch, sie flüsterten, eine schneller als die andere, die Namen der Besitzerinnen und versuchten leise zu sein, mussten sich aber zusammenreißen, wenn Großmutter oder Freyja hereinkamen, so leicht erkennbar wie deren Füße waren. Die Frauen hatten entweder Seiden-, Perlon- oder Nylonstrümpfe an, und Emelía schauderte es jedes Mal, wenn Krampfadern sichtbar wurden.

Plötzlich standen zwei Paar neue Männerschuhe, die sich sehr stark von den anderen unterschieden, vor dem Kaffeetisch und wiesen mit der Spitze ins anliegende Zimmer. Die vorderen waren schwarz und glänzend, die Hosenbeine dunkelblau gestreift und nirgends an den Aufschlägen ausgefranst. Das andere Paar erregte aber noch mehr die Neugierde der Mädchen, braun und glänzend wie Mahagoni, mit Lochmuster und Schnürsenkeln aus Leder, und die Hose war aus feinem grau meliertem Wollstoff. Jetzt verschlug es ihnen die Sprache, keine konnte raten, und sie zweifelten daran, dass die Besitzer dieser Schuhe aus diesem Landesteil stammten.

Großvaters Schuhe bauten sich nun vor den schwarzen auf, und die Besitzer tauschten Worte aus über Jahre und Jahrhunderte, die vergehen wie im Flug, über Konservative und Sozialdemokraten, und den Mädchen kam es so vor, als wäre ein sarkastischer Unterton in beider Stimmen. Die braunen Schuhe schwiegen. Großmutters Schuhe kamen von rechts in Sicht, die Besucherschuhe machten ein Kehrtwendung, und sie hörten, wie Großmutter überaus bescheiden fragte, ob man den Herren nicht eine Erfrischung anbieten dürfte.

Das wurde wohl akzeptiert, denn jetzt drehten sich beide Schuhpaare zum Kaffeetisch, die Spitzen den sich ratlos anblickenden Mädchen zugekehrt. Wer mochte das sein? Momentan war es ausgeschlossen, unter dem Tisch hervorzukriechen, um nachzusehen. Der in den schwarzen Schuhen ging mit Großvater ins anliegende Zimmer, der andere blieb am Kaffeetisch stehen. Lautlos erschienen schmale Frauenfüße in blauen Lederschuhen und hielten nicht weit von den braunen. Für den Bruchteil einer Sekunde war keine Bewegung zu sehen, als ob die Besitzer beider Paare erstarrt wären. Die Mädchen hielten sich den Zeigefinger vor den Mund und lauschten dem Gespräch.

»Du hier? Na, wie schön. Ich wusste gar nicht, dass du Lúther kennst.«

»Ja, ich bin mit dem Präfekten gekommen. Wir sind nämlich alle drei im Vorstand der Rettungsgesellschaft.«

»Was du nicht sagst? Ich habe gar nicht gewusst, dass die Gesellschaft vom Ausland aus gesteuert wird. Aber bitte, bediene dich doch.«

»Hmm, es tut mir Leid, dass ich dir keinen Brief geschrieben habe, wie ich vorgehabt hatte.«

»Brief? Was für einen Brief? Doch, natürlich habe ich einen Brief von dir bekommen. Oder nicht? Ich habe so viele Briefe aus dem Ausland bekommen. Vielleicht kamen sie alle aus Amerika. Warst du nicht in Amerika? Nein, da warst du nicht. Halt, wo warst du eigentlich? In Polen?«

»In Deutschland. Und dann auch in Italien.«

»Ja, richtig, mein Gott, ich bin schon bald so verkalkt wie Kidda!«

Diesen Worten folgte verhaltenes Lachen, und dann verschwanden die blauen Schuhe aus dem Raum.

Die Freundinnen krochen bei nächstbester Gelegenheit unter dem Tisch hervor, sie waren so gespannt auf den Besitzer der braunen Schuhe.

Es war Björn Theodór, sonnengebräunt von der Italienreise, in neuen Schuhen und neuem Anzug, etwas einsam unter all den alten Männern. Er ließ sich geräuschlos in einer Ecke nieder und verfolgte das Geschehen.

Agga stellte sich hinter Großvaters Stuhl auf und lauschte dem Präfekten. Sie fand es höchst bemerkenswert, dass er hier war, zu Hause bei ihr, dieser bedeutende Mann, der ein ausländisches Hausmädchen hatte. Agga fand, dass er jünger aussah als seine Frau. Seine Augen leuchteten hinter den Brillengläsern, als würde er ständig über etwas lachen, und im Kinn hatte er ein Grübchen. Er starrte jedes Mal Freyja an, wenn sie mit einem Kuchen oder etwas anderem hereinkam, sodass Agga es schon fast unanständig fand.

Einmal standen sie beide vor einem der Bücherschränke, Freyja und der Präfekt, er nahm die Pfeife aus dem Mund, strich mit der Hand über die oberste Bücherreihe und sagte: »Die würde ich gerne besitzen.«

»Wer weiß, vielleicht verkaufe ich sie Ihnen«, antwortete Freyja leise und zog die Augenbrauen hoch.

»Ich wünschte, Sie hätten noch mehr anzubieten, was ich kaufen könnte«, sagte er und schaute sie bewundernd an.

»Was nicht ist, kann ja noch werden«, sagte sie und blickte ihm tief in die Augen.

Da lächelte er und schwieg. Deklamierte dann etwas auf Ausländisch, von dem Agga fand, dass es einem Gedicht ähnelte. Sagte am Ende: »Schäkspier.«

»Oh«, sagte Freyja und blickte zu Boden. Flocht dann die Finger ineinander und deklamierte etwas Ähnliches, auch auf Ausländisch.

Der Präfekt sah sie entgeistert an, begriff dann, verneigte sich ein wenig und sprach: »Verehrte Dame, ich kann Ihnen nicht das Wasser reichen.«

»Kiets«, sagte sie bescheiden.

Agga fand diese Rätselspiele der Erwachsenen mehr als langweilig, außerdem war ihr Freyjas Flirt mit dem Präfekten unter den gegebenen Umständen völlig unverständlich.

Erst am Abend gingen die letzten Gäste, aber zuvor hatte der Präfekt eine Rede über die uneigennützige Arbeit von Großvater für Vereine und Parteien gehalten, denn obwohl er leider Gottes zu den Sozialdemokraten gehöre, wäre er kein Drückeberger. Am Ende wurde mit Kaffee auf sein Wohl angestoßen, denn Alkohol rührte er niemals an. Großvater ging höchst zufrieden zu Bett, denn er hatte Festreden und etwa dreißig Bücher bekommen, aber nur drei Blumensträuße. Großmutter war allerdings bis nach Mitternacht auf den Beinen und mit Abwaschen und Aufräumen beschäftigt. Sie ging nie schlafen, wenn noch schmutzige Tassen herumstanden.

Die Elfenkönigin tanzt

Als der erste Schnee fiel, hörte Freyja auf zu schlafen. Ihr nächtliches Herumgeistern irritierte Agga, denn sie hatte im Winter Angst vor der Dunkelheit und schlief schlecht ein, wenn sie allein im Zimmer war. Morgens saß Freyja in der Küchenecke und starrte in ihre Teetasse, und abends legte sie sich schweigend aufs Sofa und döste im Halbdunkel vor sich hin. Gegen Mitternacht wurde sie lebendig wie die Katzen, schützte Kopfschmerzen vor, die sie nur mit frischer Luft vertreiben könnte.

Eines Abends trieb sie es auf die Spitze. Lange hatte Agga in der Küchenecke gesessen und aus den Augenwinkeln Ninna, die ein Fußbad nahm, und Freyja, die auf dem Sofa vor sich hin döste, beobachtet. Schließlich sprang Freyja auf und begann durch das Haus zu rennen. Sie hörte, wie sie sich Galoschen und Mantel überzog und die Haustür hinter sich zuknallte. Agga sah ihr vom Flurfenster aus nach, wie sie groß und mager mit den Händen in den Manteltaschen zum Felsenhügel hochmarschierte. Die Straßenlaternen warfen ihren langen Schatten auf den Schnee, und der Wind zerrte an ihrem Haar, das wie eine Windsbraut hinter ihrem Kopf wehte.

Kurz nach elf waren alle von Versammlungen und vom Kartenspielen zurück, und gegen Mitternacht setzte starkes Schneetreiben ein. Da war Freyja noch nicht im Haus.

Eine unruhigere Nacht als diese hatte Agga noch nie erlebt. Als alle zu Bett gegangen waren und das Licht gelöscht hatten, kam Madame endlich zurück und brachte einen eiskalten Hauch von draußen herein. Während sie sich am Bettende auszog, sank die Temperatur im Zimmer, das vage Licht der Straßenlaterne beleuchtete ihr eisverkrustetes Gesicht. Das Haar hing nass und zerzaust in Strähnen herunter, und die langen Finger waren steif vor Kälte. Steif wie eine Puppe zog sie sich die letzte Unterwäsche aus und ihre vorstehenden Schulterknochen und sämtliche Rippen im Brustkorb wurden sichtbar. Dann legte sie sich ins Bett und drehte sich zur Wand, ohne einen Seufzer oder ein Stöhnen von sich zu geben.

Gegen drei Uhr morgens hörte Agga im Halbschlaf Gemurmel im Bett gegenüber. Unzusammenhängende Sätze, die unverständlich waren, aber als sie ihren Kopf vom Kissen hob und horchte, hörte sie bekannte Worte, doch verdreht und zusammenhanglos: »Erlöse uns von dem Übel in der Versuchung. Amen. Mein Wille geschehe wie auf Erden so in der Versuchung. Amen. Amen, denn mein ist das Reich, die Macht und die Herrlichkeit, Amen, erlöse uns vom Übel ...«

Agga wurde hellwach und lauschte verwundert dem grotesken Gefasel, nichts weniger als das Vaterunser, verhunzt und entstellt. Sie fürchtete den Zorn des himmlischen Vaters, wälzte sich aus dem Bett, griff nach den Schultern der Phantasierenden und drehte sie auf den Rücken. Freyjas Augen waren weit aufgerissen und starr, doch Stirn und Kopf waren kochend heiß. Agga bekam es mit der Angst, schüttelte sie und bat sie, mit dem Blödsinn aufzuhören, doch da setzte sie sich halb auf, packte mit eisernem Griff Aggas Nachthemd und fauchte: »Schmeiß diesen Satan raus!«

Agga riss sich los, indem sie ihr auf die Hand schlug, lief wimmernd ins Schlafzimmer der Großeltern, weckte Großvater und jammerte: »Opa, Opa, Freyja hat den Verstand verloren!«

Licht wurde angeknipst. Sie hockte auf Großvaters Bett, während die Großeltern sich um die in der Dunkelheit stöhnende und fauchende Madame kümmerten, mitten in der Nacht in diesem stillen Haus. Sie hörte, wie Großmutter Großvater befahl, Wasser heiß zu machen und einen nassen Waschlappen und einen Esslöffel zu holen. Freyja hatte wohl Krämpfe. Agga wusste nicht, was das war, sie sah nur, dass Freyjas Zustand ziemlich beängstigend war. Ihre Augen standen glasig vor, und Großmutter hatte ihr einen Löffel in den Mund geschoben, damit sie sich nicht die Zunge durchbiss. Sie massierten ihr Hände und Füße mit heißem Wasser und walkten auf ihr herum, als ginge es um Leben und Tod.

Die Schwestern schliefen wie die Murmeltiere in ihrer Kammer den Schlaf der Gerechten, und Ninna schnarchte sanft. Agga lehnte sich in Großvaters Bett zurück und hörte die Geräusche aus der Nordkammer, Verwünschungen und Geröchel. Irgendwann spät in der Nacht wurde sie schlafend in ihr Bett getragen.

Gegen Morgen sah sie schlaftrunken einen Mann an Freyjas Bett sitzen. Agga erkannte Doktor Enoch, den dunkelhaarigen Arzt von den Westfjorden, der in Großmutters Augen schon seit langem ein Halbgott war. Agga hörte, wie er leise mit Freyja sprach, sie kniff die Augen zusammen und hielt den Atem an, um die Worte zu verstehen.

»Gehst du die ganze Strecke bis zum Friedhof?«, fragte er.

»Noch weiter«, sagte Freyja leise, »an den Kartoffelfeldern vorbei, dann hat der Spaziergang die richtige Länge. Aber raus in die Lava gehe ich nicht, denn da verliert man die Orientierung und gerät ganz durcheinander, und die Spalten verschlingen einen. In diesem Land ist man verloren, es ist kalt, dunkel und voller Bosheit. Ich finde es widerwärtig. Ich finde den Fischgestank widerlich, die Rationierungsmarken, den ewigen Schnupfen, das Rülpsen, das Angegafftwerden, das ungehobelte Benehmen der Leute und das Gekreisch der Vögel.«

»Das sind doch nur die Möwen, meine Liebe«, sagte der Arzt und räusperte sich. »Aber sag mal, warum bist du eigentlich zurückgekommen?«

Madame schwieg, und er fuhr fort: »Ich kann mich an dich als kleines Mädchen erinnern, deine Augen waren wie zwei Eiswürfel, und doch so wunderschön. Ich konnte kaum meine Blicke von dir abwenden. Du, dieser kleine Pummel, und bist jetzt so groß und mager. Júlíana sagt, dass du nie etwas isst, stimmt das, Freyja, hast du keinen Appetit?«

Auf die Frage nach der Appetitlosigkeit wollte sie nicht antworten. Immer wieder fragte er danach, was sie äße und zu welcher Tageszeit, aber sie gab ausweichende Antworten. Stattdessen redete sie in vollem Ernst und unter Stöhnen von den Möwen, die am Strand hinter der Apotheke kreischten und schrien. Nachts hörte sie dann ihr Gegacker bis hier hinauf in ihr Zimmer.

Der Arzt blickte sie lange an. Dann fragte er, ob sie wirklich so viel laufen müsste?

»Ja«, sagte sie heiser und hob ein wenig den Kopf vom Kissen, »sonst habe ich das Gefühl zu ersticken. Hier hängen die Wolken immer so tief und drängen sich einem auf und drücken einen nieder. Ich sehe so selten das Sonnenlicht. Ich bin den ganzen Tag in der Apotheke.«

Sie ließ sich auf das Kissen zurückfallen, und der Arzt tätschelte ihr die Wange.

»Arme Freyja, bist du sehr unglücklich?«, fragte er leise.

Sie schwieg. Nach langem Überlegen sagte er: »Freyja, hättest du nicht Lust, tanzen zu gehen, so wie andere junge Frauen?«

»Tanzen?«, sagte sie höhnisch, »jetzt?«

»Nein, zum Tanzen gehen, wenn du wieder gesund bist, mit jungen, starken Männern.«

Agga riss die Augen auf, schloss sie aber schnell wieder, als sie die Großeltern kommen hörte. Der Arzt blickte auf, als sie eintraten, und sagte: »Das Mädchen hat keine Lungenentzündung, aber einen Anflug von Bronchitis, und wahrscheinlich macht ihr auch in gewisser Weise die Unterernährung zu schaffen. Sie muss diese Woche das Bett hüten, etwas Warmes und Nahrhaftes trinken, jeden Morgen heiße Milch und Haferbrei zu sich nehmen, und wenn sie wieder auf dem Damm ist, Fisch mit Kartoffeln und Butter. Sie darf nicht hinaus, vor allen Dingen keine Spaziergänge, und hier drinnen ist es auch fast zu kalt für sie. Wenn das Haus nicht besser geheizt werden kann, muss sie nach unten gebracht werden und dann ein Heizöfchen bei sich haben.«

Großmutter warf Großvater einen eiskalten Blick zu. Der räusperte sich und sagte: »Ich lass heute die Schlosserei mit dem Heizkessel anfangen.«

Freyja bekam tagein tagaus Haferbrei und heiße Milch, und Agga musste die Bedienung übernehmen. Die dunklen Ringe unter den Augen wurden langsam heller, und eines Tages wagte Agga, sie nach Gott zu fragen, eingedenk der Litanei, die sie in der Nacht von sich gegeben hatte. Freyja hustete geschwächt und anwortete, dass sie mit ihm noch nichts zu tun gehabt habe, aber wahrscheinlich sei er ein friedlicher Mensch, der keiner Fliege etwas zuleide täte.

Agga sah sie entrüstet an und fragte, ob sie nicht wüsste, dass er Jesus erschaffen habe und die Welt erlöst?

»Hat er das getan?«, sagte Freyja, »das muss er getan haben, als ich in Amerika war. So ist es, wenn man ständig auf Achse ist, man verpasst alles.«

Während Großmutter in einer Schüssel Margarine und gute Butter miteinander vermischte, kam Agga auf das Vaterunser zu sprechen.

»Hast du nun diese paar Zeilen schon wieder vergessen?«, sagte Großmutter scharf.

»Nein, ich wollte nur wissen, ob du an Gott glaubst. Ob es ihn gibt?«

»Was ist nun wieder in dich gefahren, Mädchen? Habe ich nicht immer gesagt, dass es ihn gibt? Und Jesus und Maria und all die anderen. Was ist das für ein Unsinn? Ich glaube, du solltest dich besser mit biblischer Geschichte und Erdkunde befassen. Musst du nicht im Frühjahr Prüfungen machen?«

Agga fand, dass der Dezember gerade erst angefangen hatte, und der Allmächtige wurde vorerst von der Tagesordnung gestrichen.

Der neue Heizkessel wurde einige Tage nach Freyjas Erkrankung eingebaut, und am selben Tag stach Großvater in See. Zwei Männer aus der Schlosserei, im Overall und schmutzig bis über die Ohren, installierten den Kessel mit viel Krach und Getöse. Die Arbeit ging langsam voran, denn Kidda, die sich im Gefrierhaus freigenommen hatte, um sie mit Kaffee und Rädelkuchen bewirten zu können, rief sie alle Nase lang zu sich in die Küche. Sie bemutterte sie wie Säuglinge.

Bei Schneetreiben und ständigen Wetterumschlägen kam Hilli täglich besorgt und zerknirscht und brachte Freyja etwas, denn er glaubte, dass er die Schuld an ihrer Unpässlichkeit und Misere trug. Seine braune Ledertasche war voll von Arzneifläschchen mit Mixturen gegen Halsentzündung, Erkältung, Darmkatarrh, Grippe und Lungenentzündung, und er gab ihr Kampfer, Reinigungstonic für Augen und Gesicht und Cremes und Öle zum Einmassieren für Hände und Füße.

Das Massieren brachte Freyja große Linderung, aber von den Mixturen wollte sie möglichst nichts wissen. Hingegen hatte sie großen Bedarf an Tabletten gegen Kopf- und Nackenschmerzen, die sie fast um den Verstand brachten. Hilli und sie kamen schließlich zu dem Schluss, dass die Schmerzen in der Halsmuskulatur und den Schultern auf das schwere Haar zurückzuführen sein mussten, und verfielen darauf, es hochzubinden. Sie teilten es in drei Teile, banden um das Ende jeder Strähne ein Stück Wäscheband und hängten sie an Haken, die sie an der Dachschräge über dem Kopfende befestigt hatten. So lehnte Freyja tagsüber in ihrem Bett, das Haar an Haken hängend, vier Kissen im Rücken und zwei unter den Füßen, und verfolgte das Geschehen im Haus.

Im Allgemeinen passierte nicht viel, solange die Schwestern zur Arbeit waren, aber sobald sie die Tür aufstießen, müde und ausgelaugt vom ständigen Stehen, wie Dódó erklärte, ging es rund. Eines Tages kurz vor dem Abendessen herrschte großer Aufruhr im Haus. Denn im gleichen Moment, als der Schellfisch auf den Tisch kam, rief dieser Typ an und fragte ganz ungeniert, ob Dódó zu Hause wäre. Das Fräulein starrte zuerst auf den Hörer, als sähe sie dort Ungeziefer, und flüsterte dann endlich: »Du Miststück, du.«

Freyja rief nach unten und bat sie, lauter zu sprechen, aber Dódó knallte den Hörer auf, lehnte sich an die Wand und ließ sich dann auf einen Küchenhocker nieder und ächzte: »Mir kommt's hoch.«

»Nein, nicht doch, Dódó«, sagte Kidda, die oben war, weil der alte Knacker wieder fort war, »nimm lieber was Handfestes zu dir.«

Während sie ein Stück Schellfisch für sie entgrätete, klingelte das Telefon wieder. Niemand schien es anfangs zu hören, aber dann fauchten alle im Chor: »Geh dran, Agga!«

Agga empfand das als große Ehre, sie nahm den Hörer ab und sagte langsam und laut ihre Telefonnummer auf.

»Kann ich mal bitte mit Dódó sprechen«, sagte eine aufgeregte Männerstimme.

»Sag, dass sie umgezogen ist«, sagte Dódó mit gesenktem Kopf.

»Sie ist umgezogen«, sagte Agga würdevoll in den Hörer.

»Sag ihr, dass ich sechs Wochen lang auf See war, vor Grönland, und es nicht geschafft habe, mich zu verabschieden, bevor ich ging«, schrie der Kavalier in den Hörer.

»Er war auf See bei Grönland und konnte sich nicht verabschieden«, teilte Agga der Küche mit.

»Sag ihm, er soll sich zum Teufel scheren«, sagte Dódó müde.

Agga pfiff ein Weilchen in den Hörer und sagte dann: »Warum hat deine Familie ihr nicht sagen können, dass du auf See bist?«

»Ich weiß nicht«, sagte er kläglich.

»Sie ist die ganze Zeit traurig gewesen, fast tot, und hat sich nicht mal gekämmt«, sagte Agga wahrheitsgetreu, aber Dódó kreischte: »Leg auf, du dumme Kuh!«

»Sag ihr, dass ich ihr einen Ring schenken möchte«, sagte der Typ. Agga übermittelte die Nachricht, und Dódó fragte: »Hat er ihn vielleicht in Grönland gekauft?«

Agga gab die Frage weiter, und der Typ stöhnte unsicher und erstaunt. Nein, er hätte ihn in Reykjavík gekauft. Dazu gab Dódó keinen Kommentar ab.

»Sag ihr«, sagte der Typ, »dass sie in meinen Augen das schönste Mädchen in Island ist.«

Agga gab auch diese Mitteilung weiter, und die Frauen blickten alle auf ihre Teller und kauten geräuschvoll an ihrem Fisch. Freyja rief mit kränklicher Stimme von oben und bat sie, um Gottes willen lauter zu sprechen. Agga stand da wie ein Ölgötze, der Mann hechelte in den Hörer, bis Dódó in Tränen aufgelöst flüsterte: »Leg auf.«

Agga gehorchte. Schweigen legte sich über das Haus, das schließlich von Ninna unterbrochen wurde, die mitteilte: »Errol Flynn will zu Weihnachten heiraten.«

Ihre Worte schienen Dódó jedoch nicht zu helfen. Sie weinte den ganzen Abend in ihr Kopfkissen und war um die Schlafenszeit dermaßen erschöpft, dass sie die Limousine aus der Stadt, die bis lange nach Mitternacht durch die Sonnenstraße kurvte, gar nicht bemerkte. Agga wurde klar, dass in diesem Haus großer Liebeskummer herrschte.

Jetzt, wo Freyja die Milch so dringend brauchte, kam es zum Streik, und die Milchgeschäfte waren geschlossen. Die Arbeit am Hafen und im Kühlhaus lag danieder, Busse gingen nicht mehr, Männer hörten auf zu bauen und Frauen zu nähen. Überall hörte Agga, wie über den Streik gesprochen wurde, einige sagten, es wäre an der Zeit, sich gegen eine Regierung zu wehren, die dem einfachen Volk das Blut aussaugte, und andere meinten, es wäre ein Wahnsinn von den Gewerkschaften, Anfang Dezember, drei Wochen vor Weihnachten, einen Streik auszurufen. Großmutter war froh, dass Großvater auf See war, denn er regte sich immer so auf während dieser Streiks und wanderte die ganze Nacht hin und her, sodass sie nicht schlafen konnte.

Nach gut einer Woche gab es im ganzen Städtchen keine Milch, keinen Kaffee, keine Kartoffeln und keine Margarine mehr.

»Am schlimmsten ist es mit dem Kaffee und dem Fett«, sagte Großmutter griesgrämig und hatte einen Augenblick lang vergessen, dass Madame oben sich von heißer Milch ernähren sollte, aber Freyja, die heilfroh war, das widerwärtige Zeugs los zu sein, nahm sich den Streik nicht im Geringsten zu Herzen. Agga war ärgerlich, dass es keine Milch gab, denn sie trank am liebsten den ganzen Tag Milch, möglichst direkt aus der Kanne. Aber die Milch wurde rationiert, nur Kinder im schulpflichtigen Alter bekamen eine Milchration zugeteilt, und die Eltern mussten als Beweis eine gültige Mitgliedskarte der Krankenkasse vorweisen. Im Übrigen litt Ninna nicht minder Qualen wegen der Milchknappheit und fragte Großmutter täglich, ob sie nun nicht wenigstens eine Tasse Milch bekommen könnte, und wollte nicht wahrhaben, dass es einfach keine gab. Weder Agga noch Ninna verstanden, worum sich der Streik drehte, aber Großmutter erklärte ihnen, dass man sich um Löhne und Gehälter stritt, um dem immer niedriger werdenden Lebensstandard entgegenzuwirken und dieser Teuerungspolitik der Regierung, die die Gesellschaft an den Rand des Ruins brachte. Agga und Ninna waren wenig klüger.

Kidda hatte gehört, dass die Hauptstadt durch den Streik völlig verändert sei. Kioske wären geschlossen, ebenso die Alkoholgeschäfte, diese Brutstätten von Suff, Diebstahl und Gewalttätigkeit. Schlimmer wäre allerdings, dass die Leute sich langsam gezwungen sähen, um Lebensmittel zu betteln. Von einer Frau in der Stadt wurde erzählt, die mit einem Eimer in der Hand auf der Treppe eines Hauses gestanden und die Bewohner gefragt hätte, ob sie nicht irgendwelche Lebensmittel erübrigen könnten für ihre Kinder. Großmutter verstummte bei dieser Nachricht und inspizierte mit ernster Miene den Inhalt der unteren Küchenschränke, aber Agga rannte wie gehetzt zu Másis Kiosk, um festzustellen, ob er auch zuhatte.

Eine Woche vor Weihnachten stand der Typ dann vor der Tür. Mit entschlossener Miene verlangte er, Fräulein Dódó sprechen zu dürfen. Ninna hatte geöffnet, und als die Frauen in der Küche die Stimme des jungen Mannes hörten, strichen sie ihre Schürzen glatt und warteten. Es war äußerst wichtig, dass richtig reagiert wurde. Zu allem Unglück fragte Ninna kurz angebunden und wie gewöhnlich völlig aus dem Zusammenhang gegriffen: »Hast du etwas Milch?«

Kurz darauf hörten sie, wie er verneinte und sie ihm auf der Stelle die Tür vor der Nase zuschlug. Da sprang Dódó auf, ging mit der griffbereit liegenden Kleiderbürste auf Ninna los, rannte zur Haustür und rief seinen Namen hinaus in die Dunkelheit. Der Ruf war noch nicht verhallt, als er auch schon vor ihr stand, so als wäre er überhaupt nicht weggegangen. Sie ging mit ihm ins Wohnzimmer und machte die Tür hinter sich zu. Agga knirschte vor Ärger mit den Zähnen, denn es gab sonst keinen Zugang zum Wohnzimmer und Lauschen an der Tür war ausgeschlossen. Die beiden kamen mit geröteten Gesichtern wieder heraus, und auf dem Weg zur

Haustür glotzte er töricht auf die Frauen in der Küche. Die schwiegen aber und blickten ostentativ in die entgegengesetzte Richtung.

Dódó kam in strahlender Laune in die Küche und blickte von einer zur anderen. Großmutter stärkte gerade eine Tischdecke, drehte den Rücken zur Tür, und Agga konnte es ihren Schultern ansehen, dass sie nicht sonderlich begeistert war.

»Na«, sagte Dódó.

»Freyja behauptet, dass der Typ in einer Tanzkapelle spielt«, sagte Großmutter, ohne sich von ihrer Tischdecke abzuwenden.

Dódó sagte, das sei richtig, aber er arbeitete auch am Hafen und ab und zu heuerte er auch auf Trawlern an.

»Ich will nicht, dass du dich mit solchen Typen abgibst«, sagte Großmutter kalt und entschlossen.

Das anschließende Schweigen war wie in einem Gerichtssaal nach der Urteilsverkündung. Dódó starrte ihre Mutter an, und Agga sah, wie große und kleine Muskeln in ihrem Körper zu zucken begannen, wie ihr die Röte im Gesicht bis über die Ohren zog und ihre Augen schmal wurden.

»Mit welchem Recht verlaubst du dir ein Urteil darüber, mit Erlaub?«, fragte Dódó und konnte vor Erregung nicht mehr richtig Isländisch sprechen.

»Solche Typen haben keinen Respekt vor Frauen«, sagte Großmutter. »Sie wollen sie nur ins Bett kriegen, und dann lassen sie sie für sich waschen und schrubben und abrackern. Sie trinken zu viel und gammeln bis in die späte Nacht. Haben keine Erziehung.«

Dódó holte so tief Luft, dass sie sich verschluckte: »Er ist anständig und gut erzogen, meine Liebe, und der Teufel soll mich holen, wenn ich nicht den heirate, den ich will und wann ich will, verstehst du! Ich bin schließlich zweiundzwanzig Jahre alt!«

»Dieser Lackaffe ist nicht gut genug für meine Tochter«, sagte Großmutter genauso nachdrücklich wie vorher.

Dódó schnaufte ein Weilchen, ohne etwas zu sagen, und marschierte dann schweren Schrittes die Treppe hoch. Großmutter blieb zurück, fleckig im Gesicht und traurig um die Augen.

Da öffnete sich die Kellertür, und eine knochige Hand, die die Türklinke umfasste, wurde sichtbar.

»Komm doch mal auf einen Sprung runter, Júlíana, ich hab gerade frischen Kaffee gekocht«, sprach ein zahnloser Mund.

Agga war wenig erfreut über das Zerwürfnis von Mutter und Tochter, denn Großmutter konnte unglaublich nachtragend sein und tagelang schweigen, wenn sie beleidigt war. Das war ziemlich schlecht für Agga, die völlig auf sie angewiesen war, was weltliche Bedürfnisse und Freuden anbelangte. Sie hatte den Verdacht, dass es diesmal lange anhalten würde, das Schweigen im Haus.

Am gleichen Tag, als die Streikposten Tausende von Litern Milch, die auf dem schwarzen Markt verkauft werden sollten, in den Rinnstein gossen, kam Großvater an Land. Der Ort loderte vor Empörung, und Mütter schrien vor Zorn. Die Tatsache, dass all die Milch in den Straßenrinnen floss und sich mit den Schlammpfützen vermischte, anstatt magere Kinderleiber zu nähren, führte dazu, dass die Leute einfach nicht fähig waren, vernünftige Gedanken zu fassen. Agga hatte die Frauen im Dorf noch nie so furios gesehen und hatte fast schon Angst vor ihnen.

Der Trawler hatte am Kai angelegt, ohne dass jemand damit

gerechnet hatte, und Großvater stand im Wohnzimmer, noch bevor Großmutter sich umdrehen konnte. Er warf den Seesack nach rechts und die Tasche nach links, marschierte in seine Kammer, wo die Zeitungen aufgestapelt auf einem Stuhl lagen, und war so in Anspruch genommen von der Streiksituation, dass er vergaß, Großmutter zu begrüßen, ganz zu schweigen von den anderen weiblichen Wesen. Doch das hätte er besser getan. Großmutter freute sich, als sie sah, wer gekommen war, wahrscheinlich sah sie in ihm einen Verbündeten im Kampf mit der Tochter, doch nun stand er in seiner Kammer und blätterte schwungvoll die Zeitungen durch, als ob dort des Rätsels Lösung zu finden sei, und Großmutters Miene verdunkelte sich.

»Ich werde wohl hier bei uns heute Abend eine kleine Versammlung abhalten müssen«, sagte er wie zu sich selbst.

»Nein«, sagte Großmutter patzig, »ich muss das Wohnzimmer für Weihnachten putzen.«

»Dazu ist doch noch Zeit genug«, antwortete er.

»Ich habe nein gesagt«, sagte Großmutter, und er fuhr zusammen und schien erst jetzt zu bemerken, dass er nicht mehr im Ölzeug war, sondern bei sich zu Hause im Wohnzimmer stand.

Agga verdrückte sich hinaus ins Schneetreiben. Kaum zu glauben, aber es wurde immer unerträglicher. Nicht genug, dass zwischen Mutter und Tochter eisige Kälte herrschte, nun schien sie sich auch noch langsam, aber sicher zwischen den Eheleuten auszubreiten. Und Weihnachten stand vor der Tür. Niemand sprach über Weihnachten, niemand sprach über Geschenke, niemand sprach über Essen, und weder Apfelsinen noch Äpfel waren in den Geschäften zu sehen, und das alles nur, weil irgendwelche Kerle sich in der Wolle hatten. Während sie die Wache betrat, dachte sie bei sich, wenn sie und Großmutter allein wären, würde nie gestritten werden.

Magnús war im Außendienst, deswegen setzte sie sich auf die Ganovenbank und wartete auf ihn. Die Tür vom Wachtzimmer ins Präfektenbüro stand offen. Thórdur marschierte zwischen den Räumen hin und her, sprach die ganze Zeit mit jemandem, der drinnen beim Präfekten war, und war so erregt, dass seine Brille ständig in Gefahr war, von der Nase zu rutschen. Ab und zu warf er Agga einen Blick zu, als überlegte er, ob er sie kennen würde, aber sie wagte ihn nicht zu fragen, wie viele im Knast wären.

Die Zeit wurde ihr lang, und hätte sie nicht der Heißhunger auf Schokoladenzigaretten gequält, wäre sie abgehauen. Endlich kam Magnús, nahm mit würdevoller Gebärde seine Mütze ab, setzte sich auf seinen Stuhl, zog kurz die Bügelfalten glatt, strich sich mit der linken Hand durchs Haar und versetzte mit der rechten einen Läufer. Schließlich schaute er Agga an.

»Sitzen viele ein?«, fragte sie und ließ die Füße in den schweren Gummistiefeln baumeln.

»Niemand«, antwortete er, nachdem er sie eine geraume Zeit auf die Antwort hatte warten lassen.

»Warum nicht?«, fragte sie und kam an seinen Tisch. »Du hast doch mal gesagt, dass die Leute immer betrunken sind vor Weihnachten.«

»Die Schnapsgeschäfte sind geschlossen, und deine Tante ist nicht in der Verfassung, Sprit zu verkaufen«, sagte er und blickte Agga höhnisch an.

»Ja, stimmt ja auch, hatte ich ganz vergessen«, sagte Agga und ließ sich nicht aus der Ruhe bringen. »Stimmt, und die Frauen in den Frauenvereinen überall im Land wollen, dass die Schnapsgeschäfte bis nach Silvester geschlossen bleiben. Wahrscheinlich lassen sie den ganzen Schnaps wegschütten, wo doch die Männer die Milch weggegossen haben?«

Magnús streckte die Hand zur Fensterbank und schlug einen Bauern mit dem Läufer. Agga sah auf den Läufer und spürte, wie eine angenehme Gänsehaut sie von oben bis unten überlief, als in ihrem Kopf eine Idee wach wurde, die Ruhe und Frieden in ihr Haus einziehen lassen würde. Dódó könnte den Typen heiraten und Freyja Magnús. Dann wäre das Haus nicht länger voll von lauten Weibsbildern, bei denen dauernd etwas los war. Wenn Freyja eine Hexe wäre, könnte Magnús sie gefälligst im Zaum halten. Er hatte immerhin Handschellen. Sie sah Magnús freundlich lächelnd an, legte ihren Kopf schief und log: »Freyja kriegt dauernd Heiratsanträge aus Reykjavík, aber ich glaube, sie will nur dich.«

Magnús wand sich im Stuhl hin und her und versuchte zu gähnen.

»Ich habe gehört, wie sie mit Dódó darüber gesprochen hat.«

Magnús verschob wieder eine Figur und hustete.

»Aber sie denkt, dass du nicht in sie verknallt bist, weil du sie nie einlädst.«

»War es der im Chevrolet?«, fragte er, ohne sie anzuschauen.

»Wann, wer?«

»Der ihr einen Heiratsantrag gemacht hat.«

»Nein, nein, der hatte einen Ford«, sagte sie blitzschnell, begeistert über ihre lebhafte Phantasie. »Er ist wohl Pilot, sie hat ihn kennen gelernt, als sie nach Hause geflogen ist. Er schickt ihr dauernd Geschenke, Tücher und Duftwässerchen. Er hat angeblich ein riesengroßes Haus in Reykjavík, ihm fehlt nur die Frau.«

Als sie sich selbst so reden hörte, konnte sie sich des Gedankens nicht erwehren, dass sie dabei war, reif und erwachsen zu werden. Sie war höchst zufrieden, jetzt musste er entweder anbeißen oder es lassen. Und er biss an. Rutschte im Stuhl hin und her, nahm seinen Füllfederhalter, schüttelte ihn mehrmals, schob sein Kinn nach vorn und sagte: »Was, sagst du, hat sie über mich gesprochen?«

»Wann?«

»Hast du das nicht gesagt, vorhin?«

»Nein, nicht vorhin, das war vor ein paar Tagen, da hat sie gesagt, du wärest wohl zu knauserig, um sie einzuladen.«

Er schaute sie eine Weile konfus und ratlos an und sagte dann heiser: »Ich verstehe einfach diese Weiber nicht.«

»Ich auch nicht«, sagte Agga, »sie sind immer so hysterisch.«

»Ich bin überhaupt nicht zu knauserig, sie einzuladen«, sagte er niedergeschlagen, »sie ist bloß so launisch.«

»Als ob ich das nicht wüsste, du bist ja auch nicht knauserig mit Schokoladenzigaretten. Lad sie doch einfach ein und kommandier sie herum, dann gehorcht sie auch. Die gehorchen immer, wenn Großvater kommandiert.«

Magnús blickte Agga tief in die Augen und bewegte dann den Turm quer über das Schachbrett. Agga machte Anstalten zu gehen und räusperte sich. Er reichte ihr eine Krone für Schokoladenzigaretten, und sie grinste verstohlen.

Das Warenangebot in den Geschäften wurde immer ärmlicher, höchstens im Buchladen herrschte noch Gedränge. Das werden seltsame Weihnachten, stöhnten die Leute und seufzten, und Aggas Generation befürchtete zutiefst, dass es keine Äpfel geben würde, denn das war der Duft, mit dem Weihnachten ins Haus kam. Er blieb in Holzkisten in den Laderäumen der Trawler, die am Kai festlagen, eingeschlossen. Solange der Streik nicht beigelegt war, bekam niemand eine Genehmigung zum Löschen der Ladung.

Überall im Ort wurden Versammlungen abgehalten, in kleinen Räumen und in den größeren Sälen der Parteien. In den meisten Häusern brannte Licht, die Leute blieben lange auf, weil sie aus lauter Angst, etwas zu verpassen, nicht wagten, schlafen zu gehen. Großvater ging am gleichen Abend, als er an Land kam, auf eine Versammlung, von der er erst spät in der Nacht wieder zurückkehrte, um dann in der Stube auf und ab zu wandern und Möbel und Bilder anzuschnauzen.

In aller Herrgottsfrühe am nächsten Tag, als die meisten noch im festen Schlaf lagen, schwenkte er die Zeitung und brüllte die Treppe hoch: »Das Milchwegschütten der Streikposten hat was gebracht, die Regierung bietet Preissenkungen für Kaffee und Kartoffeln, Zucker und Fisch und für die dämliche Milch an.«

Die weiblichen Wesen im Haus standen wortlos auf, obwohl sie keine sonderlich gute Nacht gehabt hatten. Knapp zwei Tage vergingen mit Nichtstun, während neue Tarifverträge ausgehandelt wurden, die Männer schlenderten zwischen Häusern und Läden hin und her und hinunter zum Kai, um den Streikposten Schnupftabak anzubieten, und die Frauen warteten mit Schrubben und Backen, da das Fett fehlte.

Als Agga vier Tage vor Weihnachten morgens aufwachte, hatte man sich endlich geeinigt. Da herrschten bei vielen bereits katastrophale Zustände, denn Arbeitslosigkeit und Teuerung hatten ihnen schon zugesetzt, noch bevor der Streik begonnen hatte. Die Frauen atmeten erleichtert auf und machten sich mit Elan an die Weihnachtsvorbereitungen, denn die Zeit war knapp. Aber nachdem die neuen Verträge vorlagen, verlor Großvater vollends seine gewohnte Ruhe und füllte zweimal das Wohnzimmer mit Männern, die nicht weniger aufgebracht waren. Der Grund war, dass nach Ansicht von Großvater und seinen Genossen die Kommunisten bis zum letzten Moment der Lösung des Lohnkonflikts im Wege gestanden hätten. Agga beobachtete sie aus einiger Entfernung, wie sie, die Hände in den Hosentaschen und den Bauch vorgestreckt, auf Socken im Zimmer standen und alle durcheinander redeten. Großmutter brachte ihnen Muckefuck und fragte, ob das jetzt nicht egal wäre, wo man sich geeinigt hätte.

Großvater blieb wegen dieser unmöglichen Bemerkung die Spucke weg, und er donnerte los: »Jahrelang ist den Leuten erzählt worden, dass es nicht möglich sei, Teuerung und Abgaben in den Griff zu bekommen, nicht möglich, Milchpreise und Steuerbelastungen zu senken. Alle Parteien sind da der gleichen Meinung, wenn man sich die Haushaltsdebatte anhört, und dann blasen die Ärmsten der Armen zum Kampf gegen die Preistreiberei, greifen zum Streik und nehmen sich damit das Brot vom Mund. Und was passiert? Jawohl, Milch wird billiger, Kaffee wird billiger, der Fisch, der Zucker und dann die verdammten Abgaben, an denen nicht gerührt werden durfte, auf einmal ist es möglich, dass die untersten Lohngruppen niedrigere Steuern bezahlen.«

Die Männer in der Stube nickten zustimmend.

»Das hat doch mit den Kommunisten nichts zu tun«, sagte Großmutter, die sie aus dem Haus haben wollte.

»Das war eine Enttäuschung für die Kommunisten«, fauchte Großvater, »weil es zu keinen Schlägereien mit der amerikanischen Besatzung gekommen ist!«

»Für mich hat es ganz den Anschein, als ob einige, die sich hier auf ihren Socken wichtig tun, nichts gegen solche Schlägereien gehabt hätten, von denen du sprichst«, sagte Großmutter trocken.

Agga dachte lange darüber nach, wo die Regierung wohl all das Geld versteckte, das sie den Arbeitern nicht geben wollte. Sie besprach das mit Emelía, die mit Bestimmtheit und Nachdruck sagte, das würde auf dem Speicher der Domkirche in Reykjavík aufbewahrt. Emelía sagte alles auf eine Weise, dass man ihr glauben musste.

Als die Äpfel aus den Trawlern gehievt wurden, standen die Kinder mit roten Nasen im Halbkreis um die Männer herum und stierten auf die Vorarbeiter. Manche hatten keine Handschuhe, die Füße steckten in Gummistiefeln oder Galoschen, die Bäuche waren so aufgebläht, dass die Mäntel vorn kürzer wirkten. Sofort nach Beilegung des Streiks hatten sich die arbeitsfähigen Männer auf Arbeitsuche unten am Hafen versammelt, aber die Hälfte von ihnen bekam keine Heuer. Groll steckte in den Männern, weil Arbeiter, die nicht in der Gewerkschaft waren, blitzschnell reagiert und sich Arbeit beim Löschen der Schiffe besorgt hatten, und überall am Kai flogen Schimpfworte hin und her.

Endlich drang der ersehnte Duft hinaus in die Abenddämmerung, und die Kinder liefen in die Läden, um das glänzende gelbe und rote Obst zu beschnuppern und bestaunen, das chronischen Schnupfen und Mandelentzündung vergessen ließ. Alles wurde am Tag vor dem Heiligen Abend erledigt, das Weihnachtsessen wurde gekauft, Lammrücken und geräucherte Lammkeule und jeweils eine Kiste Äpfel und Apfelsinen. Im Wohnzimmer wurde Hausputz gemacht, Silber und Messing wurde geputzt, und braune und weiße Cremetorten wurden gebacken. Agga bekam neue Schuhe, und der Weihnachtsbaum wurde geschmückt.

Die Leute liefen im Ort hin und her wie Schafe im Pferch, alle auf der Jagd nach Sachen, die längst hätten gekauft sein sollen. Die Dunkelheit, die tagelang über dem Städtchen gehangen hatte, wich den bunten Lichterketten, die zwischen den Schiffsmasten aufgespannt waren, leuchtende Perlen, die sich im Meer spiegelten und Licht auf die Häuser warfen. Auf dem schwarzen Felsenhügel thronte ein wunderschöner Weihnachtsbaum, zur Freude für die Elfenkinder, und ein anderer vor der Kirche, zur Freude für die Gotteskinder.

Am Heiligen Abend klingelte kurz nach Mittag zweimal das Telefon. Erst war es Magnús, der wild entschlossen nach Freyja verlangte, und dann der Typ, der nach Dódó fragte. Sie wurden beide für den zweiten Weihnachtstag eingeladen, Freyja ins Guttemplerhaus zur Premiere von Ólaf Lilienritter, und Dódó zum Tanzen in die Stadt.

Es waren die friedlichsten Weihnachten, an die Agga sich erinnern konnte, denn alle schwiegen. Großvater hatte die Unstimmigkeiten zwischen Mutter und Tochter, die kaum miteinander sprachen, gar nicht mitbekommen, und er war höchst zufrieden mit der Ruhe im Haus und den Frauen, die endlich die einfache Kunst des Schweigens gelernt hatten.

Die Kirchenglocken waren in dem Sturmgetöse, das am zweiten Weihnachtstag über den Ort brauste, kaum zu hören. Die Frauen im Haus waren schlechter Laune wegen des Wetters, denn der Sturm zerzauste die Frisur, und Freyja war sauer, weil ihr Frisör nicht kommen konnte, da er zu viel zu tun hatte. Es war der große Tag für den Regisseur, Premiere in Gegenwart der Honoratioren des Ortes. Nach langem Hin und Her wurde beschlossen, dass Freyja ihr dichtes, glänzendes Haar, das ihr bis über die Hüften reichte, offen tragen sollte. Das Schminken und Zurechtmachen der beiden rief bei Agga unwiderstehliche Vergnügungslust hervor. Sie kämpfte sich durch den Sturm hinunter in die Apotheke und überredete Emelía, sich zusammen mit ihr vor Beginn der Vorstellung in den Saal zu schmuggeln.

Zur Premiere des Schauspiels Ólaf Lilienritter saß Agga auf einem Hocker hinter dem Klavier und konnte sowohl die Bühne wie auch den Saal überblicken. Die Zuschauer strömten herausgeputzt in den Saal, und einige Frauen trugen sogar einen Fuchs mit Kopf und allem, was dazugehört, um den Hals. Agga fand das beängstigend. Das Getuschel im Saal nahm zu, und auf der Bühne bewegte sich der rote Vorhang, hinter dem sich manchmal ein menschlicher Körper abzeichnete. Die feinen Leute saßen in den ersten Reihen, Beamte und Kaufleute mit ihren Frauen und den älteren Kindern.

Agga verlor das Gleichgewicht auf ihrem Hocker, als Freyja und Magnús den Saal betraten. Sie hatte ihr violettes Kleid an, das so eng tailliert war, dass die Leute unwillkürlich den Bauch einzogen. Das Haar floss ihr über den Rücken, und jetzt konnte man endlich einmal seine Länge sehen. Magnús war geschniegelt und gestriegelt, der Anzug kleidete ihn ausgesprochen gut, und er schwebte förmlich über den Boden vor Stolz. Unter den Blicken aller nahmen sie in der vierten Reihe Platz. Jetzt erblickte Agga Björn Theodór, der bei seiner Mutter saß und Freyja anstarrte, als hätte er Halluzinationen. Agga war gespannt auf den Abend.

Ólaf Lilienritter, der vom Regisseur persönlich verkörpert wurde, erschien auf der Bühne und verabschiedete sich von Mutter und Verlobter, um dann an der Felswand entlangzureiten und einer Elfenschar zu begegnen. Auf der Bühne herrschte lebhaftes Treiben, Elfen tanzten im Mondenschein,

Röcke und Schleier schwebten, und natürlich waren sie mit den obligatorischen goldenen Gürteln, mit sterngeschmückten Zauberstäben und silbernen Krügen und Bechern ausgestattet. Die Bühnenbeleuchtung fiel auch auf die erste Reihe, und Agga sah die Begeisterung in den Augen der Zuschauer und in den Augen von Björn Theodór, wenn er Freyja anblickte. Das Märchen spiegelte sich in seinen Augen wider.

Die Elfenjungfern kamen eine nach der anderen und wollten sich alle den jungen Mann angeln, der singend erklärte, er wolle lieber an seinen Jesus glauben, und so weiter und so fort, bis schließlich die Elfenkönigin selbst erschien, die sich aber nicht im Geringsten für irgendwelches Geschwafel über Jesus interessierte, sondern nur für den Mann. Das Mystische, das unbedingt mit einer solchen Situation verbunden sein sollte, ging allerdings aus dem einfachen Grund verloren, dass die Schauspielerin einfach nicht die sexuelle Ausstrahlung hatte, über die einzig und allein Elfenköniginnen verfügen. Auf der Bühne stand ein dralles, vor Gesundheit strotzendes blondes Mädel mit Sommersprossen, das weder mystisch noch unheilschwanger wirkte, hingegen saß die Elfenkönigin im violetten Kleid, mit eisblauen Augen und Haar bis auf die Hüften, unten im Saal. Der Elfenkönigin Birna fehlte jegliche zauberische Ausstrahlung, und als sie dem jungen Mann das Schwert in die Seite stach, erinnerten Mienenspiel und Bewegungen eher an jemand, der eine Bügeleisenschnur in die Steckdose steckt.

Die Zuschauer quälten sich, machten aber höfliche Gesichter. Sie war ja schließlich die Tochter des Präfekten. Björn Theodór allerdings quälte sich nicht, denn er blickte die ganze Zeit auf Freyja. Freyja erwiderte diese Blicke, während Magnús an ihrer Seite den Schlaf des Gerechten schlief. Der Präfekt sah müde aus und steckte sich die kalte Pfeife in den

Mund, und seine Gemahlin saß mit hängendem Kopf da, sodass sich ein fettes Doppelkinn gebildet hatte. Natürlich wurde enthusiastisch Beifall geklatscht, als die Vorstellung zu Ende war, alles andere wäre unhöflich gewesen.

Am Silvesterabend konnte Magnús Freyja nicht einladen, denn er war ebenso wie andere Hüter des Gesetzes beschäftigt, aber irgendetwas ließ Freyja daran glauben, dass sie zum Neujahrsball der Konservativen eingeladen würde. Sie holte ein Organdykleid aus dem Schrank, hielt es prüfend ans Licht, und sagte so nebenbei, dass die jungen Konservativen einen geschlossenen Ball in ihrem Versammlungshaus veranstalten wollten. Zwischen Weihnachten und Neujahr zuckte sie jedes Mal zusammen, wenn an die Tür geklopft wurde, und das Telefon untersuchte sie mehrmals am Tag, um festzustellen, ob es angeschlossen war und der Hörer auf der Gabel lag. Am letzten Tag des Jahres saß sie in der Küche und las die Weihnachtszeitungen, während Dódó sich für einen Ball in der Stadt zurechtmachte. Sie aßen wie zu Weihnachten am Esszimmertisch, und ein gesengter Schafskopf nach dem anderen wurde bis auf den Knochen abgenagt, nur nicht der auf Freyjas Teller. Agga hatte auch keinen Appetit, denn sie war gespannt auf den Abend, der voller Böller, Raketen, Schlägereien und Rabatz werden würde.

Als die Schiffe ihre Raketen abgefeuert und die Neujahrsnacht begonnen hatte, saß Freyja mit einem Gedichtband im Schoß allein am Fenster im Wohnzimmer. Agga, die müde und entnervt war nach dem ganzen Spektakel, gab sich noch einen Ruck, um Freyja zu fragen, ob sie nicht schlafen gehen wollte?

»Ich werde das Haus hüten, denn in der Neujahrsnacht ziehen die Elfen durch die Straßen«, sagte Freyja. »In der Neujahrsnacht tanzen sie und geben in ihrer Ausgelassenheit nicht

Acht, verirren sich ungewollt aus ihrem Schloss in menschliche Behausungen. Zerbrechen eventuell etwas in ihrer Achtlosigkeit oder nehmen kleine Mädchen wie dich mit.«

»Sind denn Elfen böse?«, fragte Agga und ließ ihre Finger knacken.

»Sie sind rachsüchtig, wenn ihnen etwas angetan worden ist. Ansonsten sind sie ganz lustig und fröhlich. Besitzen eine Menge Gold und Silber und wohnen in herrlichen Gemächern in Klippen und Felsen.«

»Sind sie vielleicht in dem großen Felsenhügel da oben?«, fragte Agga mit bebender Stimme.

Freyja starrte verträumt in den Mond und sagte dann gedankenverloren: »Häufig kann man sie singen hören. Und oft erscheinen sie dem Menschen im Traum. Manchmal verlieben Elfen und Huldren sich in Menschen, das geht nie gut. Sie können grausam sein, ganz unglaublich grausam.«

Doch plötzlich wurde sie unruhig und fragte Agga, ob es nicht Zeit sei, ins Bett zu gehen. Agga war ganz und gar nicht der Meinung, aufgekratzt wie sie nun war nach der Elfengeschichte und ganz kribbelig im Magen nach dem Rabatz.

»Mach, dass du ins Bett kommst«, wiederholte Freyja und Kälte strömte von ihr aus. Agga zog eine Schnute und ging nach oben. Großmutter saß im Korsett bei schwachem Licht und massierte ihre Fußsohlen mit Kampferöl. Der Geruch war unerträglich. Mit einer Kopfbewegung bedeutete sie Agga, dass sie ins Bett gehen sollte, und sagte wie gewöhnlich: »Gute Nacht und Töchter acht.«

Aggas Meinung nach reichte es, drei Töchter zu haben, die sich nächtelang herumtrieben. Sie saß lange auf ihrer Pritsche, hörte Großmutter im nächsten Zimmer das Licht löschen und auf ihre besondere Art pfeifen, noch bevor eine Minute vergangen war. Großmutter schnarchte nie so wie Ninna. Wenn sie eingeschlafen war, spitzte sie ganz witzig die Lippen und atmete dann mit einem merkwürdigen Blasgeräusch aus, das manchmal unvermittelt in Pfeifen umschlug.

In der unteren Etage machte sich jemand fertig, das Haus zu verlassen. Sie hatte sich schon gedacht, dass Madame etwas im Schilde führte, und da nun einmal Neujahrsnacht war, beschloss Agga, sich ihr an die Fersen zu heften, schlich sich die Treppe hinunter und zog sich hastig den Mantel an.

Freyja ging schnell über den gefrorenen Erdboden, bog rechts ab und lief den Hang hoch. Agga stöhnte, denn die Stiefel wirkten wie Blei an ihren Füßen. Mond und Straßenlaternen beleuchteten den Weg zum Felsenhügel hoch, der schwarz und drohend über dem Ort thronte. Diese uralte Meeresklippe lag jetzt weiter landeinwärts, niemand kannte ihre Geheimnisse, denn sie war vor Mensch und Tier da gewesen. Der schmale Pfad zur Klippe hoch war finster, aber oben auf dem Rand kam der Mond wieder in Sicht und eine vereiste, unebene Wiese. An einer sumpfigen Stelle hatte sich ein Teich gebildet, was Agga an ein Bild erinnerte, das über Kiddas Bett hing. Darauf tanzten Elfen im Mondschein auf einem Teich, und ein Elfenfräulein mit sehr viel Haar stand daneben und sah ihnen zu. Aggas Zähne begannen zu klappern.

Oben auf dem Felsenhügel, dort, wo er am höchsten war, waren Spalten, Vertiefungen und Mulden in bleiches Licht getaucht. Er sah anders aus als im Sommer, wenn das Sonnenlicht ihn in Wärme tauchte und Kinder in den Mulden picknickten und in die Sonne blinzelten.

Aggas Füße trugen sie kaum weiter, und außer Atem starrte sie hinter Freyja her, die schnurstracks direkt auf den Felsen zusteuerte. Sie sah, wie sie sich das Kopftuch abnahm, das

Haar unter dem Mantel hervorzog, sodass es ihr über den Rücken floss, ihren Schritt beschleunigte und in dem Felsen verschwand.

Agga schlug vor Schreck die Hände vor das Gesicht, dann rannte sie Hals über Kopf Pfad und Abhang hinunter, rief unter Schluchzern Gott, Jesus und seine Mutter an und verschnaufte erst, als sie zu Hause und im Bett war. Als das Zähneklappern nicht nachlassen wollte und das Herz immer rasender klopfte, stand sie auf und ging hinüber zu Großmutter.

»Oma«, flüsterte sie in ihr Ohr, obwohl sie wusste, dass Großmutter es gar nicht leiden konnte, geweckt zu werden, weil sie dann nicht wieder einschlafen konnte.

»Oma, Freyja ist in den Felsen gegangen, ich glaube, sie will mit den Elfen tanzen.«

Großmutter gab ihr keine Antwort, aber Agga hörte, dass sie wach war.

»Oma, Oma«, wiederholte Agga weinerlich.

»Hatte sie ihre guten Schuhe an?«, flüsterte Großmutter plötzlich.

»Nein, sie hatte Galoschen an«, sagte Agga.

»In denen wird sie wohl kaum tanzen wollen«, erwiderte Großmutter ungnädig und drehte sich zur Wand.

An einem weißen Abend

Nach Neujahr wurde das Land von endlosem Schneetreiben und Winterstürmen heimgesucht, Straßen waren unbefahrbar, das Städtchen war isoliert und ohne Milch, und weder Zeitungen noch Post wurden ausgetragen. Großvater erlahmte förmlich durch das Fehlen der Zeitungen, oft lag er auf dem Diwan in seiner Kammer und starrte an die Decke. Einige Tage lang fiel die Schule aus, nur zur Arbeit versuchten sich die Leute während der kurzen Wetterpausen mit unterschiedlichem Erfolg durchzukämpfen und kamen bei diesen Versuchen beinahe ums Leben.

Agga stierte zu allen Fenstern hinaus, drückte die Nase an die Scheiben und sah nichts, auch wenn das Treiben einmal nachließ, denn der Schnee lag wie ein weißer Teppich über Haus und Garten. Mitten am Tag war es dunkel, und im Haus brannten alle Lichter. Kaum jemand hatte Lust auf ein Gespräch. Dódó döste über Groschenromanen, und Freyja starrte die schräge Wand an. Ninna und Agga klebten Bilder von Schauspielern in ihre Kladde.

Großmutter war die Einzige, die sich wirklich bewegte; sie räumte Gewürze und Dosen hin und her und murmelte dabei vor sich hin, ging in den Keller zu Kidda oder machte sich mit den Marmeladengläsern im kalten Abstellraum zu schaffen.

Manchmal sprach sie laut mit sich selbst, als ob sie irgendeine vertrottelte Person wäre, die alles verliert und vergisst, nicht ganz beieinander ist und nicht unter normale Menschen gehört, und dann wieder senkte sie die Stimme und klagte darüber, was diverse Leute in Bezug auf dies und jenes von sich gegeben hätten und was sie darauf geantwortet hätte. Am Ende jeder Rede schnaufte sie meistens missbilligend und summte eine Weile mit geschlossenem Mund vor sich hin, bevor sie von neuem anhob.

Als es endlich aufklarte, traten die Leute vor die Tür und blickten mit gerunzelten Augenbrauen auf haushohe Schneewehen, die das Straßenbild völlig verändert und die Häuser unter Schnee begraben hatten. In der Nacht froren Bach und Teich zu, und bei klarem Wetter und Sonnenschein am nächsten Tag machten Agga und Emelía sich an die Eiszapfen, die an der Brücke und am Ufer hingen. Wenn Erwachsene sich näherten, versteckten sie sich, denn am Bach durften die Kinder nicht spielen.

Im ganzen Ort waren die Leute unterwegs, stapften energisch durch die Schneewehen und waren froh, an die frische Luft zu kommen, und Schneeräumer, an denen ein Dutzend Jungen hingen, schoben sich gemächlich durch die Straßen. Auf dem Balkon des schönen, weißen Steinhauses am Bach lagen drei Katzen zusammengeknäuelt und sonnten sich im Schutz vor dem Nordwind.

Da sahen sie, wie Ninna angetrapst kam, in jeder Hand eine Milchkanne, und von einem Ohr zum anderen grinste. Agga stieß einen erleichterten Seufzer aus, denn auch sie hatte ihre Milch vermisst, aber als sie sah, wer sich der Brücke näherte, stöhnte sie. Dort kamen die berüchtigten Rowdys, die vor einiger Zeit Ninna überfallen und ihr den Schuh weggenommen hatten. Agga betete zu Gott, sie möge weitergehen. Aber Ninna ging nicht weiter, sie dachte wahrscheinlich an ihren Schuh.

»Da ist die schwachköpfige Nudel«, schrien die Jungen und schossen auf Ninna zu, die mit ihren Milchkannen wie angewurzelt dastand und erstaunt dreinblickte.

»Komm, Emelía«, knurrte Agga, »wir müssen ihr helfen.« Sie versuchten, hastig und schnell die Böschung hochzukriechen, rutschten aber wieder ab, zerrissen sich die Strümpfe bis zu den Schenkeln und verschrammten sich.

»Ninna, wir kommen!«, schrien sie und sahen, wie die Jungen einen Kriegstanz um Ninna herum veranstalteten, sie hänselten und piesackten und in Bauch, Lenden und Rücken piekten. Ächzend zogen sie sich gegenseitig die Böschung hoch und richteten sich gerade auf, als sie sahen, wie Frau Freyja schnellen Schrittes herbeigeeilt kam, eingemummt in Wolle und Pelz und größer und kräftiger erscheinend, als sie in Wirklichkeit war. Die Freundinnen am Bachufer wurden jetzt Zeugen eines Schauspiels, das sie so schnell nicht vergessen sollten.

Als Ninna versuchte weiterzugehen, hängten die Jungen sich an sie, sodass sie gezwungen war, die Arme hochzuheben und die Milchkannen fallen zu lassen. Da war Freyja bei den dreien angekommen. Die Jungen gingen zur Verteidigung über, traten ihr an die Schienbeine und dachten, dass damit dieser Beistand abgeschüttelt wäre. Aber da waren sie auf dem Holzweg.

Mit vor Erstaunen weit aufgerissenen Mündern sahen Agga und Emelía, wie die Frau aus Amerika die beiden Jungen beim Haarschopf ergriff und sie von ihrem Opfer wegriss. Dann nahm sie sie beim Kragen und schlug ihre Köpfe aneinander, dass es nur so krachte, worauf sie sich den einen zwischen die

Beine klemmte, solange sie dem anderen einen Kinnhaken verpasste, dass er rücklings in eine Schneewehe fiel. Danach zog sie den zweiten zwischen ihren Beinen hervor und warf ihn in hohem Bogen hinter dem ersten her. So würde man sich ein Trollweib vorstellen.

Agga und Emelía hielten sich umschlungen, während sie entgeistert das Geschehen verfolgten. Die Jungen krochen erschöpft aus der Schneewehe, und an allen Gliedern schlotternd schlichen sie die Straße entlang. Nur einmal drehten sie sich um, und das blanke Entsetzen stand ihnen immer noch in den Gesichtern.

Stille breitete sich über die milchige Brücke aus, und das Gemurmel des Bachs unter der Eisdecke wurde hörbar. Freyja hob die leeren Milchkannen auf, hielt in der einen Hand die Kannen und legte die andere um Ninnas Schultern und führte sie weg.

Da wurde plötzlich vom Balkon des weißen Hauses am Bach gerufen:

Zur Rechten sah man wie zur Linken
zwei böse Rowdys niedersinken

Es war Björn Theodór, der sich grinsend über die Brüstung beugte. Zu seinen Füßen tummelten sich die drei Katzen.

Freyja blieb kurz stehen, blickte einen Augenblick vor sich hin, ohne etwas zu sagen, stellte dann die Milchkannen ab, formte einen Schneeball und warf ihn mit voller Wucht über den Bach und traf den Mann an der Schulter. Er putzte sich verlegen den Schnee ab und rief dann hinter ihr her: »Gut getroffen, Madame!«

»Besser als nie eingetroffen«, rief Madame über die Schulter zurück und ließ sich nicht weiter aufhalten. Der junge Mann mit dem blonden Haar stand eine Weile da und blickte ihr nach, sah dann die Mädchen am Bachufer, zeigte auf Agga und sagte: »Du da, bist du nicht ihre Nichte?«

Agga nickte, und er bat sie, zu ihm zu kommen. Die Freundinnen sahen sich viel sagend an, rannten zum Haus und warteten vor einer mit Schnitzereien verzierten Haustür. Er öffnete, machte eine einladende Geste, und sie betraten einen fliesenbelegten Flur. An einer Wand war ein großer Spiegel, ein Tisch und zwei Stühle, dort bot er ihnen Platz an und bat sie, einen Moment zu warten, während er etwas holen wollte, was sie Freyja überbringen sollten. Dann ging er die breite Treppe hoch in die obere Etage.

Sie setzten sich und sahen auf den Fußboden, der schwarz und weiß getiegelt war. Agga fand ihn hässlich. Die Wände waren bis fast unter die Decke mit Holz verkleidet, braun und glänzend, neben der Stubentür befand sich eine Standuhr, die nicht ging. Die Wohnzimmertür stand halb offen, und durch Spitzengardinen hindurch konnten sie direkt aufs Meer blicken. Die polierten Möbel waren kunstvoll geschnitzt und wie unbenutzt. Kein Laut war zu hören im Haus, das Schweigen der Uhr war bedrückend, sie vermissten das Ticken und zogen abwechselnd die Nase hoch, damit die Atmosphäre etwas natürlicher würde. Keine sagte ein Wort, bis Agga wie von ungefähr fragte: »Ob Trollfrauen sehr groß gewesen sind?«

»Nein«, antwortete Emelía, »sonst hätten sie ja nicht in die Torfhäuser gepasst.«

Agga nickte mit dem Kopf, sah, dass Emelía Recht hatte, und dachte weiter nach.

Bewegung entstand auf der Treppe, als die drei Katzen im Gänsemarsch herunterkamen. Als sie die Mädchen entdeckten, blieben alle auf einmal stehen und miauten. Emelía miaute zurück. Das reichte ihnen, und sie verdrückten sich durch den Spalt einer Tür, die wahrscheinlich in die Küche führte. Emelía wurde unruhig und setzte eine finstere Miene auf: »Der ist bestimmt tot da oben. Alle sind tot in diesem Haus. Das ist ein totes Haus. Der Keller ist bestimmt voll von Leichen.«

Agga starrte ihre Freundin an und versuchte zu verstehen, warum sie immer schlechte Laune hatte, seit sie biologisch gesehen eine Frau geworden war.

»Geh hoch und guck mal nach, ich hab keine Lust mehr, hier noch länger herumzuhängen«, sagte Emelía.

Agga ging die Treppe hoch, die dreimal breiter war als die zu Hause und obendrein ein Geländer hatte, das zum Rutschen verleitete, und befand sich in einem breiten Korridor mit vielen Türen, einige waren geschlossen, andere halb geöffnet. Durch eine Tür war die Rückansicht von Björn Theodór zu sehen, hingebungsvoll und selbstvergessen über einen Tisch gebeugt.

»Miau«, sagte Agga.

Er drehte sich ganz langsam um, sah sie ein Weilchen an, blickte auf das Blatt Papier vor sich und sagte dann: »Ich versuche, das Ereignis in ein Gedicht zu fassen, als eine schöne junge Frau zwei kraftstrotzende Jungen zusammenschlug, sie zwischen ihre Beine klemmte und in hohem Bogen in eine Schneewehe schleuderte. Aber die Muse der Dichtung ist mir wie immer nicht hold. Kannst du vielleicht die Strophe zu Ende dichten?«

Ich stand einmal auf dem Balkon
und sah die schönste aller Frauen;

Agga rieb sich die Nase, stellte sich auf die Zehenspitzen und sprach:

der wilden Trollfrau ähnlich schon,
zwei freche Knaben forsch verhauen.

»Donnerwetter«, sagte er erstaunt, »das hast du natürlich von deinem Großvater, dem Bücherwurm.«

»Nein, von Freyja«, sagte Agga. »Sie dichtet lange und traurige Gedichte, die niemand versteht, obwohl sie gar nicht auf Amerikanisch sind.«

»Hör mal«, sagte er, »wenn ich dir eine Krone gebe, bist du dann bereit, darüber zu schweigen, von wem die beiden letzten Zeilen stammen?«

Agga sah ihn unverwandt an und antwortete nicht.

»Lass dir sagen, junges Fräulein, unter Männern ist es üblich, über Kleinigkeiten den Mund zu halten.«

Sie runzelte die Stirn und sagte dann lapidar: »Hast du nicht mehr Geld als das?«

»Sieh mal einer an«, sagte er staunend, »du bist ja ein merkwürdiges Frauenzimmer. Ich bin nicht einmal sicher, dass du überhaupt eins bist. Fünf Kronen sollst du bekommen. Einverstanden?«

»Jawohl«, sagte sie zufrieden, nahm den Geldschein, den er aus seiner Brieftasche zog, steckte ihn ein und ging zu Emelía, ohne ihr von dem Geschäft zu erzählen. Kurz darauf kam er mit einem dicken braunen Umschlag zu ihnen, händigte ihn feierlich Agga aus und sprach: »Ich bitte dich hiermit, deiner Tante diese kleinen Büchlein mit Gedichten von den besten deutschen Dichtern zu bringen, die ich ihr im Sommer versprochen hatte, und ich bitte um Verzeihung, dass ich aus

Zeitnot nicht früher dazu gekommen bin. Würdest du das jetzt gut und wohlbehalten der Dame überbringen?«

Er reichte ihnen die Hand, verbeugte sich vor ihnen, öffnete die Haustür und wünschte ihnen alles Gute.

Die beiden gingen schweigend am Bach entlang, doch plötzlich sagte Emelía kurz entschlossen: »Wir gehen erst in die Apotheke und öffnen den Umschlag. Wir müssen unbedingt wissen, was in diesem Brief steht, es könnte ja sein, dass es irgendein Quatsch ist, der deine Tante nur kränken würde. Das würde sie nicht verkraften, so eine empfindliche Frau, das weißt du doch.«

Agga sah nach einiger Überlegung, dass Emelía Recht hatte, und sie rannten hinunter in die Apotheke und hinauf in die Wohnung in der oberen Etage. Sie kochten Wasser im Kessel und hielten den Umschlag über den Dampf. Er wurde feucht und bekam kleine Blasen, dann löste sich der Klebstoff und sie öffneten ihn vorsichtig. Er enthielt kleine Büchlein, wie er gesagt hatte, und auch folgenden Brief:

Liebe Freyja,
hier schicke ich dir endlich die Gedichte, die ich dir letzten Sommer versprochen hatte, und bitte um Verzeihung für die Verzögerung. Ich hatte mir vorgenommen, dir einen langen Brief dazu zu schreiben, dir von der deutschen Kultur, der Universität und der Stadt zu erzählen, in der ich wohnte, aber wegen Arbeitsüberlastung und Zeitnot, in die ich mit meiner Examensarbeit geraten war, bin ich nicht dazu gekommen. Hinzu kommt, dass man nicht sonderlich geübt im Briefeschreiben ist. Aber nun sende ich dir die Gedichte der deutschen Romantiker. Nebenbei gesagt, komme ich nicht umhin, meiner Freude Ausdruck zu verleihen, die mir dein Kampf mit den zwei Rabauken bereitet hat.

Nie hätte ich es für möglich gehalten, dass eine so schöne und feminine Frau über derartige Kräfte verfügte. Aus diesem Anlass und aus Spaß schicke ich dir hier eine Strophe, die ich zusammengeschustert habe.

Herzliche Grüße, Björn Theodór.

Danach kam besagte Strophe, und Agga sagte kein Wort über ihren Anteil an der Sache, obwohl es sie sehr danach gelüstete. Es kam ihnen fast so vor, als ob sie an der Nase herumgeführt worden wären. Dies war kein Liebesbrief, so viel war sicher. Emelía bügelte den Umschlag sorgfältig, schmierte Klebstoff auf die Kanten und klebte ihn zu.

»Wenn Freyja zurückschreibt, kommst du mit dem Brief erst hierher«, befahl sie.

Agga stand stramm wie ein Zinnsoldat, als sie Freyja den Brief überreichte, doch Madame zeigte keinerlei Reaktion, als sie ihn entgegennahm, und machte keine Anstalten, ihn zu lesen. Erst zwei Stunden später rief sie Agga zu sich. Sie reichte ihr zwei Zehnkronenscheine und sagte: »Geh mit dem Umschlag zu Björn Theodór und mit dem Geld zu Dísa, und beeil dich, damit sie noch rechtzeitig in den Milchladen kommt.«

Dieser Botengang würde wenig Profit bringen. Dísa bekam das Milchgeld, und Emelía nahm ihr entschlossen den Brief ab. Sagte wenig, aber ging fachmännisch vor. Der Brief war ziemlich dünn, sie entnahmen ihm ein großes Blatt Papier, falteten es auseinander und lasen halblaut den einzigen Satz, der darauf geschrieben stand: *Scher dich zum Teufel.*

Mehr nicht. Zutiefst schockiert sahen sie sich an, und da die Sache eine derartige Wendung genommen hatte, wussten sie nicht, was sie tun sollten.

»Wenn wir ihm den Brief aushändigen, spricht er nie wieder mit ihr«, sagte Emelía enttäuscht.

Agga sah ein, dass Emelía Recht hatte. Die Liebesgeschichte, die gerade erst Wind in die Segel bekommen hatte, erlitt schon wieder Schiffbruch. Zahlungen für dichterische Erzeugnisse und Verschwiegenheit schienen ebenfalls in weite Ferne gerückt.

»Wir müssen was unternehmen«, sagte Emelía mit Nachdruck. »Du schreibst doch so gut, am besten wir schreiben einen anderen Satz, etwas Schönes, das ihn anspornt zurückzuschreiben.«

Hinter verschlossener Tür imitierte Agga Freyjas Schrift, den schweren Atem von Emelía im Nacken. Nach fast zweistündiger Übung hatte sie die Schleife heraus, die die Endbuchstaben eines Wortes schmückten und die Schrift der Tante charakterisierte. Alsdann wurde ein Text erfunden, der häufig gekürzt und zusammengeschnitten wurde, bis am Ende, wie geplant, nur ein Satz übrig blieb, nur ein wenig freundlicher. Jetzt stand auf dem Papier: *Warte gespannt auf mehr.*

»So ein Brief verlangt eine Antwort«, flüsterte Emelía. »Er ist gezwungen zurückzuschreiben.«

Sie klebten den Brief zu und begaben sich wiederum auf den Weg zum Haus am Bach. Eine junge Frau mit Rüschenschürze kam zur Tür, und Agga fragte, ob sie die Schwester von Theodór sei?

»Das ist das Hausmädchen, du Dummkopf«, zischte Emelía ihr ins Ohr. Agga machte einen tiefen Knicks und verlangte nach Björn Theodór.

Das Mädchen brabbelte etwas Unverständliches auf Ausländisch, einige Wörter kannte Agga aus den dänischen Zeitschriften, dann ließ eine Stimme von drinnen vernehmen: »Lass nur, Mette, ich rede mit ihnen.«

Björn Theodór trat lächelnd in die Tür, und Agga war froh, dass sie den Wortlaut geändert hatten, denn der Mann sah unglaublich gut aus. Sie überreichten ihm den Brief, und Agga zwinkerte ihm zu und sagte, dass sie gern bereit wäre, ihm zu helfen, wenn er in Schwierigkeiten wäre. Er lachte, und die Freude in seinen Augen entging ihnen nicht.

Zu Hause hatte niemand etwas von den Handgreiflichkeiten an der Brücke erfahren, und noch hatte Madame die Gedichtbände, die auf ihrem Tisch lagen, nicht angerührt. Von Anfang an hatte Ninna Freyjas Strümpfe zusammen mit den ihren gewaschen, aber jetzt fing sie auch an, die weißen Kittel, die Freyja in der Apotheke trug, zu waschen und zu bügeln, ihre Schuhe zu putzen und ihre Tücher und Handschuhe in den Schubladen zu ordnen.

»Was hat denn das zu bedeuten?«, fragte Großmutter, worauf Freyja nicht so recht zu antworten wusste, und Ninna ließ sich nicht so leicht von dem abbringen, was sie sich vorgenommen hatte. Agga brachte es nicht übers Herz, Großmutter von dem Überfall zu erzählen, denn alles, was Ninna betraf, war heikel und schmerzlich.

Drei Tage waren vergangen, seit Agga und Emelía Björn Theodór den Brief gebracht hatten, und die Freundinnen waren mehr als erstaunt, dass der Mann keine Antwort schickte. Auf dem Weg von der Schule hielten sie sich lange am Bach auf, pieksten mit Stöcken in die Eisdecke und brachen das Eis am Ufer entlang ab, als ob sie gefrorene Erde und Sedimentschichten untersuchen wollten, schielten aber immer wieder in Richtung weißes Haus in der Hoffnung, gerufen zu werden.

Endlich wurde eines Tages vom Balkon gepfiffen, und die beiden lächelten sich zufrieden an.

Björn Theodór war ziemlich zerzaust und durcheinander an diesem Tag, denn er fragte wieder, welche von ihnen Freyjas Nichte wäre.

»Ich natürlich«, sagte Agga beleidigt und mit tiefer Stimme.

»Ja, ganz richtig«, sagte er, »die mit dem runden Gesicht, nicht die mit den Sommersprossen.«

Tödlich beleidigt ob dieser Beschreibung ihres Äußeren, stöhnten sie innerlich, aber ob er nun seine Worte bereute oder nicht, er reichte ihnen jedenfalls einen hellbraunen Umschlag und bat sie, ihn so unauffällig wie möglich Freyja auszuhändigen.

Während der Dampfprozedur zogen sie nach allen Regeln der Kunst über ihn her. Eine kleine, getrocknete Blume fiel aus dem zusammengefalteten Brief, und sie lasen:

Zwei Tage lang habe ich über Ingenieurzeichnungen von Wasserleitungen und Heizungsrohren versucht, wenigstens einen kleinen Vierzeiler für dich zu Papier zu bringen, muss aber zu meiner Schande eingestehen und bekennen, dass mir zum Dichten sowohl Können als auch Talent fehlen. Ich muss wohl im Ausland gewesen sein, als der Allmächtige die Gabe der Dichtkunst verteilt hat. Vielleicht war es eben während jener Reise, dass ich diese kleine Blume pflückte, als ich eines Tages im Sonnenschein hoch oben in den deutschen Alpen saß und Gräser kaute. Ganz ungewollt fiel mir diese kleine Blume in die Hände, ich brachte es nicht übers Herz, dieses wunderschöne Werk der Schöpfung fortzuwerfen, und legte es in ein Buch, das ich bei mir trug, und dachte, diese Blume werde ich dem schönsten Mädchen schenken, das ich treffe. Um die Welt bin ich gereist, aber niemals ist mir ein schöneres Mädchen begegnet, als du es bist, sommers oder winters. Vielleicht bist du so lieb und nimmst diese Blume an von einem Mann, der nicht dichten kann.

»Na ja«, sagten sie, »das klingt ja schon etwas besser«, wussten aber trotzdem nicht, ob sie dem Mann böse sein sollten oder nicht.

Freyja war dabei, eine ihrer großen Haarwäschen vorzubereiten, als Agga ihr den Brief aushändigte. Sie steckte ihn mit ausgesprochener Gleichgültigkeit in die Tasche, und Tage vergingen, ohne dass Agga gebeten wurde, zum Haus am Bach zu gehen.

Eines Abends, als das Wetter weiß war, als Himmel und Land, Meer und Licht in kristallenem Dunst zusammenflossen, schickte Freyja Agga mit einem Brief. Niemand war unterwegs, und Agga hatte das Gefühl, die Kirchenuhr würde ihr nachschauen, als sie die Straße entlang zur Apotheke ging.

Sie mussten vorsichtig vorgehen mit dem Öffnen des Briefes, denn Vater und Sohn machten sich beide oben in der Wohnung zu schaffen. Dieses Mal stand etwas in dem Brief, das einem Gedicht ähnelte, sich aber überhaupt nicht reimte:

Im Schleier der Nacht, der endlosen, sehe ich
einen jungen Mann. Er kommt von weit her,
führt mich an den Felsen am Meer vorbei,
und wir setzen uns in der Lava
in die Sonne, die rote. In mein Haar steckt er
Butterblumen, ich halte seine Schultern umfasst,
streichele seinen Hals und spüre seinen Duft.
Seine Hände verlangen mich ganz, ich schließe
die Augen, und als ich sie wieder öffne, ist

er fort. Ich rufe seinen Namen hinaus
in die Dunkelheit, aber die einzige
Antwort, die ich bekomme, ist
das Stöhnen der Lava. Im Schleier der Nacht, der
endlosen, spüre ich noch immer den Duft und leide.
Was wurde aus den Butterblumen, wohin ging die Nacht,
die veilchenblaue?

»Was für ein veilchenblauer Quatsch ist das eigentlich«, sagte Emelía verständnislos. Sie klebten den Brief wieder zu und hofften, dass der Briefwechsel in Zukunft etwas spannender würde.

Über dem Haus am Bach lag Stille und weißer Dunst, als Agga leise klopfte. Björn Theodór erschien an der Tür, das Hemd war ihm ein wenig aus der Hose gerutscht, er blickte sie an und sagte: »Na, wie war das denn noch, bist du die Nichte oder die Freundin?«

»Weder noch«, antwortete Agga stolz, »ich heiße Agga, wenn du nichts dagegen hast.«

»Nein, wirklich, ich habe nicht das Geringste dagegen«, sagte er, nahm den Brief und bat sie, hereinzukommen und zu warten.

Er stellte eine Schale mit Pralinen neben sie, und sie hatte sich kaum eine genommen, als er schon wieder im Sturmschritt die Treppe herunterkam, und indem er ihr einen neuen Brief aushändigte, sagte er ganz gespannt und hastig: »Jetzt saust du damit wie ein Wiesel zu deiner Tante, und ich gebe dir ganze fünf Kronen, wenn du mir innerhalb einer halben Stunde die Antwort bringst.«

Agga riss ihm den Brief aus der Hand, nahm sich drei Pralinen, und rannte mit sich selbst redend die Straße hinunter. Sie hatte keine Zeit, bei Emelía vorbeizugehen, die Geldgier war stärker als die Neugier, und was ging sie schließlich auch das Gefasel von diesen erwachsenen Leuten an. Andererseits hatte sie Angst vor Emelías Zorn. Seit sie einen Busen bekommen hatte, war sie immer so hundsmisrabler Laune.

Freyja im Unterrock saß schweigsam auf der Bettkante, als Agga ihr den Brief überreichte und mit piepsiger Stimme sagte: »Wenn ich mit einer Antwort laufen soll, will ich es gefälligst sofort machen.«

Sie brauchte nicht lange auf die Antwort zu warten. Kaum hatte sie sich Milch ins Glas gegossen, um damit die Pralinen hinunterzuspülen, als Freyja kurzatmig und ungekämmt in die Küche trat und ihr auftrug, mit einem Brief hinüberzusausen. Sie wedelte damit vor ihrer Nase herum und sagte drohend: »Du weißt, was Leuten passiert, die herumtrödeln.« Das wusste Agga ganz genau, solche Leute wurden nie reich.

Sie schaffte es über den Bach in der verabredeten Zeit und hatte noch nicht einmal geklopft, als die Tür von innen aufgerissen wurde.

»Na, da bist du ja«, sagte Björn Theodór nervös und streckte seine Pranke nach dem Brief aus.

»Erst das Geld«, sagte Agga eiskalt wie ein Ganove.

»Komm rein, komm rein«, sagte er irritiert, griff suchend tief in seine Hosentaschen, konnte kein Geld finden, schoss nach oben und sagte, sie solle warten. Agga wartete neben der Konfektschale, langweilte sich nicht im Geringsten, hatte aber einen Bammel wegen Emelía. Sie hatte wirklich hoch und heilig versprochen, jeden Brief zu öffnen, der hin- und herging. Der Mann kam die Treppe hinuntergerannt, drückte ihr einen neuen Brief in die Hand und sagte lächelnd: »Lauf nun, mein kleines Wiesel, so schnell du kannst!«

Als Agga im weißen Dunst des Wintertages an der Polizeiwache vorbeikam, sah sie durch das Fenster den Schatten von Magnús. Da senkte sie den Kopf und rannte schnell weiter, denn sie hatte das Gefühl, ihn ebenso wie Emelía hintergangen zu haben. Als sie zu Hause ankam, stand Freyja angezogen im Korridor und hatte offensichtlich auf sie gewartet. Das Haar hing offen bis hinunter auf die Taille und war fürchterlich unordentlich. Sie riss ihr den Brief aus der Hand, öffnete ihn, las und blickte dann träumerisch vor sich hin.

»Beeil dich mit der Antwort«, sagte Agga erbarmungslos.

»Keine Antwort«, sagte Freyja leise. »Du kannst dir die Stiefel ausziehen.«

Agga wollte ihren Ohren nicht trauen. Sollte sie nun um die fünf Kronen gebracht werden, oder was? Freyja zog sich eine Strickjacke an, blickte in den Spiegel, zog den Mantel über, sah in den Spiegel, zog sich Winterstiefel und Handschuhe an, sah nochmals mit roten Lippen und glänzendem Blick in den Spiegel und schlüpfte dann in den weißen Abend hinaus.

»Betrüger«, zischte Agga Richtung Tür, die ihr vor der Nase zugeschlagen worden war, »aber die fünf Kronen muss er rausrücken.«

Als sie hinauskam, sah sie, wie Freyja die menschenleere Straße hinunterging, an der Kirche vorbei und über die Brücke unten am Meer. Die Seevögel waren schlafen gegangen, und die Lichter draußen am Damm und am Kai vermischten sich mit dem Dunst und waren verzerrt und verschwommen.

Das Plätschern der Wellen war bis auf die Straße zu hören, und wieder wunderte Agga sich über die Stille. Freyja nahm Kurs auf den alten Steinpier, und dort erblickte Agga auch Björn Theodór. Er stand barhäuptig im Mantel mit hochgeschlagenem Kragen mitten auf der Pier. Als er die Frau kommen sah, ging er ihr bis zur niedrigen Mole entgegen und streckte ihr eine Hand entgegen. Freyja trippelte vorsichtig über die Steine, griff nach der ausgestreckten Hand und gemessenen Schritts gingen sie gemeinsam den Pier entlang dem weißen Meer entgegen.

Zu der Zeit, als die Seevögel im Morgengrauen eines jeden Tages ihre Liebesmelodien anstimmten und niemandem verborgen bleiben konnte, dass der Frühling Einzug hielt, gaben Freyja und Björn Theodór ihre Verlobung bekannt. An einem Samstagabend kurz vor Ostern platzte das Liebespaar mitten in das Radiohörspiel hinein, stand urplötzlich im Wohnzimmer, er ein wenig hinter ihr, und sie blickten eine Weile auf die Anwesenden, bis Freyja schließlich ungemein liebenswürdig erklärte: »Björn Theodór und ich haben Verlobungsringe aufgesetzt.« Dann streckte sie zum Beweis die schmale Hand mit dem blitzenden, schlichten Goldreif aus.

Alle starrten wie vom Donner gerührt auf das Paar und hätten wohl weitergestarrt, wenn nicht Dódó geschaltet und ihnen gratuliert hätte. Daraufhin standen alle auf, schüttelten ihnen die Hände, als ob es sich um entfernte Verwandte handelte, und murmelten Glückwünsche. Dann standen sie um das Paar herum, guckten vor sich hin und wussten nicht, was sie tun sollten, bis der Bräutigam sagte: »Also dann.«

Sie verschwanden hinaus in den Frühling, das schönste Paar, das es jemals im Städtchen gegeben hatte, ohne zur Feier des Tages Kaffee und Rädelkuchen bekommen zu haben; Agga hingegen hatte noch nie erlebt, dass Großvater und Großmutter so vom Donner gerührt waren.

Die Angehörigen des Bräutigams reagierten kaum besser auf die Verlobung, die Szene war sogar so erniedrigend für die

Beteiligten, dass es auch Frauen schockierte, die nicht allzu gut auf Freyja zu sprechen waren. Agga erfuhr, dass die Arztwitwe und Großgrundbesitzerin, Frau Rannveig Theodórsdóttir, kein Wort gesagt hätte, als der Sohn mit seiner Braut nach Hause kam, sondern sie wäre in den Salon gegangen und hätte die Tür hinter sich zugeknallt. Freyja war angeblich wie vor den Kopf geschlagen gewesen, sagte aber, wenn sie gefragt wurde, was sie von dem Empfang im Hause des Bräutigams gehalten hätte: »Kommt Zeit, kommt Rat.«

Zweierlei Augen

Blut spritzte aus Heizkörpern und Leitungen, floss aus Zubern und Bottichen, schoss aus Kränen und lief die Treppen hinunter bis in den Keller zu Kidda. Aggas Kehle war voller Blut, sie würgte, sprang aus dem Bett und sauste nach unten in die Küche. Da ließ sie sich mit geschlossenen Augen über den Küchenschemel fallen. Oma und Kidda saßen mit weiser Miene schweigend in der Morgensonne und lauschten dem Summen der Fliegen, die auf der Fensterbank verrückt spielten.

»Es war alles voll von Blut, ich habe geträumt, dass alles im Blut geschwommen hat, ich hab's sogar geschluckt«, sagte Agga.

Sie blickte erschöpft auf die Frauen, die sich aber durch diesen herben Traum kaum aus der Ruhe bringen ließen. Allerdings nahm Kidda die Pfeife aus dem Mund und erklärte, es sei merkwürdig, zu dieser Jahreszeit solche Träume zu haben, es wäre was anderes gewesen, wenn sie während der Schlachtzeit so etwas geträumt hätte.

Oma starrte weiter auf die Salzdose, gab sich dann aber einen Ruck und hoffte, dass das Blutbad in keinem Zusammenhang mit der Reise von Freyja und ihrem Verlobten stünde, das fehlte gerade noch. Unwahrscheinlich wäre so etwas nicht, denn natürlich sei es unverantwortlich, ins Ausland zu fahren, nur um sich zu amüsieren. Im Ausland könnte man vom Zug überfahren werden.

Da die beiden weder Interesse an ihren Träumen noch an ihrem Nachtleben hatten, schleppte sich Agga aufs Klo, um sich den Schlaf aus den Augen zu waschen und Körperpflege zu betreiben, und sie erschrak ganz gewaltig, als sie sah, dass sie in der Tat blutete, auch wenn es nicht aus Mund und Nase strömte, sondern unten.

»Ich verblute«, kreischte sie in den Flur hinaus und stützte sich mit dem Schlüpfer um die Knöchel an den Türpfosten. Oma und Kidda stürzten herbei, aber als sie sahen, was los war, seufzten sie nur tief und sagten: »Ach so, jetzt ist es also auch bei dir so weit!«

Dann wurden ihr saubere Unterhosen, Waschlappen und Binden zugeworfen und ihr befohlen, sich zu waschen und anzuziehen. Hätte Agga nicht schon längst davon gehört, dass Blut an dieser Stelle bedeutete, dass jetzt die Kindheit vorbei und die Busen- und Hüftenzeit angebrochen war, und hätte sie sich nicht daran erinnert, dass Emelía immer noch am Leben war, obwohl sie ähnlich Furchtbares durchgemacht hatte, dann hätte sie sich auf den eiskalten Fußboden im Badezimmer gelegt und sich rundheraus geweigert, jemals wieder aufzustehen. Es konnte ja gut sein, dass es umso heftiger blutete, je mehr man sich bewegte. Sie setzte sich auf den Klodeckel und blieb lange dort sitzen, während sie den intensiven Bluttraum rekapitulierte und die bevorstehende Schlachtzeit, sie dachte an Freyja, die sich jetzt auf einem luxuriösen Schiff befand, und vermied es, den blutigen Schlüpfer anzuschauen, der zusammengeknüllt unter dem Waschbecken lag.

Oma war irgendwie geistesabwesend, seitdem ihr Freyja

mitgeteilt hatte, dass sie mitten im Sommer ins Ausland fahren und erst im Herbst zurückkehren würde. Teddy musste bedeutende Bauwerke in Europa besichtigen.

»Bauwerke besichtigen, wozu?«, warf Großmutter ein, »wir bauen hier bloß kleine Häuser.«

Optimismus und Tatendrang kennzeichneten jetzt das Städtchen. Nach Streik und Ungewissheit war es nunmehr möglich, vernünftige Entscheidungen zu treffen, und auf einer Gemeinderatssitzung wurde beschlossen, dem jungen hochgelehrten Ingenieur, der in Deutschland studiert hatte, dem Sohn des verstorbenen Unternehmers und Arztes, die Aufgabe zu übertragen, im Osten des Städtchens ein Wohnviertel zu planen. Ebenso wurde davon gesprochen, die Fangflotte zu erneuern, und man debattierte ernsthaft und entschlossen über das Vorhaben, ein großes, modernes Gefrierhaus zu bauen.

Der Empfang, den die Schwiegermutter in spe Freyja im Haus am Bach bereitet hatte, beunruhigte Großmutter ebenfalls.

»Man hätte wirklich geglaubt, dass die Arztwitwe nicht so arrogant wäre, ja, das hätte man geglaubt«, sagte Großmutter eines Abends zu Großvater.

»Die Reaktionäre sind alle so«, sagte Großvater, und damit war die Sache für ihn abgetan.

»Der Doktor selber hätte das nie zugelassen, wenn er noch am Leben gewesen wäre«, sagte Großmutter.

»Der Kerl war doch so hinter den Frauen her, dass er ihm Freyja wahrscheinlich ausgespannt hätte«, antwortete Großvater.

Großmutter überhörte das und fuhr fort: »Er war auch nicht so eingebildet wie der Sohn. Ich kann mich erinnern, als ich mich damals wegen Blutmangel zu ihm schleppte, da war er so erschrocken, als er mich sah. Er hat einen kleinen Schrank geöffnet und dann gesagt: Jetzt gebe ich dir erst einmal einen Sherry, liebe Júlíana. So ein reizender Mensch, der Doktor, zu schlimm, dass er so oft kränklich und schlecht zurecht war.«

»Schlecht zurecht wird man, wenn man dir zuhört«, sagte Großvater mürrisch.

Die Schwiegermutter in spe hatte sich kaum darum bemüht, die Schwiegertochter kennen zu lernen, tat jedes Mal so, als ob sie schliefe oder nicht zu Hause sei, wenn der Sohn Freyja mitbrachte. Der Sohn machte sich nichts daraus, sagte zu Freyja, sie würde sich mit der Zeit schon daran gewöhnen; nach dem Tod des Vaters sei die Mutter eigenbrötlerisch und schwierig geworden.

»Die Alte ändert sich bestimmt nicht«, stieß Kidda hervor, als darüber geredet wurde. »Sie und ihre Familie haben schon immer solche Allüren gehabt.«

Wenn Freyja auch nicht die Gunst der Schwiegermutter genoss, so blieben doch die Saufbrüder der Stadt unerschütterlich in ihrer Treue; sie weinten, als bekannt wurde, dass Freyja in der Apotheke aufhören würde. Erst flehten sie sie an, weiter dort zu arbeiten, und sie versprachen, nur einmal in der Woche in die Apotheke zu kommen, aber als sie nicht umzustimmen war, erschienen sie jeden Tag, um sich Vorräte anzulegen, konnten dann aber der Versuchung nicht widerstehen, sondern verleibten sich den Inhalt der Fläschchen gleich ein und waren deshalb in diesem Junimonat betrunkener und verlotterter als je zuvor. Als Freyja an ihrem letzten Tag nach getaner Arbeit die Apotheke verließ, standen drei von ihnen vor der Tür, dreckig und speckig von oben bis unten, überreichten ihr einen halb verwelkten Blumenstrauß und eine Tüte Konfekt und verneigten sich tief.

An dem Tag, als Freyja ihre Verlobung bekannt gab, wurde Dódó von Unrast gepackt. Am Ostersonntag tigerte sie mit über der Brust verschränkten Armen durchs Haus, und am Ostermontag nahm sie den Bus nach Reykjavík und blieb dort bis spätabends. Zwei Wochen später trug sie einen Verlobungsring am Ringfinger und erklärte, dass sie Ende des Monats ausziehen würde. Sie und der Typ wollten ein Zimmer mit Küche in einer Souterrainwohnung nicht weit von seinen Eltern mieten.

Großvater war äußerst zufrieden mit diesem Arrangement, sagte, dass das Leben umso angenehmer würde, je mehr Frauen aus dem Haus verschwänden, aber Großmutter war wie vor den Kopf geschlagen und hüllte sich in Schweigen. Deswegen fielen die Gratulationen für die Tochter keineswegs reichhaltiger aus als für die Nichte. Für Agga hatte es den Anschein, als lohnte es sich in diesem Haus nicht, sich zu verloben.

Großmutter hatte sich alles ganz anders vorgestellt, darüber hatte sie oft gesprochen, wenn Agga in Großvaters Bett schlief. Wenn Dódó einen guten Mann finden und ihn heiraten würde, möglichst einen Angestellten bei der Kommunalverwaltung oder zumindest jemand von der Feuerwehr, dann würde sie das eine Service bekommen, das mit den lila Blumen, sechs silberne Teelöffel, Kuchengabeln und Serviettenringe, verchromte zweiarmige Kerzenständer, eine Lampe mit Messingfuß und Damastschirm, drei Tischdecken mit Hohlsaum und zwei Kissen mit Kreuzstich, handgestickte Küchengardinen und gewebte Wolldecken mit norwegischem Muster.

Solange Dódó die einzige viel versprechende Frauensperson im Haus war, bekam Agga das immer wieder zu hören und kannte es schon auswendig.

Dódó bekam also kein Service, aber eines Tages, als Großmutter und Kidda im Schrebergarten oberhalb des Städtchens Saatkartoffeln einsetzten, verflüchtigten sich viele nützliche Objekte, und deren Verschwinden wurde erst bemerkt, als Dódó schon lange mitsamt Kleidern, Oberbett, Cremedosen, Groschenromanen und Grammophon über alle Berge war.

Zunächst fand Großmutter nirgends den Schneebesen. »Ich versteh das nicht«, sagte sie immer wieder, riss alle Schränke auf und schlug sie wieder zu. Als der Fischheber ebenfalls nirgends aufzufinden war, wurde sie, die ihr ganzes Leben alle Dinge an ihrem Platz gehabt hatte, unruhig und ging hinunter in den Keller zu Kidda, um zu fragen, ob sie sich vielleicht irgendetwas ausgeliehen hätte.

Kidda fragte, ob sie noch ganz bei Trost sei, war aber dann kaum weniger verblüfft als Großmutter, als sie nirgendwo ihr Waschbrett und den Teppichklopfer finden konnte. Sie starrten einander zutiefst verwundert an und beschlossen dann, eine Razzia bei den Haushaltsgeräten vorzunehmen. Nach langem Suchen und Forschen fanden sie heraus, dass folgende Dinge bei Großmutter nicht an ihrem Platz waren: Schuhbürste, Scheuerbürste, Fleischmesser, eine Kasserolle, eine emaillierte Schüssel, Kaffeemühle, Muckefuckdose, Nadelkissen, Läusekamm, Wäschesprenger; bei Kidda waren der Wäscheklammersack und ein Porzellannachttopf verschwunden, den sie für besondere Zwecke aufgespart und auf einem Regal in der Kammer aufbewahrt hatte. Sie vermuteten gleich, dass dies nur der Anfang war, denn dem Langfinger fehlte es nicht an Dreistigkeit.

»Ich weiß nicht mehr, was ich von meinen eigenen Kindern halten soll«, sagte Großmutter völlig konsterniert.

Als dann Freyjas Auslandsreise zu Dódós Unverfrorenheit hinzukam, hatte es den Anschein, als ob Großmutter nicht mehr sie selbst sei. Sie war von morgens bis abends geistesabwesend, reagierte auf nichts und niemanden, öffnete aber ständig die Schränke und schlug sie wieder zu und schob Gewürze in den Regalen hin und her, während sie laut mit sich selber sprach.

Bevor Freyja ins Ausland fuhr, hatte sie es geschafft, Agga eine Beschäftigung aufzuhalsen. Dísa hatte Arbeit im Kühlhaus bekommen, was die Frauen gut und prima fanden, wie sie sich immer wieder gegenseitig versicherten, und Agga musste auf die Söhne aufpassen, während Dísa zur Arbeit war, obwohl alle ganz genau wussten, dass Agga es blöd fand, Kindermädchen zu spielen.

Nach dem Brand hatte Dísa eine neue Wohnung in der Mansarde beim Schmied bekommen. Die Räumlichkeiten waren in gutem Zustand und hell angestrichen, aber Agga fand sie reichlich leer. Im Wohnzimmer standen so wenig Möbel, dass es traurig anzusehen war. In einer Ecke stand ein Kanapee, mitten im Zimmer, ein Tisch mit zwei Stühlen und in der anderen Ecke ein abgewetzter Sessel und ein kleiner Tisch, auf dem sich das Radio befand. Die Gardinen bestanden aus zwei farblosen Baumwollschals, und nirgendwo gab es Pflanzen, um das Ganze etwas zu beleben. Im Zimmer daneben stand noch ein Kanapee, auf dem Dísa schlief, sowie ein schäbiger Kleiderschrank und die Betten der beiden Jungen. Unter dem Fenster war die Spielzeugkiste. In der Küche war der Zustand kaum besser. Lange Zeit glaubte Agga, dass Dísa ihr gutes Geschirr irgendwo versteckt hielt, denn im Küchenschrank gab es nur einige wenige Tassen, davon drei ohne Henkel. In einer Holzkiste, die draußen unter dem nach Nordwesten gehenden Küchenfenster angenagelt war, wurden Milch und Margarine aufbewahrt, und ansonsten schien die Familie von Hafergrütze, Roggenbrot mit Farinzucker und gekochtem Fisch zu leben.

Die Ärmlichkeit ging Agga auf die Nerven. Alles was recht war, aber das ging zu weit. Zur Kaffeetrinkenszeit ging Agga deswegen mit den Jungen nach Hause zu Oma, die ihnen reichlich Milch zu trinken gab und Graubrot mit Käse und Schlachtwurst für sie schmierte. Und außerdem flößte sie ihnen heimlich Lebertran ein. Die Jungen machten sich heraus, was Dísa wiederum auf den nahrhaften Haferbrei zurückführte.

Nach Aggas Meinung würde Dísa nie wieder einen Mann finden, bei so wenig Anstrengungen, wie sie in dieser Hinsicht unternahm. Irgendwie tat sie Agga Leid, ein solch freudloses Leben zu führen, und sie fand es im Grunde genommen erstaunlich, dass eine Frau wie sie überhaupt jemals an einen Mann gekommen war und an eine Freundin obendrein. Mit Geschick und raffinierten Fragen fand Agga heraus, dass die Freundschaft zu Freyja wesentlich älter war als die unglückliche Ehe.

»Ist Freyja schon immer größer gewesen als du?«, fragte sie eines Tages beiläufig, als Dísa sich aus der Fischmontur schälte.

»Nein, wir waren bis zur Konfirmation gleich groß, aber dann schoss Freyja in die Länge«, sagte Dísa und runzelte die Stirn, als ob sie die Zentimeter eines jeden Jahrs im Geist überschlug.

»So lange kennt ihr euch dann also schon«, sagte Agga und versuchte, anspornend zu wirken.

»Wir waren zehn Jahre alt, als unsere Freundschaft begann«, sagte Dísa vergnügt, »den Tag werde ich nie vergessen. Draußen war es kalt und ungemütlich, und einige freche Schulkameradinnen hatten sie in eine Ecke des Schulhofs gedrängt, drehten ihr lange Nasen und nannten sie Frostflunder. Als es endlich klingelte und alle wegliefen, stand Freyja da wie angewurzelt. Ich bin dann zu ihr hingegangen und habe sie gefragt, ob sie mit mir kommen wollte. Sie hat nicht geantwortet, deswegen habe ich sie bei der Hand genommen, und wir sind zu mir nach Hause gegangen. Ich wusste, wie es ist, wenn man wegen seiner Augen ausgelacht wird. Von diesem Tag an waren wir dicke Freundinnen.«

Agga fragte dann, ob sie nicht traurig gewesen wäre, als Freyja nach Amerika ging, aber Dísa sagte, sie habe immer gewusst, dass sie zurückkommen würde.

»Ich hab's in ihren Augen gesehen, als wir uns verabschiedeten, und dann konnte ich es zwischen den Zeilen in ihren Briefen lesen.«

»Sag bloß, sie hat dir Briefe geschrieben?«, sagte Agga und ließ ihre Blicke schweifen, verwundert darüber, dass sie ihr noch nicht untergekommen waren.

»Ich habe viele Briefe und Gedichte bekommen, aber die sind alle beim Brand verloren gegangen.«

Das Letzte sagte sie leise, als ob es ihr wehtäte. Agga wäre gern bei dem Thema geblieben und hätte über den Brand gesprochen, aber da stieß sie auf Granit. Über dieses Kapitel ihres Lebens wollte Dísa nicht sprechen, sie hustete nur und starrte zum Fenster hinaus oder blickte auf ihre blauen Hände mit den geschwollenen Gelenken.

Ende Juli brachte der Briefträger ein Telegramm. Großmutter war überzeugt, dass Großvater auf hoher See etwas zugestoßen war, und ließ es von Kidda öffnen. Ohne Umschweife las Kidda: »Ich habe gestern geheiratet, Freyja.«

Als Großmutter die Sprache wiedererlangte, sagte sie niedergeschlagen zu Kidda: »Das gibt sicher Probleme mit der Mutter von Björn Theodór, Frau Rannveig hatte bestimmt was Besseres für ihren Sohn im Sinn.«

Agga tat der Mann halbwegs Leid, mit der Person verheiratet zu sein, die mit Sicherheit Mundi in Brand gesteckt hatte. Andererseits aber bewunderte sie Freyja, dass sie es geschafft hatte, einen Mann mit einem tollen Haus zu heiraten. Bei dem Gedanken daran, sie jetzt aus dem Haus loszuwerden, wurde sie von freudiger Erregung gepackt, denn jetzt würde sie ganz gewiss nie mehr auf der Liege schlafen müssen. Hingegen hegte sie starke Zweifel, dass Magnús sich über diese Nachricht freuen würde, und deswegen machte sie immer einen Bogen um die Wache. Sie musste aber unwillkürlich daran denken, wie die Geschichte wohl ausgegangen wäre, wenn sie und Emelía bei den bewussten Briefen nicht ein wenig nachgeholfen hätten.

Eines Morgens beim Erwachen blickte Agga in Freyjas Augen, die an einen zugefrorenen See im Winter erinnerten. Agga hatte sich schon oft gewundert, warum Gott vergessen hatte, Freyjas Augen Farbe zu verleihen.

Freyja saß auf dem Bettrand, braun gebrannt, und verzehrte einen von Omas hauchdünnen Pfannkuchen. Sie fragte Agga, ob sie abbeißen wollte, aber Agga drehte sich angewidert weg, sie hatte am Abend zuvor, als sie frisch gebacken und warm gewesen waren, acht Stück gegessen. Großmutter war überzeugt gewesen, dass Freyja im Lauf des Abends kommen würde, und hatte deswegen angefangen zu backen. Als gegen Mitternacht die frisch Verheiratete immer noch nicht aufgekreuzt war, war sie nicht wenig erstaunt. Frohlockend hatte Agga sich mit Pfannkuchen voll gestopft und Oma gefragt, ob ihre hellseherischen Fähigkeiten nachließen.

»Hast du diesmal wieder irgendwelche Koffer mitgebracht?«, fragte Agga.

»Ich habe viele Koffer mitgebracht, Aggalein, aber die sind jetzt alle bei mir zu Hause.«

»Bei dir zu Hause?«, wiederholte Agga.

»Jetzt wohne ich im Haus am Bach, verheiratete Frauen leben mit ihren Männern zusammen.«

»Ja, das finde ich auch ganz richtig«, sagte Agga und konnte keineswegs ihre Erleichterung verhehlen. Ihre Tante hingegen blickte sie an und schien zu überlegen, was eigentlich in Agga vorging.

Machtkampf am Bach

Man erzählte sich so dies und jenes über das Zusammenleben in dem Haus am Bach. Agga wurde Zeuge davon, als drei Mitglieder eines Frauenvereins auf dem Land kamen, um der Arztwitwe einen Besuch abzustatten. Da sie gerade nicht im Haus war, bat Freyja sie, ins Wohnzimmer zu kommen, und legte eine Tischdecke auf einen kleinen Tisch. Mette, das Hausmädchen, kochte Kaffee und brachte Gebäck herbei, aber als die Frauen gerade an ihrem Kaffee nippen wollten, stürmte die Dame des Hauses in eigener Person zur Tür herein, und ihr verschlug es die Sprache, als sie sah, welches Geschirr Freyja hervorgeholt hatte.

»In diesem Hause werden Gäste nur auf Porzellan bewirtet«, sagte sie schroff, »und nicht auf Küchengeschirr, wie es in gewissen Kreisen üblich ist.«

Daraufhin raffte sie eilends das Geschirr wieder zusammen, riss die Anrichte auf und deckte den Tisch mit königlicher Manufaktur. Die Besucherinnen fingerten nervös an ihren Röcken und blickten Freyja mitleidig an. Das war eigentlich ein ganz nettes Geschirr, das das Mädchen gebracht hat, sagte eine der Frauen, verstummte aber angesichts der missbilligenden Miene, die die Dame des Hauses aufgesetzt hatte.

Wie Freyja Großmutter und Kidda sagte, und darüber redeten die Frauen noch lange später, hatte sie nicht darum gebeten, in dieses Haus einzuziehen. Ihr wäre eine Mietwohnung lieber gewesen, aber Björn Theodór hätte eingewendet, dass er sich nicht vorstellen könnte, in einer Wohnung von der Größe zu hocken, wie sie hier üblich und auf dem Markt seien. In diesem Haus hätten sie hingegen drei Zimmer für sich in der oberen Etage, und außerdem brauchten sie die Salons, falls Gäste kämen. Wohnungsmangel sei eines der größten Probleme der Kommunalbehörden, denn schließlich wäre in den letzten Jahren so gut wie nichts Vernünftiges gebaut worden, aber er wiederum sei dabei, drei neue Wohngebiete zu planen, und aller Voraussicht nach würde sie das beste Grundstück auf der Anhöhe oberhalb des Felsplateaus bekommen, mit Aussicht über die Förde und die ganze Bucht, wenn sie sich nur bitte schön ein wenig gedulden könne. Deine Mutter ist so schwierig, habe Freyja darauf geantwortet, worauf er erwiderte, dass alle Schwiegermütter anfangs schwierig seien. Falls sie aber eine Wohnung mit zwei großen Salons finden würde, einem großen Arbeitszimmer, einem großen Schlafzimmer und einem anständigen Badezimmer, dann hätte er nichts dagegen, zur Miete zu wohnen. Freyja fand keine solche. Jeden Abend litt sie deshalb Qualen wegen der Alten und der Katzen, wie sie den Frauen erklärte.

Wie von ungefähr ergab es sich, dass Agga und Ninna im Haus am Bach ein- und ausgingen. Agga kam hauptsächlich, um zu spionieren und Süßigkeiten zu schnorren, aber Ninna war besorgt wegen der Strumpfwäsche der Cousine, sie war überzeugt, dass niemand außer ihr sich darum kümmern könnte. Manchmal erschien sie und nahm die Wäsche in einem Beutel mit, aber hin und wieder durfte sie die Strümpfe auch bei Mette in der Küche durchwaschen. Mette hielt dann immer lange Reden auf Dänisch, da sie in Ninna eine verständnisvolle Zuhörerin hatte, die immer lächelnd mit dem Kopf nickte und ihr Kauderwelsch mühelos zu verstehen schien. Deswegen war Ninna stets willkommen, während Aggas Besuche auf weniger Wohlgefallen stießen. Sie benutzten beide immer den Kücheneingang, und die Arztwitwe wurde sie kaum gewahr, denn sie wiederum betrat die Küche nur selten, weil sie sich tagsüber mit Schreiben und Handarbeiten, mit karitativen Aufgaben und Teekränzchen beschäftigte, und sie war oft den ganzen Tag nicht zu Hause, aß aber mit Sohn und Schwiegertochter zu Abend.

Einmal war Agga zum Essen bei ihnen eingeladen. Vor dem Essen zog Freyja sie zu sich in ihr Zimmer, machte die Tür zu und sagte, dass sie sich zusammennehmen, Messer und Gabel richtig halten und die Serviette benutzen müsse. Agga fand, dass ihr zu Hause genügend Gewäsch dieser Art geboten wurde, um sich das hier nicht auch noch anhören zu müssen, und erklärte, ihr sei der Appetit vergangen.

»Du wirst jetzt mit uns essen, ob du willst oder nicht«, sagte Freyja dann, und Agga gehorchte widerwillig, denn die Frau war zu allem fähig. Wie zu erwarten, blieb ihr das Hühnchen in Currysauce im Hals stecken, so sehr war sie bemüht, sich richtig zu benehmen. Die Tante rührte überhaupt nichts an, schob bloß das Essen auf dem Teller hin und her, von rechts nach links und links nach rechts.

Zu Hause musste Agga der Großmutter endlos berichten, wie es bei Freyja aussah. Oma wollte die unglaublichsten Dinge wissen, so zum Beispiel die Anzahl der Kronleuchter, Tischläufer und Kristallschalen, und auch am Wäscheschrank der Arztwitwe war sie sehr interessiert. Aber hinzugehen und alles selbst in Augenschein zu nehmen kam nicht infrage. Warum, blieb Agga ein Rätsel.

Großvater wusste hingegen haargenau, warum er Freyja nicht besuchte und nie besuchen würde. Er sagte, er habe nichts in einem Haus verloren, wo vier Personen durch acht Zimmer geisterten, wo sich das Rautenmuster des Fußbodens zwischen Perserteppichen an Mahagoniwänden spiegelte und Kristallkronleuchter über silbernen Kerzenständern baumelten, während die Allgemeinheit in elenden Hütten und Schuppen hauste, wo man bis über den Schuhrand im Feuchten stünde und durch modrige Holzfußböden einbräche, wo Fenster bei jedem Schauer leckten und die Ratten im Küchenschrank die fettesten Hausbewohner seien. Er betrete nicht die Protzwohnungen von Kapitalisten, denen das Geld des Volkes in den Rachen geworfen worden sei.

Daheim herrschte Totenstille, nachdem Dódó und Freyja ausgezogen waren, Großmutter stand oft abwesend auf demselben Fleck und starrte hinaus aufs Meer, Ninna sagte wie gehabt wenig, und Kidda kam nicht nach oben, solange der alte Knacker zu Hause war. Großvater und Agga jedoch hatten Oberwasser, er war fast die Hälfte der Weiber los und sie die alte Liege, und sie hatte das ganze Nordzimmer für sich allein.

In den Zeitungen hatte gestanden, dass in den großen Schlachthöfen nicht geschlachtet werden würde, sondern nur auf dem Land bei den Bauern. Hausfrauen mussten also einen Herbst ohne hausgemachte Wurst auskommen, und viele waren niedergeschlagen. Aber dem Anschein nach wie aus heiterem Himmel wurde doch eines Tages mit Schlachten angefangen, und es fehlte nicht viel, dass Großmutter in die Hände geklatscht hätte, sie schickte Großvater und Ninna los mit Eimer und Zuber, aber die kamen verdrießlich und mit leeren Händen und Behältern zurück, hatten nichts bekommen können, weil alles schon vorbestellt war.

»Vorbestellt von wem?«, schrie Großmutter, und Agga hatte sie noch nie so außer sich gesehen.

»Wissen wir das?«, sagte Großvater bissig. »Was wissen wir schon?«

»Ava Gardner weiß nicht, wen sie heiraten soll«, sagte Ninna und verschluckte sich ob dieser bedeutenden Nachricht.

»Halt den Mund, Jónina, halt gefälligst den Mund«, fauchte Großmutter sie an.

In diesem Ton hatte sie noch nie mit Ninna gesprochen. Der Mangel an Innereien hatte sie aus dem Gleichgewicht gebracht, und selbst wenn Agga nicht völlig am Boden zerstört war, vermisste sie doch Schlachtwurst und gesengte Schafsköpfe, und nicht zuletzt die Betriebsamkeit in der Waschküche während der Schlachtzeit, wenn viele Frauen über Zubern und Putzeimern saßen, Schafsdärme säuberten und nähten und Blut und Grieben oder gehackte Leber und Haferflocken in einem großen Zuber verrührten und bis über die Ellbogen in dieser Brühe steckten. Meistens wurde gleichzeitig viel getratscht, und deswegen war es auch sehr lehrreich, in solcher Runde zu sitzen.

Agga brauchte nicht lange, um herauszufinden, wer in der Stadt Blut und Innereien bekommen hatte, und genau die waren der Anlass dafür, dass es bei den Damen am Bach zum großen Eklat kam. Auf dem Heimweg von der Schule sah Agga eines Tages Freyja ins Haus gehen, und in der Hoffnung auf irgendwelche Süßigkeiten lief sie ihr nach. Sie traten fast gleichzeitig ein, und als sie im Korridor standen, schnupperte Freyja und sagte: »Es riecht nach Blut.«

Agga schnüffelte ebenfalls wie ein Hund, und als Freyja die Küchentür aufriss, sah man die Bescherung. Die Arztwitwe, zünftig mit umgebundenem Kopftuch, saß höchstpersönlich mitsamt Mette über den Schlachtzubern, und als die Schwiegertochter erschien, sagte sie, ohne zu zögern: »Zieh dich um und komm herunter, dann werden wir schneller fertig.«

Agga sah an den leicht geblähten Nasenflügeln von Freyja, dass sie dies als einen Affront empfand und kurz davor war, sich zu übergeben.

»Ich sehe, dass die Innereien den Weg in die richtigen Häuser gefunden haben«, sagte sie dann anzüglich.

Die Schwiegermutter warf ihr einen kurzen Blick zu und stieß mit Betonung und ziemlicher Arroganz hervor, dass in diesem Haus schon seit jeher alle beim Wurstmachen mitgeholfen hätten.

»Dann können diese alle das auch weiterhin tun«, sagte Freyja und lächelte liebenswürdig.

»Habe ich das so zu verstehen, dass du deine Hilfe nicht zur Verfügung stellst?«, sagte die Arztwitwe so schneidend, dass Mette und Agga sich in die Ecke verkrochen.

Die zarten Nasenflügel von Freyja vibrierten ein wenig, als sie sagte: »Dein Blut kannst du für dich behalten, Alte.«

Die Nachricht von diesem Gespräch ging durch den ganzen Ort und hatte bereits weite Kreise gezogen, bevor sie Großmutter zu Ohren kam.

»Wenn sie doch bloß nicht ›Alte‹ gesagt hätte«, sagte Großmutter und seufzte. »Aber diese Ausdrucksweise hat sie wohl bei einigen hier im Haus gelernt.«

Das ganze Städtchen wusste jetzt von der Zwietracht der Frauen im feinen Haus. Deswegen wurde die weitere Entwicklung und das Tun und Lassen der beiden auf Schritt und Tritt verfolgt.

»Jetzt wird sie in diesem Haus die Hölle erleben«, stöhnte Großmutter.

»Welche von beiden?«, sagte Großvater und ließ die Zeitung sinken.

Das junge Paar hatte eine kleine Einliegerwohung mit drei Zimmern für sich. Aus einem kleinen Salon kam man links ins Schlafzimmer und rechts in eine kleine Kammer, in der Bücher aufbewahrt wurden und Gäste schliefen, wie zum Beispiel Agga. Aus dem Salon und der Kammer gingen Türen auf den Flur.

Agga hatte nie zuvor anderswo geschlafen als zu Hause, wenn man die Zeltfahrten bei den Pfadfindern nicht mitrechnet, und sie ließ nicht locker, bis ihr versprochen wurde, dass sie bei Freyja übernachten dürfte. Sie wusste, dass sie dort sowohl Kekse als auch Konfekt bekommen würde, und außerdem wollte sie natürlich überall davon erzählen können, dass sie in einem feinen Haus geschlafen habe.

Sie beobachtete den ganzen Abend die Eheleute, die sich im Takt bewegten und sprachen, als ob sie es unendlich lange geübt hätten, und sich zwischendurch anstarrten. Er saß am Arbeitstisch, kritzelte und strichelte, und sie im Lehnstuhl mit den Füßen auf einem Schemel. Wahrscheinlich schrieb sie Gedichte, denn sie schaute oft zur Decke, während sie etwas notierte. Schaute sie auf, schaute er auch auf, und umgekehrt, einen Augenblick trafen sich ihre Blicke, heiß und strahlend. Die Abstände zwischen diesen Blickwechseln wurden immer kürzer, bis beide sich räusperten, und abwechselnd hmhm und jaja sagten. Dann begriff Agga, dass es Zeit sei, ins Bett zu gehen

Wie sie schliefen und wer auf welcher Seite des Bettes lag, bekam Agga nicht zu wissen, denn im Gegensatz zu dem, was sie von der Sonnenstraße her gewohnt war, wo sowohl Frauen als auch Katzen im Schlafzimmer der Eheleute ein- und ausgingen, war niemand im ehelichen Kabinett im Haus am Bach willkommen. Agga hatte sich allerdings noch nicht lange in ihrem Bett in der kleinen Kammer hin und her gewälzt, als sie am ganzen Körper vor Neugier zu brennen begann. Wie ein Kobold öffnete sie die Tür zum Wohnzimmer, horchte und wartete, hörte keinen Mucks, tippelte auf Zehenspitzen zur Tür der Turteltauben und legte das Ohr an die Tür. Totenstille herrschte im jenseitigen Lager, doch als Agga schon alle Hoffnung auf Knutschgeräusche und feuriges Liebesgeflüster à la Hollywood aufgegeben hatte, begann die Tante plötzlich zu stöhnen und zu jammern, und da wusste Agga, dass sie jetzt wieder einmal schlecht träumte, und was noch schlimmer war, sie hatte den Ehemann aufgeweckt, denn er seufzte des Öfteren schwer und murmelte irgendwelche unverständlichen Worte. Hoffentlich würde sie jetzt nicht wieder den Teufel anrufen, wie sie es im Herbst gemacht hatte, als sie Fieberkrämpfe hatte und Seelenqualen, das wäre doch zu peinlich für die daheim.

Zwei Wochen später bekam sie aber doch Zugang zur Erwachsenenwelt, als sie ganz und gar zufällig ein Gespräch zwischen Freyja und Dódó belauschte.

Vor dem Haus am Bach sah sie die Limousine, die Dódó kutschieren gelernt hatte, und um etwas über das häusliche Leben in der wilden Ehe zu erfahren, in erster Linie, um Oma berichten zu können, die immer noch böse auf Dódó war, schlich sie sich zum Kücheneingang hinein und zur oberen Etage hinauf, wo sie Geräusche hörte. Indem sie sich mit angehaltenem Atem unendlich langsam durch die Kammertür schmiegte, gelang es ihr, ins Zimmer zu kommen, ohne dass die Cousinen sie gewahr wurden. Sie saßen mitten im Zimmer, und die Tür stand halb offen. Agga machte es sich bequem, griff aber vorsichtshalber nach einem Buch und tat so, als würde sie lesen.

Das Gespräch drehte sich aber nicht um Dódós Privatleben, sondern um das große Fest, auf dem Freyja zwei Tage vorher gewesen war. Agga hatte gewissermaßen die Vorbereitungen für dieses Fest zum Teil mitverfolgt. Sie hatte Hilli zugeschaut, wie er Freyja nach allen Regeln der Kunst über drei Stunden lang frisierte, hatte ihr Kleid aus grüner Seide gesehen und gehört, wie sie mit freudiger Erwartung über den bevorstehenden Besuch im Haus des Präfekten unterhalb des Hügels sprach.

Die bewusste Einladung schien aber tiefe Spuren im Seelenleben der Dame hinterlassen zu haben, denn ihre Stimme klang gezwungen, als sie davon berichtete. Für Agga hörte es sich so an, als ob das Fest stattgefunden hatte, weil der Debattierclub ein Jubiläum feierte; ihm gehörten alle besseren Herren des Ortes an, denn schließlich war er für die geistige Elite gegründet worden, die irgendwo ihr Licht leuchten lassen und ihren Scharfsinn zur Geltung bringen musste. Eine erlauchte Gesellschaft mit Damen hatte sich da versammelt. Da der verblichene Arzt die längste Zeit Präsident dieses Vereins gewesen war und ihn häufig mit Geldern unterstützt hatte, die er einem Fonds der Reederei entnahm, war seine Witwe selbstverständlich eingeladen mitsamt ihrem Sohn, der gerade erst Mitglied geworden war, und seiner jungen Frau.

Freyja war am meisten auf die Nerven gegangen, wie die alte Schachtel, wie Freyja die Dame des Hauses nannte, die Tischordnung vorgenommen hatte. Die Schwiegermutter war mit ihrem Sohn honorig am Kopfende des Tisches zu beiden Seiten des Präfekten platziert worden, aber Freyja musste ganz woanders sitzen, bei wesentlich unbedeutenderen Leuten.

Dódó fehlten sämtliche Worte.

Nach endloser Rederei und Langeweile setzte man sich in einen anderen Salon, die Damen in eine Ecke und die Herren in die andere; es wurden Portwein und Likör angeboten, und da durfte sie dann bei Weibern sitzen, die auch nicht ein einziges Wort an sie richteten.

Dódó fragte, ob die Frau des Präfekten sich denn als Gastgeberin nicht, wie es sich gehört, um sie gekümmert hätte oder ob die Schwiegermutter nicht anstandshalber mit ihr geredet hätte, aber Freyja sagte, dass dem nicht so gewesen sei. Birna, die Tochter des Hauses, habe ihr manchmal Blicke zugeworfen, sei aber nie zu ihr gekommen. Hingegen hätte diese Person lange auf der Sessellehne bei Teddy gesessen und ihm Gott weiß was vorgesäuselt.

»Zum Schluss bin ich aufgestanden und habe ihm zu verstehen gegeben, dass ich mit ihm sprechen möchte. Ich wollte nach Hause, aber er antwortete, der Präfekt sei sein Freund und deshalb würde er die Gesellschaft noch nicht verlassen. Ich fragte, ob der Freund ihm wichtiger sei als die Ehefrau, aber darauf wusste er keine Antwort. Da hat es mir gereicht, und ich verließ diese Versammlung.«

Und so was nennt sich Jubiläum, dachte Agga.

Nachdem sich Dódó durch Ausrufe und Stöhnen Luft gemacht hatte, fuhr Freyja fort: »Als ich die Treppe hinunterging, hörte ich jemand über mir flüstern: Gehen Sie schon? Das war dann der Präfekt persönlich, mit einem Glas Portwein in der Hand. Ich nickte. Darauf sagte er: Dann kann ich Sie nicht mehr heimlich bewundern, im Geist Ihren Körper, Ihr Gesicht und Ihr Haar liebkosen und mir vorstellen, wie eine Göttin Ihresgleichen duftet.«

»Hat er das wirklich gesagt, der Präfekt selber?«, kreischte Dódó und schnappte nach Luft.

Freyja musste den Kopf gesenkt haben, denn man hörte kein Wort mehr. Nach Tassengeklirr und Stuhlknarren sagte sie lakonisch: »Ich bin dann nach Hause gegangen und hab mich eingeschlossen. Als Teddy kurz nach Mitternacht ganz schön besäuselt mit der Alten nach Hause kam und Einlass verlangte, habe ich ihm gesagt, dass er am Fußende im Bett bei seiner Mama schlafen könne.«

Zu Hause berichtete Agga erst kurz vor dem Zubettgehen von dem Erlauschten. Während Oma die Haken und Ösen ihres Korsetts löste, erzählte sie von diesem Erlebnis der Pflegetochter bei den feineren Herrschaften in der Stadt, wie sich Gastgeber, Ehemann und Schwiegermutter benommen hätten, und als sie ihren Bericht beendet hatte, saß Oma mit dem Kampferfläschchen in der Hand im Nachthemd auf der Bettkante, brachte es aber nicht fertig, sich die Fußsohlen einzureiben. Sie wollte ganz genau wissen, wie sich die Schwiegermutter verhalten hätte, und zweimal wiederholte Agga diesen Teil des Berichts. Lange saß sie stumm mit dem Kampferfläschchen im Schoß, stand dann auf, blickte aufs Meer hinaus, das die Wellen ans Ufer warf, bis sie schließlich den Deckel aufschraubte und sagte: »Ist sie noch ganz bei Trost? Sie hat keine Ahnung, was sie erwartet, die Ärmste.«

Die Arztwitwe schien sich alle Mühe geben zu müssen, in den Wochen bis Weihnachten bei Trost zu bleiben, denn die Schwiegertochter strotzte geradezu vor Einfallsreichtum und Tatendrang. Fast konnte man glauben, dass sie ihre Aktionen minuziös geplant und womöglich sogar einen exakten Zeitrahmen dafür ausgearbeitet hatte.

Freyja hatte ihren Mann an das Fußende des mütterlichen Betts verwiesen, was er wohl nicht befolgt hatte, denn er hatte augenscheinlich in der Kammer geschlafen. Selbst wenn Agga über die ungeschriebenen Regeln der Ehe nicht ganz genau Bescheid wusste, so war ihr doch klar, dass in diesem Haushalt schwer gegen sie verstoßen wurde. Wenige Worte wurden zwischen den Eheleuten gewechselt, es herrschte Eiseskälte im ganzen Haus.

Mette war hektisch und sprach nichts als Dänisch, aber die Arztwitwe schien den Zustand in vollen Zügen zu genießen, denn jetzt hatte sie den Sohn zu den Mahlzeiten und am Abend ganz für sich. Freyja war ewig unterwegs, mal war sie daheim in der Sonnenstraße oder bei Hilli unten in der Apotheke, mal bei Dísa, oder sie ging ewig im Herbstregen auf dem Felsenhügel spazieren.

Ständiger Regen und zunehmende Dunkelheit hatten offensichtlich Einfluss auf das Seelenleben von Björn Theodór, denn Agga beobachtete, wie er seine Frau anstarrte, wenn sie woandershin blickte, sah, wie er sie mit den Augen die Treppe hinauf verfolgte, in die Küche oder zur Tür hinaus.

»Wie ein hungriger Wolf«, sagte Agga verächtlich zu Emelía.

»Er sehnt sich nach ihrer Umarmung«, flüsterte Emelía erregt und heiser.

Eines Tages verschlug es die völlig durchnässte Agga in die Küche zu Mette, die ungewöhnlich kurz angebunden und fast patzig war, und das hatte seine Gründe. Im Flur lag ein Haufen leerer Kartons und zusammengeknülltes Papier.

»Deine Tante war einköben in Reykjavík«, sagte Mette aufgebracht, als ob Agga daran schuld sei.

Agga bahnte sich ihren Weg die Treppe hinauf, und mitten im Zimmer saßen die Tante und Hilli und schwatzten. Neues Mobiliar stand im ganzen Zimmer herum, ein Sekretär, ein Tisch mit geschwungenen Beinen, hochglanzlackierte Stühle, ein aufgerollter Teppich, Töpfe und eine Kaffeekanne, ein Porzellanservice, eine Kanne und Kerzenhalter aus Silber.

»Wer hat das denn gekauft?«, fragte Agga wie vom Schlag gerührt.

»Die Dame aus Hamburg*«, antwortete die Tante, und dann lachten sie. Hilli bot ihr Sprudel an und sagte, dass Freyja für das neue Haus eingekauft habe, was denn sonst.

Agga wunderte sich über den Einfall, etwas für ein Haus zu kaufen, dass noch nicht gebaut war, und das dürfte ja wohl auch eine Kleinigkeit gekostet haben. Was würde die Arztwitwe zu all den Kartons da unten sagen?

Freyja hatte auch einen Plattenspieler gekauft. Während Agga mit der Sprudelflasche dasaß, spielten sie amerikanische Tanzmusik, wippten mit einem Fuß im Takt und zündeten sich Zigaretten an. Agga saß wie auf Kohlen vor lauter Angst, dass Freyja mit all ihrem Kram aus dem Haus geworfen würde. Immerhin konnte sie feststellen, dass nicht länger in der Kammer geschlafen wurde, und schloss daraus, dass die Eheleute das Bett wieder miteinander teilten.

Als sie Oma diese Neuigkeiten zutrug und den Zustand im

* »Die Dame aus Hamburg« heißt ein isländisches Gesellschaftsspiel, vergleichbar dem deutschen »Nähkästchen«.

Haus am Bach schilderte, sagte Oma ganz lapidar: »Tja, sie braucht ja schließlich auch eine Einrichtung.«

Dísa, die niemals ein feineres Haus als das von Großmutter betreten hatte, geriet völlig aus dem Häuschen, als Freyja sie unbedingt zum Kaffee einladen wollte. Als ihr in der Garderobe der abgetragene Mantel abgenommen wurde, trat sie in ihrer Aufregung und Verlegenheit abwechselnd auf ihre Schuhe oder Freyja auf die Füße, sie hustete und nieste, stieß mit den Zehen an Türschwellen und drückte sich an der Wand entlang, die Hände auf der Brust gefaltet, als wäre sie im Kloster. Der Kaffee wurde im Salon eingenommen, getrunken aus dem Porzellanservice der Arztwitwe, und die Unterhaltung ging so stockend, dass das Zuhören qualvoll war. Dísas Besuche wurden danach aber häufiger, und an den Nachmittagen, wenn der Hausherr nicht da war, fand sie allmählich Gefallen daran, in teuren Sesseln zu sitzen und aus kostbarem Geschirr zu trinken. Die Seniordame des Hauses hingegen fand das nicht ganz so erfreulich, denn einmal in der Woche pflegte sie die feinen Damen des Ortes zum Teekränzchen einzuladen, und mindestens zweimal war es vorgekommen, dass der Salon besetzt war, als die Damen erschienen. In beiden Fällen hatte sie das Esszimmer benutzen müssen.

Eines Abends, als die Familie beim Abendessen saß und Agga mit eingeladen worden war, fragte die alte Dame mit dem Sohn an ihrer Seite in eisigem Ton, ob vielleicht irgendeine Möglichkeit bestünde, dass die junge Frau an den betreffenden Tagen die oberen Räume benutzen könne, aber die junge Frau antwortete noch kälter: »Ich wohne hier, und außerdem ist das Wohnzimmer oben voller Möbel.«

Agga beugte sich tief über ihren Teller, sah aber aus den Augenwinkeln den stahlharten Blick, den Freyja ihrer Schwiegermutter zuwarf. Zu ihrer Verwunderung war ein Funken von Angst im Blick der alten Dame. Sie hatte sich offensichtlich noch nicht an die Farbe von Freyjas Augen gewöhnt.

»Meiner Meinung nach ist es an der Zeit, eine Lösung für dieses Problem zu finden«, sagte Björn Theodór, hatte aber mehr Interesse am Essen als an denen, die es anging.

Eines Tages war ihr die Alte zuvorgekommen und hatte, bevor Freyja sich versah, den Kaffeetisch für ihre Gäste im Salon gedeckt.

»Der Salon ist besetzt, wie du siehst«, sagte die Arztwitwe brüsk.

Freyja lächelte liebenswürdig und erklärte, dass sie den Kaffee für ihre Freundin dann oben servieren würde. Dazu fehle ihr aber ein wenig Geschirr, und mit diesen Worten riss sie die feinen Wohnzimmerschränke auf, stellte Tassen, Teller, Zuckerdose und Milchkännchen auf ein Tablett, während die Alte hinter ihr von einem Fuß auf den anderen trat, und drehte sich dann so abrupt um, dass das Service vom Tablett rutschend der Schwiegermutter entgegenstürzte und auf dem Boden in tausend Scherben ging. Das Porzellan aus der Königlichen Manufaktur, in Kopenhagen gekauft.

Mette und Agga rannten in die Küche, als würden sie vor einem Luftangriff in Deckung gehen. Sie hörten, wie die Arztwitwe wegen der unersetzlichen Erbstücke jammerte, und sie hörten auch, wie Freyja, nachdem die andere mit ihrer Litanei fertig war, sanften Tones sagte: »Ach, meine Liebste, warum musstest du mir auch im Weg stehen?«

Mette war es, die über den Fußboden kroch und die Scherben aufsammelte. Freyja ging nach oben, als ob sie die Sache nichts anginge, die Arztwitwe hingegen war derartig erregt, dass sie sich legen musste.

Freyja verabscheute Katzen, und da diese Abneigung gegenseitig war, wurden bei Begegnungen keinerlei Höflichkeitsfloskeln verschwendet. Die drei Katzen waren die Lieblinge der Arztwitwe, ihre Miezen, moppelig und behäbig. Sie schliefen zu ihren Füßen, lagen häufig auf dem Balkon in der Sonne, fraßen von besonderen Tellern vor Mettes Küchenherd und hatten ihr Katzenklo in einem Eisenkasten in der Besenkammer.

»Überall dieser Katzengestank«, regte sich Freyja jedes Mal auf dem Weg nach oben auf, doch der Ingenieur, der dann permanent schnüffelte, behauptete, den besagten Katzengeruch keineswegs wahrnehmen zu können. Freyja müsste auch Verständnis dafür haben, dass diese Katzenliebe nach dem Tod seines Vaters eine Art Ersatz sei.

Agga, die mit Katzen aufgewachsen war, behandelte die Schützlinge der Arztwitwe gut, was sowohl diese als auch die alte Dame zu schätzen wussten, aber sobald die Schritte von Freyja im Haus zu hören waren, rief sie die Katzen zu sich, als ob sie sie vor einer tödlichen Epidemie bewahren wollte.

In der Stadt gab es einen Kater, den die Kinder Lúsi Miezenjäger nannten, weil er sich ohne Rücksicht auf Verluste über Katzen jeglichen Alters hermachte. Außerdem war er bekannt für seine geselligen Zusammenkünfte. Er hatte die Angewohnheit, sich durch offene Fenster von Vorratskammern einzuschleichen, dicht gefolgt von seinen Kumpeln, um dort große Gelage zu veranstalten. Davon war man im Ort alles andere als begeistert, und es war häufig die Rede davon, dass man Lúsi den Garaus machen müsste. Aber dann waren da noch die verflixten Mäuse, ganz zu schweigen von den braunen, grässlichen Ratten am Strand, die bei Frost die Kanalisation heraufkrochen. Solange sich Lúsi auf freiem Fuß befand, waren die Häuser vor ihnen sicher.

Agga war nicht wenig verwundert, als sie sich eines Tages Mettes Küchentür näherte und sah, wie Freyja im Licht der Herbstsonne in der Tür stand und Lúsi und seine Kumpane mit gekochtem Kabeljau bewirtete.

»Wir müssen uns um die streunenden Katzen kümmern, liebe Agga«, sagte sie, als sie Aggas fragende Miene sah. Der schwanz- und ohrenlose Lúsi würdigte Agga keines Blickes, miaute aber Freyja beifällig an. Die Katzen der alten Dame aber lagen auf der Lauer und behielten den Miezenjäger vom Balkon aus im Auge. Agga begriff nicht, worauf Freyja hinauswollte, aber Lúsi brauchte nichts zu begreifen, von nun an war er mit seinem Gefolge, das ähnlich aussah wie er selbst, immer zur Stelle und maunzte unverschämt am Kücheneingang. Mette traute sich nicht hinaus. Wenn niemand in der Tür erschien, wurde er sauer und vergriff sich an dem Fisch, der an den Geländern der umliegenden Häuser zum Trocknen aufgehängt war. Freyja gegenüber war er der vollendete Kavalier, setzte sich artig hin und wartete, solange sie frischen Schellfisch holte, denn auf die Sorte war er besonders scharf.

Bei Großmutter gab es fünfmal in der Woche Fisch, aber im Haus am Bach nur montags und freitags. Donnerstags stellte sich Agga deswegen immer pünktlich zu dänischen Frikadellen ein, hörte sich das Hörspiel im Radio an, während sie Modepuppen zeichnete. Meistens bot ihr Freyja gegen neun Uhr Pralinen an.

Es war schon ganz dunkel, als Agga wie gewohnt donnerstags zum Abendessen über die Brücke ging und zwischen den Häusern aufs Meer blickte, wo einige Boote unter zuckenden Nordlichtern in den Hafen einfuhren. Aus einigen Schornsteinen stieg der Rauch friedlich in die kühle Abendluft hoch, und sie dankte einem gütigen Geschick dafür, an zwei Stellen essen zu können. Die Leute im Haus am Bach waren inzwischen daran gewöhnt, sie mit am Tisch zu haben, und wenn sie nicht kam, fragte die alte Dame Mette, wo das Kind sei.

Am Esstisch herrschte dieselbe Ruhe wie draußen auf der Brücke. Freyja schob das Essen mal im Uhrzeigersinn und mal entgegengesetzt auf dem Teller herum, während Agga und Björn Theodór eine doppelte Portion aßen. Die Arztwitwe sah angegriffen aus und sagte, sie werde nicht zur Versammlung des Frauenvereins gehen, und der Sohn, der den Abend beim Debattierclub mit einer Rede eröffnen sollte, war ganz in Gedanken versunken und nickte nach jedem Bissen mit dem Kopf, als ob er vor versammelter Menge spräche. Nach der Mahlzeit, als der Redner gegangen war, begab sich die Arztwitwe mit dem Konservativenblatt in den Salon und machte es sich in ihrem Lieblingssessel bequem. Agga hingegen folgte Freyja nach oben und war auf einen gemütlichen Abend mit Pralinen und Radiohörspiel gefasst. Gegen neun Uhr verschwand Freyja aus dem Zimmer, kam aber kurz darauf zurück, auf den Lippen ein Lächeln und in der Hand eine Pralinenschachtel, die sie Agga reichte.

Das Hörspiel war noch nicht zu Ende, als Schreie aus dem Salon ertönten. Einen Augenblick lauschten sie, und reaktionsschnell wie Agga war, sauste sie sofort die Treppe hinunter. Mette kam im Nachthemd verschlafen und zerzaust aus ihrem Zimmer, und zusammen stürzten sie in den Salon. Sie standen zunächst wie vom Donner gerührt, so entsetzt waren sie über den Anblick, der sich ihnen bot.

Der Salon wimmelte von fauchenden Katern und Katzen. Sie waren durch das Kreischen vollends durchgedreht und hatten Vasen und gerahmte Fotografien umgerissen. Allen voran Lúsi, der die Aufgabe übernommen hatte, die alte Dame aus dem geselligen Beisammensein zu vertreiben. Sie stand jammernd und händeringend mitten im Zimmer, als ob ihr letztes Stündlein geschlagen hätte. Zwischen den Katzen des Hauses und den hergelaufenen Katern fand eine wilde Verfolgungsjagd statt. Als Agga und Mette sich in den Tumult einschalteten, wurde alles noch schlimmer. Gardinen flatterten hin und her, Topfblumen tanzten auf der Fensterbank und Läufer mit Kristallschalen darauf rutschten von Tischen und Schränken. Lúsi machte einen Buckel und fauchte, sprang die alte Dame an und krallte sich in ihren Busen. Schließlich siegte der Zorn bei Agga und Mette über die Angst, sie rannten, um Besen zu holen, rissen die Haustür auf und bliesen zum Angriff gegen diese Kanaillen. Es dauerte eine ganze Weile, bis es ihnen gelang, die Biester hinauszujagen. Zu diesem Zeitpunkt war die Dame des Hauses einer Ohnmacht nahe und musste ihre Herztropfen nehmen. Die drei Katzen schlichen sich in die Küche, um zu fressen. Mette kümmerte sich um die Arztwitwe, Agga holte Wasser und Waschlappen, und gemeinsam versuchten die beiden, sie zu beruhigen. Die Katzeninvasion war zu viel für sie gewesen, sie war leichenblass und zitterte so, dass sie nicht einmal ein Glas halten konnte. Mette wollte den Arzt holen, aber das wollte sie auf keinen Fall. Sagte, sie sei ein wenig über der Zeitung eingenickt, und als sie aufwachte, wäre der Salon voll von streunenden Katzen gewesen.

»Wer hat denn die Katzen hereingelassen«, sagte Mette streng und schaute auf Agga, die sich aber solche Unterstellungen verbat, denn sie hätte selbst eine fürchterliche Angst vor Lúsi, und es wäre wohl das Letzte, was ihr einfiele, dieses Untier in ein Haus zu lassen, in dem sie sich selber aufhielt.

»Was geht hier eigentlich vor?«, hörten sie Freyja sagen; sie war genauso leise wie die Katzen hereingekommen. Als sie in groben Zügen die Beschreibung des Aufruhrs vernommen hatte und auf den Schwächeanfall der Schwiegermutter aufmerksam gemacht worden war, stützte sie die Hände in die Hüften und sagte verwundert: »Merkwürdig, und ich war der Überzeugung, dass Frau Schwiegermama Katzen liebt?«

Es konnte nie klargestellt werden, wie die Katzenhorde hereingekommen war. Man hielt es für wahrscheinlich, dass ein Fenster im Salon offen gewesen war und dass sie sich da hineingezwängt hätten, obwohl dies keineswegs die klassische Einstiegsmethode von Lúsi und Konsorten war. Agga hingegen hegte einen schlimmen Verdacht, schwieg aber.

Kaum jemandem konnte aber verborgen bleiben, wie die Schnapsbrüder ins Haus gelangten, denn sie marschierten am helllichten Tag zum Haupteingang herein.

Vertrauter Geruch von Rädelkuchen lockte Agga zu Mettes Küchentür, die dankbar das Angebot auf Hilfe beim Schneiden und Rädeln annahm. Sie waren ganz vergnügt beim Backen, allein im Haus, als Freyja im Pelzmantel den Gartenweg hochkam mit Heerscharen von Pennern im Gefolge. Sie wankten hinter ihr her, dreckig, aber mit entschlossener Miene, spuckten nach rechts und links auf die verwelkten Stiefmütterchen in den schon gefrorenen Blumenbeeten. Agga wurde blutrot im Gesicht, weil sie sich für die Familie schämte, und Mette bekreuzigte sich. Anführer der Truppe war Ellis Hänschen und das Schlusslicht bildete Jonni Heulboje.

Die Dame steckte den Kopf zur Küchentür herein und gab ihrer Freude über die Backerei Ausdruck, weil sie gerade einige hungrige arme Schlucker mit nach Hause gebracht hätte.

»Ich kann denen nicht in die Kökken haben«, stammelte Mette, und das Entsetzen stand ihr ins Gesicht geschrieben.

»Seit wann empfangen wir Gäste in der Kökken, liebe Mette?«, sagte Freyja und bat sie freundlich, Kaffee zu kochen und Rädelkuchen im Salon zu servieren. Uringeruch und Schnapsfahnen drangen in die Küche, als die Gäste vorbeimarschierten. Die beiden in der Küche schauten sich mit geröteten Gesichtern ratlos an, und Agga sagte, lieber wolle sie sterben, als diesen Saufbolden Kaffee bringen. Mette häufte das Gebäck auf einen Kuchenteller und stürmte in den Salon, dass es nur so rauschte.

»De sidder i de broderede stole«, sagte sie und war den Tränen nahe, als sie zurückkam, vor Erregung bekam sie nichts anderes als Dänisch heraus.

Agga verstand die Welt nicht mehr, die Frau war übergeschnappt, wie jeder sehen konnte. Um die Bescherung in Augenschein zu nehmen, schlich sie sich zum Salon und lugte hinein. Ellis Hänschen saß im Rokokostuhl mit der Gobelinstickerei, so viel stand fest, die Beine übereinander geschlagen wie ein Gutsherr, die Zehen starrten aus beiden Socken hervor, und er rauchte eine dicke Zigarre. Ihm gegenüber saß Jonni Heulboje im Plüschsessel der Dame des Hauses, und im Sofa hockte Tobbi Sprit zwischen zwei Kumpanen. Aus den ekligen, völlig verschlissenen Klamotten blickten aufgedunsene Gesichter mit schwarzen Bartstoppeln und bis in die Augen hängenden Haaren. Agga hätte kotzen mögen. Die Tante ging zwischen ihnen hin und her und schenkte zuvorkommend ein.

»Wir sind alle Seeleute, meine Dame«, hörte sie Ellis Hänschen heiser sagen. »Und meine ganze Familie. Mein Großvater segelte mit einem französischen Schoner nach Bordoo.«

»Das war dein Urgroßvater, du verdammter Lügenbold«, kreischte Tobbi Sprit.

»Das spielt doch keine Rolle, welcher von den beiden Kerlen es war, sie sind doch sowieso mausetot«, jammerte Jonni Heulboje.

»Das bist du auch bald, wenn du nicht mit diesem verdammten Gewinsel aufhörst«, sagte Hänschen.

»Nicht doch, meine Herren, wir wollen doch nicht zanken«, sagte Freyja freundlich.

»Was für eine hinreißende Dame«, seufzte Hänschen der Versammlung vor.

»Sie ist göttlich«, maunzte Jonni weinerlich.

»Da hast du Recht, du Jammerlappen«, fuhr Hänschen fort, »seine Göttlichkeit da oben hat sich im Vergleich zu ihr wenig um uns gekümmert. Er hat uns nicht aus der Kälte zu Kaffee und Kuchen hereingeholt. Uns ist in letzter Zeit so verdammt kalt gewesen, gnädige Frau, kalt bis ins Innerste, um die Wahrheit zu sagen, und eigentlich ist uns noch immer eiskalt, so ein verdammter Mist. Eigentlich bräuchten wir Herztropfen vom Doktor oder eine vergleichbare Mixtur. Sie sind wohl nicht in der glücklichen Lage, so etwas im Haus zu haben, meine Gnädigste?«

»Es könnte gut sein, dass ich ein Stärkungsmittel für euch habe«, sagte sie, ging zum Schrank und holte eine große Flasche mit einem auffälligen Etikett hervor. Die Kerle reckten die Hälse und gurrten wie die Tauben.

»Donner und Doria, das habe ich nicht getrunken, seit die Amis weg sind«, wieherte Tobbi.

Agga stockte hinter der Tür der Atem, als ihr klar wurde, von welcher Art die Herztropfen waren. Einen Augenblick kam ihr der Gedanke, nach Hause zu laufen, denn niemand wird für etwas beschuldigt, wenn er nicht dabei war, wie Großmutter sagte, aber sie endete in der Küche bei Mette, die aus lauter Nervosität einen Rädelkuchen nach dem anderen verschlang. Keine von beiden sagte einen Ton, sie warteten eigentlich nur auf den Weltuntergang.

Die geübten Säufer brauchten nicht viel Flüssigkeit, bis Knittelverse und Schlager nur so aus ihnen heraussprudelten, einzelne Zeilen wurden gesungen, der Rest wurde geträllert. Agga quälte die Scham im Herzen, weggehen oder bleiben, alles war gleich schlimm. Was würden die anderen Kinder sagen, wenn sie erführen, dass die feine Tante die schlimmsten Säufer der Stadt in den besten Salon eingeladen hatte?

»Ach, du grüne Neune«, murmelte Agga genau wie ihre Oma, als sie die Arztwitwe kerzengerade mit ihrer besten Freundin an der Seite, der Präfektengattin, über die Brücke kommen sah, aber trotz ihrer Würde und Vornehmheit watschelte sie ein wenig. Mette hatte ebenfalls gesehen, wer da kam, sie sahen sich viel sagend an und vereinbarten stillschweigend, den Mund zu halten und die Schuldige selbst Rechenschaft ablegen zu lassen. Das Singen im Salon wurde lauter, Stühle knarrten, und Tassen wurden auf den polierten Glastisch geknallt. Die Damen traten plaudernd ein, dann verstummten sie plötzlich, standen wie angewurzelt im Flur, lauschten und flüsterten, rissen dann Mettes Küchentür auf und fragten mit zittriger Stimme, was eigentlich los sei. Mette schaute mit gesenktem Kopf zu Agga hinüber, die mit den Achseln zuckte und sämtliche Finger knacken ließ. Welcher Anblick sich den Frauen bei ihrem Eintritt in den Salon bot, erfuhren sie nie ganz genau, sie verfolgten den Belagerungszustand nur aus der Ferne, als ob es sich um ein ganz normales Hörspiel im Rundfunk handelte. Agga mochte der Schande ihrer Familie nicht ins Auge blicken.

Die Sänger verstummten, als ob man ihnen Rädelkuchen in den Rachen gestopft hätte, und Frauenstimmen wurden hörbar.

»Die klingeln jetzt der Politi an«, sagte Mette, die die Ereignisse durch einen Spalt in der Küchentür verfolgt hatte.

Es dauerte nicht lange, bis die grüne Minna mit der Obrigkeit an Bord vorfuhr. Magnús und Gústaf schwangen sich aus den Vordersitzen, doch die Sänger waren weniger schwungvoll, als sie aus dem feinsten Haus am Ort abgeführt wurden. Sie waren ganz und gar nicht gewillt, sich von den Herrlichkeiten und den so wohl duftenden Frauen loszureißen.

»Ich will eine Einzelzelle«, sagte Ellis Hänschen schroff zu Magnús, »ich schlafe nicht bei diesen verpissten Gestalten.«

Jonni Heulboje fragte Magnús, ob er wüsste, was es auf der Wache zu essen gäbe?

»Was, zum Teufel, gibt es wohl bei diesen dürren Gestalten zu fressen«, brüllte Tobbi Sprit, »haben wir nicht letztes Mal irgendwelchen vergammelten Seelachs gekriegt, wa?«

»Das war luftgetrockneter Schellfisch, Thorbjörn«, berichtigte Magnús abweisend, griff ihm unter den Arm und versuchte, ihn mit Gewalt zur Tür hinauszuschieben. Tobbi leistete Widerstand, doch da drohte Magnús ihm mit Handschellen, und das wirkte.

»Ich war noch nie in Handschellen, das kann ich dir sagen, Maggi Maus«, sagte er weinerlich. »Und außerdem verlange ich Pökelfleisch.«

»Das besprichst du am besten mit Thórdur«, sagte Magnús und ließ sich nicht aus der Ruhe bringen.

»Ich bespreche das, verdammt nochmal, nicht mit Thórdur,

ich bespreche das mit dem Bürgermeister, das sage ich dir«, brüllte Tobbi.

Als es schließlich gelungen war, sie auf die Treppe hinauszubugsieren, wandte Magnús sich an Freyja, die gerade auf dem Weg nach oben war, so als ob sie das Ganze nichts anginge. Er fragte sie höflich, ob sie mit auf die Wache kommen und den Vorfall zu Protokoll geben wolle. Freyja blickte ihn desinteressiert an und sagte, sie habe nichts mit der Polizei zu besprechen. Sie hätte sie ja schließlich auch nicht gerufen. Hingegen würde sie mit dem Bürgermeister über obdachlose und hungernde Mitbürger sprechen, und die Gleichgültigkeit, die ihnen seitens der Stadtverwaltung und diverser Frauenvereine entgegengebracht würde, die doch angeblich Wohltätigkeit auf ihre Fahnen geschrieben hätten.

Die Anwesenden renkten sich beinahe die Hälse aus und standen wie angenagelt.

Obwohl Agga die Geschichte nur Oma und Kidda weitererzählte, ging sie wie ein Lauffeuer durch den ganzen Ort und erregte ungeheures Aufsehen und Gerede. Viele warfen Freyja mangelndes Standesbewusstsein vor, sich diese Säufer ins Haus zu holen und ihnen den besten Whisky des Hausherrn anzubieten, aber es gab auch andere Stimmen, und es hatte fast den Anschein, dass sich in den besseren Häusern so etwas wie Schuldgefühle breit machten. Freyja hatte einen wunden Punkt berührt. Um Säufer und Asoziale hatte sich die Stadtverwaltung bislang nicht gekümmert, sondern um Straßenbau, Fischerei und Stromversorgung. Denn selbst wenn Obdachlose hier und da im Ort irgendwelche Bruchbuden zugewiesen bekamen und zu Zeiten großer Arbeitslosigkeit Armenunterstützung erhielten, war es doch so gut wie ein ungeschriebenes Gesetz, sich so wenig wie möglich mit dieser Sorte Mensch abzugeben. Obwohl es nicht laut gesagt, sondern nur im Stillen gedacht wurde, hielt man sich an die Regel: Versager sind selber schuld.

Frau Freyja ging noch selbigen Tags zum Bürgermeister, ohne seine affektierte Sekretärin eines Blickes zu würdigen, und sprach mit ihm unter vier Augen. Es wurde behauptet, dass er nach diesem Gespräch sehr geistesabwesend gewesen und mit dem Kleiderbügel im Mantel nach Hause gegangen sei.

Mette erzählte Agga später, dass es am Abendbrottisch ungewöhnlich schweigsam zugegangen sei, der Herr das Hauses hätte sich nur wenig über die Sache ausgelassen, eigentlich so gut wie gar nichts gesagt, aber Salz über den Reispudding gestreut statt Zimt. Freyja hingegen hätte zum ersten Mal wie ein normaler Mensch gegessen. Die alte Dame wäre nicht zum Essen erschienen, sondern hätte in ihrem Zimmer gesessen und sich mit beiden Händen den Kopf gehalten.

Freyja ließ es dabei aber nicht bewenden. Am Tag darauf, als man allenthalben satt und halb schläfrig nach dem Mittagessen wieder zur Arbeit ging, verklagte sie die Polizisten Magnús und Gústaf beim Präfekten wegen Hausfriedensbruchs, da sie eingedrungen und Gäste hinausexpediert hätten, die niemandem lästig gefallen oder etwas zuleid getan hätten, sondern nur sie, die Gastgeberin, mit mehrstimmigem Gesang unterhalten hätten.

Das Städtchen hielt den Atem an. Die Umstände waren derart, dass man unmöglich zu einem Konsens kommen konnte, für wen man Partei ergreifen sollte. Die Präfektengattin hatte ihren Neffen auf der Wache angerufen, der der Untergebene ihres Mannes war, welcher wiederum der beste Freund des Ehegatten der Klägerin war. Die Sache verhielt sich deswegen reichlich kompliziert. Aber war es denn unnatürlich, dass der Polizist schnell reagiert hatte, als seine Tante, die Ehefrau seines Vorgesetzten ihn um Hilfe baten? Einige waren der Meinung, dass der Polizei nur recht geschähe, andere fanden, dass Freyja sich dem jungen Mann gegenüber ziemlich hartherzig verhalten habe, besonders angesichts der Tatsache, dass Magnús einmal so gut wie ihr Liebhaber gewesen war. Dieser Meinung war auch Großmutter, denn schließlich hatte sie seit langer Zeit eine Vorliebe für Magnús, und es hatte den Anschein, als ob Freyja ihren Standpunkt in der Sache ahnte, denn sie ließ sich in diesen Tagen nicht in der Sonnenstraße blicken. Agga wiederum ließ sich nicht auf der Polizeiwache blicken.

Einige Tage lang herrschte eiserner Status quo. Magnús und Gústaf erschienen regelmäßig zur Arbeit, oft leicht gerötet im Gesicht, aber ansonsten völlig normal. Das Gerücht ging um, dass Freyja gedroht hatte, mit der Klage bis zum Justizminister zu gehen, falls der Präfekt nichts unternehmen würde, und dass Björn Theodór sie angefleht habe, ihre Klage zurückzuziehen.

Die Sache kam wieder in Schwung, als der Präfekt sich persönlich zu Freyja begab, um einen Kompromiss herbeizuführen. Agga war ungeheuer froh, dass sie zufällig im Hause war, als er kam, und da ihre Anwesenheit im Salon nicht erwünscht war, setzte sie alles aufs Spiel und kletterte in die Birke, die dicht am Fenster des Salons stand. Von da aus konnte sie zumindest Gestik und Mimik der Beteiligten beobachten, selbst wenn sie natürlich nicht hören konnte, was gesprochen wurde. Agga fand, dass sie während dieses Gesprächs unnötig dicht beieinander saßen, und außerdem waren Blicke und Händedruck fast zu innig, wenn man bedachte, dass es bei diesem Treffen um ernsthafte Dinge ging.

Am gleichen Abend erfuhren die Leute, dass Freyja bereit war, ihre Klage zurückzuziehen, allerdings nur unter gewissen Bedingungen. Die Arztwitwe, die Präfektengattin, Magnús und Gústaf sollten sie in Anwesenheit von zwei Zeugen aus dem Präfektenbüro um Entschuldigung bitten. Durch eine Ritze in der Küchentür beobachtete Agga die Menschenansammlung im Flur und hörte, wie alle nacheinander um Entschuldigung baten. Magnús stand kerzengerade, frisch barbiert und duftend, und trug seine Entschuldigung mit wohlgesetzten und geradezu poetischen Worten vor. Gústaf klang dabei eher wie ein blökendes Schaf, wohingegen die Damen hochmütig zurückgeworfenen Hauptes und mit roten Flecken auf den Wangen um Entschuldigung baten.

Diejenige, die um Entschuldigung gebeten wurde, blickte eine Weile auf die Zeugen, denen sich die Kiefer ausgerenkt zu haben schienen, zog ein wenig die Brauen hoch, gähnte und ging mit halb geschlossenen Augen nach oben, ohne die Versammlung auch nur eines Wortes zu würdigen.

Das Liebesleben junger Frauen

Großvater lachte laut, als Großmutter ihm erzählte, wie Freyja mit den feinen Damen des Ortes aneinander geraten war. Es war aber keineswegs ihre Absicht gewesen, ihn zu amüsieren, sondern sie wollte ihn eigentlich eher ärgern, denn er hatte sich unmittelbar im Anschluss an den Heringsfang auf einem Trawler anheuern lassen, ohne in der Zwischenzeit nach Hause zu kommen, und sie tat sich sehr schwer damit, ihm das zu vergeben. Es war ganz eindeutig, dass Freyja in Großvaters Achtung gestiegen war, und er erklärte wiederholt, wie erstaunlich gut sie sich gegen die Reaktionäre behauptet hätte. Großmutter sagte, dass er die Dinge wie immer missverstehe.

Sowohl Großvater als auch Bibliothekar Einar glaubten daran, dass den Genossen bessere Zeiten bevorstünden, und sie konnten endlos über die Rückschläge bei den Konservativen reden und über die Entschlossenheit des Volkes, menschenwürdige Verhältnisse herbeizuzwingen, entweder im Guten oder im Bösen, aber möglichst, indem man im Frühjahr richtig wählte.

»Dass ihr euch ständig über die Konservativen aufregen könnt«, sagte Großmutter vorwurfsvoll. »Die sind sowieso nicht kleinzukriegen, und niemand redet über sie, nur über die Bauernpartei, weil die nichts zustande bringen.«

»Verschon mich bloß mit dieser Partei«, sagte Großvater.

An dem Tag, als der dritte neue Trawler der städtischen Reederei an Land kam, wehte eine frische Brise, und die See war so bewegt, dass die Wellen über das Nordende des Kais schwappten. Das Meer roch so stark, dass es den Leuten in die Nase stieg, aber trotzdem hatte sich eine Menschenmenge versammelt, um das neue Schiff in Empfang zu nehmen. Die Männer mit Brillantine in den Haaren und die Frauen mit Handtaschen und Hüten, die sie festhalten mussten. Großvater stand in der Gruppe der Seeleute, die alle Schirmmützen trugen und mit den Händen in den Taschen nach Westen blickten. Ob sie in die Richtung blickten, aus der der Trawler kommen sollte, oder auf die Eheleute aus dem Haus am Bach, die, hoch gewachsen wie sie waren, an ein dänisches Königspaar erinnerten, war nicht klar, aber es entging Agga keineswegs, welche Aufmerksamkeit das Paar erregte. Bevor noch irgendetwas von dem Schiff zu sehen war, frischte der Wind noch mehr auf, und Kleider und Mäntel klebten an weiblichen Schenkeln und Hosen an männlichen Storchenbeinen. Magnús und Gústaf standen wichtigtuerisch am Südende des Kais, die Uniformmütze mit einem Band unter dem Kinn festgebunden, damit sie nicht aufs Meer hinausgefegt würde, und sie drehten der Menge den Rücken zu. Sie hatten beide ansehnliche Ober- und Unterschenkel.

Endlich sah man den Trawler deutlich am Horizont. Als er sich, die Besatzung im Steven und fahnengeschmückt, dem Kai näherte, klatschte man heftig und schnäuzte sich. Die Besatzung blickte stolz über die versammelte Menge und warf dann die Leinen zum Vertäuen. Nach Reden und Geschwätz, dem Agga nicht zuhörte, stellte sich die Menge in einer Reihe beim Landgang auf, denn man wurde nur schubweise reingelassen. Die Kinder schummelten und drängelten sich vor, kamen deswegen als Erste an Bord und konnten alle Kojen ausprobieren und Milch beim Schiffskoch bekommen. Agga war wieder auf dem Weg zurück an Land, als sie sah, wie Magnús da stand und mit dem Steuermann redete. Er schaute sie kurz an, als sie vorbeiging, und sein Blick war so merkwürdig, dass Agga anfing, sich den Kopf darüber zu zerbrechen, ob er ernsthaft böse auf sie und ihre Familie sei.

Gegen Abend legte sich auf einmal der Wind, und etwa zur selben Zeit hatte Agga genügend Mut gesammelt, um dem Hüter des Gesetzes einen Besuch abzustatten. Aus dem Radio dröhnten die Todes- und Beerdigungsanzeigen, aber niemand war da, um zuzuhören, nur die Mützen lagen auf den Regalen. Schwarz auf dem Schachbrett am Fenster ging zum Angriff über. Agga wusste nicht so recht, ob sie gehen oder bleiben sollte, sah aber dann Magnús aus den Zellen kommen.

»Sitzen viele ein?«, fragte sie und versuchte, wie ein Honigkuchenpferd zu strahlen.

Er würdigte sie keiner Antwort, setzte sich und zog an den Bügelfalten seiner Hose, schlug den weißen Springer, fuhr sich mit den Fingern durchs Haar, nahm einen Stift und schrieb einige Sätze. Sagte dann zögernd und ein wenig näselnd, als ob er mit sich selber spräche und sie überhaupt keine Rolle spielte: »Hier gibt es keine Säufer mehr, Aggalein, Ellis Hänschen ist verschwunden, und die anderen sind in einem feinen Krankenhaus in Reykjavík. Ich dachte, du wüsstest das, bist du denn nicht ewig bei deiner feinen Tante?«

»Sind sie im Krankenhaus? Werden sie dann operiert oder so etwas?«

»Nein, sie sind auf Entzug, die Kerle.«

»Sind sie auf Entzug, was wird ihnen denn entzogen?«

»Na, der Schnaps, was denn sonst.«

Agga starrte ihn an. Fragte dann schließlich nach dem Vorbild von Oma:

»Kommt das oft vor?«

»Kommt was oft vor?«, sagte er und schaute sie endlich an.

»Das?«

»Das was?«, sagte er und wurde erregt. »Ich weiß nicht, ob es häufig vorkommt, dass Saufbolde bei feinen Damen zum Kaffee und noch etwas mehr eingeladen werden, um dann im Anschluss daran in feine Krankenhäuser eingeliefert zu werden, wo sie in bestickte Bettwäsche eingewickelt und mit Frikadellen und Rädelkuchen gefüttert werden, alles auf Kosten der Allgemeinheit, und dann werden sie noch anschließend mit feinen Anzügen und Mänteln ausstaffiert, alles auf Kosten der Allgemeinheit, ich weiß wirklich nicht, ob das häufig vorkommt.«

Agga ließ alle Finger knacken.

»Ich weiß auch genauso wenig, ob es häufig vorkommt, dass die Zellen in Reykjavík Tag für Tag leer stehen, aber das tun sie wiederum hier«, fuhr er fort. »Wahrscheinlich wäre es das Sinnvollste, die Wache hier einfach dicht zu machen. Würde mich nicht überraschen. Es würde genügen, hier auf dem Kontor des Präfekten ein kleines Kabuff einzurichten, wenn es unbedingt sein muss. Wahrscheinlich sollte man diese ganze Behörde niederlegen, die Stadt kann gut ohne Polizei auskommen. Ist es nicht das, was alle wollen? Oder ganz einfach den Amis das überlassen, wie wäre das?«

Das Kinn stand vor, und er rückte den Stuhl während dieser Tirade hin und zurück. Agga war ganz erledigt wegen dieses Zustands auf dem Revier. Fragte dann vorsichtig, ob man nicht lieber die Kerle, die im Dock arbeiteten, näher unter die

Lupe nehmen sollte, sie hätte zumindest neulich zwei von ihnen ziemlich betrunken gesehen. Als Magnús müde den Kopf schüttelte, wies sie ihn auf drei Männer im Sägewerk hin, von denen sie ganz sicher war, dass sie beim Holztragen hin und her geschwankt wären, aber Magnús schüttelte den Kopf und sagte bestimmt: »Das sind alles grundehrliche Familienväter und außerdem Mitglieder der Konservativen Partei, Aggalein.«

»Ich werde bald dreizehn, wenn du nichts dagegen hast«, sagte sie höflich.

Er würdigte sie keines Blickes, als ob ihr vorgerücktes Alter ihn nichts anginge, und dann fragte sie, wohin Ellis Hänschen überhaupt gegangen sei.

»Gegangen? Ich habe nicht gesagt, dass er gegangen ist, ich sagte, dass er verschwunden ist. Er hat sich nach dem Kaffeetrinken bei deiner Tante aus dem Staub gemacht. Nach dieser vornehmen Einladung hielt er so große Stücke auf sich, dass er sich weigerte, seinen Rausch hier auf der Wache mit diesen verpissten Gestalten auszuschlafen, wie er seine besten Kameraden nannte.«

»Und wo hat er dann geschlafen?«, fragte Agga interessiert.

»Woher soll ich das wissen. Zumindest ist er nicht nach Haus gekommen. Er ist schon viele Tage nicht mehr bei sich zu Hause aufgetaucht, wenn man so sagen darf. Es ist natürlich nicht das erste Mal, dass Ellis Hänschen verschwindet. Wir würden auch keine Mannschaft drauf verschwenden, nach ihm zu suchen, wenn seine Frau deswegen nicht immer fix und fertig wäre. Die Polizei hat etwas anderes zu tun, als die ganze Gegend nach irgendwelchen versoffenen Gestalten abzusuchen.«

Agga fiel ein, dass der Hüter des Gesetzes gerade erst über

Unterbeschäftigung und leere Zellen geklagt hatte, wagte aber zum gegenwärtigen Zeitpunkt nicht, darauf hinzuweisen.

Selbst wenn Ellis Hänschen auch sonst hin und wieder mal verschwand, wie es bei Säufern so üblich ist, war sein Verschwinden diesmal umso merkwürdiger, weil jedes Mal, wenn das Gespräch darauf kam, auch Freyjas Kaffeekränzchen erwähnt wurde. Nach der Einladung war er spurlos verschwunden. Es war allen ein völliges Rätsel, wo er sich jetzt aufhielt, und wie er dieses Mal an Schnaps gekommen war. Man neigte zu der Ansicht, dass er in die Hauptstadt abgehauen war, aber als weder die dortige Polizei noch die stadtbekannten Penner auch nur eine Spur von ihm gesehen hatten, wurde beschlossen, ihn in der näheren Umgebung des Ortes zu suchen, und die Hilfsmannschaft der Pfadfinder wurde eingesetzt. Sie durchkämmten die Lava rings um die Stadt Zoll für Zoll wie immer, wenn jemand vermisst wurde, und man ließ sogar einen ausländischen Hund an Hänschens Unterwäsche schnüffeln. Als der Mann nicht in der Lava gefunden wurde, holte man einen Taucher aus der Hauptstadt herbei, der einen ganzen Tag lang im Hafen herumschwamm. Er fand auch nicht die geringste Spur von Ellis Hänschen, bemerkte aber, dass das Hafenbecken völlig verdreckt sei, was die Ortsansässigen in Aufruhr brachte.

»Er hat's ganz einfach nicht verkraftet, in so ein feines Haus zu kommen, das arme Luder«, sagte Großmutter, wenn von Hänschen die Rede war, aber Kidda behauptete, er habe die Nähe einer so schönen Frau wie Freyja nicht verkraften können.

Eines Samstagvormittags standen junge Burschen unter zwanzig am großen Kai und beobachteten die Mädchen, die auf irgendeinem Botengang in der Stadt unterwegs waren, als Freyja mit einer gackernden Möwenschar über dem Kopf am Ufer entlangspazierte. Sie hatte weder die Vögel noch die Burschen beachtet, aber als Letztere sich wie auf Kommando am Brückengeländer aufreihten und pfiffen, als sie vorbeiging, wurde ihr Schritt etwas unsicherer. Sie versuchte dennoch, Ruhe zu bewahren, aber das gelang nicht sonderlich gut, denn die jungen Leute kamen ihr nachgerannt, als stünden sie unter einem Zauberbann, liefen vor ihr her, öffneten alle Ladentüren für sie, bestanden darauf, ihre Einkaufstasche tragen zu dürfen, boten ihr Mentholbonbons an und baten sie inständig, zu Versammlungen des Jungmännervereins, der Pfadfinder und des Ringervereins zu kommen. Freyja bedankte sich für die Einladungen und lächelte ein wenig, genug, um die Brustkästen noch nicht abgehärteter junger Männer beben zu lassen. Aus reiner Gutherzigkeit besuchte sie einige Tage später die Tombola bei den Pfadfindern, und so enorm war ihre Anziehungskraft, dass das Haus während des größten Andrangs geschlossen werden musste. Davon bekamen die anderen Vereine Wind, und von da an hatte sie keine ruhige Minute mehr. Ständig wurde diese phantastische Frau zu Vergnügungsabenden, Bridgeabenden, Ausstellungen, Basaren und Tombolas eingeladen, alle wollten die legendäre Schönheit sehen. In der Hauptstadt hatten die Konservativen ihre Anziehungskraft entdeckt, und wenn irgendetwas bevorstand, wurden die Eheleute eingeladen, um das Glas mit den Parteifreunden des Ehemanns zu erheben. Freyja war zur Attraktion geworden.

Indem sie ständig in beiden Häusern aus- und einging, konnte Agga die Entwicklung der Dinge im Haus am Bach mitverfolgen, was allerdings auf Kosten von isländischer und biblischer Geschichte ging, auch wenn sie Großmutter immerfort vorschwindelte zu lernen. Was sie nicht mit eigenen Augen mitbekam, erfuhr sie dank Mettes zuverlässiger Informationen, und so wusste sie so ziemlich genau, wann irgendwelche Gesellschaften stattfanden, wer eingeladen war, wohin die Eheleute gingen, ob man sich stritt, und wie die beiden Frauen miteinander auskamen. Mette erzählte, dass die Frauen sich gegenseitig wie Luft behandelten und dass die Arztwitwe mit dem Gedanken spielte, nach Weihnachten nach Dänemark zu fahren. Oft erhielt man diese Informationen nur auf Dänisch, aber Agga konnte diese Sprache schon ganz gut verstehen, und wenn sie irgendwelche Wörter nicht kannte, fragte sie Oma, die dieses Interesse an ihrer Lieblingssprache sehr begrüßte.

Soweit Agga herausbekommen konnte, war es die neueste Masche ihrer Tante, Lyrikabende zu veranstalten, bei denen Kaffee und Punschtorte serviert wurden; hinzu kamen Sherry und Madeira, und dann wurde viel geraucht, manchmal so viel, dass der Qualm durch die Salontür hinausdrang. Der Herr des Hauses nahm an diesen abendlichen Sessionen teil, falls er nicht arbeiten oder Versammlungen besuchen musste, und er schien sich einigermaßen zu amüsieren, denn oft lachte er laut, rauchte Zigarren und trank ungebührlich viel. Der Gäste waren viele, aber Agga fand die meisten langweilig. Anfangs drückte sie sich in der Nähe der Tür unter der großen Uhr herum, in der Hoffnung, etwas zu erlauschen, und sei es nur saftigen Klatsch oder vielleicht eine Gruselgeschichte; zuletzt aber gab sie es auf, hielt sich meistens bei Mette in der Küche auf und lauschte auf Dänisch. Madame lebte ein zu lyrisches und langweiliges Leben, als dass sie Interesse dafür aufbringen konnte.

Der Besuch bei Freyja eines Samstagabends war von Aggas Seite nicht geplant gewesen, aber als Oma sie einen ganzen Tag lang hatte schuften lassen, wurde Agga sauer. Erklärte, dass sie keine Lust habe, weiterhin krumm und gebückt Fußböden zu bohnern, und drohte Oma, ganz zu Freyja zu ziehen. Oma sagte, sie würde ihr das nicht verbieten, sie könne schlafen, wo sie wolle, wenn sie solche Anfälle von Frechheit kriegte. Agga nahm deswegen ihr Nachtzeug und die Schauspielerkladde und stopfte alles in ihren Handarbeitsbeutel, rauschte zur Tür hinaus und schlug sie hinter sich zu.

Ein blauer Schimmer lag über der Stadt, wenn Schnee, Meer und schwarzer Himmel im Schein des Mondes ineinander flossen. Im Haus am Bach war niemand daheim außer Mette, die bereits im Nachthemd war und die Katzen hereinrief, obwohl sie wusste, dass das reine Zeitvergeudung war. Agga erklärte, dass sie zu übernachten gedenke, egal, ob jemand was dagegen hätte oder nicht, und Mette sagte, vesgu, bittschön, selbst wenn die Herrschaft ausgegangen sei und spät nach Hause käme.

Agga ließ bei sich in der Kammer das Licht lange brennen, gab aber zum Schluss nach heldenhaftem Kampf gegen die Müdigkeit auf. Als sie aber dann später im Halbschlaf das leise Lachen von Freyja hörte, stolperte sie schlaftrunken auf den Korridor. Die Tür zum Schlafzimmer des Ehepaares stand einen Spalt offen, und zögernd schlich sie dorthin. Nirgends auch nur ein Lichtschimmer, aber die blaue Frostnacht draußen und der gelbe Schein der Straßenlaternen schufen zusammen eine geheimnisvolle Helligkeit.

Freyja saß splitterfasernackt im Sessel am Bett und flocht ihr Haar, und zu ihren Füßen kroch Björn Theodór, unbekleidet wie sie und muskulös um die Schultern. Er massierte ihre

Füße und bedeckte sie mit Küssen. Er bewegte sich mit den Händen nach oben, streichelte ihre Lenden und ihren Schoß, streichelte intensiver, zwang ihre Beine auseinander, und Freyja lachte. Er richtete sich halb auf, vergrub den Kopf zwischen ihren Brüsten und presste ihren Körper an sich, sodass sein Unterleib ihren Schoß berührte. Freyja lachte immer noch, als ob ihr die Liebkosungen gefielen, schob ihn dann aber von sich, erhob sich und stand eine Weile völlig unbeweglich da, als wollte sie ihm die Genugtuung gewähren, dieses vollkommene Werk des Schöpfers in sich aufzusaugen, gähnte dann und sagte: »Ich habe keine Lust, ich bin so müde.« Dann legte sie sich mit lasziven Bewegungen aufs Bett und lag da wie eine Leiche im Sarg.

Schwer atmend kroch er zum Bettrand, ließ die Augen immer wieder über ihren Körper gleiten, der bei dieser Beleuchtung blauweiß erschien, erhob sich dann und warf sich schwer und wuchtig über sie. Sie rührte sich nicht. Er rief sie beim Namen, küsste sie, schüttelte sie, fasste ihr ins Haar, schob ihre Beine auseinander, versuchte, in ihren Schoß einzudringen, wälzte sich mit ihr auf dem Bett und flehte sie an, ihn zu lieben. Sie rührte sich nicht. Schließlich gab er es auf und legte sich mit ausgebreiteten Armen an ihrer Seite auf den Rücken. Da schlug sie die Augen auf und lachte leise, während er tonlos, und ohne sie anzuschauen, sagte: »Du bist eine Teufelin, Freyja.«

Agga schlich sich unter dröhnendem Herzklopfen zurück und saß eine Weile wie gelähmt, denn sie hatte gesehen, wie Gott die Männer geschaffen hatte und wie Mann und Frau eins wurden. Ohne Licht zu machen, zog sie sich in Panik an, nahm ihren Handarbeitsbeutel und verschwand in die kalte Nacht hinaus.

Der Lärm unter dem Mansardendach morgens früh war so fürchterlich, dass Agga im Halbschlaf zu Oma ins Zimmer und in Opas Bett kroch. Der Regen trommelte auf dem Dach, und Agga dachte besorgt an die Tauben im Ort, die hilflos unter Dachsimsen hockten, sodass sie nicht einschlafen konnte und sich stattdessen aus alter Gewohnheit auf den Nachttopf setzte. Oma hatte sich zur Wand gedreht, aber ob sie schlief oder nicht, konnte kein Mensch wissen, entweder schnaufte diese Frau oder sie brauchte überhaupt nicht zu atmen. Agga tastete sich im Halbdämmer den Korridor entlang ins Südzimmer zu Ninna, die mit auf der Brust gefalteten Händen dalag, die Augen halb offen, sodass man das Weiße sehen konnte. Agga lüftete die Bettdecke und legte sich zu diesem fleischigen, heißen Körper, aber Ninna ließ weder über Wetter noch Tauben mit sich reden, und deswegen lagen sie schweigend unter dem Grollen des Südwestwinds, der heulend durch das Städtchen tobte.

Der Friede währte nicht lange, denn gleich nachdem Oma aufgestanden war, stellte sich heraus, dass alle Fenster leckten. Den ganzen Tag musste Regenwasser aufgewischt werden, zwischendurch klebten sie Schauspielerfotos in die Kladde. Ninna wollte unbedingt Roy Rogers und Greta Garbo auf derselben Seite haben und behauptete, sie seien verheiratet, obwohl sie es eigentlich besser wissen musste und Agga ihr mehrfach erklärt hatte, dass das nicht ginge.

»Dann werden sie eben ein Paar«, sagte Ninna und lief rot an. Agga hatte Lust, sie zu schlagen, weil sie so störrisch war und auch weil das Wetter im Lauf des Tages immer schlechter wurde. Der Mangel an Ausgangsmöglichkeiten schuf eine Beerdigungsstimmung im Haus. Großmutter schlurfte geistesabwesend einher und machte pst!, sobald der Sprecher im Rundfunk den Mund öffnete. Ein Orkan tobte über Island, ein Kuhstall und eine Scheune waren im Südland davongeflogen und ebenso das Dach eines Gemeindehauses im Westland. Die Stimme des Sprechers beim Verlesen der Nachrichten klang ernst, und Omas Stimmung wurde immer schlimmer. Agga wurde erst klar, wie apathisch sie war, als Kidda nach oben kam und verkündete, dass die Aussichten draußen auf den Fanggründen noch schrecklicher wären, ob sie wüsste, wo der alte Knacker wohl sei?

Die Vorstellung von einem hilflosen Großvater draußen auf hoher See während eines Orkans verursachte Agga ein unangenehmes Gefühl im Bauch, und sie legte sich über den Küchenhocker. Indem sie die Fahrten des Trawlers nachvollzogen, kamen Oma und Kidda zu dem Ergebnis, dass er sich wohl vor der deutschen Küste befände, und dort war das Wetter besser als vor Englands Küsten. Nach diesen Ausrechnungen tranken sie einen Kaffee, und Oma war nicht mehr so besorgt, aber kaum waren die Magenschmerzen vorbei, da fing Oma wieder an zu überlegen und sagte, genauso gut könne es sein, dass sie beschlossen hätten, früher nach Hause zu kommen, und deswegen wären sie vielleicht schon vor der isländischen Küste bei diesem Orkan.

Agga legte sich wieder über den Hocker, und schweigend brüteten sie über ihren Kaffeetassen und beobachteten, wie sich die Scheiben unter dem Druck des Sturmes nach innen bogen, bis auf einmal Oma hochfuhr und fragte, wo die Katze sei. Da sprangen sie auf und suchten hektisch im ganzen Haus, bis Kidda sich plötzlich erinnerte, dass das Tier unten bei ihr im Korridor auf den Schuhen lag. Dann setzten sie sich wieder und konnten sich nicht aufraffen, irgendetwas zu tun, fingen an, über Blutwurstgrütze und eingelegte Seehundflossen zu reden, die Kidda bekommen hatte, als sie als Hausmädchen in den Westfjorden gearbeitet hatte. Agga wurde schlecht.

Mitten am Tag war es drinnen stockfinster geworden, und zweimal flackerte das Licht, bis dann der Strom endgültig ausfiel, zum Leidwesen aller außer Agga, die es an so einem fürchterlichen Tag eine willkommene Abwechslung fand, Kerzen anzuzünden. Als das Radio wieder anging, verkündete der Sprecher, dass der Wind die Stärke zwölf erreicht hätte, Dächer würden von halb fertigen Häusern gefegt, Stromleitungen seien entzwei und kleinere Boote wären in den meisten Häfen des Landes auf Grund gegangen. Mit keinem Wort wurde ein Trawler erwähnt. Als Oma gerade anfangen wollte, eine Grütze zu kochen, fiel der Strom wieder aus, und sie war so böse auf Strom, Wetter, Töpfe und was ihr sonst in die Finger geriet, dass alle Angst vor ihr bekamen. Kidda ging zu sich hinunter und holte Trockenfisch und Fladenbrot.

Sie saßen alle vier mit einer Kerze am Küchentisch und aßen Fladenbrot, während Kidda Geschichten aus den Westfjorden erzählte, manche wahr, andere erlogen, und nach und nach flaute der Südweststurm ab. Zur Abendessenszeit hatte er sich völlig gelegt. Deswegen hörte man deutlich, als wie verrückt an die Haustür geklopft wurde. Zunächst saßen alle völlig starr und starrten einander an, nahmen aber dann die Kerze und tasteten sich zur Haustür vor. Keiner hatte die Frau erwartet, die im triefnassen Mantel, mit einem fürchterlichen Kopftuch um den Kopf und mit heruntergerollten Strümpfen draußen stand. Es war Dódó, in Tränen aufgelöst.

Sie zerrten sie ins Haus, rissen ihr die nassen Kleider vom Leib, und Kidda fragte, ob sie ihr bei der Gelegenheit auch den Porzellannachttopf zurückgebracht hätte? Dódó schüttelte heulend den Kopf, und sie kleideten sie weiter aus, während

Ninna die brennende Kerze hochhielt, bis Oma in das Schweigen hinein fragte:

»Bist du schwanger, Kind?«

Dódó nickte schluchzend und sagte: »Ich geh nie wieder zu ihm zurück, Mama.«

Agga beäugte in der Dunkelheit Dódós Bauch und sah gar nichts, bis Oma Ninna die Kerze aus der Hand riss und sie vor Dódó hielt. Sie schauten alle eine Weile auf die Kugel, die sich gebildet hatte. Dódó schaute auf ihren Bauch, als ob sie ihn lange nicht gesehen hätte, sagte dann, dass sie im fünften Monat sei, aber niemals würde sie zu diesem Blödmann zurückgehen, es käme überhaupt nicht infrage.

»Er bringt so wenig Geld nach Hause«, schniefte Dódó. »Man ist den ganzen Tag todhungrig, jeden Pfennig gibt er für Kolben und Kupplungen aus, und dann habe ich gestern erfahren, dass noch ein anderes Mädchen schwanger von ihm ist.«

Damit war der Mann in diesem Hause erledigt.

Sie bugsierten Dódó im Unterrock in die Küche, legten ihr ein Handtuch um den Kopf und eine Decke über die Schultern und fütterten sie mit Fladenbrot und Trockenfisch. Ninna stand mit der Kerze da wie eine Freiheitsgöttin und blickte froh auf ihre Schwester, aber Aggas Miene war düster, als sie fragte, in welchem Zimmer Dódó zu schlafen gedächte.

Darauf wurde überhaupt nicht eingegangen, und es hatte den Anschein, als ob alles auf der Welt in Vergessenheit geraten war mit Ausnahme der heimgekehrten Tochter, mit keinem Wort wurden die früheren Zwistigkeiten zwischen Mutter und Tochter erwähnt oder der Stromausfall oder Großvater, der draußen auf dem Meer mit den Elementen zu kämpfen hatte. Dódó bekam das Nordzimmer, wie Agga geargwöhnt hatte, und sie selbst durfte ihre Habseligkeiten zu Ninna schaffen.

Tags darauf wurde im Radio berichtet, dass der Orkan fast Windstärke vierzehn erreicht hätte, dass ein kleiner Kutter in den Westfjorden mit acht Leuten an Bord gesunken und ein amerikanisches Flugzeug mit zwölf Passagieren über Grönland abgestürzt sei. Kein Wort über einen Trawler. Oma war wieder ganz sie selbst, und deshalb hatte Agga auch kein Magendrücken mehr.

Irgendeine Verbindung schien zwischen der Rückkehr von Dódó und dem neuen Geschäft von Freyja zu bestehen, obwohl Agga nicht so ohne weiteres herausfinden konnte, welche. Als Freyja bei ihnen zu Hause in der Küche stand und zuschaute, wie ihre schwangere Cousine Hafergrütze für vier aß, war ihre Miene keineswegs erfreut, sie sagte nur: »Was hast du dir eigentlich dabei gedacht, zurückzukommen?«

»Du bist ja auch wieder nach Hause gekommen, oder?«, antwortete Dódó kiebig.

»Aber nicht schwanger«, sagte Freyja kühl.

Agga erzählte gleich einigen Auserwählten von dem bevorstehenden Zuwachs in der Familie, und dass sie selbst wieder im Südzimmer gelandet sei, aber bevor noch diese Nachricht Zeit hatte, sich im Ort zu verbreiten, lenkte Freyja wieder die Aufmerksamkeit auf sich selbst, indem sie das Geschäft von Jofrid Hansen kaufte und den Kaufpreis bar auf den Tisch legte, wie erzählt wurde. Dieser Laden verkaufte Meterware und alles von der Nähnadel bis hin zu edlen Tischläufern. Die alte Jofrid war es leid geworden, jedes Mal den Laden zumachen zu müssen, wenn ihre Hüfte sie peinigte, und deswegen hatte sie an richtiger Stelle im Ort verlauten lassen, dass sie gerne verkaufen würde, um nicht mehr so gebunden zu sein.

Omas Reaktion überraschte Agga am meisten. Sie wickelte sich den Spüllappen um die Hände und sagte immer wieder: »Na da schau her, ist die Tochter meiner Ziehschwester Geschäftsinhaberin geworden.«

Soweit Agga begriff und ihrer Freundin Emelía zu erklären versuchte, musste sich Dódó Arbeit suchen genau wie alle anderen unverheirateten Frauen mit Kindern. Das Kind sollte im März oder April geboren werden, und deswegen war es wichtig, vorher etwas Geld zu verdienen. Der Bäcker konnte Dódó erst zum Sommeranfang nehmen, der Kinobesitzer hatte gerade jemand anderes für den Kartenverkauf eingestellt, und deswegen gab es keine andere Wahl als die Fischfabrik, aber im Fisch wollte Dódó auf keinen Fall arbeiten. Ihr wurde speiübel beim Geruch von Eingeweiden. Als Freyja ihr anbot, sich um das neue Geschäft zu kümmern und die Geschäftsführung zu übernehmen, war sie jedoch keineswegs begeistert, sondern sagte patzig aus der Küchenecke: »Du hättest wirklich kein Geschäft für mich zu kaufen brauchen.«

Das hätte sie lieber nicht sagen sollen. Großmutter schoss wie eine Furie auf sie zu und sagte: »Dann marschierst du geradewegs in die Fischfabrik, mein Fräulein, verstanden!«

Sie schlug so heftig mit der Faust auf den Tisch, dass die Zuckerdose tanzte. Die Ladeninhaberin schaute höhnisch zum Fenster hinaus.

Einige Tage später durchzog der Geruch von frisch gebackenen Pfannkuchen das Haus, und Agga wurde beauftragt, den Tisch im Esszimmer zu decken, denn die Weiblichkeit wollte sich treffen, um die Zukunft des Geschäfts zu besprechen.

»So ein Aufstand«, sagte Agga, deckte aber doch den Tisch.

Diese Zusammenkunft erinnerte sie an den Tag, als Freyja zurückkam. Da hatten sie alle an demselben gedeckten Tisch gesessen und einen süßen Tropfen getrunken. Damals hatte Spannung in der Luft gelegen, und sie war immer noch vorhanden. Großmutter, Kidda und Ninna saßen wie gewöhnlich und hörten den jungen Frauen zu, Großmutter wiegte sich im Sitzen vor und zurück, denn sie hatte diese Vorvätersitte im Blut und konnte sich nicht davon freimachen, Kidda wackelte mit dem Kopf, ließ das aber keinen Einfluss auf ihr taktfestes Nuckeln an der Pfeife haben, und Ninna, satt nach mindestens zehn Pfannkuchen und vielen Tassen Kaffee, hatte diesen vollkommen leeren Ausdruck im Gesicht.

Freyja hatte beschlossen, dass Dódó und Dísa die Kunden bedienen sollten, und setzte sich jetzt mit ihnen über die Arbeitszeit auseinander, wer wann und wie lange zu arbeiten hätte. Darüber hinaus sollte Dísa sich um das Nähen von Kinderkleidung und Bettwäsche kümmern, die zu Spottpreisen verkauft werden sollten.

»Frauen wollen preisgünstig einkaufen«, sagte Freyja.

»Und was wirst du machen?«, fragte Agga Freyja, aber da wurde sie in die Küche nach Zucker geschickt. Sie glaubte zu verstehen, dass Freyja den Einkauf übernehmen würde, hatte aber bislang nicht gewusst, dass das Arbeit ist. Jofrid war nicht mehr ganz auf dem neuesten Stand gewesen, was das Angebot betraf, und die Lagerbestände mussten so schnell wie möglich erneuert werden.

»Du wirst Geschäftsführerin«, sagte Freyja befehlend zu Dódó, »du musst immer hübsch angezogen und zuvorkommend zu den Kunden sein.«

Dódó sprang auf und erklärte laut, dass sie sich von ihr nichts vorschreiben lasse, du kannst mich mal mit deinem blöden Laden. Die Cousine grinste nur, blickte auf die Kugel, die sich unter dem Rock abzeichnete, und Dódó ließ sich wieder auf den Stuhl fallen.

»Wir werden beide so richtig toll«, sagte Dísa optimistisch und überraschenderweise beinahe ohne zu schielen. »Immer flott angezogen, nicht wahr, Dódó?«

»Da musst du dich aber erst mal gründlich waschen, um den Fischgeruch loszuwerden«, sagte Dódó unwirsch.

In der ersten Dezemberwoche eröffnete Freyja an einem Montagmorgen das Geschäft, das sich in einer kleinen Seitengasse zur Hauptstraße befand, und schon gegen zehn war der Laden gerammelt voll. Als Agga auf dem Nachhauseweg kurz vor Mittag vorbeischaute, klingelte die Kasse unentwegt. Stränge von englischem Wollstoff, feinem Samt und gestreiften Baumwollstoffen sausten über die Tische, Dódó und Dísa maßen in einem fort und mit vor Eifer geröteten Wangen, aber Madame selbst war nirgends zu sehen. Agga ließ sich im Hinterstübchen nieder, bei Thermosflasche und Keksen und den Mänteln und Schuhen der Verkäuferinnen.

Mittags verschwanden die Kundinnen, um zu Hause zu kochen, und dann tauchten plötzlich Freyja und Polizist Magnús zur gleichen Zeit auf, aber nicht zusammen. Freyja erklärte, dass sie ihn persönlich bedienen würde, die Mädchen sollten Kaffeepause machen. Agga hingegen verbarg sich hinter Stoffballen und verfolgte alles mit.

»Ein feines Geschäft besitzt du da«, sagte er, die Mütze unter den Arm geklemmt, geschniegelt und gestriegelt.

»Vielen Dank, Magnús«, sagte Freyja und strich sich mit der Hand über ihr Kleid.

Dann herrschte eine Weile Schweigen, bis er endlich sagte: »Ich hätte gern einen Reißverschluss.«

»Wie lang?«, fragte sie in geschäftsmäßigem Ton.

»Ich weiß nicht«, sagte er stockend.

»Wofür soll er denn sein?«, fragte sie fürsorglich.

»Äh, nur für eine Hose«, stammelte er unsicher.

Zu ihrem Entsetzen sah Agga, wie Freyja sich anschickte, die Länge seines Schlitzes zu messen, und versank beinahe in den Erdboden vor Scham. Trotzdem entging es ihr nicht, wie die beiden bewegungslos dicht voreinander standen und einander auf den Mund starrten.

»Du brauchst dreißig Zentimeter«, flüsterte sie heiser, und er erwiderte mit belegter Stimme, dass er sich das auch schon gedacht hätte. Als sie ihm den Reißverschluss in einem Tütchen überreichte und er ihr das Geld, berührten sich ihre Hände, und wieder trat Schweigen ein.

Verwirrt und schockiert stand Agga noch lange, nachdem er gegangen war, zwischen den Ballen.

An diesem Tag bediente die Tante keine weiteren Kunden, und im Hinterstübchen bei den Frauen herrschte eitel Freude und Sonnenschein über Umsatz und Prosperität. Großmutter war quietschvergnügt, als sie hörte, was für ein Betrieb im Geschäft gewesen war, Agga hatte sie nie so beschwingt gesehen. Leichtfüßig wie ein junges Mädchen schwebte sie mit Besen und Lappen durchs Haus und summte immer und immer wieder dieselbe Melodie vor sich hin. Es hatte keinerlei Einfluss auf ihre Laune und ihr Verhalten, dass die Reederei Großvaters Gehalt wieder einmal nicht zur festgesetzten Zeit ausgezahlt hatte. Jeden Tag fragte sie Dódó, wie die Geschäfte liefen, was gekauft würde und von wem, und falls sie tagsüber unruhig wurde, schickte sie Agga los, um Nähgarn zu kaufen und ihr anschließend zu berichten. An Kartenspielabenden hörte sie, dass man gern bei den Mädchen kaufte, denn bei ihnen bekäme man sowohl modische Stoffe als auch flotte Bedienung. Über Dódós Zustand wurde wenig gesprochen und kein diesbezügliches Mitleid verschwendet.

Weihnachten rückte näher, und Kaufwut ergriff die Bewohner des Örtchens. Den Geschäftsinhabern war das gerade recht, man führte es auf die günstige Witterung zurück; knirschender Schnee lag über dem Ort, man konnte tagsüber, wenn die Wintersonne die Straßen erhellte, Schlittenfahrten unternehmen. Vor jedem Geschäft standen Schlitten, es sang in den Stahlkufen, wenn sie zusammenstießen. Die Leute holten Pakete und Päckchen vom Postamt ab und stapelten sie und die Weihnachtsgeschenke und Tannenzweige auf den Sitzen und schnürten alles fest, und die Kleinen mussten zu Fuß nach Hause laufen.

Mitte Dezember kam ein Schiff mit Weihnachtswaren, süßen Apfelsinen, Äpfeln und Weintrauben. Oma zog sich den Mantel an, und sie und Agga schoben den Schlitten vor sich her zum Laden von Gulla. Vor der Theke waren die Apfelkisten gestapelt, spanische Feigen und Kandiszucker lagen in Körben auf der Theke, und in allen Ecken hing geräuchertes Lammfleisch von der Decke und verbreitete einen so verlockenden Duft, dass Agga ihren Magen knurren hörte. Oma kaufte jeweils eine halbe Kiste Äpfel und Apfelsinen und alles für die Weihnachtsbäckerei, Sirup und Sukkade, Zucker zum Verzieren und süße Mandeln, Pottasche, Pomeranzen, Kardamom und Korinthen, und das alles bezahlte sie ohne mit der Wimper zu zucken kontant. Es war schon ganz dunkel, als die Einkäufe endlich beendet waren und sie unter sternenklarem Himmel mit voll bepacktem Schlitten nach Hause glitten. Alles wurde daraufhin in den tiefen Schrank eingeordnet und liebevoll wieder umgeordnet, und nach dem Abendessen begann das Backen, das ohne Unterbrechung sechs Tage andauerte.

Für Agga begann eine wunderbare Zeit. Im Haus am Bach backte Mette dänische Spekulatius, die anders geformt waren und anders schmeckten als isländische, und sie fabrizierte auch Konfekt aus Marzipanmasse mit Schokoladenüberzug und Schokoladenstreusel. In diesem Monat war eine neue Hochspannungsleitung für den Ort in Betrieb genommen worden, die Stromversorgung hatte sich um einiges gebessert, und deswegen lag köstlicher Backduft über dem ganzen Ort, denn in allen Häusern liefen die Herde bis in die tiefe Nacht hinein auf Hochtouren. Nur nicht zu Hause bei Emelía, dort war die Hausfrau wie gewöhnlich bettlägerig. Emelía selbst schien das alles schnuppe zu sein, sie vertraute darauf, dass ihre Mutter einen Tag vor Heiligabend wieder auf den Beinen wäre und dann mindestens zwei Sorten Plätzchen in den Ofen schieben würde. Auf der anderen Seite gab niemand so viel für die Winterhilfe wie Emelías Mutter, und deswegen hatten sich die Geschwister angewöhnt, ihre besten Sachen unter dem Bett zu verstecken, um nicht nach dem Besuch von Pfadfindern und Wohlfahrtsbeauftragten ohne einen Fetzen auf dem Leib dazustehen.

Zwischen Weihnachten und Neujahr fiel Großmutter rücklings vom Küchenhocker und verlor das Bewusstsein. Der Fall selbst verursachte keinen großen Krach, wohl aber das, was darauf folgte. Im tiefen Schrank in der Ecke wurden Lebensmittel aufbewahrt, und das oberste Regal diente als Vorratskammer, weil es da am kältesten war. Oma kletterte oftmals in der Woche auf den Küchenhocker, um an das Regal zu kommen, und weil sie ziemlich schwer und der Küchenhocker wackelig war, wurde es immer brenzlig, wenn sie sich nach etwas ausstrecken musste. Niemand regte sich aber mehr über diesen Anblick auf, und nie zuvor hatte sie das Gleichgewicht verloren. Diesmal aber fiel sie nach hinten und schlug mit dem Hinterkopf auf den Küchenfußboden. Sie hatte lange dort gelegen, bevor Großvater sich bequemte, in die Küche zu gehen und nachzusehen, ob nicht Kaffee in der Thermoskanne wäre. Großmutter kam gerade wieder zu sich, sie richtete sich ganz verwirrt und mit starrem Blick auf, konnte aber ein klein wenig den Mund aufmachen und Großvater fragen, ob er dic Schafe schon in den Stall gebracht hätte. Großvater drückte eine kalte Messerklinge auf die Beule, die sich im Nacken bildete, nahm ihre Fragen über die Schafe nicht ernst, weil er sie ihrer Benommenheit und den natürlichen Folgen des Aufpralls zuschrieb. Obwohl Großmutter behauptete, unverletzt und wohlauf zu sein, ging sie trotzdem früh zu Bett und schützte Bequemlichkeit und Müdigkeit vor.

Wahrscheinlich wäre der Zwischenfall genauso wie vieles andere, was Oma passierte, in Vergessenheit geraten, hätte Agga das nicht versehentlich Freyja gegenüber ausgeplaudert, die sofort diesen blödsinnigen Schrank und den schiefen Stuhl verwünschte und nicht zu vergessen Großvaters ungeheuerlichen Geiz, nicht schon längst einen Eisschrank gekauft zu haben, damit seine Frau nicht mehr so herumkraxeln müsste.

Innerhalb von fünf Stunden hatte Freyja einen Eisschrank von ein paar hundert Kubiklitern in Reykjavík gekauft, ihn in der Küche untergebracht und angeschlossen und Milchkanne und Margarine darin verstaut. Großmutter stöhnte und kicherte abwechselnd und füllte den Eisschrank mit allem, was nur irgendwie als Lebensmittel gelten konnte, ging aber in dieser Hinsicht zu weit, denn Freyja und Agga holten die Hälfte wieder heraus, unter anderem Sukkade, Rosinen und Marmelade, die keineswegs gekühlt zu werden brauchten. Große Heiterkeit herrschte im Haus wegen des Eisschranks, und deswegen verstand Agga überhaupt nicht das fürchterliche Theater, das Großvater machte, als er kurz vor dem Abendessen von einer Versammlung nach Hause kam.

»Was ist denn das für ein verfluchtes Gerät?«, fragte er, baute sich wie ein Politiker mit den Händen auf dem Rücken auf und war die schlechte Laune in Person. Großmutter sagte, sie brauche ihn wohl nicht darüber aufzuklären, er könne ganz gut sehen, dass es ein Eisschrank sei, und das habe er nur Freyja und ihrer Großzügigkeit zu verdanken.

Daraus entwickelte sich ein Riesenstreit, Großvater stürmte zwischen Wohnzimmer und Küchentür hin und her, während er den Frauen in der Küche die Leviten las. Erklärte, dass Freyja kein Recht habe, sein Heim mit diesem blödsinnigen großbürgerlichen Zeugs voll zu stopfen, er hätte genauso gut so ein Gerät kaufen können, bloß hätte er weder Lust noch Laune gehabt, so einen Luxus anzuschaffen, während der halbe Ort arbeitslos sei und kaum genug zu essen habe. Es sei ewig die alte Leier mit diesen konservativen Armleuchtern, sie glaubten immer, über andere erhaben zu sein und nach Belieben protzen und verschwenden zu können, während der ehrliche kleine Mann für einen Hungerlohn arbeitete, von Tagesanbruch bis in die Dunkelheit sich die Finger krumm schuftete und keine Zeit hätte, sich um seine Horde Kinder zu kümmern, die mit triefenden Nasen unter der Hauswand kauerten und wie Hunde darauf warteten, gefüttert zu werden. Dieser Mistschrank müsse raus, und zwar auf der Stelle.

Agga saß in der Küchenecke und hatte riesige Angst, dass der Eisschrank wieder verschwinden würde, aber die Frauen blieben ganz gelassen. Oma schabte den Ruß von den gesengten Schafsköpfen, die an Silvester gekocht werden sollten, Freyja brütete über einem Kreuzworträtsel und verweilte lange bei jedem Wort. Beide litten sie an zeitweiliger Taubheit, aber endlich, als Großvater eine Pause machte, um Atem zu holen, sagte Freyja lispelnd: »Du bringst einfach nicht genug Geld nach Hause.«

Großvater wurde aschgrau im Gesicht.

Endlich sagte er unter Mühen, dass sie ihre Worte in Acht nehmen müsse, falls sie sich nicht von den Reaktionären versklaven lassen wolle.

»Ich bezweifle nicht, dass du weißt, wovon du sprichst«, sagte Freyja, »du bist ja selber ein Sklaventreiber.«

Bei diesen Worten kam Großvater ganz in die Küche hinein, schlug mit der Faust auf den Tisch und sagte, sie solle sich zum Teufel scheren. Hier sei es nicht fein genug für sie und wäre es sowieso nie gewesen, sie sei ja schon früher nach Amerika gegangen, um in Saus und Braus leben zu können, da Arbeit mit Fisch für sie, die Glamourpuppe, wohl unter ihrer Würde sei. Damals wäre sie mit einem Soldaten abgehauen, und ob sie jetzt nicht gefälligst wieder abhauen und das verfluchte Gerät mitnehmen könnte?

»Das rührt sich nicht von der Stelle«, sagte Großmutter und stellte sich mit ausgebreiteten Armen vor den Eisschrank. Großvater und Freyja blickten sich mit hasserfüllten Augen an und stürmten dann beide aus der Küche, Großvater schlug die Wohnzimmertür hinter sich zu und Freyja die Haustür.

Wer im Meer schläft

Da Agga noch nicht herausbekommen hatte, wie viele Penner seit der Jahreswende betrunken gewesen waren, huschte sie auf die Wache, wo sie sowohl Magnús als auch Gústaf antraf, die von Schmierseifengeruch eingehüllt waren. Die Wache war bis in den hintersten Winkel geschrubbt worden, und an der Wand hing ein neuer Kalender, aber trotzdem lag noch die Silvesteratmosphäre in der Luft. Die Regale waren voll beschlagnahmter Leuchtraketen und Böller, und daneben standen Flaschen mit merkwürdiger Aufschrift und ebensolchem Inhalt, die eigentlich nicht zu sehen sein sollten, aber nicht zu übersehen waren.

»Warum ist hier alles geschrubbt worden?«, fragte Agga.

Sie ließen mit der Antwort etwas auf sich warten, denn sie war ja noch keine dreizehn und zählte deswegen eigentlich nicht mit, doch schließlich sagte Magnús gedehnt: »Nach der Silvesternacht war diese Wache hier ein einziger Saustall.«

»Wie viele haben eingessen?«, fragte sie begierig.

»Wie viele? Wer hat schon nicht eingessen? Da waren zum Beispiel die besten Freunde deiner Tante, gerade erst aus dem feinen Krankenhaus entlassen, Jonni Heulboje, Tobbi Sprit und Didi Wanze.«

»Das ist doch nicht meine Schuld«, erwiderte Agga prompt.

»Schuld? Hat irgendjemand jemals Schuld? Die waren hier und haben gekotzt und lamentiert, gebrüllt und gejammert und sich in die Hosen gepisst und geschissen. Das war die Gesellschaft, die wir hier zu Silvester hatten. Ich habe gehört, dass es bei deiner Tante ein bisschen kultivierter zugegangen ist. Eine feine Dinnergesellschaft mit Musik.«

»Was?«, fragte Agga und bekam Stiche in der Magengrube, wie immer, wenn sie das Gefühl hatte, etwas verpasst zu haben.

Zwar traktierten sich Geldmenschen zum neuen Jahr mit Punsch und Patisserien, aber für die einfachen Leute sah die Wirklichkeit ganz anders aus. Agga war gerade im Begriff, sich zu verdrücken, als das schwarze Telefon klingelte. Magnús nahm den Hörer ab und antwortete zunächst träge und näselnd, aber im Verlauf des Gesprächs ging sein Atem immer schneller. Endlich knallte er den Hörer auf die Gabel und sagte mit gespielter Gelassenheit: »Unten an dem alten Pier ist eine Leiche angetrieben worden.«

Gústaf zog eine fürchterliche Grimasse, und im nächsten Augenblick waren sie in der Grünen Minna verschwunden.

Agga konnte flink wie ein Wiesel sein, wenn es ihr in den Kram passte, und jetzt schoss sie wie ein Blitz über alle Zäune, sodass sie nur einige Minuten nach ihnen am Hafen eintraf. Am Ufer standen Männer dicht gedrängt in der Nähe des Piers und starrten auf ein unkenntliches Etwas, das an einem der Pfosten angetrieben war. Für Agga, die zwischen den Männern eingeklemmt war, sah es am ehesten wie der Rücken eines Menschen aus. Jemand kam mit einer Hakenstange, und Magnús und ein anderer Mann versuchten eine ganze Weile, oben von dem Pier aus das Bündel hochzuangeln, bis jemand vom Ufer her schrie: »Pass doch auf, Mensch, der Arm geht ab!«

Die Polizisten berieten sich mit den Männern, die alle durcheinander redeten, und dann wurde beschlossen, in einem Boot zum Pfeiler hinzurudern. Drei Männer in schenkelhohen Gummistiefeln zogen ein Netz unter das Bündel. Selten hatte Agga eine mühsamere Aktion gesehen. Magnús und Gústaf schrien von oben, dass man vorsichtig vorgehen müsste, damit keine weiteren Gliedmaßen abfielen, denn jetzt war es klar, dass es sich um einen Menschen in einem total verschlissenen Anorak mit Teddyfutter handelte, soweit man das vom Ufer aus sehen konnte. Das Netz wurde mitsamt seinem Inhalt nach oben auf eine Krankenbahre gehievt, und dann erst sahen die Männer und Agga, die die Bahre umringten, was das Meer wieder herausgegeben hatte.

Es hatte auch diesmal nicht mehr Barmherzigkeit gezeigt als sonst. Das Meer war auch an der Küste kalt, und deswegen ging Verwesung langsam vonstatten. Diese fürchterlich zugerichtete Leiche war von Fischen und Strandflöhen angefressen und hatte wahrscheinlich wochenlang im Meer gelegen. Der Kopf fehlte und ebenso beide Beine bis zum Schritt, und der rechte Arm von der Achsel an. Am schlimmsten war der Geruch, das war das Ekelhafteste, was Agga je in ihrem Leben gerochen hatte. Man hielt sich die Nase zu und stöhnte, einige drehten sich gegen den Wind, bekreuzigten sich und boten Schnupftabak an. Agga starrte unablässig, ihr wurde schlecht, und sie stopfte sich die Nasenlöcher mit zwei Fingern zu.

Der Rumpf schien auf den ersten Blick einigermaßen unversehrt zu sein, als ob der Anorak so lange wie möglich versucht hätte, ihn zu schützen, aber dann vor der Brutalität und Gier des Meeres kapituliert hätte. Die linke Hand war bis zum Handgelenk abgefressen, aber der Arm war an seinem Platz im Ärmel. Gústaf beugte sich über den Rumpf, hatte sich aber überschätzt, denn plötzlich packte es ihn, er drehte sich auf dem Absatz um, würgte am Ufer und erbrach sich. Da erst wurde es Agga richtig übel.

»Am besten schaffen wir das jetzt weg«, sagte Magnús kurz angebunden und gab den Männern einen Wink. In dem Moment, als sie die Bahre hochhoben, murmelte Magnús: »Da ist ein Abzeichen am Ärmel.«

»Ein Abzeichen, ein Abzeichen«, rief Agga, »das ist Ellis Hänschen, das war an dem Anorak, den er von den Amerikanern gekriegt hat, das ist Ellis Hänschen!«

Magnús hatte Agga nicht wahrgenommen, aber als er zwischen den Beinen der Männer Aggas Nase sah, erstarrte er und brüllte, als hätte er den Verstand verloren: »Mach, dass du wegkommst, du verdammte Göre!«

Agga ließ sich das nicht zweimal sagen, denn der Mann schien völlig durchgedreht und zu allem fähig zu sein. Sie raste hoch zur Straße und rannte nach Hause, Brust und Hände zitterten hysterisch und unkontrollierbar, und sie stürzte schweißgebadet in die Küche zu Oma. Dort warf sie sich über den Küchenhocker.

Oma hatte vom Küchenfenster aus gesehen, dass irgendetwas an dem alten Pier los war.

»Ich dachte, sie hätten dort einen toten Seehund oder irgendeine Missgeburt gefunden«, sagte sie. »Und dann ist es auf einmal Ellis Hänschen, der arme Schlucker, ohne Kopf und Beine. Ich sag's euch, keiner kann seinem Schicksal entgehen. Ja, so geht's mit denen, die ihr Geld für Schnaps und Tabak rauswerfen. Aber das Meer ist mir immer noch nicht geheuer, ich hab das ungute Gefühl, als ob es noch nicht genug hat«, fügte sie mit starkem westisländischen Akzent hinzu.

Ellis Hänschen hatte also die ganze Zeit im Meer geschlafen. Agga musste immerzu an den kopflosen Rumpf denken und daran, wie und warum er auf die Idee gekommen war, in dieses fürchterliche Meer zu gehen. Eigentlich war ihr Ellis Hänschen nie wie ein Mensch mit Gefühlen vorgekommen. Er war ihr überhaupt nicht wie ein Mensch vorgekommen. Noch merkwürdiger war es, sich vorzustellen, dass dieser Mensch auch einmal ein Kind gewesen war. Und dann vielleicht so ähnlich wie sie gedacht hatte. Hatte Schokolade gemocht, hatte es gemocht, wenn man ihm im Haar wuschelte, hatte es gemocht, nach dem samstäglichen Bad ins kalte und saubere Bett zu gehen, hatte es gemocht, sich mit einer spannenden Geschichte unters Federbett zu kuscheln, während draußen der Regen aufs Dach trommelte. Warum war er so geworden? Und dann war das Meer sein Bett geworden.

Nachts wurde sie unter der Bettdecke von schlimmen Träumen heimgesucht. Die Flut reichte bis zum Haus hinauf, nahm Oma und Opa mit, verfolgte sie selbst durch den ganzen Ort, und sie konnte weder laufen noch rufen. Sie zog sofort in Großvaters Bett um, als er wieder auf See war, aber die Träume hörten nicht auf. Sie träumte niemals direkt von Ellis Hänschen, aber eines Nachts träumte sie, dass ihr kopflose Menschen entgegenkamen, der Bürgermeister, der Postbote, der Fischhändler, sie erkannte sie alle an ihrer Kleidung. Sie erwachte in Schweiß gebadet und den Tränen nahe, und sie schaute hinüber zu Oma, die sich zur Wand gedreht hatte. Sie wusste nicht, ob sie es wagen sollte, sie zu wecken, Oma wurde ungehalten, wenn sie geweckt wurde, denn sie konnte dann nicht wieder einschlafen. Agga war aber so verstört, dass sie sich nicht zurückhalten konnte, und sie berührte die eine Schulter, die hervorguckte, und schluchzte ihr ins Ohr: »Omilein, ich habe ganz furchtbar geträumt.«

Oma hörte auf, tief zu atmen, es verging geraume Zeit, und dann sagte sie in das Oberbett hinein: »Ach, musstest du mich denn wecken, Mädel, jetzt kann ich nicht wieder einschlafen.« Dann stöhnte sie träge und sagte: »Versuch doch, an etwas Schönes zu denken.«

»Was denn?«, rief Agga verzweifelt.

»Denk doch einfach an den Weihnachtsmann«, sagte Oma kurz angebunden und gab damit zu verstehen, dass die Sache für sie erledigt sei.

Diese Worte halfen wenig, denn es war schwierig, im Januar an den Weihnachtsmann zu denken, und überdies glaubte sie schon seit langem nicht mehr an ihn. Etwas anderes bewirkte aber, dass ihre Gedanken von Ellis Hänschen abgelenkt wurden.

Großmutter hatte Recht behalten, als sie sagte, dass das Meer nicht geheuer sei. Einige Tage, nachdem die Leiche von Ellis Hänschen gefunden worden war, war draußen auf den Fischbänken schwere See und gewaltige Brandung an der Küste. Agga schaute auf die Brecher, die sich über die Straßen ergossen und wütend Geröll und Gestein von sich schleuderten. Den ganzen Tag stand sie am Wohnzimmerfenster und starrte aufs Meer hinaus, in der Hoffnung, einen schwarzen Trawler am Horizont zu erblicken, zwischendurch die Tücher von den ewig lecken Fensterbänken auswringend. In regelmäßigen Abständen fiel der Rundfunk aus, Dódó hing am Telefon und pustete in den Hörer, als ob es alles gälte, das Ding in Gang zu halten, obwohl sie seit Wochen von niemandem angerufen worden war. Ständig fragte Agga Großmutter, ob sie wüsste, auf welchen Fischbänken Großvater sei, und bekam zur Antwort, dass sie keinen blassen Schimmer hätte.

In allen Häusern zog sich die Nacht qualvoll dahin, und als

man am nächsten Morgen unausgeschlafen zur Arbeit ging, lag überall auf den Straßen Gerümpel, Holzplanken und Wellblech herum. Das Unwetter hatte sich gelegt, und jetzt rieselte leise der Schnee, aber erst am Abend verbreitete sich mit dem Rauch aus den Schornsteinen die Nachricht zwischen den Häusern, dass Seeleute aus dem Ort vermisst wären. Nicht irgendwelche Männer aus Nord- oder Ostisland, sondern Väter, Großväter, Onkel und Söhne aus dem eigenen Städtchen.

Keiner wusste, wer dem Meer zum Opfer gefallen war. Man stand hinter Gardinen und starrte abwechselnd aufs Meer hinaus oder ins Fenster der Nachbarn, oder man war mit Krügen und Schälchen unter dem Vorwand unterwegs, sich Milch und Zucker ausborgen zu wollen, doch in Wirklichkeit nur, um herauszufinden, ob andere schon etwas Neues gehört hätten. In den engen Häuserdurchgängen, unter Hausgiebeln und Gartenmauern traf sich Jung und Alt wie zufällig, und man tuschelte miteinander. Wie viele wurden vermisst, waren es sechs oder sechzehn, war es ein Trawler oder einer von den alten Fischdampfern?

Früh am zweiten Tag nach dem Unwetter ging die Nachricht aus der Städtischen Reederei von Haus zu Haus, dass man Verbindung mit dem Trawler bekommen hätte, und man umarmte sich und lachte, aber als sich dann herausstellte, dass ein Fischdampfer vermisst wurde, waren alle wieder verzagt und niedergeschlagen.

Gegen Abend lief Großvaters schwarzer Trawler durch das Schneegestöber in den Hafen ein. Immer noch warteten achtzehn Kinder in kleinen Holzhäusern auf ihre Väter, und einige der älteren kamen hinunter zum Kai, um die Besatzung zu fragen, ob sie da draußen auf den Fangbänken nicht den Fischdampfer gesehen hätten. Selbst die härtesten Seemänner verschwanden wieder in ihrer Kajüte, um ihre Gemütsbewegung zu verbergen.

Großvater zwinkerte Agga mit beiden Augen zu, als er sie auf dem Kai erblickte, und zusammen gingen sie bei Schneegeriesel und frostiger Luft nach Hause. Großvater brauchte man nichts über das Schicksal des Fischdampfers zu erzählen, er wusste alles und viel mehr als die an Land und sagte, an solchen Schiffsunglücken seien einzig und allein diejenigen schuld, die ohne Rücksicht auf Verluste die Boote zum Fang ausschickten.

»Wettervorhersagen werden ignoriert, und ein Schiff läuft trotz Warnung vor Sturm und Orkan aus. Kommt es dann überraschenderweise doch zurück und sogar mit vollzähliger Besatzung, belaufen sich in den meisten Fällen die Schäden an der Fangausrüstung auf Zigtausende von Kronen. Wir sollten uns ein Beispiel an den Norwegern nehmen. Dort nehmen sie nämlich die Wettervorhersage ernst und hissen in allen Häfen eine schwarze Dreiecksflagge zur Warnung.«

»Nur gut, dass du auf einem anständigen Trawler bist, lieber Opa«, sagte Agga froh.

Das aber wollte Opa keineswegs wahrhaben: »Die Trawler der neuen Flotte sind zwar große Schiffe mit starken Maschinen, aber der Schiffsrumpf ist, verdammt nochmal, nicht so stark, dass er es auf Dauer verkraftet, volle Kraft voraus gegen schwere See und Orkan anzufahren. Jetzt wird den Leuten wohl endlich klar werden, dass das Draufgängertum der Kapitäne, die nur an den Fang denken, gefährlich ist. Es ist verantwortungslos, Männer an Deck arbeiten zu lassen, wenn jederzeit eine Sturzsee übers Deck rollen kann. Jetzt, wo der Kutter vermisst wird, darf man vielleicht hoffen, dass Björn Theodór und diese verfluchten Reaktionäre endlich einsehen, was es kosten kann, wenn man an nichts anderes als an den Profit denkt.«

»Wieso er?«, fragte Agga verwundert.

»Na, eine von seinen Aktiengesellschaften besitzt doch diesen Fischdampfer. Was glaubst du wohl, wer diese Reederei besessen hat, doch nur die Familie von Björn Theodór und Konsorten.«

Sechs Tage, nachdem das Boot vermisst worden war, wurde die Besatzung für tot erklärt, und sechzehn Tage später fand eine Gedenkfeier in der Kirche statt, die so voll war, dass viele gar nicht erst hineinkamen und bei scharfen Schneeschauern draußen in der Kälte stehen mussten, während die Angehörigen durch eine Seitentür eingelassen wurden.

Kurz nach der Gedenkfeier kam Emelía zu Agga gerannt und brachte die große Nachricht, dass ihre Mutter sich von ihrem Lager erhoben hatte. Das Haar zu einem Knoten geschlungen, angetan mit Kleid und Strickjacke, hatte sie sich Schuhe und Mantel angezogen und die Lippen geschminkt, um dann unter Schnaufen und Stöhnen zum Haus am Bach zu wanken. Kaum hatte sie die erste Stufe erreicht, war sie am Ende ihrer Kräfte, denn sie wog schließlich über hundert Kilo. Sie wurde von Mette und Emelía ins Haus gezogen, die ihr gefolgt war, um dieses Ereignis des Jahres nicht zu verpassen. Zweck dieser Exkursion war, eine Sammlung zur Unterstützung der Hinterbliebenen der Schiffsbesatzung in die Wege zu leiten. Freyja nahm diese Idee der Apothekersgattin interessiert auf, erklärte aber, dass dann auch für die Witwe von Ellis Hänschen gesammelt werden müsste, denn sie sei ja schließlich auch so etwas wie eine Seemannswitwe. Das war, ehrlich gesagt, noch niemandem eingefallen. Freyja setzte sich mit dem Lehrer des Städtchens in Verbindung, der seine Schüler von Haus zu Haus schickte, um Geld, Kleidung und Lebensmittel zu sammeln. Selbst verteilte sie Garn und Stoff, aus dem geschickte Frauen etwas für die vaterlosen Kinder nähten. Aus eigener Tasche und aus der Reedereikasse spendete das Ehepaar viel Geld, und deswegen konnten die Witwen um ihre Männer trauern, ohne dabei von Hunger und Geldsorgen bedrängt zu sein. Eine Witwe erklärte, dass sie während ihrer ganzen Ehe nie eine solch unglaubliche Menge Geld gesehen habe wie nach dem Tod ihres Mannes.

Emelía war selig, weil ihre Mutter wieder aufgestanden war und jetzt durch das Haus watschelte, solange gesammelt wurde, und sogar in Erwägung zog, einen Kuchen zu backen, wo sie nun schon einmal auf den Beinen war. Als den Witwen der Erlös der Sammlung ausgehändigt worden war, verschwand der hundert Kilo schwere Leib aber wieder in seinem Bett, und Emelías Miene wurde wieder realistisch und trübsinnig.

Der tragische Menschenverlust bewirkte, dass die Wahlen weniger im Vordergrund standen als sonst. Die Menschen waren immer noch wie gelähmt wegen des Unglücks und deswegen kaum in der Lage, über Fischereipolitik, Arbeitslosigkeit, Wohnungsnot und Straßenbau zu diskutieren. Einige wenige Wahlversammlungen wurden in den letzten Tagen vor den Wahlen gehalten, und wenn Großvater von diesen Versammlungen nach Hause kam, war er wie üblich in erregter Verfassung und tigerte bis zum frühen Morgen durch die Wohnung. In der Küche hielt er im Morgengrauen lange Reden vor der versammelten Weiblichkeit, in der Dinge klargelegt und Linien aufgezeigt wurden. Jetzt käme es für alle Gegner der Reaktionäre darauf an, gemeinsame Front zu machen, wie der Vorsitzende der Sozialdemokraten es so wunderbar in seiner

Epoche machenden Rede ausgedrückt hätte. Während seiner Predigten schlürfte er pechschwarzen Kaffee, ballte die Fäuste auf der Tischkante und sagte klipp und klar, dass das Städtchen schon seit jeher von den Sozis regiert worden sei, und dabei würde es bleiben, wo kämen wir denn sonst hin.

»Die Gemeinde besaß überhaupt nichts, als wir an die Macht kamen, aber jetzt besitzt sie schuldenfreies Eigentum in Höhe von zweiunddreißig Millionen«, sagte er.

»Komisch«, sagte Großmutter, »dass ich nie etwas von dem Geld gesehen habe.«

Bis zum Wahltag stiefelte er von Haus zu Haus und von Mann zu Mann, wetterte zwischendurch etwas über Zwietracht, Vetternwirtschaft, Vergeudung und Korruption, die eine konservative Regierung kennzeichneten. Alle waren deswegen heilfroh, als der Wahltag endlich anbrach.

Es wurde nie ganz klar, was eigentlich passiert war, aber jedenfalls war das Wahlergebnis niederschmetternd für die Sozialdemokraten. Obwohl die Stimmzettel dreimal gezählt wurden, änderte es nichts an der Tatsache, dass die Konservativen gesiegt hatten. Die sozialdemokratische Partei verlor ihre Mehrheit aufgrund von wenigen Stimmen, und im Stadtrat waren nun die Kommunisten das Zünglein an der Waage. Großvater war gegen die Reaktionäre, aber die Kommunisten hasste er.

»Das hätte niemals passieren dürfen«, sagte er und fasste sich an den Hals, als ob er am Ersticken wäre. Am Tag nach den Wahlen lag er im Bett, hatte Beschwerden im Kopf und in der Brust, wollte mit keinem Menschen reden, aber als die Schiffssirenen zur Abendessenszeit durch das Städtchen tönten, raffte er sich wieder auf, nahm seinen Seesack und ging. »Zum Segen für alle«, wie Großmutter sagte.

Während Agga beim Abwasch half, fragte sie Oma, ob sie es schlecht fände, dass die Sozis verloren hätten, aber Oma war ganz und gar nicht der Meinung. Die Sozis hätten eine Abreibung verdient gehabt, sie hätten das Geld nur noch für Blödsinn herausgeworfen. Sie hätte kein Geld gesehen, seit sie in den Ort gekommen war, wäre besser in den Westfjorden geblieben oder in Reykjavík bei der dänischen Dame. Allerdings konnte sie sich nicht erinnern, wie die Dame hieß, was sie ganz beschämend fand, aber Agga, die Geschichten von diesem legendären Dienstverhältnis gehört hatte, konnte ihrem Gedächtnis auf die Sprünge helfen.

Agga fand, dass Oma in der letzten Zeit ziemlich vergesslich geworden war. Manchmal öffnete sie scheinbar ohne Sinn und Zweck den Eisschrank, starrte bis zu fünf Minuten lang in ihn hinein, ohne einen Ton von sich zu geben, und machte ihn dann wieder zu. Agga erwähnte dies Dódó gegenüber, aber die interessierte sich ausschließlich für ihren Bauch, der sich zu einer prallen Kugel vorwölbte und wohl oder übel die Aufmerksamkeit aller auf sich zog. Eigentlich schämte sich Agga ein wenig für die solchermaßen Deformierte, und sie wollte am liebsten nicht zusammen mit ihr gesehen werden, war aber gezwungen dazu, denn Oma verlangte von ihr, dass sie sie abends auf dem Heimweg begleitete, wenn alles tief verschneit war. Am meisten wunderte sich Agga über Dódós veränderten Gang. Sie hatte angefangen zu schwanken und watschelte so breitbeinig daher, dass man glauben konnte, sie hätte ein Windelpaket oder womöglich einen Stoffballen zwischen den Beinen. Schweigend und ohne aufzupassen, watete sie durch die nassen Schneewehen, blickte desinteressiert zu Boden oder hoch zu den Laternenmasten, aber niemals geradeaus in die Dunkelheit hinein, als ob ihr das widerstrebte oder sie nicht an die Entfernung denken wollte. Die Frauen hatten ihr eigentlich verboten zu arbeiten, denn bis zur Geburt waren es nur noch rund vier Wochen, aber sie scherte sich nicht um das, was sie sagten, sondern stiefelte über spiegelblankes Eis, Rücken rein, Bauch raus, immer mit dem gleichen gefrorenen Blick. Die einzige Frau, der sie gehorchte, war Ninna, denn diese machte überhaupt keine Worte, sondern drückte sie abends auf den Küchenhocker unter der Uhr, zog ihr die Strümpfe aus und steckte ihre Füße in ein richtig heißes Fußbad. Danach behandelte sie sie wie die alten Leute im Altersheim, massierte sie überall, als ob sie Rheuma in sämtlichen Gliedern hätte, rieb sie mit Leinöl und Kampfer ein, schob sie die Treppe hoch, half ihr aus dem Kleid, zog ihr das Nachthemd an und lieh ihr dann ihren Nachttopf. Dódó war in diesen Tagen nicht sehr gesprächig, öffnete den Mund nur, wenn sie nicht umhin konnte. Niemals fragte sie, ob jemand angerufen hätte, aber jedes Mal nahm sie den Hörer hoch und schnaubte hinein, bevor sie ihren Mantel aufhängte.

Eines Nachts wachte Agga auf und sah, dass Großmutters Bett leer war. Der Mond stand über dem Meer und erleuchtete das Westzimmer, aber hinter der angelehnten Tür war ein Lichtschimmer, der sich zwischen Rahmen und Tür hindurchstahl und auf Aggas Gesicht fiel. Sie hörte Röcke rauschen und Schritte am Treppenabsatz, Stöhnen von Dódó aus dem Nordzimmer und das Schimpfen von Oma, die sich beim besten Willen nicht an den Namen der Hebamme erinnern konnte. Die Wöchnerin sagte jammernd, dass das Weibsbild Halla hieße, und bat sie inständig, auf der Stelle anzurufen. Oma stürzte fast die Treppe hinunter zum Telefon, und als sie sich dann plötzlich daran erinnerte, dass sie ohne Brille im Telefonbuch nichts erkennen konnte, fauchte sie Ninna an, die verflixte Brille für sie zu suchen. Da endlich wurde Agga hellwach und kapierte, dass Dódó im Begriff war, ihr Kind auf die Welt zu bringen. Sie hüpfte aus dem Bett, fand eine nächtliche Geburt eine prima Abwechslung in den letzten langen Wintermonaten, lief zu Dódó hinein, der die Wehen zusetzten und der Schweiß an den Mundwinkeln herablief, und fragte routiniert, mit wem die Hebamme verheiratet sei. Als sie den Namen herausbekommen hatte, rutschte sie das Treppengeländer hinunter, riss Oma das Telefonbuch aus der Hand, fand den Namen des Mannes auf der Stelle, rief an und meldete eine bevorstehende Geburt in der Sonnenstraße.

Mürrisch und mit zerzausten Haaren erschien die Hebamme, blickte vorwurfsvoll auf die Frauen, als ob sie Dódó das Kind gemacht hätten, und sagte, sie sei gerade von einer schwierigen Geburt nach Hause gekommen, ausgehungert, übernächtigt und völlig erschöpft. Humpelnd vor Müdigkeit ging sie nach oben zu Dódó, betastete sie und kniff, und erklärte, es sei schon ein verdammt komischer Zufall, dass alle am vierten Tag nach einer Springflut niederkommen müssten. Sie war der Meinung, dass noch Zeit für eine Tasse Kaffee sei und eine Schnitte Brot mit Schlachtwurst, und das bekam sie unten in der Küche bei Kidda, die nach oben gekommen war, ohne dass jemand es bemerkt hatte. Als die Wehen heftiger wurden, vermehrte sich das Treppauf-Treppab mit Wäscheband und Gegenständen, von denen Agga kaum wusste, wozu sie gut waren, und Lysolgeruch verbreitete sich. Das Jammern der Wöchnerin wurde immer lauter und durchdringender.

Agga war ständig im Weg, und sie war froh, als sie die Katze draußen miauen hörte, denn das bedeutete doch immerhin die Aufgabe, sie hereinzulassen. Als sie die Haustür öffnete, standen da zwei vor der Tür, nämlich die Katze und Freyja, und starrten sie an. Agga sah jetzt endlich, was für einen ähnlichen Blick die beiden hatten, obwohl die Augenfarbe nicht dieselbe war. Die Katze schmiegte sich miauend herein, während Freyja Agga beseite schob und schnurstracks nach oben ging. Es war Agga ein Rätsel, wie sie von der Geburt erfahren hatte.

Der Kampf im Nordzimmer erreichte seinen Höhepunkt, und weil die Frauen wartend herumstanden, tat Agga das auch. Als die Wöchnerin aber anfing zu knurren und zu drücken, als ob sie auf dem Klo säße, ging es ihr zu weit. Sie wollte nicht bei der Schande zugegen sein, die jetzt hereinzubrechen schien, und bahnte sich einen Weg hinaus auf den Flur. Aber die Natur kannte sich in ihrem verschlungenen Labyrinth bestens aus und wollte jetzt nur das freigeben, was an der Reihe war. An den Schultern der Frauen sah Agga, dass sich irgendetwas da drinnen anbahnte, und deswegen schmiegte sie sich wieder zwischen ihnen nach vorn. Man hatte Dódó die Unterhose ausgezogen, und zwischen ihren Beinen sah man die gewölbte Schädeldecke des Kindes, das weder heraus- noch wieder hineinwollte. Die Mutter schnaufte, gab ein röchelndes Geräusch von sich, das tief aus ihren Eingeweiden zu kommen schien, ihr Blick war irre und stand in keinem Verhältnis zu der erhabenen Stimmung, die jetzt im Zimmer herrschte. Die Öffnung vergrößerte sich, und der Kopf des Kindes wurde langsam unter dem anspornenden Singsang der Frauen herausgepresst. Aber als er fast ganz draußen war, krümmte sich die Hebamme auf einmal ganz merkwürdig und beugte sich über den gequälten Frauenkörper, packte den Kopf des Kindes und das Becken der Mutter und drückte den Kopf rabiat wieder in den Bauch zurück. Dódó schienen vor Qual die Augen aus dem Kopf springen zu wollen, und die Frauen schrien auf, griffen sich unwillkürlich an den eigenen Unterleib und fragten, was, zum Teufel, sie da mache. Die Hebamme würdigte sie keiner Antwort, sah dämonisch aus und arbeitete wie wild mit ihrer Hand in Dódós Bauch. Sie befahl ihr, weiterzupressen, und mit schier übermenschlicher Anstrengung legte die Mutter ihre letzte Kraft in den Schlussakt. Das Kind kam aus dem Bauch geschossen.

»Die Nabelschnur hatte sich um den Hals gewickelt, ich musste den Kopf wieder hineindrücken und umdrehen«, sagte die Hebamme zur Mutter, die starr ins Leere blickte.

Hilflos lag das Kind eine Weile zwischen den Beinen seiner Mutter, dann begann die Unterlippe zu zittern, und so etwas wie Weinen erklang im Zimmer.

»Es hat einen Pillermann«, sagte Agga vorwurfsvoll.

Die Frauen stimmten vor Freude einen Chorgesang an und dankten dem Herrn für seine Güte, während die Hebamme, die nach Aggas Meinung das Werk allein und ohne Beistand des Schöpfers vollbracht hatte, einen Schwächeanfall bekam, als sie die Nabelschnur abtrennte. Kidda und Oma mussten sie beinahe tragen, als sie sie ins Bett im Westzimmer verfrachteten, wo sie auf der Stelle einschlief.

Dódó zeigte in ihrem gegenwärtigen Zustand wenig Interesse an ihrem Sohn, sie wollte nur wissen, ob er zehn Zehen und Finger hätte. Die jungen Frauen begannen mit dem Waschen. Ninna strich Dódó mit Waschlappen und wohlduftender Seife sanft über den ganzen Körper, und Freyja badete den Jungen auf der Kommode.

Es war noch lange nicht Morgen.

Sonnenfinsternis

In der Karwoche, als die Tauben unter den Dachrinnen aus natürlichen Gründen unruhig wurden und zu gurren begannen, musste Freyja ebenfalls tätig geworden sein, denn im Mai, als die Möwen in der Lava zu nisten begannen, verkündete sie den Frauen, dass sie guter Hoffnung war.

»Ach du grüne Neune«, sagte Großmutter. »Jetzt soll wohl das Haus mit Säuglingen bevölkert werden, oder was?«

Agga konnte nicht ganz einsehen, was Freyjas Baby in ihrem Haus zu suchen hatte, der bereits vorhandene Säugling war anspruchsvoll genug. Aber es hatte den Anschein, als ob die Frauen im Haus ganz in ihrem Element waren, seitdem das neue männliche Wesen, falls es diese Bezeichnung verdiente, in den Haushalt gekommen war, denn jeden Morgen, wenn er in der Küche gebadet wurde, scharten sie sich um ihn herum wie die Bienen um den Honig. Eigentlich fand Agga es eine Zumutung, dass so ein winziges Wesen nur mit Quäken und Rülpsen ein friedliches Heim auf den Kopf stellen konnte. Eines stand fest, sie würde nicht auf ihn aufpassen.

Nach dem morgendlichen Bad bei versammelter Menge wurde er im Kinderwagen in die Frühlingssonne gestellt, wo er bis mittags Ruhe hielt, aber sobald er dann seine Stimme erhob, stürzten die Frauen hinaus und drängelten sich darum, ihn ins Haus zu tragen. Es gab also keinen Zweifel, wer in diesen Frühlingstagen das Sagen hatte. Dódó sah blühend aus, war aber irgendwie unbeteiligt, und sie schien die Existenz von männlichen Wesen ganz vergessen zu haben, abgesehen von dem, das an ihrer Brust saugte.

Die Maisonne versöhnte die Menschen trotz Fleischknappheit wieder mit dem Leben, und im Ort wurde kaum über etwas anderes geredet als das ungewöhnlich milde Wetter. Tag für Tag Sonne und so laue Lüftchen, dass die Mädchen Kniestrümpfe anzogen. Das Schuljahr bei Agga und Emelía war fast zu Ende, und sie saßen oft lange im Sonnenschein draußen auf der Treppe mit abgenutzten Schulbüchern auf den Knien und taten so, als würden sie sich für die Abschlussprüfung in der Volksschule vorbereiten und Länder und Kontinente studieren, während ihnen in Wirklichkeit die Unrast in den Gliedern steckte, die sowohl auf die warmen Sonnenstrahlen als auch auf das wachsende Interesse an frisch konfirmierten Jungs zurückzuführen war. Nach den Prüfungen verbesserte sich ihre Lage aber wesentlich. Sie bekamen Arbeit, die darin bestand, zusammen mit anderen Jugendlichen jenes spannenden Geschlechts in der Lava Salzfisch zum Trocknen auszubreiten.

Mitte Juni geschah es jedoch, dass Emelía sich Hals über Kopf in einen der Vorarbeiter verliebte, der acht Jahre älter war als sie und sich deshalb nicht das Geringste aus ihrer Bewunderung und Anbetung machte. Die Liebe hatte aber nachhaltige Auswirkungen auf Emelía, denn sie behauptete Agga gegenüber steif und fest, dass es an der Zeit sei, sich Büstenhalter zuzulegen. Da Agga es wiederum unpassend fand, dass Mädchen vor der Konfirmation sich derartige Halter zulegten, ganz abgesehen davon, dass da nichts hineinzustopfen war, wandte sich Emelía einem anderen Mädchen zu, bei dem sowohl Busen als auch Geschmack in Bezug auf die Männer entwickelter waren. Agga musste sich deswegen nach getaner Arbeit allein vergnügen.

Vor lauter Langeweile und unerklärlichem Hunger, der sie zu allen möglichen Zeiten überfiel, begann sie wieder mit ihren Besuchen im Haus am Bach. Freyja blühte im Sonnenschein auf, genau wie andere Frauen in diesen Tagen, und auf der mit Steinplatten ausgelegten Terrasse vor dem Salonfenster, wo Ebereschen und Sträucher vor dem Westwind schützten, hatte sie Tische und Stühle aufgestellt und saß dort den lieben langen Tag mit einem Sonnenhut auf dem Kopf. Agga kam es nicht so vor, als ob ihr Bauch sich schon wölbte, und es schauderte sie bei dem Gedanken daran, dass diese spindeldürre Frau schwanger war. Häufig waren Gäste bei Freyja, die meisten nach Aggas Ansicht wenig interessant, Dísa oder Dódó, je nachdem, wer im Laden bediente. Ständig waren die Kinder dabei, und Dísas Buben hatten es besonders auf den Bach und das Blumenbeet der Arztwitwe abgesehen. Die Unterhaltung war deswegen stockend und wurde von ständigem Krakeelen und Mahnrufen unterbrochen. Die alte Dame hingegen machte Urlaub in Dänemark und brauchte deswegen nicht mit anzusehen, wie ihre Stiefmütterchen unter dem Getrampel dieser Infanterie dahinsiechten. Wenn wenig in der Fischfabrik zu tun war, lag Agga auf der Wiese, las Liebesromane und war halb betäubt vor Faulheit, besonders wenn sie sich mit Mettes Rosinenkrapfen voll gestopft hatte.

Hin und wieder stellten sich Gäste auf der Terrasse ein, die Agga spannend fand. Hilli kam mit seinem Freund aus der Stadt, einem dunkelhaarigen, nicht sehr großen, dafür aber geschmeidigen Jüngling, der mit weiblichem Tonfall und Betonung sprach und kicherte, wenn Hilli etwas Witziges sagte. Als die beiden einmal mit Freyja auf der Terrasse saßen, beobachtete Agga einen Moment lang und fast unfreiwillig, wie Hilli seinem Freund den Nacken streichelte. Nie in ihrem Leben hatte Agga Männer einander so berühren sehen, und sie wunderte sich außerordentlich. Als sie dann sah, wie sie unter dem Tisch die Schenkel aneinander pressten, glaubte sie zu träumen. So perplex war sie über das, was dort vor sich ging, dass sie nicht imstande war, diese außergewöhnlichen Phänomene auf der Terrasse sinnvoll zu erklären. Die Liebkosungen waren augenscheinlich auch Freyja nicht entgangen, aber sie zeigte keinerlei Reaktion.

Freyja fand diese Gäste bestimmt komisch, denn sie lachte so oft, dass Agga es fast beängstigend fand. Sie machten sich gnadenlos über die Bewohner des Örtchens lustig, über Honoratioren ebenso wie über arme Schlucker, und Agga lernte dabei ein neues Wort: Spießbürger. Worte, die Freyja fallen ließ, waren nicht dazu angetan, die Welt freundlicher zu machen, aber wenn die Bemerkungen der Gäste allzu schonungslos wurden, sagte sie: »Es ist schlimm, so etwas Tag für Tag mit ansehen zu müssen, dieses Leben, wo sich alles nur um vergammelten Fisch dreht und man sich nur wegen Salzfisch und Rationierungsmarken aufregt, wo die Menschen weder Ibsen noch Michelangelo kennen und es fast das ganze Jahr über nieselt oder wie aus Kübeln gießt und wo Möwengackern die einzige Musik ist.«

Beim Abendessen hatte Agga an allem etwas auszusetzen, erklärte, diesen gammeligen Salzfisch nicht essen zu wollen und dieses ewige Sauwetter nicht mehr ertragen zu können. Großmutter war so sprachlos über diese Ungezogenheit, dass sie Agga ausschimpfte und nach oben schickte.

Das Mädchen muss heute einen Sonnenstich bekommen haben, sagte Oma, aber Dódó meinte, dass sie sich einfach nicht zu lassen wüsste vor Frechheit.

Den ganzen Abend war Agga in mieser Laune und spielte die beleidigte Leberwurst. Während Ninna ein Fußbad nahm, stand Agga neben ihr und fragte ruppig: »Du kennst doch wohl Ibsen und Michelangelo?«

»Ja, ja«, sagte Ninna vergnügt. »Die sind alle im Altersheim.«

Wenn die Sonne im Westen über dem Meer stand, machten Freyjas Gäste sich meist auf den Heimweg. Sie selbst zog sich nach oben in ihre Zimmer zurück. Agga hatte es mit dem Heimgehen nicht so eilig, falls jemand sie zum Abendessen einladen würde. Der Herr des Hauses kam gewöhnlich vor den Abendnachrichten im Radio strahlender Laune nach Hause, denn er war mit der Planung von Neubaugebieten für das Städtchen beschäftigt. Meistens ging er gleich nach oben zu Freyja, Agga hörte das Klicken, wenn der Schlüssel in der Tür umgedreht wurde, und sie erwähnte Mette gegenüber, wie verrückt sie es fand, dass erwachsene Menschen sich am helllichten Tage einschlössen. Mette verdrehte die Augen und sagte, sie kämen schon wieder herunter, wenn ihnen der Hunger zusetzen würde.

Freyja setzte der Hunger nie zu, Agga und Björn Theodór hingegen schlangen eine von Mettes Frikadellen nach der anderen hinunter, und es war schwer zu sagen, wer von beiden den größeren Appetit hatte. Wenn das Abendessen im Esszimmer beendet war, beeilte sich Agga nach Hause, um bei Oma Reste zu essen. Sie verstand diese Gier selbst nicht, aber der Ingenieur war freundlich und ermunterte sie zuzugreifen. Zu Freyja sagte er: »Liebling, versuch doch mal, so zu essen wie deine kleine Nichte, du könntest es gut vertragen.« Streichelte dann ihre Arme und ihren Bauch und schaute sie mit hungrigen Augen an. Freyja lächelte verklärt, und ihm zu Gefallen pickte sie Häppchen für Häppchen eine ganze Kartoffel auf. Agga kam es so vor, als wäre die Liebe bei den beiden ganz ähnlich wie bei den Liebespaaren im Kino, die küssten und umarmten sich jedes Mal, wenn sie sich nahe kamen, und da Agga solche Knutscherei nicht gewohnt war, beeilte sie sich, nach Hause zu kommen.

Agga hatte irgendwie den Verdacht, als ob der Seemannstag und der 17. Juni irgendwelchen Einfluss auf die Schmuserei hatten, denn an diesen Tagen verdunkelte sich Freyjas Antlitz. Am Seemannstag, als die Bewohner des Städtchens sich unten am Hafen zum Gedenken an ehemalige Seeleute versammelten, um lange Reden der Reedereibesitzer anzuhören und zuzuschauen, wie starke Männer und Frauen Tauziehen machten und um die Wette ruderten, sah Agga wohl bekannte Eiskristalle in Freyjas Augen aufblitzen. Im blauen Kostüm mit breitrandigem Schlapphut stand sie inmitten einer Gruppe von Frauen und genoss ihre Stellung innerhalb der Gesellschaft, denn sie lächelte huldvoll nach rechts und links. Doch als nach dem Wettrudern die Mannschaftsführer der siegreichen Teams zum Siegerpodest geführt wurden, um stellvertretend für ihre Ruderer die Trophäen in Empfang zu nehmen, verschwand der liebenswürdige Ausdruck aus ihrem Gesicht. Die Mannschaftsführer waren Björn Theodór und Birna, die der Menge strahlend zulächelten und sich, wie es sich gehört, zum Sieg mit einem Kuss beglückwünschten. Keiner konnte sehen, dass der Dame aus Amerika dies missfiel, sie lächelte und klatschte wie die anderen, nur Agga erkannte den Blick und spürte die Kälte, die vom Körper dieser Frau ausströmte.

Einige Tage später warf man sich wieder in die Sonntagskleider, jetzt um den Nationaltag zu begehen. Die Feierlichkeiten begannen mit einer optimistischen Rede von Ingenieur Björn Theodór, der die halbe Stadt plante. Als die obligatorische Bergkönigin in Gestalt von Birna zum Podium eilte und den Redner ablöste, wagte Agga kaum, zu Freyja hinüberzublicken. Das konnte ja wohl kein Zufall mehr sein. Diesmal enthielt sich Freyja sowohl des Klatschens als auch des Lächelns, ihr Gesichtsausdruck war vollkommen starr, und sie erinnerte an den riesigen Gletscher mitten im Land, unter dem oft Vulkanausbrüche stattfanden, ohne dass irgendjemand es gewahr wurde, der trübschwarze Seen bildete und Gletscherläufe, die Menschen und Tiere am Vorwärtskommen hinderten.

Agga hatte das dumpfe Gefühl, dass Freyja ihrem Mann in den nächsten Tagen die kalte Schulter zeigen würde, und deshalb machte sie sich gar nicht erst die Mühe, zum Haus am Bach zu gehen.

Freyjas Seele schien sich gleichzeitig mit der Sonne verfinstert zu haben, denn nach diesem Ereignis war sie so verbiestert, dass selbst ihre nächsten Angehörigen sich Sorgen machten.

Auf die Sonnenfinsternis am letzten Tag im Juni hatte man mit Spannung gewartet, und weil Großvater vor Grönland fischte, besuchte Freyja die Sonnenstraße, um beim morgendlichen Bad von Lilli dabei zu sein. Sie zeigte nicht das geringste Interesse für die Sonnenfinsternis. Bis mittags wurde es immer dunkler im Städtchen, was merkwürdige Gefühle bei den meisten hervorrief. Da Augenärzte davor gewarnt hatten, mit bloßem Auge in die Sonne zu blicken, hatten sich die Leute in den letzten Tage alle möglichen Sorten von Glas besorgt, geschwärztes Fensterglas, Schweißerbrillen, Rauchglas. Überall im Ort waren Menschen unterwegs; aufgeregte und gespannte Kinder liefen rufend zwischen den Häusern hin und her, und Hausfrauen mit umgebundener Schürze standen mit Glasstücken vor der Haustür. Agga hatte den Frauen daheim geschwärztes Fensterglas besorgt, und sie standen alle draußen auf der Treppe und starrten zum Himmel.

Als sich die Sonnenfinsternis gegen zwölf Uhr ihrem Höhepunkt näherte, verdunkelte sich das Städtchen wie an einem Herbstabend, und von überall her hörte man verwundertes Ah und Oh. Dann war die Sonne völlig verfinstert, und eine Zeit lang sah man nur den Lichtkreis der Sonnenkorona.

Alle starrten sie wie gebannt, aber in dem Moment sah Agga, dass Freyja keinerlei Glas benutzte.

»Du wirst blind, Mensch«, schrie sie entsetzt, aber die Tante zuckte die Achseln und gähnte.

Eine Stunde später war das Naturereignis vorbei, und die Menschen wandten sich wieder ihren Beschäftigungen zu. Freyja ging nach Hause und legte sich hin.

Von da an bemerkte Agga eine deutliche Sinneswandlung bei der Tante, die sich in Unrast und unverblümter Griesgrämigkeit allen gegenüber äußerte, die in ihre Nähe kamen. Zwar hatten die Frauen zu Hause und in der Fischfabrik sich über die Butterrationen beklagt, die um die Hälfte gekürzt worden waren, aber da Freyja sich niemals über Lebensmittelmangel und Rationierungsmarken Sorgen zu machen brauchte, konnte das kaum der Grund für ihre Übellaunigkeit sein. Agga kam es auch so vor, als ob Björn Theodór sich in jeder Hinsicht um seine Frau bemühte, er schlich auf Zehenspitzen durchs Haus, wenn Madame schlief, und er scheuchte die Katzen, wenn einer von ihnen ein Miau unterlief.

Eines Abends, als Madame keinerlei Appetit hatte, lud er Agga ein, ihm Gesellschaft zu leisten. Er unterhielt sich mit ihr über Häuserbau und Heringsfang wie mit einer Erwachsenen und stieg deshalb in ihrem Ansehen. Er erzählte ihr, dass er ein Schiff gekauft habe, das jetzt vor der Nordküste Islands den Hering nur so aus dem Meer schaufelte, und er malte ihr aus, welch rosige Zukunft die Isländer mit diesem Silber im Meer erwartete. Agga fand es unpassend, einen völlig unbedeutenden Fisch als Silber zu bezeichnen, fragte aber dann doch rundheraus, ob sie und die Großeltern dann möglicherweise durch dieses Fischsilber reich werden könnten?

Da hörte Björn Theodór auf zu kauen, schaute sie an und sagte: »Dein Großvater und deine Großmutter sind jetzt schon reich, denn sie besitzen ein tüchtiges Mädchen wie dich. Eine Nation, die dynamische und starke Frauen besitzt, wird immer reich sein.«

Agga errötete vor Freude über diese Bemerkung, sagte dann aber ganz unvermittelt: »Sie ist nicht sehr dynamisch, die Dame da oben, sie schleicht nur herum und ist die miese Laune in Person.«

Er räusperte sich, wurde ernst und sagte, dass schwangere Frauen oft aus irgendwelchen Gründen schwierig seien.

»Ich glaube, sie ist wohl nur etwas gereizt, weil du Birna am Seemannstag geküsst hast«, traute sie sich zu sagen und sah auf der Stelle, dass sie den Nagel auf den Kopf getroffen hatte, denn er fuhr zusammen und brachte nur ein ziemlich unnatürliches Hm, hm, heraus.

»Das war doch nur ein freundschaftlicher Kuss, wie du weißt«, sagte er dann und war plötzlich wieder ganz beschäftigt mit seinem Teller. »Birna und ich kennen uns seit unserer Kindheit, unsere Eltern sind von jeher befreundet gewesen, und deswegen bin ich bei ihr und sie ist bei mir zu Hause ein und aus gegangen.«

»War sie nicht deine Flamme?«, fragte Agga schonungslos.

»Wahrscheinlich war sie das irgendwann einmal, aber die Menschen gehen verschiedene Wege, wie du weißt. Birna ist ein nettes und lebenslustiges Mädchen, und wir werden immer gute Freunde sein.«

Hier war das Gespräch zu Ende, und Agga hatte Mitleid mit diesem Mann, der in der oberen Etage eine so lebensunlustige Frau hatte.

Mitte August war Emelía in Sachen Liebe bedient, und gleichzeitig verlor sie ihr Interesse an Büstenhaltern. Einige Tage lang ließ Agga sich hofieren, aber weil sie beide in dem Alter waren, wo man sich wegen vergangener Dinge nicht unnütz Gedanken macht, versöhnten sie sich bald wieder. Ihr Interesse galt jetzt in erster Linie dem anderen Geschlecht, und sie strichen stundenlang kreuz und quer durch das Städtchen und hielten an jeder Ecke an, um mit gleichaltrigen Mädchen zu tuscheln und zu schwatzen. Liebesfilme im Kino bekamen einen so unwiderstehlichen Reiz, dass sie Ninna dazu überredeten, den Eintritt für sie zu bezahlen. Ninna, die denselben Film sechsmal sehen konnte, hätte sie jeden Abend ins Kino eingeladen, wenn Oma das nicht unterbunden hätte. Filme, in denen Missverständnisse, Hoffnungslosigkeit und Weinen nur das Vorspiel zu Versöhnung und Küssen waren, stillten ein wenig ihren Wissensdurst in Bezug auf eine Welt, die ihnen bis dahin verborgen gewesen war. An den darauf folgenden Spätsommerabenden erhielten sie aber beträchtlich mehr Einblick in diese Dinge, wenn auch vielleicht nicht unbedingt auf der Kinoleinwand. Nach sommerlicher Schwüle und Untätigkeit strömte nun das Blut rascher durch die Adern der Erwachsenen, was entweder an der Vitamin spendenden Sommersonne lag oder an der Unruhe, die der zunehmende Heringsfang mit sich brachte.

Als sie einmal wie so oft in Emelías Zimmer saßen und sich im Schein der Abendsonne mit ihren Haaren zu schaffen machten, hörte man laute Stimmen aus dem Wohnzimmer, die zu erkennen gaben, dass der Apotheker und sein Sohn aneinander geraten waren. So etwas war so gut wie unbekannt in diesem Haus, wo man seine Stimme möglichst nur zum Husten erhob, und sie stürzten auf den Flur hinaus, um zu lauschen.

Der Apotheker war ganz offenkundig in Rage, seine Stimme zitterte, und die Worte kamen oft entstellt oder ohne Endungen aus seinem Mund, wie so oft bei Menschen, die selten aus der Haut fahren. Er warf seinem Sohn lasterhaftes Leben, Entartung und unsittliche Lebensweise vor, die er, bitte schön, woanders als in diesem Haus praktizieren könne. Der Sohn dagegen beschuldigte seinen Vater, unter Vorurteilen, Engstirnigkeit, Dummheit und Hartherzigkeit zu leiden. Ihrer beider Stimmen klangen so wütend, dass Emelía angstvoll die Arme um Agga schlang. Keines der Mädchen begriff, warum der Alte sich Hilli gegenüber so benahm, der doch ein ordentlicher junger Mann und bei jedermann beliebt war. Noch verwunderter waren sie, als der Vater, kurz bevor Hilli die Tür aufriss, schrie: »Du kannst ihm anderswo als hier den Arsch ablecken!«

Sie fielen beinahe in Ohnmacht, liefen schleunigst wieder in Emelías Zimmer und warfen sich auf das Bett. Nach geraumer Zeit fragte Agga, ob sie das verstanden hätte. Emelía schwieg lange, bevor sie antwortete: »Wenn es das ist, was ich glaube, dann ist es grauenvoll.«

Agga konnte sich keinen Reim darauf machen, aber nach langem Bitten und Betteln sagte Emelía endlich, dass sie hoch und heilig schwören müsste, es niemandem weiterzusagen. Agga bekreuzigte sich zweimal.

»Hilli hat seinen Freund geküsst, ich hab's gesehen. Ich glaube, sie sind schwul, und das heißt, dass sie ein Liebespaar sind«, sagte Emelía, als sie ihre Sprache wieder gefunden hatte.

»Geht das überhaupt?«, stammelte Agga.

»So was geht. Erinnerst du dich an die zwei alten Schachteln, die das Stofflädchen über der Bank hatten, die waren schwul. Mama hat mir das gesagt. Sie waren ein Liebespaar.«

»Jemine«, sagte Agga. Sie holte tief Atem und griff sich ans Herz, als sie an Dódó und Dísa dachte, die den ganzen Tag miteinander im Laden verbrachten und Stoffe verkauften. Sie würden wahrscheinlich schwul davon, so ohne Männer zu sein.

Sie waren voll und ganz mit Hillis Problemen beschäftigt, und Emelía spionierte ihrem Bruder intensiv nach. Wenn sie wusste, dass er auf dem Weg zu Freyja war, befahl sie Agga, dorthin zu gehen und alles zu erlauschen, was zwischen den beiden besprochen wurde. Aggas Liebesphantasien hatten jetzt eine neue Richtung eingeschlagen, diese Perversion war für sie ein merkwürdiges Phänomen und verursachte ihr schlaflose Stunden und Kopfzerbrechen. Sie war stets zur Stelle, wenn Hilli Freyja frisierte und verschönerte, setzte eine schafsdumme Miene auf wie Menschen, die keinen blassen Schimmer haben, und trabte nach oben oder unten mit Limonade und Zeitungen, sodass die beiden kaum je wussten, ob sie in der Nähe war oder nicht.

Freyja und Hilli waren beide in diesen Tagen ziemlich niedergeschlagen. Freyja hatte dunkle Ringe unter den Augen und blickte ernst drein, während Hilli einen müden und arroganten Gesichtsausdruck hatte. Ihre Gespräche drehten sich zu Aggas größtem Bedauern in erster Linie um die Haare. Madame war jetzt nicht mehr nur mit einem Unterrock bekleidet, während sie frisiert wurde, was wahrscheinlich auf den vorspringenden Bauch zurückzuführen war. Ihr Zustand schien ihr zuzusetzen, und ihre Laune war am schlimmsten, während die Haare nass waren. Dem Frisör war das bekannt, und er ergriff Maßnahmen, um ihr das Dasein zu erleichtern. An den Tagen, wo die Haare gewaschen werden mussten, kam er in aller Herrgottsfrühe, beugte Freyjas Kopf über die Badewanne und wusch das Haar auf traditionelle Weise. In diesem Haus mussten keineswegs viele Kessel mit Wasser heiß gemacht werden wie in der Sonnenstraße, sondern man brauchte nur den Kran aufzudrehen. Man hätte meinen können, dass das Ganze dadurch schneller gehen würde, aber Madame war auf die abstruse Idee gekommen, das Haar zum Schluss eine Viertelstunde lang unter eiskaltem Wasser zu spülen. Sie behauptete steif und fest, dass es dadurch Glanz bekäme. Nach dieser Prozedur waren Hillis Hände blau und halb erfroren. Der nächste Schritt war das Trocknen, und da es keine schrägen Wände gab, wurden Haken an allen Wänden des Schlafzimmers angebracht, an denen die einzelnen Strähnen mit Bändchen befestigt wurden. Madame saß dann den größten Teil des Tages maliziös und gehässig vor der Wand und schnauzte Mette an, die ihr gefällig zu sein versuchte. Zum Nachmittagskaffee kam Hilli, um die Dame aus dem Arrest zu erlösen und das Haar nach allen Regeln der Kunst zu flechten. In der Regel war er damit fertig, wenn der Herr des Hauses von der Arbeit kam. Dann schwebte Madame mit ihrer wunderschönen Haarkrone würdevoll die Treppe hinunter.

Agga hatte bereits jede Hoffnung aufgegeben, dass Hilli jemals seine Gefühle offenbaren würde, als die Dinge plötzlich ins Rollen kamen. Eines Tages mitten in der Haarwäsche fing er endlich an, sich wegen der Engstirnigkeit, die er über sich ergehen lassen musste, zu beklagen, und Freyja schien die Sache nicht unbekannt zu sein, denn sie fragte, ob er sehr in den Jungen verliebt sei. Agga im nächsten Zimmer bekam eine Gänsehaut, und als er antwortete, dass er nicht ohne ihn sein könne und vorhabe, nach Neujahr zu ihm zu ziehen, schüttelte sich Agga.

Und für Madame war diese Erklärung ein Schlag aus heiterem Himmel. Nicht das Liebesbekenntnis selbst, sondern die Tatsache, dass er vorhatte wegzugehen.

»Willst du mir damit sagen, Hilli, dass du wegziehen willst?«, fragte sie mit weicher Stimme.

Ahnungslos gab er das zu.

»Und was wird dann aus meinem Haar?«, fuhr sie fort, und ihre Stimme klang schon wesentlich kühler.

Er sagte, dass er daran überhaupt nicht gedacht habe. Wissend um Madames derzeitige psychische Verfassung hätte er lieber irgendeine Lüge parat haben sollen, denn jetzt wurde es brenzlig.

»Du hast überhaupt nicht daran gedacht«, sagte sie leise und drohend. »Und wer soll sich dann mit Verlaub um meine Haare kümmern? Ich sollte sie vielleicht abschneiden? Das ist es wohl, was du willst? Als ob es mir nicht völlig egal wäre, ob du irgendeinen blöden Jüngling ableckst, aber eins sag ich dir, mein Haar ist mir nicht egal. Untersteh dich, von hier wegzuziehen, solange ich hier wohne!«

Agga spähte um die Ecke und sah, wie sie einander gegenüberstanden, er knallrot im Gesicht mit dem Kamm in der

Hand, sie bleich und angegriffen mit der Bürste in der Hand. Er sagte, dass jetzt das Maß voll sei, er habe geglaubt, sie sei seine Verbündete und Freundin, aber sie denke ja an nichts anderes als an ihre Haarzotteln. Bei diesen Worten erhob sie die Haarbürste so drohend, dass er rückwärts aus dem Zimmer wich. Sie warf die Bürste hinter ihm her, ließ es aber damit nicht bewenden, sondern ergriff alles, was ihr unter die Finger kam, und schleuderte es ihm nach, während er versuchte, die Treppe hinunterzuflüchten.

Am gleichen Abend verschwand Hilli aus dem Städtchen. Nur mit Mühe konnte Agga Emelía von der Attacke erzählen, und sie schämte sich gewaltig für ihre Tante, aber Emelía, die sich genauso sehr für ihren Bruder schämte, nahm die Neuigkeiten mit Fassung auf. Der Bruder war mit dem Kamm in der Hand nach Hause gekommen, hatte seine Siebensachen gepackt, sich von seiner Mutter und Schwester verabschiedet, aber den Vater keines Blickes gewürdigt. Die Mutter weinte in ihrem Bett viele Tage lang, und Agga glaubte, dass sie jetzt sterben würde. Ihr Schmerz war so groß, dass sie dem Apotheker mehrere Wochen lang den Zutritt zu ihrem Zimmer verweigerte.

Zu zweit auf dem Teich

Ende September hatte es zwei Nächte hintereinander geschneit, was alten Wetterpropheten ein böses Omen dünkte. »Das wird ein harter Winter«, sagten sie mit tiefer Stimme, aber keiner nahm sie ernst. Erst als im Oktober in der Lava oberhalb der Stadt Schneehühner gesichtet wurden, war die Ehre der Wetterpropheten wiederhergestellt. Da das Schneehuhn so früh in die Nähe der bewohnten Gebiete kam, konnte kein Zweifel daran bestehen, dass ein harter Winter bevorstand. Gegen Mitte des Monats setzte der erste Frost ein, und die Temperaturen fielen bis unter die Grenzen des Anstands, wie Kidda es ausdrückte. Sie klagte stets und ständig über den sich mehrenden Geruch von Lemuren, der aus allen Richtungen kam, oben vom Felsenhügel herunter, vom Meer herein, und er stieg sogar aus ihrem eigenen Fußboden hoch.

»Wenn das nicht einen zweiten Frostwinter wie den von 1918 bedeutet, dann weiß ich's nicht«, sagte sie zu Oma.

Oma sagte, ihr sei das völlig egal, von ihr aus könnte es frieren, was es wolle, sie hätte eine Ölheizung, sodass der Schöpfer jetzt keinen Einfluss mehr auf die Temperatur in ihrem Heim hätte. Er könnte es ja versuchen, wenn er sich traute.

Im Leben von Agga und Emelía fanden jetzt große Veränderungen statt, denn zu Anfang des Herbstes setzten sie zum ersten Mal ihren Fuß in die Realschule. Agga schmerzte es zutiefst, dass sie noch so klein war, und sie versuchte, so gut sie konnte, größer auszuschreiten. Beim Duschen nach der Gymnastikstunde stellte sich heraus, wer es sich leisten konnte, Büstenhalter zu verwenden und wer nicht. Emelía holte ihren wieder hervor und trug ihn eingebildet. Für den Gymnastikunterricht konnte sich Agga nicht besonders erwärmen, da sie wusste, dass sie aufgrund gewisser familiärer Verbindungen zu einer nicht genannten Person bei der Lehrerin nicht sonderlich beliebt sein würde. Wenn Birna, die Tochter des Präfekten, ehemalige Bergkönigin und immer noch Gymnastiklehrerin, im Baumwollpulli und eng anliegendem Rock, das rötliche Haar zu einem Pferdeschwanz gebunden und das Klassenbuch unter den Arm geklemmt, leicht x-beinig in den Saal schwebte, ging ein Raunen durch die Klasse. Emelía ahmte sie in Bewegungen und Sprechweise nach und versuchte mit allen Mitteln, sich bei ihr lieb Kind zu machen. Das Fräulein wohnte nicht weit von ihren Eltern in einem kleinen Haus unter dem Felsenhügel, und ein glücklicher Zufall wollte es, dass man, falls man an einer bestimmten Stelle stand, vorzüglich bei der Wäscheleine hinter dem Haus in Küche und Schlafzimmer gucken konnte. Agga und Emelía hatten nichts dagegen, an milden Herbsttagen bei der Wäscheleine zu hocken, wenn sie nichts Wichtigeres vorhatten. Leider hielt sich die Gymnastikprinzessin abends meistens im Wohnzimmer auf der anderen Seite des Hauses auf, aber hin und wieder kam sie trällernd mit Tassen oder Gläsern in die Küche, und dann konnte Emelía draußen in der Dunkelheit ihre geschmeidigen Bewegungen bewundern.

Übles Wetter und Frost hatten keinen Einfluss auf Freyja und ihr ewiges abendliches Umherstromern, und obwohl ihr

Bauch ziemlichen Umfang angenommen hatte, behinderte er in keiner Weise ihre Wanderungen. In dickem Pelzmantel und hochgeschnürten, gefütterten Stiefeln wurde sie sowohl draußen bei der Hafenmole als auch oben auf dem Felsenhügel gesehen. Sie kam zu Besuch in die Küche daheim, sprach wenig und war rastlos, und meistens versuchte Kidda, sie nach unten zu sich in den Keller zu locken, wenn sie oben ihre Stimme hörte. Agga konnte sich denken, warum, hatte aber Verstand genug, ihr nicht nachzugehen, denn sie hatte schon seit langem die Nase voll davon, wie Freyja sich den Bauch voll schlug, nur um alles wieder auszukotzen.

Großmutter und Kidda machten sich große Sorgen um Freyja. Nicht genug damit, dass sie Agga ins Haus am Bach schickten, um herauszufinden, ob dort ordentlich geheizt würde und ob Mette wirklich aufpasste, dass sie etwas zu sich nähme, und seien es auch nur Pfannkuchen, sondern sie bearbeiteten auch ständig Dódó, die ihre Verwandte unter den unwahrscheinlichsten Vorwänden besuchen sollte.

»Sie ist doch nicht sterbenskrank, nur weil sie schwanger ist«, sagte Dódó gereizt, packte aber doch Lilli mit Oberbett in den Fellschlafsack und zuckelte in der Kälte mit ihm los. Dísa brauchte man nicht zu bitten, ein Auge auf ihre Freundin zu haben, denn seitdem Hilli das Weite gesucht hatte, war die Frisur ihre heilige Pflicht, und während sie frisiert wurde, erhielt Freyja Nachrichten aus dem Geschäft, was die Frauen kauften und wollten, über was sie sprachen, was sie träumten, und häufig gab es Vorträge über die Schwangerschaft und Ratschläge gegen damit verbundene Übel wie Schlaflosigkeit, Sodbrennen, geschwollene Beine und Muskelkrämpfe. Das musste Agga sich zu ihrem großen Leidwesen anhören.

Dísa ging jetzt nicht mehr in gewendeten Mänteln einher, nun trug sie einen feinen Wollmantel mit einem winzigen Pelzkragen, und ihr damenhaftes Gebaren entging niemandem. Ihre Nähmaschine surrte wohl den ganzen Tag, denn es fehlte ja nicht an Material. Als Agga ihr eines Abends Marmelade und Schellfisch von Großmutter und Kidda brachte, bemerkte sie, dass sich ihr Heim ziemlich verändert hatte. Auf dem Wohnzimmertisch befanden sich jetzt Spitzendecke und Blumenvase, vor den Fenstern hingen hübsche Gardinen, auf den Fensterbänken standen unzählige Topfblumen, und zwei kleine Tische hatten sich zu dem bereits vorhandenen gesellt; auf dem einen stand eine Lampe, und auf dem anderen nichts mehr und nichts weniger als ein Telefon. Agga wusste nur zu gut, wem sie diese Verbesserung ihrer finanziellen Lage zu verdanken hatte, denn mehr als einmal hatte sie beobachtet, wie Freyja ihr ein paar Scheine in die Tasche steckte. Agga war ziemlich sauer darüber, denn sie selbst hatte von Madame nie auch nur eine Krone bekommen, obwohl sie auch eine kleine Unterstützung ab und zu durchaus gebrauchen konnte.

Doktor Enoch zufolge war die werdende Mutter kerngesund, auch wenn sie etwas kräftiger sein könnte, und er äußerte sich überhaupt nicht in Bezug auf ihre Rastlosigkeit und Übellaunigkeit. Agga wiederum fand es keineswegs verwunderlich, dass der Ehemann abends häufig die Unterhaltung des Präfekten suchte. Sie hatte kein bisschen Mitleid mit Freyja, obwohl sie sah, wie sehr ihr das missfiel. Es war ihre eigene Schuld, wenn sie so griesgrämig war.

Als Oma Agga wieder einmal zu Freyja schickte, um sich nach deren körperlichem Befinden zu erkundigen und nachzuforschen, ob alles im Haus in Ordnung sei, ließ Agga es dabei bewenden, zur Hintertür bei Mette hereinzugehen und sich dort eine Weile an Kuchen und Gebäck gütlich zu tun. Mit den Kuchen war ein Vortrag von Mette auf Dänisch über ewiges nächtliches Gerenne verbunden, das sie um den Schlaf brachte. Agga begriff, dass die Dame ruhelos war und Nacht für Nacht wie ein Gespenst durchs Haus irrte. Diese Art von Lauferei kannte Agga aus eigener Erfahrung, und deswegen bemitleidete sie Mette von ganzem Herzen.

Sie wollte gerade mit einer Tüte Gebäck weggehen, als aus dem oberen Stock nach ihr gerufen wurde. Es war schon dämmrig draußen, und alle Zimmer waren dunkel. Gerade noch konnte sie Freyja erkennen, die in ihrem Zimmer saß und mit ihrem in alle Richtungen aufgehängten Haar an eine riesige aufgeklappte Muschel erinnerte. Offensichtlich hatte früher am Tag eine Haarwäsche stattgefunden. Agga stellte sich in der Tür auf, blickte sie mürrisch an und fragte, warum sie nicht das Licht anmache.

»Mir gefällt es, im Dunkeln zu sitzen«, sagte Freyja leise und sanft.

»Du kannst vielleicht im Dunkeln sehen wie die Katzen?«, fragte Agga spitz.

»Ich sehe alles, was ich will, Aggalein«, sagte Freyja ebenso sanft wie vorher.

»Und kannst vielleicht auch alles im Dunkeln machen?«, fuhr Agga fort.

Darauf ging die Tante überhaupt nicht ein. Agga kam es so vor, als wären ihre Augen phosphoreszierend.

»Liebe Agga«, sagte sie schließlich besonders liebenswürdig, »ich möchte dich bitten, meine Haare zu flechten, solange sie feucht sind.«

»Ich kann nicht flechten«, sagte Agga, die selbst einen großen Zopf im Nacken trug.

»Ich bezahle dich dafür«, sagte die Tante.

Agga zog sich den Mantel aus, und die Gebäcktüte fiel auf den Boden. Sie machte das Licht an und hob die Tüte auf.

»Hat Mette wieder einmal gebacken«, sagte Freyja und zog eine Grimasse.

»Sie sagt, dass sie deinetwegen nicht schlafen kann«, sagte Agga und löste das Haar von den Haken.

»Mette hat schwache Nerven«, sagte Freyja, setzte sich vor den Spiegel und begann, das Haar mit langen Strichen zu bürsten. Sie beauftragte sie, das Haar in acht Teile zu teilen und jeden für sich zu flechten.

»Mette kann die Dunkelheit hierzulande nicht ertragen«, fuhr sie fort. »Das ist ja auch nicht verwunderlich, die Dunkelheit bringt einen um.«

»Außer der Dunkelheit bringt ja wohl auch noch anderes die Menschen um«, entfuhr es Agga.

Die Frau blickte sie starr im Spiegel an, ihre Augen wurden weiß, und alles um sie herum wurde kalt. Agga spürte, wie die Kälte an den Waden und den ganzen Körper hochkroch und in den Fingerspitzen endete, mit denen sie den Zopf hielt, sie wurden ganz steif vor Kälte. Sie starrte völlig entsetzt auf ihre Finger, hob dann unendlich langsam den Kopf und blickte auf ihre Tante, und solange diese den Blick erwiderte, schien die Zeit tödlich stillzustehen. Agga konnte sich nicht von der Stelle rühren. Endlich senkte Freyja die Lider, und die Erstarrung in Aggas Körper ließ nach.

»Eine verflixte Kälte ist das hier«, stieß sie hervor. »Hier wird wohl nicht geheizt?«

Freyja erwiderte nichts. Agga flocht weiter. Als sie mit den acht Zöpfen fertig war, zog sie sich geschwind den Mantel wieder an und streckte die Hand aus. Freyja grinste, öffnete eine

Schublade, ergriff einen bestickten Geldbeutel und zog einen Schein hervor. Geiz wenigstens war in diesem Hause unbekannt, aber als Agga den Schein entgegennahm, spürte sie, wie sie vom Scheitel bis zur Sohle zitterte, und die Treppe hinunter und auf dem Nachhauseweg fasste sie sich an die Brust, um dem Herzklopfen Einhalt zu gebieten. Vielleicht war sie im Begriff, herzkrank zu werden wie die alte Dame.

Im Spätherbst kam die alte Dame endlich von ihrer Reise nach Dänemark zurück in die Kälte daheim, die draußen und drinnen herrschte. Sie brachte Agga eine kleine Kette mit einem Katzenanhänger mit und sagte, das hätte sie verdient, weil sie immer so lieb zu ihren Katzen sei. Agga freute sich sehr und revanchierte sich für die Aufmerksamkeit mit endlosen Katzengeschichten aus der Stadt. Der Schwiegertochter brachte die alte Dame nichts mit, und wie zu erwarten war, begannen jetzt wieder die Feindseligkeiten zwischen ihnen, obwohl es weder für die Herzkranke noch für die unheilbar schlecht Gelaunte gut war. Mette war wie eine Marionette zwischen ihnen und wurde reizbar und nervös.

Zuzuspitzen begann sich die Situation aber erst, als die Vorbereitungen für das Jubiläum des Eissportvereins begannen. Aus diesem Anlass sollte am Jubiläumstag selbst ein großes Eislauffest auf dem Stadtteich stattfinden, wo Jung und Alt sich im Eisschnelllauf und Eiskunstlauf versuchen konnte.

Das Eislauffieber griff um sich, jeden Tag wurde auf dem Stadtteich geübt und genauso auf dem größeren See mitten in der Lava oberhalb des Ortes zwischen Hügeln und alten Kratern. Dort, wo das Land am tiefsten lag, hatte sich Wasser über der Lava gesammelt, sie aber nicht ganz bedeckt, sodass unterschiedlich hohe und bizarre Felsinselchen herausragten, und wenn es sehr dunkel war, konnte man sich zwischen ihnen verirren. Mond und Nordlicht beleuchteten an frosthellen Abenden Felsen und Eis und weckten Spannung in jungen Herzen und unverzeihliche Unruhe in älteren. An den eiskalten schönen Abenden hörte man bis spät in die Nacht hinein Lachen und Rufen.

In der Ereignislosigkeit des Winters war es ein Leichtes, die Menschen aufs Eis zu bringen, zumal das Vergnügen ja nichts kostete, und bald sah man die Sportskanonen des Ortes, ehemalige Leichtathletikgrößen, eingepackt in zwei, drei Pullover mit den Schlittschuhen über der Schulter zum Teich stürmen, unter ihnen auch Björn Theodór. Er hatte wohl beabsichtigt, beim Wettlaufen mitzumachen, aber bevor er oder andere sich's versahen, übte er Paarlaufen mit keiner geringeren Partnerin als Birna, der Gymnastiklehrerin und personifizierten Bergkönigin.

Agga versuchte, diese Paarung nicht an die große Glocke zu hängen, und wahrscheinlich wäre sie überhaupt nicht in die Sache hineingezogen worden, wäre nicht Freyja eines Tages in die Sonnenstraße gekommen. Als sie wieder nach Hause ging, wollte sie, dass Agga sie begleitete, um ein paar Sachen abzuholen, die sie für Dódó zurechtgelegt hatte. Agga sah, dass es zwecklos sein würde zu widersprechen, und folgte Madame widerwillig zum Haus am Bach.

Draußen von der Straße sahen sie, dass der Salon hell erleuchtet war, und Freyja blieb stehen und starrte eine Weile nachdenklich auf die Fenster. Als sie eintraten, waren die Gäste gerade im Begriff zu gehen, und Agga stellte fest, dass es der Vorstand des Eissportvereins war, und zwar die Frauenabteilung mit Birna an der Spitze. Sie lachten und plauderten mit der Arztwitwe und Björn Theodór, verstummten aber, als die

Dame aus Amerika hereinrauschte. Mutter und Sohn räusperten sich, hörten aber nicht auf zu lächeln. Freyja lächelte nicht und konnte wegen ihrer Größe auf die Frauen herunterschauen. Ohne sich den Mantel auszuziehen, ging sie geradewegs auf die Gruppe zu, die auseinander wich und sich an die Wand drückte. Sie warf einen schnellen, tödlichen Blick auf Birna und ging in den Salon. Agga folgte ihr auf dem Fuß, wohl wissend, dass da, wo Gäste gewesen waren, immer etwas Leckeres auf dem Tisch stand. Sie musste sich sputen, etwas von den Resten in sich hineinzustopfen, denn Mette begann, Teller und Tassen auf ein Tablett zu stellen.

Als Mutter und Sohn in den Salon kamen, nachdem sie die Eissportgruppe verabschiedet hatten, stand Freyja am Fenster und fragte, ohne sich umzudrehen oder sie anzublicken: »Wer hat diese Weibsen eingeladen?«

Die Arztwitwe zuckte zusammen, blickte indigniert drein und sagte, dass bei gewissen Personen die Ausdrucksweise keineswegs kultivierter geworden wäre.

»Mama hat die Mädchen zum Kaffee eingeladen, liebe Freyja«, sagte Björn Theodór bestimmt. »Sie will dem Eissportverein aus Anlass des Jubiläums einen kleinen Betrag stiften.«

Freyja zog den Atem so tief ein, dass sich die Nasenflügel aufblähten: »Deine Mutter lädt keine Mädchen hier ins Haus, ohne dass die Frau des Hauses davon weiß, und das bin ich.«

Grabesstille entstand im Salon, Björn Theodór verschlug es die Sprache, und er blickte ratlos auf die Frauen. Die alte Dame griff sich ans Herz, die Augenlider flatterten, und schließlich sagte sie mit zittriger Stimme: »Da siehst du, wie sie ist. Da siehst du jetzt endlich die Impertinenz und Unverfrorenheit dieser Frau, die mich aus dem eigenen Haus treiben will, mich, deine eigene Mutter und die rechtmäßige Dame des Hauses. Siehst du es jetzt, Junge, siehst du es?«

»Hör auf damit, Mama«, sagte er geistesabwesend. »Was ist eigentlich mit euch beiden, was ist los? Warum stellst du dich so an Freyja, warum darf meine Mutter nicht ihre Bekannten zu sich einladen?«

»Bekannte!«, sagte Freyja höhnisch und hatte sich in ihrer ganzen Glorie umgedreht. »Deine Mutter hat deine ehemalige Freundin und Flamme eingeladen, um mir eins auszuwischen, glaubst du etwa, dass ich die alte Schachtel nicht kenne?«

Er bewegte das Kinn, als versuchte er, die richtigen Worte zu finden, und sagte dann schließlich beherrscht: »Freyja Gestsdóttir, Birna und ich sind von Kindheit an befreundet gewesen, wenn du das endlich einmal begreifen wolltest. Es lässt sich nicht vermeiden, dass wir Umgang mit ihr haben, und außerdem ist ihr Vater mein bester Freund und Ratgeber.«

»Zum Teufel mit deinen Freunden!«, sagte Freyja, ging auf ihn zu und fauchte ihm ins Gesicht: »Entweder die Alte geht aus dem Haus oder ich!«

Er versetzte ihr eine Ohrfeige.

Irgendwie kam es Agga im Nachhinein so vor, als ob man in dieser Situation auch etwas anderes hätte tun können, selbst wenn die Frau im Begriff war, die Kontrolle über sich selbst zu verlieren.

Einen Moment lang stand die Zeit still, als wüsste niemand genau, ob irgendetwas passiert war oder nicht. Björn Theodór machte ein zerknirschtes Gesicht, als ihm klar wurde, was er getan hatte, aber die alte Dame strahlte vor Genugtuung.

Freyjas Augen wurden weiß wie Gletschereis.

Dann warf sie den Kopf in den Nacken, schaute einen Augenblick auf Ehemann, Schwiegermutter und Dienstmädchen, schritt würdevoll aus dem Salon und hinauf in den ersten Stock, und kurze Zeit später hörten sie, wie Türen und Schlösser zuschnappten.

Agga bat im Stillen Gott darum, dem Ehemann beizustehen. Er würde es gewiss nötig haben. Zu den Fischfrikadellen zu Hause gab sie stockend Bericht über die Ereignisse, und den Frauen verging der Appetit.

»Allmächtiger«, jammerte Großmutter, »sie kann nicht länger in diesem Haus bleiben, das überlebt sie nicht in diesem Zustand.«

»Jetzt geht's rund«, sagte Kidda, als ob sie schon lange darauf gewartet hätte, legte die Gabel von sich, ohne aufgegessen zu haben, und zündete sich die Pfeife an.

Je näher der große Eislauftag rückte, desto besser zeigte sich, wer mitreden konnte, wenn es um Eiskunstlauf ging. Emelía wartete mit unglaublichen Kunststückchen auf, obwohl Busen und Hüften rundlicher geworden waren; sie konnte ebenso gut vorwärts wie rückwärts Schlittschuh laufen, Achten drehen, die Waage machen und Pirouetten, ohne schwindlig zu werden oder hinzufallen. Es konnte kaum ein Zweifel daran bestehen, wer die Eislaufprinzessin im Städtchen werden würde.

Die voraussichtlichen Teilnehmer am Paarlauf zeigten ebenfalls Geschick, und ihretwegen kam ein bekanntes Eislaufpaar aus Reykjavík, um elegante Beinarbeit zu trainieren.

Das Jubiläum selbst sollte, wenn es Gott und Wetter gefällig war, am ersten Sonntag im Dezember auf dem Stadtteich gefeiert werden, und die Preisverleihung würde später am Abend vor Beginn des Tanzes im Guttemplerhaus stattfinden.

Weil Agga beim Eislaufen kaum die Kufen hochkriegen, geschweige denn Kreise ziehen konnte, ohne hinzuknallen, begnügte sie sich mit dem Wettlaufen, wo man nur so schnell wie möglich geradeaus laufen musste.

Meist hatte sie wenig Lust, in die Kälte hinauszugehen, aber Emelía war unerbittlich, mit den Schlittschuhen über der Schulter stand sie zu allen möglichen Tageszeiten vor der Haustür und verlangte, dass sie zum Trainieren auf den Teich gehen sollten. Agga zottelte wie ein krankes Hündchen hinter ihr her, aber an Ort und Stelle angelangt, lebte sie häufig wieder auf, besonders wenn Sterne am Himmel waren. Die konnte sie stundenlang betrachten, und an solchen Abenden schneite es nie.

An einem sternenklaren Abend trainierten zu der Zeit, als der Fortsetzungsroman im Rundfunk gelesen wurde, nur wenige auf dem Eis, und Agga beeilte sich nicht im Geringsten damit, die Schlittschuhe unterzuschnallen. Sie saß auf einem gefrorenen Huckel beim Teich und starrte wie in Trance auf die unwirkliche Landschaft, die niedrigen gezackten Felsen, die aus dem gefrorenen See herausragten und im Mondschein bizarre Formen annahmen: Trollweiber, die es nicht schafften, vor Sonnenaufgang nach Hause zu kommen, und deswegen bei Tagesanbruch zu Stein wurden, Trollkinder mit Pudelmützen, Schaufeln und Eimerchen, Schafsböcke, Stiere und unförmige Ungeheuer – all das war in diesen pechschwarzen Felsen unterwegs. Darüber tanzten die Sterne zum Summen der Schlittschuhkufen.

Emelía tanzte selbstvergessen mitten auf dem Teich, ganz für sich und unnahbar, designierte Eiskunstlaufweltmeisterin, und Agga versuchte aufzustehen und wenigstens so zu tun, als würde sie Schlittschuh laufen, auch wenn ihr durch und durch kalt war. Nach drei großen Kreisen hatte ihr Zwerchfell genug, und sie warf sich auf einer kleinen Erhebung am östlichen Ende des Teichs nieder.

Im gleichen Moment erblickte sie Björn Theodór mit der Gymnastikfee im Arm. Sein fester Griff um Taille und Hüfte des Fräuleins und seine beständigen rhythmischen Kopfbewegungen über ihrem Nacken erinnerten ungemein an die Strandtänze der Möwen im Frühjahr, die der Paarung vorausgingen. Agga wurde ganz weich in den Knien, ihr kamen auf einmal die Erwachsenen abscheulich vor. Warum in aller Welt konnten sich die Leute nicht wie normale Menschen benehmen? Warum in aller Welt konnten sie sich nicht so im Zaum haben wie sie. War der verdammte Kerl nicht verheiratet, oder was? Sie spuckte verächtlich auf das Eis und schlitterte von dannen.

Sie wurde überhaupt nicht von ihnen bemerkt, aber bevor noch der Abend zu Ende ging, bemerkten andere den Wangentanz unter dem Sternenhimmel. Jeglicher Lust und Laune beraubt, hockte Agga sich auf den Huckel bei ihren Schuhen, und dann tauchte Emelía in großem Bogen aus den Schatten bei den Felsen hervor. Sie warf sich neben ihr nieder und fragte, ob sie das gesehen hätte, was sie gesehen hatte. Agga sagte ja, und beide fanden keine Worte, um ihrem Missfallen Ausdruck zu verleihen.

Sie schnallten gerade schweigend ihre Schlittschuhe ab, als ihre Blicke auf eine Schattengestalt am Rande der Felsen oben auf der Lava fielen.

Sie stand grabesstill, hatte trotz des Frostes nichts auf dem Kopf und blickte unverwandt hinunter auf den See wie eine

Elfenkönigin, die auf ihre Untertanen blickt. Die Elfen tanzten zu zweit auf dem See. Sie tanzten leidenschaftlich den Mondtanz und sahen nicht die schwarz gekleidete Frau oben auf den Felsen, die auf sie wartete wie der Tod.

Kälte im Nordzimmer

Schneestürme verwehrten Madame in den nächsten Tagen den Ausgang. Es schneite mehrere Tage hintereinander und hörte erst auf, als die Schneewehen bis an die Dachrinnen reichten. Man musste sich herausschaufeln, wollte man auf die Straße kommen, und bei den meisten verging der halbe Morgen damit. Die Häuser in den Lavamulden entschwanden gänzlich den Blicken.

»Das ist ja schlimmer als in den Westfjorden«, sagte Großmutter wie entschuldigend zum Postboten, der durch die Schneewehen gestapft kam und fluchte, als ob sie dafür verantwortlich sei.

Die Stadt war jetzt wie ein Mäusebau. Schmale Gänge, von Menschenhand oder nicht sehr effektiven Schneeräumgeräten geschaufelt, bildeten ein dichtes Netz durch den ganzen Ort, und Schlitten waren die einzigen Fahrzeuge. Aus den Schneetunnels heraus konnte man das Meer nicht mehr sehen, was den meisten Unbehagen verursachte.

Am dritten Tag des Schneetreibens wurde klar, dass der Eislaufwettbewerb verschoben werden musste, und Emelía bekam bei dieser Nachricht fast einen Tobsuchtsanfall. Einen ganzen Tag musste Agga sich Schimpfen, Verwünschungen, Heulkoller und Gejammer anhören. Sie drohte damit, nicht mehr zum Konfirmandenunterricht zu gehen und niemals mehr eine Kirche zu betreten, denn natürlich lag es auf der Hand, dass der Herrgott sie um den Titel der Eislaufprinzessin gebracht hatte. Agga versuchte, sie zu beruhigen und riet ihr, sich bei allen Stellen zu beschweren, die an der Organisation beteiligt waren, besonders bei der Vorsitzenden des Eissportvereins, Fräulein Birna, und dem Bürgermeister persönlich. Emelía beherzigte dies und machte sich schleunigst auf den Weg zur Vorsitzenden.

Aber als Agga gemütlich mit der Katze im Arm auf dem Teppich lag und dem Fortsetzungsroman im Rundfunk lauschte, tauchte Emelía völlig aufgelöst wieder auf, warf sich neben ihr auf den Boden, bleich und angegriffen, und konnte kaum ein Wort hervorbringen. Agga erschrak, fragte, ob sie geschlagen worden sei oder ob sie etwas geklaut oder einen Jungen geküsst hätte, aber Emelía schüttelte bloß den Kopf. Endlich flüsterte sie Agga ins Ohr, nachdem sie sich nach allen Seiten umgeblickt hatte: »Ich habe einen Mann und eine Frau es machen sehen, du weißt schon.«

»Jemine«, stöhnte Agga. Sie hatte ja schon manches gehört, sowohl unfreiwillig als auch absichtlich, aber das hier übertraf alles.

»Du lügst«, flüsterte sie und runzelte die Brauen. Emelía bekreuzigte sich, kam ihr so nahe, dass ihre Nasenspitzen sich berührten, und sagte: »Ich bin zu Birna gegangen, um sie zu bitten, dass die Eislaufbahn freigeschaufelt würde; es war Licht im Wohnzimmer, ich habe nicht gewagt, gleich anzuklopfen, bin hinters Haus gegangen, weil ich noch überlegt habe, was ich sagen sollte, und da war Licht im Schlafzimmerfenster, und dann sah ich sie hereinkommen mit dem Mann, sie haben einander ausgezogen, ich schwör's bei Gott, und dann hat sich der Mann im Bett auf sie gelegt, ich schwör's, es war ekelhaft, Agga, ich glaube, ich sterbe.«

Sie schlug die Hände vors Gesicht und legte sich auf den Bauch.

»Wer war der Mann«, flüsterte Agga gespannt. »War es der Oberlehrer?«

Emelía schüttelte den Kopf und sagte mit weinerlicher Stimme: »Du weißt es, du weißt, wer der Mann war.«

Eine ganze Ewigkeit schauten sie einander in die Augen, als ob die Wahrheit über die menschliche Natur dort zu finden wäre, schlugen dann aber ratlos die Augen nieder; sie waren ja schließlich noch keine vierzehn Jahre alt und hatten keinen blassen Schimmer von der Welt.

Zum Beweis ihrer Worte verlangte Emelía, dass Agga und sie zusammen zum Haus unter dem Felsenhügel gehen sollten, und Agga folgte ihr mit Bauchschmerzen. Sie stiefelten in der Abendstille durch den Schnee und versteckten sich dann hinter der Mülltonne. Die Kirchenglocken hatten dreimal die Viertelstunde geschlagen, als sich die Tür endlich öffnete und das Gesicht von Björn Theodór erschien. Er blickte nach allen Seiten, schlüpfte dann hinaus und stürmte die Straße entlang in Richtung zum Haus am Bach.

Wie sich Geschichten in einem kleinen Ort verbreiten, ist dessen eigenes Geheimnis.

Agga traf diesmal keine Schuld, zumal die Sache teilweise derart war, dass man sich nur sehr schwer darüber auslassen konnte. Außerdem fand sie es nicht angebracht, etwas auszuposaunen, was blamabel für ihre eigene Familie war. Es konnte natürlich gut sein, dass Emelía in ihrem Zorn über die Eislauforganisatoren irgendetwas herausgerutscht war, und man konnte sich auch gut vorstellen, dass Björn Theodór gesehen worden war. Die Gardinen in den Häusern des Städtchens bewegten sich nicht immer rein zufällig oder wegen harmloser Windböen.

Obwohl auf den Straßen nicht laut geredet wurde, war es doch ganz offensichtlich, dass alle Erwachsenen und halbwegs zu Verstand Gekommenen wussten, was die Glocke geschlagen hatte. Alle außer der Ehefrau. Wer würde es ihr sagen?

Agga nicht, so viel stand fest.

Zwei Tage später saß Agga, wie immer völlig ausgehungert, in der Küche bei Mette, als sie sah, wie Dódó und Dísa herausgeputzt herbeigeeilt kamen, und dann spürte sie instinktiv, dass jetzt etwas passieren würde. Mette ließ die beiden herein, die keine Ahnung von Aggas Anwesenheit im Haus hatten. Kurz angebunden fragten sie nach der Dame des Hauses, und Mette wies sie nach oben, wo Freyja sich mit strähnigem Haar bei zugezogenen Vorhängen aufhielt. Die Atmosphäre in diesem Haus war seit einigen Tagen wie in einem Mausoleum, und Mette erklärte, dass sie sich kaum noch zu schnäuzen getraute.

Zum Leidwesen von Agga machten die Frauen die Tür sorgfältig hinter sich zu, und ihr bot sich keine Chance, das Gespräch mitzuverfolgen. Obwohl es erniedrigend war und eigentlich unter ihrer Würde, gab es nur eine Möglichkeit, nämlich am Schlüsselloch zu lauschen. Die alte Dame hatte sich hingelegt, und ihre Zimmertür am Ende des Gangs war geschlossen, Mette war unten in der Küche beschäftigt, und deswegen legte sie ihr Ohr an die Tür und schielte durchs Schlüsselloch hinein, hielt sich aber die Möglichkeit offen, in einen großen Schrank auf dem Gang hineinspringen zu können, falls jemand käme.

Die Frauen hatten sich am Fenster niedergelassen, sie hörte, wie sie über die stickige Luft drinnen klagten und das unordentliche Haar von Madame, sie sah, wie sie die Gardinen zur Seite zogen und das Fenster öffneten, während sie über Stoffe und die Geschäfte schwatzten, sah die kreidebleiche Freyja mit aufgedunsenem Bauch dasitzen und Dísa die Bürste nehmen, um das strähnige Haar zu frisieren.

»Hast du heute schon was gegessen?«, hörte sie Dódó fragen, aber Freyja ging nicht darauf ein. Eine Weile redeten sie über Essen und Kinder, aber dann wurden ihre Stimmen immer leiser, bis sie zu einem Flüstern herabsanken. Agga hätte sie schlagen mögen. Sie sah an ihren verlegenen Gesten und unsicheren Bewegungen, dass sie ihr irgendwelche Nachrichten überbrachten. An Freyjas Miene war keinerlei Reaktion abzulesen, aber plötzlich sagte sie laut, als ob sie wollte, dass eventuelle Lauscher es hörten: »Ich habe sie zu zweit auf dem See gesehen.«

Jetzt presste Agga das Ohr dicht ans Schlüsselloch. Die Stimmen wurden nicht lauter, obwohl das Flüstern aufgeregter wurde. Wieder sagte Freyja laut und deutlich: »War er bei ihr im Bett?«

Dann endlich hörte man die weinerliche Dísa: »Liebste Freyja, nicht böse sein, wir wollten nur nicht, dass er dich lächerlich macht, ohne dass du dich wehren kannst.«

»War er bei ihr im Bett?«, fragte sie noch einmal. Sie ließen bekümmert die Köpfe hängen, und Agga entfernte sich ängstlich von der Tür, da jetzt die volle Wahrheit ans Licht gekommen war.

Jenseits der Tür geschah aber nichts, und erst nach einer ganzen Ewigkeit hörte man aufs Neue Rascheln und Geflüster. Agga stierte mit einem Auge angestrengt durch das Schlüsselloch und sah sie die Köpfe zusammenstecken und tuscheln.

Jetzt hecken sie irgendwas aus, so was Gemeines, dachte sie

und war bitterböse darüber, stets und ständig das Beste zu verpassen. Aber wenigstens würde das Städtchen nicht die Pläne erfahren, die jetzt geschmiedet wurden.

Urplötzlich standen sie auf, und Agga schaffte es gerade noch, sich im Schrank zu verstecken, als sie die Tür öffneten. Durch eine Ritze sah Agga, wie Freyja sich auf der Treppe von ihnen verabschiedete. Sie stand lange am Geländer, nachdem es im Haus wieder still geworden war, und Agga wartete sehnlichst darauf, dass dieses Kapitel ihres Lebens zu Ende gehen würde.

Aber das letzte Wort war noch lange nicht gesprochen.

Die alte Dame kam aus ihrem Zimmer, gefolgt von ihren drei Katzen, blieb direkt vor dem Schrank stehen und starrte Freyja an. Die Dame aus Amerika stand vollkommen unbeweglich und blickte aus weißen Augen zurück. Die Katzen schnupperten intensiv am Schrank. Die alte Dame fingerte an ihrem Nackenknoten herum, rückte die Brille zurecht und scheuchte die Katzen in die Küche. Mit stolz zurückgeworfenem Nacken ging sie schweigend an Freyja vorbei, die jede ihrer Bewegungen mitverfolgte. Als sie auf der halben Treppe war, griff Freyja eine der Katzen, die sich noch nicht vom Geruch aus dem Schrank hatte losreißen können, packte sie um die Mitte und warf sie mit aller Kraft hinter der alten Dame her.

Agga schloss die Augen und ließ sich in die finsterste Ecke des Schranks zurücksinken. Dort lag sie, während die Schreie der alten Dame durch das Haus gellten und sich mit Mettes Angstgekreisch vermischten, während der Krankenwagen sich durch die Schneewehen bis zum Haus vorkämpfte und die alte Dame auf einer Bahre hinausgetragen wurde. Sie lag immer noch im Schrank, als Björn Theodór hereinstürmte und die Tür zum Zimmer seiner Frau aufriss. Sie hörte, wie Freyja schläfrig gähnend vom Bett aus sagte: »Herrje, was für fürchterliche Träume ich gehabt habe, lauter kreischende Kobolde um mich herum.«

Die Arztwitwe hatte sich bei dem Sturz von der Treppe den Oberschenkel gebrochen, aber die Ärzte waren besorgter wegen ihres Herzens, das sehr schwach war und körperliche oder geistige Aufregungen kaum vertragen konnte. Die Katzen wurden eingeschläfert, als sich herausstellte, dass sie in übermütigem Spiel der Dame in den Nacken gesprungen waren. Etwas anderes hatte Mette nicht gesehen, als man versuchte, den Vorfall zu rekonstruieren. Agga trauerte um die Katzen und legte sich mit Bauchweh ins Bett.

Die Mutter von Björn Theodór überlebte den Sturz, und zwei Tage später stand Freyja Anfang Dezember bei Großmutter in der Küche und erklärte, dass sie die Weihnachtszeit bei ihren Verwandten verbringen wollte, wenn niemand etwas dagegen hätte.

Jetzt waren alle Frauen wieder daheim, und der ewige Ärger, wer wo schlafen sollte, fing wieder an. Diesmal wechselte niemand das Zimmer für Madame, sie musste sich im Zimmer von Dódó und dem kleinen Lilli einquartieren.

»Weibsleute müssen doch ewig Theater machen, verdammt nochmal«, sagte Großvater, als er an Land kam und erfuhr, dass Freyja wieder da sei. »Sollten verheiratete Frauen nicht bei ihren Männern sein?«, stieß er grantig hervor.

»Nicht, wenn die bei anderen Frauen sind«, knurrte Großmutter, und dann wurde nicht mehr darüber geredet.

Nachdem sie wieder zurückgekommen war, bewegte Freyja sich überhaupt nicht mehr, sei es nun wegen ihres Leibesumfangs oder wegen Widerwillens vor frischer Luft. Spaziergänge am Strand, bei Felsenhügeln und Seen in Frost und Schlechtwetter gehörten der Vergangenheit an. Die Dame lag meistens bis mittags unter dem Federbett und ließ sich mit Teebrühe und Zwieback bedienen. Sie stand in der Regel erst gegen Nachmittag auf, als es schon wieder dunkel wurde. Dann setzte sie sich an den Esszimmertisch, hielt sich stöhnend den Rücken und klagte so lange über Dunkelheit, Mundfäule und Schmerzen am ganzen Leib, bis alle Frauen um sie herumscharwenzelten. Am ehesten gab sie sich noch zufrieden, wenn Oma die Spielkarten herausholte und zu Whist oder Rommé austeilte. Agga und Dódó spielten gezwungen und widerwillig mit, um das ewige Lamento los zu sein. Ninna blieb meistens verschont, weil sie nicht imstande war, länger als eine Runde still zu sitzen.

Am Ende des Tisches thronte Freyja, bleich und von Aphthen geplagt, mit Rändern unter den eisblauen Augen, und die Haare in einem einzigen unordentlichen Wust. Wenn es Agga passierte, dieses Schreckensbild anzustarren, wurde das durch einen eiskalten Blick erwidert, und sie ließ das Starren ganz schnell bleiben.

Die Tante hatte eine despotische Macht über sämtliche Frauen. Mitten in den Weihnachtsvorbereitungen, als die meisten Frauen im Ort alle Hände voll mit Weihnachtsbäckerei und Hausputz zu tun hatten, saßen sie und spielten völlig gegen ihren Willen Whist oder Rommé. Lilli musste sich die Lungen aus dem Leib brüllen, bevor sich jemand um ihn kümmerte. Wenn die Frauen unruhig wurden, sagte Freyja nur kurz: »Das Spiel wird zu Ende gespielt.«

Abends verschwand sie in den Keller zu Kidda und ließ sich erst kurz vor Mitternacht wieder blicken. Sie hatte noch nicht viele Nächte wieder im Haus geschlafen, als sie anfing, sich über das nächtliche Treiben von Dódó zu beschweren, die natürlich häufig die Windeln von Lilli wechseln und mit seinen Fläschchen hantieren musste. Dódó reagierte wütend, überschüttete Freyja im Gegenzug mit Beschimpfungen und Gemeinheiten und erklärte, dass sie allein in diesem verdammten Zimmer schnarchen könne, sie hätte sowieso da nie richtig schlafen können wegen der fürchterlichen Kälte, von der niemand wusste, wo sie herrührte, denn das dämliche Kabuff würde ja schließlich geheizt wie die anderen auch.

Mit diesen Worten rauschte sie mit ihrem und des Sohnes Sack und Pack ins Südzimmer und befahl Agga zu tauschen. Agga raffte wieder einmal ihr Hab und Gut zusammen und siedelte zu Freyja über. Die bewusste Kälte im Nordzimmer hatte sie nie bemerkt, allerdings schlief sie ja auch in Wollhemd und Socken, seit sie zurückdenken konnte.

Am gleichen Abend betete sie zum lieben Gott, er möge ihr Freyja ein für alle Mal vom Hals und aus dem Haus schaffen, sie sei das ewige Gezetere der Frauen leid und auch das Whist- und Rommésspielen und die ständige Umzieherei mit ihren Habseligkeiten. Zusätzlich zu diesem Gebet beschloss sie, bei nächster Gelegenheit zu Björn Theodór zu gehen und ihn darum zu bitten, um Himmels willen seine Frau wieder nach Hause zu holen. Mit diesem Vorsatz bekreuzigte sie sich und schlief ein.

Frühmorgens erwachte sie vor Kälte. Sie streckte die Hand nach der Heizung aus, aber die war warm, und sie sah, dass das Fenster zu war, und wunderte sich sehr. So eine Kälte im Haus hatte es noch nicht einmal zu Zeiten des Kohleofens gegeben, und sie fing an, den Worten von Dódó Glauben zu schenken. Kein Geräusch war zu hören von der Tante im anderen Bett, gerade so, als ob die Temperatur optimal für sie wäre, aber trotzdem lag sie viel ruhiger da, als es für eine schlafende Frau normal sein konnte.

Am nächsten Morgen, als Agga sich die Strumpfhosen anzog und sah, dass Freyja zur Decke starrte, fragte sie, ob es ihr in der Nacht nicht kalt gewesen sei?

»Ist mir nicht sowieso immer kalt?«, erwiderte Freyja.

»Ist die Heizung bei dir zu Hause nicht viel besser?«, fragte Agga und wollte die Sache diplomatisch angehen, erntete aber nur schiefe Blicke. »Ich dachte, es wäre vielleicht besser für dich, wenn du in deinem Zustand zu Hause in der Wärme bei Björn Theodór sein würdest«, fuhr sie dreist fort.

»Lass das unnütze Geschwätz, Aggalein, zieh dich lieber an und bring mir Tee«, sagte die Dame in diesem Ton, der alle nervös machte.

Agga gehorchte ihr, ohne zu wissen, warum.

Obwohl Agga sich vorgenommen hatte, Björn Theodór darum zu bitten, seine Frau nach Hause zu holen, vergingen die Tage, ohne dass sie dazu kam, denn sie hatte keine Zeit. Emelía war die schlechte Laune in Person und bedurfte ihrer ganzen Aufmerksamkeit.

Emelía stand in dem Glauben, dass der Eissportverein und der Schöpfer ihre glanzvolle Zukunft zerstört hatten, und entweder drohte sie damit, die Kirche anzuzünden, oder sie war depressiv und dem Weinen nahe wegen der Sinnlosigkeit des Lebens. Agga nahm sich ihre Trübsal zu Herzen und versuchte nach besten Kräften, es ihr recht zu machen, in und außerhalb der Schule, sowohl tagsüber als auch abends. Sie hatte zu Hause kaum den Fisch hinuntergeschlungen, als sie sich schon in den engen Kapuzenmantel zwängte und eiligst hinunter zum Haus des Apothekers ging, um dort seelsorgerisch tätig zu werden.

In pechschwarzer Finsternis wurde sie eines Abends an der Ecke der Sägerei fest an der Schulter gepackt. Sie schrie so laut, dass es im ganzen Ort widerhallte, und schaute dann ziemlich verdutzt drein, als sie sah, dass es Björn Theodór war. Er trug trotz der bitteren Kälte keine Kopfbedeckung, die Krawatte fehlte, und er sah zerquält aus.

»Wie geht es meiner Frau?«, fragte er heiser.

»Sie ist ein bisschen schwanger«, sagte Adda kurzatmig.

Er ließ ihre Schulter los, ließ seine Blicke den Bach entlangschweifen und starrte auf die Brücke.

»Spricht sie jemals von mir?«, fragte er schließlich.

»Ganz im Gegenteil«, sagte Agga schroff.

»Behält sie irgendetwas bei sich?«, fragte er besorgt.

»Jeden einzelnen Bissen«, log Agga, aber dann fiel ihr ein, wie dringend es war, die Frau wieder loszuwerden, sie wechselte die Tonlage und versuchte, jämmerlich zu klingen.

»Wenn ich die Wahrheit sagen soll, dann ist es grauenvoll, sie so appetitlos, teilnahmslos und übernächtigt und immer in Tränen aufgelöst zu sehen. Oma glaubt, dass sie stirbt, wenn es so weitergeht.«

Er packte sie wieder bei der Schulter: »Sagst du jetzt die Wahrheit, Agga?«

»Glaubst du etwa, ich lüge?«, sagte sie eingeschnappt.

Er drehte sich weg, starrte auf das Meer hinaus und ein Zittern ging durch seine Schultern. Agga wusste nicht, ob das Gespräch zu Ende war oder nicht oder ob es gerade erst anfing, ob sie sich wegschleichen sollte oder bleiben. Da riss er plötzlich einen kleinen Schreibblock aus seiner Tasche, kritzelte etwas auf einen Zettel, faltete ihn sorgfältig zusammen, reichte ihn Agga und sagte: »Würdest du bitte Freyja diese Nachricht von mir bringen. Ich warte hier auf die Antwort.

Und ich brauche wohl nicht eigens zu sagen, dass du nicht lesen darfst, was darauf steht.«

»Was soll das?«, fragte Agga, beleidigt über diese Unterstellung.

Aus reiner Menschenfreundlichkeit ging sie nach Hause zurück mit dem blöden Zettel, den sie mit klammen Fingern auseinander faltete und auf der Treppe las, bevor sie hineinging. Darauf stand nichts weiter Bemerkenswertes, nur: »Darf ich kommen und mit dir reden? Teddi.«

Die Dame saß am Esszimmertisch, legte die Karten von sich, nahm den Zettel und riss ihn seelenruhig in Fetzen, als sie erfuhr, von wem er war.

»Sie hat den Zettel zerrissen, ohne ihn zu lesen«, stieß Agga hervor, als sie wieder auf die Straße kam.

»Zerrissen!«, brüllte er und griff nach ihrem Arm. »Das kann nicht sein.«

»Das kann wohl sein«, schrie sie zurück. »Deine eigene Schuld, wenn du bei dieser blöden Kuh schläfst!«

Er zuckte zusammen, sagte aber kein Wort, und lief dann mit offenem Mantel in die Dunkelheit hinaus, ohne sich von ihr zu verabschieden.

Am nächsten Abend stand er mit Hut, zugeknöpftem Mantel und ordentlich gebundenem Schal um den Hals auf der Treppe.

»Ich will mit meiner Frau sprechen«, sagte er, als Großmutter die Tür öffnete.

»Komm herein«, sagte Großmutter schließlich, nachdem sie ihn lange von oben bis unten taxiert hatte. Sobald seine Stimme drinnen zu vernehmen war, wurde es mucksmäuschenstill im Haus.

Die Frauen kamen in den Flur getrippelt und reihten sich

im Halbkreis hinter Großmutter auf. Freyja blieb am Esszimmertisch sitzen und starrte auf ihre Karten.

Björn Theodór blickte eine nach der anderen an, Ninna mit aufgerissenen Augen im runden Gesicht, Kidda mit Pfeife im zahnlosen Mund, Dódó in heruntergerollten Strümpfen und Agga, die sämtliche Finger knacken ließ.

Er wich instinktiv zur Tür zurück, als ihre Blicken ihn trafen, unter denen er sich wie sein eigener Wiedergänger fühlen musste. Eine Weile schaute er unsicher und beinahe entschuldigend auf die Gruppe, riss sich dann zusammen und sagte, während er den Schal löste: »Würdet ihr bitte beiseite treten, damit ich zu meiner Frau kommen kann.«

Sie standen da wie eine streitbare militärische Vorhut und rührten sich nicht. Er wartete höflich. Als er sah, dass es aussichtslos war, im Guten zu seiner Frau zu gelangen, machte er einen Schritt vorwärts und wollte sich den Weg erzwingen. Die Vorhut rückte dichter zusammen. Er blickte die Frauen an, als seien sie Hexen aus dem Mittelalter.

»Bist du sicher, dass sie deine Frau ist?«, sagte Dódó mit schriller Stimme.

Er blickte sie völlig verständnislos an: »Worauf will das Fräulein hinaus?«

Das Fräulein hatte die Antwort parat: »Ich meine, ob eine Frau noch als die Ehefrau eines Mannes gelten kann, der bei anderen Weibern schläft. Ist dann nicht der Ehevertrag ganz von selbst ungültig, oder ist es gesetzlich erlaubt, dass verheiratete Männer von einem Bett ins andere wechseln, wenn sie ihre schwangeren Frauen zwangsläufig nicht mehr besteigen können?«

Die Anwesenden schnappten hörbar nach Luft, und Agga verdrückte sich in die Garderobe. »Ich habe gerade Kaffee gemacht«, sagte Großmutter und schaute ihn schräg von unten an.

Wortlos und mit hängenden Schultern schüttelte er den Kopf und konnte seine Augen nicht von Dódó abwenden, die ganz geduckt und aggressiv vor ihm stand, fummelte dann am Türgriff hinter sich herum, öffnete die Tür und verschwand lautlos in den Nordwind hinein.

»Das Spiel wird zu Ende gespielt«, erklang es aus dem Esszimmer.

Diese ewigen Scherereien wegen Freyja verzögerten die Weihnachtsvorbereitungen, und deswegen war der Tag vor Heiligabend einer der schlimmsten, den Agga je erlebt hatte. Großmutter machte einen solchen Wirbel, dass Großvater sich nicht im Haus blicken ließ, und Freyja verließ das Bett überhaupt nicht. Um das Ganze zu krönen, kam Ninna den ganzen Tag nicht vom Altersheim weg, weil so viel zu tun war, und der Rummel im Stoffladen war so groß, dass Dódó nicht einmal zum Essen nach Hause kommen konnte. Agga hatte deswegen die bettlägerige Freyja, die zeternde Oma und den brüllenden Lilli auf dem Hals und konnte es niemandem recht machen.

Von mittags bis abends sauste sie mit Lappen und Putzzeug durchs ganze Haus – oder aber durch die ganze Stadt, um Kardamom und Margarine zu kaufen, die dringend zum Backen benötigt wurden. Das Städtchen war gedrängt voll von Menschen, die vor und in den Geschäften einander im Wege standen und mit Schlitten oder zu Fuß unterwegs waren, Beutel, Pakete und die ganze rotnasige und schreiende Kinderschar im Schlepptau.

Gegen Abend wurde trotz des ewigen Geredes über Geldmangel der Trubel immer größer. Bei den Geschäften, die Damenunterwäsche und Nachthemden verkauften, fielen leicht angeheiterte junge Männer auf. Herrliches Winterwetter und Alkohol machten sie mutig und optimistisch, und die Penner der Stadt hielten sich in ihrer Nähe und gingen nicht leer aus. Der logische Schluss lag nahe, dass in dieser Nacht die Gefängniszellen überfüllt sein würden: Agga freute sich für ihre Freunde auf der Wache, die jetzt endlich genug zu tun haben würden, und beschloss, ihnen am Heiligabend in aller Frühe einen Besuch abzustatten.

Als sie kurz vor dem Zubettgehen stöhnend den silbernen Ständer der Tischfahne putzte, hörte man an der Haustür ein so heftiges Hämmern, dass man glauben konnte, eine Bärenpranke sei am Werk. Sie wagte kaum, zur Tür zu gehen, musste das aber wohl oder übel tun, denn Oma und Opa waren mit anderen Dingen beschäftigt.

Draußen stand Björn Theodór in spiegelblanken Schuhen und Gesellschaftskleidung, in schwarzem Mantel mit weißem Seidenschal, mit glänzenden Augen und ziemlich unsicher auf den Beinen.

»Mach Platz«, sagte er lallend, schob Agga zur Seite und torkelte ins Wohnzimmer hinein. Dort kam er zum Stillstand, wiegte sich hin und her, wie um das eigene Gleichgewicht wieder zu finden, und brüllte lauthals den Namen seiner Frau.

Großvater erschien mit dem Soziblatt in der Hand aus seiner Kammer, machte große Augen und fragte, was, zum Teufel, eigentlich los sei, als er den leibhaftigen Reaktionär erblickte. Der wurde etwas kleinlauter, als der Hausherr in Pantoffeln erschien.

»Ich will, dass meine Frau wieder nach Hause kommt, und zwar auf der Stelle«, sagte Björn Theodór und war deutlich bemüht, seine Mundmuskulatur unter Kontrolle zu bekommen.

»Ihr habt wohl gefeiert«, fragte Großvater und schaute ihn verwundert von Kopf bis Fuß an.

»Ich will meine Frau, Lúther, wenn nicht im Guten, dann mit Gewalt«, wiederholte er lautstark.

»Was soll denn das, sie ist schon lange schlafen gegangen, und du bist besoffen«, sagte Agga erregt, denn noch nie hatte ein Betrunkener dieses Haus betreten.

»Oben? Ist sie oben?«, sagte er und steuerte unsicher auf die Treppe zu.

Großvater hielt ihn an der Treppe fest: »Moment mal, Mann, du willst doch wohl nicht in den Schuhen nach oben?«

Björn Theodór sah schwankend auf seine Schuhe nieder, starrte sie sorgenvoll an, als könne er aus Form und Aussehen jahrhundertelanges Schicksal und Elend seines Volkes ablesen, ließ sich dann schwerfällig auf der untersten Stufe nieder, die kaum schmaler hätte sein dürfen, um seiner imposanten Gestalt Platz zu bieten, und fing an, sich die Schnürsenkel aufzuknüpfen.

»Ich habe gehört, dass ihr Reeder für eure Schiffe irgendwelche verdammten Männer von den Färöern anheuern wollt?«, sagte Großvater in scharfem Ton und schlug sich rhythmisch mit der zusammengefalteten Zeitung auf die flache Hand.

Zusammengekrümmt, wie er da saß, murmelte Björn Theodór etwas Unverständliches in seine Schuhe hinein.

Großvater fuhr fort: »Wir als isländische Seeleute haben, verdammt nochmal, etwas dagegen, dass diese Kerle uns die Arbeit wegnehmen. Auf See gibt es keinen Mangel an Arbeitskräften mehr, seit sich unsere Lage verbessert hat, Junge, ich dachte, du als eingefleischter Reaktionär wüsstest das?«

»Ich bin kein Reeder, ich bin Ingenieur«, sagte Björn Theodór und blickte schräg von den Schnürsenkeln hoch.

»Soviel ich weiß, besitzt du doch einige Schiffe?«, sagte Großvater gereizt. »Aber da du nun einmal Ingenieur bist, kannst du mir vielleicht sagen, ob es stimmt, was ich gehört habe, dass im neuen Jahr Straßen und Kanalisation ausgebaut werden sollen, und außerdem will man Kinderspielplätze, eine Sporthalle, eine Bücherei und der Himmel mag wissen, was sonst noch für Kästen bauen, und dann könnt ihr verdammten Idioten nicht einmal die Heuer zur rechten Zeit bezahlen. Ja wirklich, jetzt habt ihr Oberwasser im Gemeinderat, aber wo nehmt ihr denn das Geld her, wenn nicht vom bettelarmen Mann auf der Straße, der sich nicht einmal einen anständigen Weihnachtsbraten leisten kann, geschweige denn einen Sack Kohlen. Weißt du überhaupt, wie die Lage hier im Städtchen ist, du Reaktionär?«

Großvater hatte die Stufe der Rhetorik erreicht, die die Frauen des Hauses fürchterlich fanden, aber glücklicherweise hatte Björn Theodór es jetzt geschafft aufzustehen. Er stützte sich an der Wand ab und sagte so energisch, wie es sein Zustand erlaubte: »Ich will meine Frau wiederhaben, und zwar auf der Stelle.«

Dann drehte er sich feierlich zur Treppe um und machte Anstalten, hinaufzusteigen.

»Pass auf, Mann, du bist ziemlich wacklig auf den Beinen, du brichst dir noch den Hals auf der Treppe«, sagte Großvater.

»Was soll das eigentlich, genehmigst du dir nie einen?«, sagte Björn Theodór und zwinkerte ihm zu.

»Ich genehmige mir stattdessen Bücher«, sagte Großvater.

»Die sind doch keinen Deut besser, diese verdammten Bücher. Aber wenn mein Schicksal und meine Zukunft sich hier auf dieser Treppe entscheiden sollen, Lúther, dann meinetwegen.« Er holte tief Luft und rief nach oben: »Freyja, würdest du dich gefälligst anziehen und mit mir nach Hause kommen. Mach ein bisschen dalli, Weihnachten steht vor der Tür.«

Als auch nicht das geringste Husten oder Stöhnen von oben zu hören war, wurde Agga nach oben geschickt um festzustellen, ob die Dame das überhaupt mitbekommen hatte.

Vom obersten Treppenabsatz aus dominierte Freyja das Blickfeld, sie saß im Bett, und die Haare waren an Haken befestigt. Sie hatte offensichtlich den Wortwechsel gehört, der unten stattgefunden hatte, denn sie fragte Agga ohne Umschweife: »Ist seine Mutter zu Hause?«

»Ist deine Mutter zu Hause?«, richtete Agga die Treppe hinunter aus.

»Natürlich ist meine Mutter zu Hause, wo sollte sie sonst sein?«, brüllte Björn Theodór die Treppe hoch.

»Entweder sie geht oder ich«, sagte Freyja schroff.

Agga wollte das weitergeben, aber Björn Theodór hatte verstanden.

»Freyja Gestsdóttir«, schrie er. »Meine Mutter wohnt bei uns, solange sie will und solange sie lebt!«

Diese Worte genügten der Dame. Sie sprang mit solcher Verve aus dem Bett, dass die Haare von den Haken gerissen wurden und der Bauch auf und nieder ging. Sie stürzte zur Treppe und glich eher einem Trollweib denn einer Menschenfrau, als sie nach unten schrie: »Ich bin Herrin in meinem Haus, und ich bestimme, wer bleibt und wer geht. Wenn du dich damit nicht abfinden kannst, dann mach, dass du zu deinem verdammten Flittchen kommst.«

Zum zweiten Mal verließ Björn Theodór das Haus rückwärts und ohne ein Wort zu sagen.

Agga kam nicht dazu, am Heiligabend auf die Wache zu gehen, um sich über die Penner auf dem Laufenden zu halten, denn als Großmutter gerade den Lammbraten in den Ofen schob, kam Mette mit einem kleinen Päckchen in rotem Weihnachtspapier angelaufen, von Björn Theodór für seine Frau. Sie wurde nicht darum gebeten, ein Päckchen zum Ehemann zurückzutragen, lehnte Omas frisch aufgebrühten Kaffee dankend ab und flog wieder wie gehetzt die Treppe hinunter. Agga holte sie am Tor ein und erkundigte sich nach dem Hausherrn. Sie wollte klipp und klar wissen, wie sein Zustand gewesen war, ob er sturzbesoffen eingesessen hätte? Nur mühsam konnte Mette in ihrer Mischsprache hervorbringen, dass der Hausherr die ganze Nacht zu Hause gewesen wäre und bis zum Morgen allein vor sich hin gesüffelt hätte.

»Det war skrekklig, ihn zu sehen, Augen waren röd, geweint hat er, die Gammeldame war im Bett, Herz ganz schlecht, und Haus ist kalt.«

»Jemine«, sagte Agga und bemitleidete alle zutiefst. »Wird überhaupt nicht geheizt?«

»Das meine ich nicht, ich meine Haus ist kalt«, sagte sie und presste die Hände aufs Herz, um ihre Worte zu unterstreichen.

Gemütliche Ruhe lag am zweiten Weihnachtstag über dem Haus, als die Schiffssirenen wie muhende Kühe, die sich im Nebel in den Bergen verirrt haben, in die Dunkelheit hinein tuteten. Da rafften sich die Frauen auf und begannen mit irgendwelchen Verrichtungen, als ob sie die ganze Zeit auf ein Signal gewartet hätten, obwohl es nicht sie waren, die auf den Plan gepfiffen wurden.

Im gleichen Augenblick, als Großvater mit seinem schwarzen Seesack in das neblige Dunkel hinein verschwand, erloschen die Weihnachtslichter im Herzen von Agga. Wehmütig blickte sie ihm nach, und es prickelte ihr wieder im Bauch, was noch nie zuvor geschehen war, wenn er zur See ging. Diese unbekannten Reaktionen führte sie auf ihr zunehmendes Alter zurück, denn sie hatte gehört, dass man schon im Konfirmationsalter an den Ängsten von Erwachsenen leiden und überempfindlich werden konnte.

Großvater war kaum eine Viertelstunde weg, da steckte Kidda ihren Kopf durch die Kellertür und verkündete vehement, dass sie kaum atmen könne vor Lemurengeruch, der aus allen Ecken kam, sogar aus dem Teppich.

»Du hast ganz einfach nicht ordentlich vor Weihnachten geputzt«, sagte Großmutter lapidar, doch das Prickeln in Aggas Bauch nahm zu.

Lemurengeruch

Das Weihnachtspäckchen in rotem Geschenkpapier lag über die Feiertage ungeöffnet auf der Kommode von Madame. Sie schenkte weder ihm noch den Hausinsassen Beachtung, sprach bloß, wenn es unbedingt erforderlich war, und verließ das Bett nur, um Rommé oder Whist zu spielen. Dísa nahm Agga Gott sei Dank die Bürde ab, der Frau mit Kartenspiel die Zeit zu vertreiben. Nach dem Weihnachtsrummel war im Geschäft wenig los, und wegen des Ansehens, das Dísa als Ladenfräulein genoss, konnte sie unter etlichen jungen Mädchen auswählen, die sich danach drängelten, abends auf ihre Söhne aufzupassen. Deswegen saß sie zwischen Weihnachten und Neujahr, Parfüm hinter den Ohren, mit hochgestecktem Haar und in selbst genähter Nachmittagsgarderobe, häufig bei Freyja, munter und unbefangen wie ein unverheiratetes junges Mädchen. Sie versuchte nach Kräften, den strähnigen und finster dreinblickenden Gletscher, der ihr gegenübersaß, zum Schmelzen zu bringen. Meistens spielte Dódó mit oder Ninna, außer an den Abenden, an denen der Kinobesitzer Dódó einlud. Sein Interesse an Dódó stieß auf große Begeisterung bei den Frauen, besonders bei Großmutter, die im Herbst alle Hoffnung auf einen Ernährer für Dódó aufgegeben hatte. Ninna, die ihn wegen seiner Verbindungen zu amerikanischen

Filmstars praktisch wie einen Halbgott verehrte, knickste jedes Mal fast bis zum Boden, wenn er auftauchte. So viel stand fest, der Kinobesitzer würde ganz bestimmt gutes Geld nach Hause bringen, dessen waren sich Großmutter und Kidda gewiss. Obwohl er in Dódós Brust nicht die gleiche Unruhe weckte wie der Typ seinerzeit, ganz zu schweigen von irgendwelchen Prestigegefühlen, so wurde man doch gewahr, dass mit seiner Anwesenheit ihre altbekannte Affektiertheit wiederkam, die sich in Kichern und Eitelkeit äußerte. Agga fand jedoch auch Dísa keinen Deut besser, was die Eitelkeit betraf, und ihrer Meinung nach legte sie ein sehr eigenartiges Benehmen für eine gesetzte Witwe und Mutter an den Tag.

Während die jungen Frauen beim Kartenspielen kicherten, saßen Großmutter und Kidda mit ihren Kaffeetassen so nahe wie möglich am Spieltisch, um ihre Kommentare abgeben zu können. Kidda war jeden Abend oben bei Großmutter, weil der Lemurengeruch besonders stark war, wenn der Tag zur Neige ging.

Am Silvestermorgen rieselte der Schnee leise, aber ansonsten war das Wetter nicht weiter schlimm. Niemand war deswegen darauf gefasst, als kurz nach dem Aufstehen das Haus zu wackeln begann. Die Salzdose fiel in den Topf mit Hafergrütze auf dem Herd, Schränke öffneten sich, Geschirr klapperte, und die Lampe schwang hin und her wie eine Kirchenglocke am Sonntag. Großmutter wankte mit einer halb vollen Milchkanne zwischen den Tischen hin und her und blickte ganz verstört drein. Aus Lillis Mund floss der Brei wieder heraus und über Dódós Kleid. Dódó und Agga rührten sich nicht, klammerten sich aber an den Küchentisch, als ob es ihr Leben gelte.

»Erdbeben«, sagte Dódó, als das Schwanken nachließ.

»Jetzt hört sich doch alles auf«, sagte Großmutter, als sie endlich wieder festen Boden unter den Füßen hatte und die Milchkanne absetzen konnte.

Agga saß wie gebannt in der Ecke, sie hatte nie zuvor ein Erdbeben erlebt und die knisternde Spannung, die darauf folgte. Madame oben hatte auf die Erschütterungen in der Erdkruste überhaupt nicht reagiert, und als Großmutter fragte, ob bei ihr da oben alles in Ordnung sei, bestand ihre Antwort aus einem trägen Knurren. Aus dem Keller kamen ähnliche Antworten.

»Na also, meine Liebe, jetzt weißt du endlich, warum dich dieser verflixte Lemurengeruch gequält hat!«, rief Großmutter triumphierend nach unten, aber Kidda antwortete schroff: »Dieser Stoß war bestimmt nicht mehr als Stärke sechs auf der Richterskala und hat überhaupt nichts mit dem Gestank zu tun.«

Agga konnte sich jedoch nichts anderes vorstellen, als dass dieser viel besprochene Geruch der Vorbote des Bebens gewesen war, der das Städtchen so heftig erschüttert hatte, und sie war heilfroh, dass jetzt endlich Schluss mit dem Lemurenquatsch sein würde. Die Frauen kontrollierten das Haus, nirgendwo hatten sich Türen oder Fensterrahmen verzogen, das Wellblech außen war heil, und drinnen war alles unbeschädigt. Agga fand es jetzt angezeigt, etwas mehr über das Erdbeben in Erfahrung zu bringen und zu untersuchen, ob sich vielleicht jemand bei dem Gewackel den Hals gebrochen hatte.

Auf der Wache gab es keinerlei Anzeichen davon, dass irgendwelche Erschütterungen stattgefunden hatten, der Hüter des Gesetzes saß in aller Gemütsruhe und las die Morgenzeitungen. Magnús blickte auf, als sie hereinkam, legte das Blatt zur Seite und schaute sie interessiert an. Agga fühlte sich geschmeichelt ob solcher Aufmerksamkeit, wollte einen Satz zu ihm hin machen, überlegte es sich aber im letzten Augenblick anders und näherte sich dem Tisch lässig, wie es sich für eine Realschülerin gehört.

»Hast du das Erdbeben gespürt?«, fragte sie.

»Habe ich das Erdbeben gespürt«, äffte er sie nach, lächelte dann und maß sie in aller Ruhe mit sinnlichem Blick von oben bis unten und sagte: »Zumindest geht ein Beben durch die Wache, wenn du hereinkommst.«

Agga war völlig verdutzt, sie spürte, wie ihr das Blut in die Wangen stieg, und aus unerfindlichen Gründen zog sie ihren offenen Mantel über der Brust zusammen, um die eindeutigen Anzeichen beginnender Weiblichkeit zu verbergen, die in den letzten Wochen ganz gegen ihren Willen hemmungslos gewachsen waren.

Sie schwiegen beide, sie, weil es ihr die Sprache verschlagen hatte, er, weil er damit beschäftigt war, sie zu betrachten. Endlich fand sie die Sprache wieder und stieß hervor:

»Sitzt jemand ein?«

Er kam langsam wieder zu sich, fuhr sich mit der linken Hand durchs Haar, streckte die rechte nach dem Schachbrett aus und zog den Springer zurück.

»Andrang gibt es sicher erst heute Abend, Fräulein Agga. Aber es hat wie immer ein paar ehrenwerte Männer gegeben, die sich in der vergangenen Nacht vorab einen genehmigt haben und jetzt da drinnen ausschlafen.«

»War Björn Theodór dabei?«, fragte sie und zitterte vor Spannung.

»Björn Theodór?«, fragte er beleidigt. »Was fällt dir ein, ihn mit diesem Revier in Verbindung zu bringen?«

»Na ja, der Mann ist doch jetzt immer betrunken, er kam

stockbesoffen vor Weihnachten zu uns nach Hause«, sagte sie heftig.

Magnús bewegte mit blasierter Miene die Dame und kniff den Mund zusammen.

»Der Mann ist einfach gaga«, fuhr Agga fort und genoss es, ihn zu quälen. »Er schläft bei anderen Frauen und trinkt dann Schnaps wie die Penner, während seine Frau fürchterlich schwanger ist und kaum aus dem Bett kommt. Es würde mich nicht überraschen, wenn sie an dem ganzen Theater zugrunde gehen würde, sie ist nur ein Gerippe, und dann diese Kugel.«

Er rutschte auf dem Stuhl hin und her, legte seinen Federhalter an einen anderen Platz und sagte dann, ohne aufzublicken: »Geht es ihr sehr schlecht?«

»Ganz fürchterlich«, sagte Agga erbarmungslos. »Der Mann hat ihr Leben ruiniert. Ich habe gehört, wie Dódó neulich zu Oma sagte, es wäre am besten, wenn Freyja sich einen neuen Mann suchte. Ich glaube, das tut Freyja auch. Das würde irgendwie zu ihr passen, finde ich.«

Er schaute sie an und wartete auf weitere Details hinsichtlich Freyjas Tatendrang.

»Oma hat gesagt, es gäbe genügend gute Männer im Städtchen, die auch gut verdienen.«

Er strich sich wieder übers Haar und zog die Krawatte zurecht.

»Sie hat auch gesagt, dass sie sich von ihm scheiden lassen könnte, weil er bei deiner Cousine geschlafen hat. Es ist verboten, bei anderen Frauen zu schlafen, wenn man verheiratet ist. Das steht im Gesetz.«

Sie konnte nicht anders als stolz sein auf ihre profunden juristischen Kenntnisse, und sie genoss es, die Obrigkeit kleinlaut zu sehen.

Magnús schaute eine ganze Weile auf den Tisch und blickte dann zum Fenster, ohne das Schachbrett zu berühren, fummelte an seinem Ärmel herum und starrte zum Himmel, als befände er sich irgendwo hoch oben im Gebirge. Ihre Anwesenheit schien er ganz und gar vergessen zu haben.

»Du hast also das Erdbeben nicht gemerkt«, sagte sie nach langem Schweigen ungehalten, denn seine Aufmerksamkeit galt nicht mehr ihr.

Da schaute er sie langsam an, aber nicht ihr Gesicht, sondern ihren Busen, und er machte keinen Hehl daraus.

Sie stand einen Augenblick wie gelähmt, schämte sich für ihre Weiblichkeit, vermochte aber nicht, die Hand zur Brust zu heben. Dann wurde sie wütend und erklärte, dass sie anderes zu tun hätte, als auf der Wache herumzuhängen, und stiefelte mit zitternden Knien hinaus.

Am Silvesterabend wurde der Esszimmertisch wie an Weihnachten mit einem weißen Tischtuch gedeckt, aber Großmutter zündete immer erst nach dem Essen die Kerzen an, denn sie wollte sichergehen, dass sie bis nach Mitternacht brannten. Man muss das alte Jahr ausbrennen lassen, sagte sie, als ob das alte Jahr zurückkäme, wenn man dieser heiligen Pflicht nicht nachkäme. Sie steckte weiße Kerzen in die glänzend polierten Kerzenständer, stellte sie auf die Bücherregale und schaute sie den ganzen Abend mit Wohlgefallen an. Freyja ekelte sich vor den gesengten Schafsköpfen, die aufgetragen wurden, nannte das Essen rundheraus einen menschenunwürdigen Fraß, setzte sich aber doch mit den Frauen zu Tisch. Zur Erleichterung aller hatte sie Dódó gestattet, dass massige, schwere Haar zu frisieren und im Nacken hochzustecken, hatte ein weinrotes Kleid mit langen Ärmeln angezogen und sah deshalb ganz annehmbar aus, besonders im Sitzen, wenn der Tisch ihren vorspringenden Bauch verdeckte.

Großmutter verabschiedete traditionell das alte Jahr mit Kerzenlicht und gesengten Schafsköpfen, während auf der Hauptstraße Agga zusammen mit anderen Kindern und Jugendlichen Rabatz machte. Das Wetter war aber an diesem letzten Abend des Jahres alles andere als günstig für Rabatz oder Raketen, das Schneetreiben hatte sich in einen ausgewachsenen Schneesturm verwandelt, und gegen Abend herrschte bitterkalter Nordwind und Frost. Agga blieb deswegen nicht so lange im Ort wie beabsichtigt und kam lange vor Mitternacht erschöpft und völlig durchfroren nach Hause.

Der Esszimmertisch hatte sich wie gewöhnlich zum Spieltisch von Madame verwandelt, und Freyja thronte über ihren Mitspielerinnen Dódó und Dísa. Ninna geisterte mit Seife und Strumpfwäsche durchs Haus und nahm zwischendurch ihr Fußbad. Großmutter und Kidda saßen an einem kleinen Tisch und schauten den jungen Frauen zu. Agga war kaum zur Tür hereingekommen, als ihr befohlen wurde, nach oben zu gehen und sich auszuziehen. Vor lauter Müdigkeit hatte Agga weder Kraft noch Lust, Oma darauf hinzuweisen, dass sie eine angehende Konfirmandin wie ein kleines Kind zwänge, ins Bett zu gehen, sondern zog sich widerwillig das Nachthemd an. Sie beschloss aber, sich nichts entgehen zu lassen und sich irgendwie geschickt im Wohnzimmer zu platzieren. Sie würde erst dann ins Bett gehen, wenn die ins Bett gingen, und damit basta.

Im hinteren Teil des Wohnzimmers, wo Radio und Sofa standen, war kein Licht gemacht geworden, und im gleichen Augenblick, als die Kirchenglocken das neue Jahr einläuteten und die Frauen sich am Fenster versammelten, um die Schiffsraketen zu betrachten, schmiegte Agga sich hinter ihnen vorbei und kroch unters Sofa. In diesem Augenblick war es ihr völlig egal, dass sie eine angehende Konfirmandin war. Als das Neue Jahr mit Küssen und Glückwünschen seinen Einzug hielt, dachten alle, sie sei oben und im Bett. Agga hingegen, unsichtbar unter dem Sofa wie ein Elf in der Neujahrsnacht, freute sich diebisch. Von hier aus konnte sie alles bei den Frauen mitverfolgen, jedes einzelne Wort hören, und aus Erfahrung wusste sie, dass Frauen allerlei zu erzählen pflegten, wenn keine Kinder in der Nähe waren. Sie saßen zu dritt am Tisch, der matte Schein der Lampe fiel auf ihre Gesichter und ließ sie weich und strahlend erscheinen. Ihre Kleider, gelb, grün und rot, passten zur dunklen Farbe des Esszimmers und erinnerten an den Herbst, bevor die eiskalten Pranken des Winters ihm den Garaus machten. Jetzt hatte die Elfennacht begonnen, und während die jungen Frauen einträchtig beim Kartenspielen saßen, wurde zwischen den Lavaformationen und Felsen des Städtchens mit Hab und Gut umgezogen. Elfenumzug, den niemand sah.

Freyja stöhnte und griff sich ins Kreuz. Sie unterbrachen das Spiel, stopften ihr ein Kissen in den Rücken und sagten, dass es jetzt ja nicht mehr lange dauern würde. Wenn alles nach Wunsch ginge, würde der kleine Prinz in den ersten Wochen des neuen Jahres das Licht der Welt erblicken. Das Stöhnen von Madame eröffnete diese ewigen Diskussionen über Geburten und Hebammen, und alle außer Kidda mussten etwas dazu beitragen. Sie hatte nie ein Kind zur Welt gebracht und schaute deswegen desinteressiert zur Decke und schmauchte ihre Pfeife.

»Ob da wohl noch ein Beben hinterherkommt?«, fragte sie und wollte zu einem anderen und interessanteren Thema überwechseln. »Hat dir das heute Morgen nicht gereicht?«, fragte Großmutter patzig.

»Hat nicht gereicht, um den Gestank bei mir zu vertreiben«, antwortete Kidda ungnädig, als ob Großmutter schuld an dem Gestank sei.

Plötzlich wurde an die Tür gehämmert.

Die Frauen verstummten auf der Stelle, und Agga war wie elektrisiert.

»Wer ist so spät noch unterwegs?«, fragte Großmutter und wusste nicht, ob sie öffnen sollte oder nicht. Wieder wurde geklopft, und sie schauten einander unsicher an. Großmutter machte Anstalten, aufzustehen.

»Bleib sitzen«, befahl Freyja. »Das ist der Wind.«

Alle wussten sie, dass es nicht der Wind war, schwiegen betreten und nestelten an ihren Kleidern.

»Liebste Freyja, vielleicht ist es jemand, der zu dir möchte, du weißt schon«, sagte Dísa liebevoll und streichelte ihrer Freundin über die Hand. Freyja zog die Brauen hoch und schaute hoheitsvoll auf die Gruppe. Die älteren Frauen blickten zu Boden und wagten sich nicht zu rühren.

»Du kannst den Mann doch nicht da draußen in der Kälte stehen lassen, liebe Freyja, so schlecht ist er doch nicht, und außerdem ist er der Vater des kleinen Prinzen, trotz allem«, säuselte Dísa.

»Natürlich kann er draußen stehen bleiben«, warf Dódó ein.

»Das Spiel wird zu Ende gespielt«, sagte Freyja gebieterisch.

Sie kamen nie dazu, das Spiel zu beenden, denn sie hatten nicht mit Ninna und ihren Prinzipien gerechnet, nämlich die Tür zu öffnen, wenn es klopfte. Sie kam aus der Küche gestapft und riss die Tür auf. Kälte strömte ins Wohnzimmer und bis unter das Sofa zu Agga. Sie hörte die schleppende Stimme von Björn Theodór, der verlangte, seine Frau zu sehen, und die resolute Stimme von Ninna, die ihm sagte, er solle lieber nach Hause gehen und schlafen und morgen wiederkommen.

»Morgen ist zu spät«, sagte er laut und stand mitten im Wohnzimmer, noch bevor ihn jemand daran hindern konnte.

Unter dem Mantel trug der Mann Gesellschaftskleidung, und Agga wunderte sich über all die Festivitäten, die im Ort stattfanden, ohne dass sie davon wusste. Er blickte höhnisch auf die Gruppe, die seinem Blick ohne mit der Wimper zu zucken standhielt, und fragte, ob sie ihn vielleicht vor der Haustür erfrieren lassen wollten?

Großmutter sprang auf und bot ihm frisch aufgebrühten Kaffee an, aber das lehnte er liebenswürdig dankend ab und verneigte sich tief.

»Fehlt dir etwas, Björn Theodór?«, fragte Freyja kalt mit zusammengekniffenen Lippen, blickte aber nicht von den Spielkarten auf.

»Du«, sagte er und näherte sich dem Kartentisch.

Die Frauen wurden unruhig und rutschten auf der Stuhlkante vor und zurück, bis sie es nicht mehr aushalten konnten und auf die Füße sprangen.

»Was für eine Unverschämtheit, hier einfach mitten in der Nacht einzudringen, geh lieber zu deinen Flittchen, die dir die Schnauze ablecken, und lass Freyja in diesem Zustand in Ruhe«, rief Dódó hysterisch.

»Komm lieber morgen«, kreischte Dísa und fuchtelte wild mit den Armen.

Björn Theodór holte tief Luft und plusterte sich auf. Er

scheuchte die Frauen beiseite und sagte mit tiefer Stimme: »Macht, dass ihr wegkommt, ihr Weiber, hier haben Mann und Frau miteinander zu reden.«

Die Wortwahl des Ingenieurs wurde alles andere als begeistert aufgenommen. Agga sah, wie die Gesichter der jungen Frauen sich röteten und Handknöchel weiß wurden.

»Mach selber, dass du wegkommmst, du verdammter Schürzenjäger«, fauchte Dódó und ging mit geballten Fäusten auf ihn zu. Mit allen Anzeichen der Panik versuchte er, den Angriff abzuwehren und schob sie von sich weg, stellte es aber so ungeschickt an, dass sie dabei hinstürzte. Dann war die Hölle los.

Von ihrem Platz unter dem Sofa sah Agga, wie die jungen Frauen ihn hassverzerrt mit Händen und Füßen angriffen, sie traten nach ihm und schlugen ihn und kreischten wie die Möwen am Strand, wenn sie etwas zu fressen gefunden hatten.

Agga weinte vor Entsetzen und Schande lautlos vor sich hin.

Auf diesen bösartigen Angriff nicht vorbereitet, war das Opfer wie gelähmt vor Verwunderung, wehrte sich aber, so gut er vermochte. Es gelang ihm, mit einer Hand seine Frau an der Schulter zu packen, und er versuchte sie hochzuziehen.

Da sah Agga, wie sich Freyjas Gesichtsausdruck veränderte. Die Augenbrauen, die in hochmütigem Bogen nach oben geschwungen waren, senkten sich, die Augen öffneten sich weit und wurden weiß und stechend, die Nasenflügel blähten sich, und der Mund bekam einen grausamen Zug. Madame sah diabolisch aus, als sie aufstand und den silbernen Fahnenständer ergriff, der hinter ihr auf einem kleinen Tisch stand. Sie hob ihn hoch und ließ ihn mit voller Wucht auf Björn Theodórs Schädel niedergehen.

Einen Augenblick zeigte der Ehemann eine verwunderte Miene wie ein unschuldiger Säugling, dann sackte er zu Füßen der Frauen zusammen.

In dem Schweigen, das darauf folgte, konnte man in der Finsternis draußen das Heulen des Windes vernehmen und das Seufzen der Wellen, die an die Mole schlugen. Die Flammen der weißen Kerzen, die bald ausbrennen würden, wiesen wie Säulen gen Himmel. Ein dunkelroter Fleck hatte sich beim Kopf des Mannes auf dem Teppich gebildet. Die sechs Frauen standen vollkommen reglos um ihn herum und schauten auf diesen Körper.

»Da hast du deinen Lemurengeruch«, sagte Großmutter in einem Ton, als spräche sie zu irgendwelchen Bergen in der Ferne.

»Bist du sicher, dass er tot ist?«, sagte Kidda.

Dann blickten alle auf zu Freyja, als ob die Entscheidung über Leben und Tod in ihrer Macht stünde, und nach kurzem Schweigen ließ sie das Urteil ergehen. »Der Bär wird heute nicht das Bett der Bärin wärmen.«*

Die Frauen schrumpften zusammen, als wäre das Alter in rasender Geschwindigkeit über sie hereingebrochen, und ihre Gesichter wurden grau. Nur Ninna behielt noch ihre natürliche Farbe. Barfuß, gerade erst dem Fußbad entstiegen, fingerte sie mit dem Handtuch herum und blickte forschend auf den Mann. Vom Altersheim her daran gewöhnt, liegenden Menschen beizustehen, wickelte sie das Handtuch zusammen und schob es ihm unter den Kopf.

»Ich hole den Arzt«, sagte Dísa dumpf. Als niemand sich bewegte, ging sie geduckt auf den Flur hinaus.

* Die isländischen Namen *Björn* und *Birna* bedeuten Bär und Bärin.

»Komm zurück«, befahl Freyja, die Hände über dem Bauch verschränkt.

Dísa gehorchte schleppenden Schrittes.

»Und was gedenkt ihr, dem Arzt zu sagen?«, fragte die Frau mit sanfter Stimme und schaute auf den Clan. »Ihr wollt ihm vielleicht sagen, dass Björn Theodór umgebracht worden ist? Dass ihr euch auf ihn gestürzt habt wie die wilden Tiere und dass seine Frau ihm dann den Schädel eingeschlagen hat? Und das alles in Selbstverteidigung? Glaubt ihr wirklich, dass der Arzt euch das abnimmt, dass Björn Theodór Frauen angegriffen hat? Der erklärte Liebling aller? Wollt ihr mich vielleicht ins Zuchthaus bringen, wollt ihr das wirklich? Und was wird dann aus meinem ungeborenen Kind? Soll es vielleicht vater- und mutterlos werden? Ein armseliger Habenichts, der dankbar für die Brotkrumen sein muss, die von den Tischen der Gemeindeverwaltung für ihn abfallen. Bekommt keine Erziehung, keine Ausbildung, muss um Freundlichkeit betteln und wird ewig zu den Ärmsten der Armen gehören. Ist es wirklich das, was ihr für mein ungeborenes Kind wollt? Und was wird aus euren Kindern, wenn ich im Zuchthaus bin? Kinder von Müttern, die arm wie die Kirchenmäuse sind, Mütter, die arbeitslos und für den Rest ihres Lebens Mühsal und Bedrängnis ausgeliefert sind. Und wer wird sich dann um Ninna kümmern, wenn ihre Mutter nicht mehr ist? Soll sie vielleicht in einer Irrenanstalt landen?«

Die Frauen schwiegen wie mit einem Mund und starrten auf den Mann, der gekommen war, um seine Frau zu holen.

Als sie wieder in der Lage zu sein schienen, sich zu äußern, fuhr Freyja fort und sagte tonlos: »Wir lassen es so aussehen, als ob er gewaltsam versucht hätte, die Treppe hochzukommen, aber so betrunken war, dass er rückwärts die Treppe heruntergefallen ist und mit dem Kopf auf den Heizkörper unten im Flur aufgeschlagen ist.«

Immer noch schwieg der Clan, dann schaute Dódó auf und stammelte besorgt: »Sollen wir ihn auf dem Bauch oder auf dem Rücken landen lassen?«

»Auf dem Rücken, mit der Schläfe an der spitzen Kante des Ofens«, erwiderte Freyja.

»Ich will damit nichts zu tun haben«, stieß Großmutter hervor, stieg über den Mann auf dem Boden hinweg, ging in die Küche und schlug die Tür hinter sich zu. Kidda steckte sich die Pfeife in den Mund und ging hinunter in den Keller.

Aggas Kehle war völlig ausgetrocknet. Sie zitterte am ganzen Körper, ihr schwirrte es vor den Augen, und sie sah alles nur verschwommen. Unter dem Sofa hervor konnte sie direkt auf den Scheitel von Björn Theodór auf dem Boden des Esszimmers blicken. Wenn er den Kopf ein wenig gehoben hätte, hätten sie sich in die Augen schauen können. Merkwürdig, wie sie beide da so auf dem Boden lagen, sie und Björn Theodór. Er müsste nur ein klein wenig den Kopf heben.

Aber Björn Theodór bewegte seinen Kopf nicht mehr, und sie würden einander nie mehr in die Augen schauen, denn die Frauen bugsierten ihn auf den Flur hinaus, wobei vor allem Ninnas Kräfte den Ausschlag gaben, denn sie war es gewöhnt, alte Menschen aus einem Bett ins andere zu befördern oder sie auf den Nachttopf zu setzen. Madame selbst dirigierte den Transport und gab Anweisungen, wie er zu liegen hatte. Agga sah nicht, was draußen im Flur bei der Treppe vor sich ging, sie sah nur den Blutfleck, da, wo der Kopf von Björn Theodór gelegen hatte. Sie hörte Stöhnen, Knarren und Verwünschungen. Sie hörte, wie ein schwerer Körper hochgeschleift wurde und mit einem dumpfen Aufprall wieder hinunterstürzte.

»Er ist genau so gefallen, wie es geplant war«, hörte sie Dódó sagen.

»Sollten wir nicht ein Vaterunser beten«, wimmerte Dísa.

»Du glaubst wohl, dass wir hier einen toten Vogel begraben?«, fragte Madame kurz angebunden.

Agga wurde es immer schlechter, und die Muskelanspannung war unerträglich geworden. Wenn sie nicht innerhalb kürzester Zeit ihre Stellung verändern und sich herumdrehen könnte, würde sie durchdrehen. Doch Freyjas Antlitz, wie sie den Fahnenständer schwang, stand ihr äußerst lebhaft vor Augen, und dieses Antlitz fürchtete sie mehr als den Leibhaftigen persönlich. Von zwei Übeln, entweder den Verstand zu verlieren oder Freyja unter die Augen treten zu müssen, war ihr doch das Erstere lieber.

Die Frauen waren augenscheinlich zufrieden mit der geleisteten Arbeit auf dem Flur, sie kamen wieder zurück ins Wohnzimmer und untersuchten jeden Winkel.

Sie säuberten den Fahnenständer, stellten ihn auf den Tisch und glätteten die Fahne. Der Blutfleck auf dem Teppich brachte sie wieder in Aufruhr. Sie holten Eimer, Seife und Salmiak, Lappen und Schrubber, krochen auf allen vieren und rieben so heftig, dass Hände und Brüste bebten. Aber der Teppich hatte das Blut aufgesogen und machte keine Anstalten, auch nur einen Tropfen davon wieder herzugeben. Sie stemmten die Hände in die Hüften und starrten grimmig auf den Fleck.

»Da gibt's nur eines«, sagte Madame. »Wir tauschen den Teppich aus. Kidda hat genauso einen unten bei sich.«

Sie hoben den Esstisch hoch, rollten den Teppich zusammen, klemmten ihn unter und wuchteten ihn keuchend in den Keller hinunter.

Mit sausenden Ohren und schmerzenden Gliedern nutzte Agga die Gelegenheit, unter dem Sofa hervorzukriechen und sich mit angehaltenem Atem auf den Flur hinauszuschleichen. Um zur Treppe zu gelangen, musste sie über den Mann hinwegsteigen, der mit ausgebreiteten Armen auf dem Rücken daliegend an einen Engel auf einem Gemälde erinnerte. Er lag neben dem Ofen, dessen scharfe obere Kante blutbeschmiert war, genau so, als wäre er dort mit dem Kopf aufgeschlagen. Die Augen waren geschlossen, und das Handtuch befand sich noch an seiner Wange.

Agga würgte, kam aber dennoch die Treppe hoch und kroch in Großvaters Bett unter die Decke. Sie hatte nur kurze Zeit so gelegen, als sie heftig zu zittern und zu schlottern anfing und nichts dagegen machen konnte. Undeutlich vernahm sie, wie die Truppe wieder aus dem Keller hochkam, und sie hörte, wie der Esstisch gerückt und danach Doktor Enoch angerufen wurde. Obwohl es ihr schlecht ging und sie am ganzen Leib zitterte, war sie zutiefst besorgt, was der Arzt wohl von ihrer Familie denken würde, die es sich zur Angewohnheit gemacht hatte, ihn mitten in der Nacht herauszutrommeln. Im Fieberwahn sah sie, wie Freyja eilig in die Dunkelheit der Mansarde hochkam, hörte, wie sie sich auszog und sich im Nordzimmer ins knarrende und ächzende Bett legte.

Ein kalter Zug ging durchs Haus, als der Arzt eingelassen wurde. Er sagte wenig. Nach den tiefen Atemzügen der Frauen zu urteilen, wurde jetzt die männliche Leiche untersucht, die am Fuß der Treppe lag. Dann hörte sie, wie der Arzt einen Krankenwagen bestellte, ohne vorher mit den Frauen gesprochen zu haben. Auf dem Flur herrschte eine Weile Schweigen.

»Wie kam es, dass er gestürzt ist?«, fragte Doktor Enoch schließlich.

»Er ist hier betrunken eingedrungen«, sagte Dódó laut. »Er wusste, dass Freyja oben war, klabasterte die Treppe hoch, hat dabei aber wahrscheinlich eine Stufe verfehlt und ist gestürzt. Wir waren im Wohnzimmer und wollten uns nicht in diese Ehestreitigkeiten einmischen. Wir haben nur einen dumpfen Aufprall und Stöhnen gehört, aber wir dachten, dass der Mann sich wieder aufraffen und aufstehen würde. Als dann nichts geschah, haben wir nachgeschaut und gesehen, dass er auf den Ofen geknallt war.«

»Jesses Maria«, sagte Dísa.

»Wo ist deine Mutter?«, fragte der Arzt Dódó.

»Meine Mutter? Meine Mutter war nicht hier, mein Vater war nicht hier, Kidda war nicht hier, nur wir, und wir haben Karten gespielt, habe ich das nicht gesagt!«, rief Dódó und war sehr erregt.

Die Kellertür quietschte, und Kidda kam hoch.

»Spielt es irgendeine Rolle, wo jemand ist?«, schmäckelte sie zahnlos. »Ich denke, der Doktor sollte sich lieber darum kümmern, den Mann wegzuschaffen, wo er nun schon einmal tot ist. Und überhaupt, was hat er hier sturzbesoffen über wehrlose Frauen herzufallen. Außerdem finde ich, es wäre wohl angebrachter, sich um seine Frau zu kümmern, die liegt oben und steht unter Schock.«

»Wer sagt, dass er tot ist?«, fragte Doktor Enoch langsam.

»Was? Nicht tot!?«, riefen sie, als ob es ihnen nie in den Sinn gekommen wäre, dass noch irgendein Fünkchen von Leben in ihm sein könnte.

»Jesses Maria«, stöhnte Dísa.

Agga hörte Motorengeräusch vor dem Haus, Autotüren wurden zugeknallt, Stiefel stampften vor der Haustür und Nasen wurden geschnäuzt, bevor die Tür aufgestoßen wurde.

»Was ist hier eigentlich los?«, donnerte Oberwachtmeister Thórdur.

»Mach gefälligst die Tür hinter dir zu, Thórdur«, sagte Kidda barsch.

»Verdammt und zugenäht«, hörte Agga Thórdur sagen. Sie untersuchten wohl gerade Björn Theodór, wie er da in Engelsstellung beim Ofen lag.

Agga drehte sich auf den Bauch und vergrub das Gesicht im Kissen. Das war die größte Schmach ihres Lebens. Die versammelte Polizei in ihrem Haus. Mitten in der Nacht. Magnús auch. Sie hörte seine Stimme. Sie hörte das Schnaufen, als mehrere Männer den Schwerverletzten auf eine Krankenbahre legten und aus dem Haus trugen, hörte schwere Schritte auf dem Gehweg und das Schlagen der Haustür.

Sofort war es ganz still im Haus. Sie lag und wartete. Hörte den Wind und das Brausen des Meeres und wartete, dass Oma nach oben kam.

Oma kam nicht nach oben. Agga wusste aber, dass sie unten in der Küche war. Hörte, wie sie den Vorratsschrank öffnete und wieder zumachte, hörte, wie sie in die Stille hinein sagte: »Das kann doch nicht wahr sein, ist der Muckefuck wirklich alle?«

Die Witwe des Reaktionärs

Der Gottessohn breitete die Arme aus und lud alle ein, zu ihm zu kommen. Unter ihm lag in einem weißen Sarg ein Mann, der ehedem mit ausgebreiteten Armen vor dem Heizkörper gelegen hatte. Jetzt war er bei Jesus. Er war ein braver Junge gewesen, sagten die Leute, und brave Jungen kommen direkt in den Himmel. Agga war sich nicht so sicher, ob sie dort auch willkommen wäre, wenn die Reihe an sie kam. Sie war sich nicht so sicher, ob sie brav genug war. Deswegen schaute sie Jesus auf dem Altarbild nicht in die Augen, sondern auf die Füße.

Sie schaute auch auf ihre eigenen Füße. Die steckten in Galoschen. Omas Füße zur Linken und Dódós Füße zur Rechten ebenfalls. Sie hatten alle Galoschen an. Agga wusste nicht, ob sämtliche Frauen in der Kirche Galoschen trugen, weil sie es nicht wagte, sich umzudrehen. Zum ersten Mal in ihrem Leben ging sie zu einer Beerdigung, und Oma hatte gesagt, dass sie still sitzen müsste, keine Leute anstarren oder herumzappeln dürfte. Als ob sie so etwas tun würde, wo sie doch im Frühjahr konfirmiert werden sollte. Kidda war nicht in der Kirche, sie hatte erklärt, es sei mehr als genug, wenn man bei seiner eigenen Beerdigung dabei sein müsste. Oma wollte es Ninna nicht zumuten, zu einer Beerdigung zu gehen, und Großvater war auf See.

Sie saßen in der sechsten Reihe auf der linken Seite, denn Oma wollte nicht weiter vorn sitzen. Die erste Reihe war leer, dort war für die Witwe reserviert, die noch nicht da war. Dísa würde sie begleiten. Die Bänke füllten sich langsam, die Menschen waren dunkel gekleidet und husteten, der ganze Ort war erkältet. Vor ihnen saßen die Verwandten von Björn Theodór, alle außer seiner Mutter, sie lag im Krankenhaus mit angegriffenem Herzen, das beinahe aufgehört hatte zu schlagen, als der Sohn starb. Denn es war ihr Sohn, der gestorben war und mit gekreuzten Armen in dem weißen Sarg lag.

Agga hoffte, dass Omas Herz noch lange taugen würde. Seit dem Neujahrstag war sie geistesabwesend gewesen und hatte sich ständig ans Herz gegriffen, sich aber trotzdem mit Seifenwasser und Putzlappen über die Küchenschränke hergemacht. Kein Tag war vergangen, an dem sie sich nicht über Schmutz und Dreck im Haus aufgeregt hatte, aber über den Vorfall in der Silvesternacht schwieg sie sich aus.

Am Neujahrstag hatte sich der Tod wie ein Albtraum über das Haus gesenkt. Agga hatte im Fieberwahn gelegen, mit Unterleibsschmerzen und Erbrechen und rasenden Kopfschmerzen. Als es gegen Mittag hell wurde, war es ihr so vorgekommen, als ob sie Schritte und Männerstimmen auf der unteren Etage hörte, und als sie sich übergeben musste und nach ihrer Großmutter rief, erfuhr sie, dass die Obrigkeit im Haus gewesen war. Sie hatten die Treppe und den Heizkörper inspiziert und mit den Frauen gesprochen.

»Wozu?«, hatte sie zwischen den Brechanfällen gefragt, obwohl sie den Grund zu wissen glaubte.

»Björn Theodór ist verschwunden«, hatte Oma gesagt und in den Eimer gestarrt, den sie Agga vorhielt, als ob der Mann dort zu finden sei.

»Verschwunden, wohin?«, hatte sie gestöhnt.

»In den Himmel«, hatte Oma gesagt und hinzugefügt, dass er mit dem Schädel aufgeschlagen sei und Gehirnblutungen bekommen hätte. Er sei gegen neun Uhr am Neujahrsmorgen gestorben. Nachdem Freyja das erfahren hatte, bedankte sie sich für den Aufenthalt im Haus und ging nach Hause. Oma sagte ihr dann, sie solle versuchen zu schlafen, um diese vermaledeite Grippe loszuwerden, die sie sich bestimmt nur deshalb geholt hätte, weil sie viel zu dünnes Schuhwerk anhatte, als sie sich am Silvesterabend draußen herumgetrieben hatte wie die Katzen.

Nun hatte sie zwischen Brechanfällen schon fast zwei Tage geschlafen, und als sie am dritten Tag des neuen Jahres früh aufwachte, lag immer noch diese bleierne Schwere über dem Haus. Der einzige Laut war das gellende Gelächter der Möwen, das mit dem Westwind vom Meeresufer herüberdrang.

Als sie wieder auf den Beinen war und alles um sich herum in Augenschein genommen hatte, war es, als ob nichts passiert und niemand gestorben wäre. Die Frauen waren alle so wie immer. So natürlich kamen sie ihr vor, dass sie anfing, an ihrem Verstand zu zweifeln. Hatte sie vielleicht Fieber gehabt und Wahnvorstellungen, als sie in der Nacht unter dem Sofa lag, und deswegen Dinge gesehen, die niemals passiert waren? Aber Björn Theodór war tot, und wie war er dann gestorben, wenn Freyja ihn nicht umgebracht hatte? Sie hatte Dódó gefragt, wo sich Björn Theodór befunden hätte, als er mit dem Kopf aufgeschlagen war, aber die Antwort war, sie solle mit dieser ewigen Fragerei und Spioniererei aufhören und stattdessen lieber in ihre Schulbücher gucken.

Agga hatte Emelía über alles informiert, was von Bedeutung war. Am Abend vor der Beerdigung war sie zu ihr gekommen, hatte sie mit gespenstischem Blick angeschaut und gefragt, ob sie gesehen hätte, wie Björn Theodór die Treppe hinuntergestürzt sei? Sie hatte es geleugnet, ohne zu wissen, warum. Vielleicht war es die Scham.

Emelía hatte sie auch darüber informiert, dass im Städtchen über nichts anderes als den Tod von Björn Theodór geredet wurde, und überall würde gewispert und getuschelt. »Über was wird getuschelt«, hatte sie dann gefragt, und Emelía hatte ihr all die Klatschgeschichten ins Ohr geflüstert, die durch die Stadt gingen und sich um die Affären des Verstorbenen und den Hass der Frauen, die er liebte, drehten. Wie Verzweiflung und Kummer daran schuld waren, dass er sich einen zu viel genehmigt hätte, was dazu führte, dass er auf der verflixten Treppe das Gleichgewicht verloren habe. Er wäre besser nicht zu seiner Frau gegangen. Die Leute sagten auch, dass so ein Lebenswandel, nämlich zwei auf einmal zu haben, sowieso nur ein schlechtes Ende nehmen könnte.

Es hatte dann schließlich auch ein schlechtes Ende genommen. Alle beklagten den Tod von Björn Theodór. So ein netter und gut aussehender junger Mann, sagten die Leute. Und dann war er ja auch noch gar nicht fertig mit der Stadtplanung.

Aber wie viele mochten wissen, wie er gestorben war?

Sechs Frauen. Sieben mit ihr. Die würden niemals etwas sagen, das wusste sie. Aber würde sie selbst etwas sagen? Hatte irgendjemand sie gebeten, den Mund zu halten? Die wussten ja noch nicht einmal, dass sie wusste. Weder Oma noch Dódó, die jetzt rechts und links von ihr bewegungslos und mit schwarzen Handschuhen dasaßen. Oder wusste Freyja es vielleicht? Hatte sie gewusst, dass sie unter dem Sofa lag? War sie nicht eine Hexe, die durch Felsen und Hügel hindurchschauen konnte? Wie oft hatte sie das nicht zu Magnús gesagt? Musste er ihr nicht glauben, jetzt, wo sie alles bis in die Einzelheiten beschreiben konnte? Sie war nämlich Zeuge des Ganzen.

Die Leute hatten aufgehört zu husten. Agga hörte an den Atemzügen, dass hinten bei den letzten Bänken etwas Ungewöhnliches passierte. Sie hätte sich zu gern umgedreht, wagte es aber nicht wegen Oma, die in Habtachtstellung dasaß und die Hände zu Fäusten geballt hatte. Sie hörte, wie jemand langsamen, schweren Schritts das Mittelschiff entlangging. Jemand, der die Füße nachschleppte. Sie hörte, wie die Leute hinter ihr scharf den Atem einzogen.

Als die schleppenden Schritte an ihrer Bank angelangt waren, sah sie, was los war. Die Witwe hatte sich die Haare abgeschnitten. Gestützt von Dísa, die sie kaum halten konnte, stolperte sie vorwärts wie ein Geist, mit dickem Bauch, farblosen Lippen und weißen Augen. Die Haarpracht war verschwunden. Sie war kurz geschoren wie ein Junge.

Die Leute griffen zu ihren Taschentüchern. Die Witwe nahm ganz vorne Platz und senkte den Kopf wie eine zum Tode Verurteilte. Oma und Dódó waren schockiert.

Die Beerdigung begann. Agga saß wie auf heißen Kohlen. Wann hatte Madame sich die Haare abgeschnitten? Unmittelbar vor der Beerdigung? Warum hatte sie sich die Haare abgeschnitten? Wozu, und wer hatte das getan? Dieses prachtvolle Haar!

Der Chor sang, der Pastor sagte ein paar fromme Worte, und wieder sang der Chor. Erde wurde auf den Sarg gegeben. Das Blumenmeer wurde entfernt, die Honoratioren der Stadt stellten sich auf, ergriffen den Sarg und schritten langsam das Mittelschiff hinunter. Alle erhoben sich von den Bänken und blickten auf die Witwe, die direkt hinter dem Sarg herging und so schlecht aussah und so schwach war, dass ihre Freundin sie kaum stützen konnte. Aber als Agga die mitleidvollen Blicke sah, die die Leute auf die Witwe warfen, beschlich sie ein schlimmer Verdacht. War das vielleicht wieder so ein Schachzug dieser Frau? War es womöglich ihre Absicht, so zu wirken?

Vor dem Abendessen am Tag der Beerdigung, kurz bevor Großmutter den Schellfisch ins kochende Wasser gab, zog sich Agga schweigend und geräuschlos den Mantel an und ging Richtung Wache.

Polizist Magnús saß tatenlos mit gekreuzten Armen da und hörte sich die Schachsendung im Rundfunk an. Er lächelte ein schiefes Lächeln und hob die Brauen, als er sie sah. Sie ging zum Schreibtisch und strich sich das Haar aus der Stirn. Er betrachtete eingehend ihr Haar, und sie wusste, dass er an das Haar einer anderen Frau dachte, Haar, das nicht mehr war. Sie ließ alle Finger knacken und sprudelte dann heraus: »Ich bin gekommen, um einen Mord zu melden.«

Er richtete sich in seinem Stuhl auf, kniff beide Augen zusammen, als ob er etwas hineinbekommen hätte, sagte aber nichts.

»Ich konnte es dir nicht eher sagen, weil ich so krank war«, fuhr sie fort.

Einen Augenblick hatte Agga das Gefühl, als ob er ärgerlich würde, aber das musste ein Irrtum sein, denn er fuhr sich mit der linken Hand ruhig durch die Haare, öffnete die Schublade, holte ein Sahnebonbon heraus, bot es ihr an und sagte liebenswürdig: »Was du nicht sagst, Mord? Na, da schau her. Ist vielleicht deine Katze umgebracht worden?«

»Katze? Meine Katze?«, sagte Agga verblüfft, aber dann

bekam sie einen Schreck. Sagte er da vielleicht etwas, wovon sie nichts wusste? Hatte irgendein gemeiner Kerl ihre Katze umgebracht?

»Hat jemand meine Katze umgebracht!?«, schrie sie.

»Nein, nein, ganz ruhig, das war nur ein Scherz. Was soll man auch sagen, wenn du mit deinen Mordbeschuldigungen ankommst. Kannst du mir das sagen?«

Agga setzte eine seriöse Miene auf: »Wie ich gesagt habe. Ich melde einen Mord. Ich habe gesehen, wie Freyja Björn Theodór umgebracht hat. Sie hat ihm den Ständer mit der isländischen Fahne über den Schädel gehauen. Er ist kein bisschen die Treppe runtergefallen. Sie haben ihn nur da hingetragen. Ich habe dir ja schon lange gesagt, dass sie bösartig ist. Du wolltest mir nur nie glauben.«

Er ließ beide Hände vor sich auf der Tischplatte ruhen und ballte sie dann zur Faust.

»Hör auf damit, Agga«, sagte er und sah aus, als ob ihm schlecht würde. »Du bist nicht bei Verstand, Mädel. Was ist eigentlich mit dir los? Was geht in deinem Kopf vor? Hat es dir nicht gereicht, heute in der Kirche die Frau in ihrem Schmerz zu sehen? Hast du nicht gesehen, wie sie aussah? Hast du nicht gesehen, was sie durchgemacht hat? Was fällt dir ein, mir solch absurdes Zeug aufzutischen? Warum lügst du so? Wahrscheinlich sollte ich mal mit deinem Großvater reden. Das ist das zweite Mal, dass du deine Tante des Mordes bezichtigst. Ja, nichts weniger als das, ich muss schon sagen! Und wo, zum Teufel, warst du, als dieser Mord begangen wurde? Wo warst du? Und wenn du schon da warst, warum hast du dann nichts unternommen? Warum bist du dann nicht zu mir gelaufen gekommen? Antworte, du verdammte Göre!«

Er war aufgestanden, knallrot im Gesicht, und hämmerte ununterbrochen auf dem Tisch herum.

Vor Angst begann Aggas Herz schneller zu schlagen, und sie rannte hinaus. Vor der Wache schnürte sich ihr die Kehle zusammen, und als sie zu Hause auf der Treppe stand, hatte sie angefangen zu heulen.

Eisblumen schmückten eines Morgens, als die Frauen im Dunkel des Winters erwachten, alle Fenster des Hauses, und jetzt war der harte Winter wahr geworden, über den die alten Wetterpropheten orakelt hatten. Die Kälte brachte Großmutter diesmal nicht aus der Ruhe; während sie das Korsett anlegte, betonte sie mehrfach, dass es ihretwegen so viel frieren könne, wie es wolle, sie hätte Ölheizung, aber es sei natürlich klar, dass der Zustand wohl schrecklich wäre bei denen, die klamm vor Kälte in den Kohlenkeller kriechen müssten. Die Heizmethoden der Ortsbewohner stießen bei Agga auf kein Interesse, hingegen machten ihr Anziehprobleme schwer zu schaffen. Die Strickjacke war viel zu eng und außerdem verfilzt, die Gamaschen waren zu kurz, die karierten Wollhosen am Knie ausgebeult, und der Mantel war völlig unmodern. Mit Leidensmiene saß sie auf der Bettkante und sagte, dass sie nichts anzuziehen hätte, sie sähe immer aus wie ein Armenhäuslerkind, um das sich niemand kümmert. Nach dieser Erklärung wurde sie von Selbstmitleid überwältigt und bekam einen Kloß in den Hals, aber Oma sagte, sie solle mit dem Gejammere aufhören und sich den Wollunterrock anziehen, das sei warm genug.

»Das ist was für kleine Mädchen«, wimmerte Agga und fing an zu heulen, ohne es zu wollen.

Die Frauen wussten nicht, was sie zu diesen Launen des

Mädchens sagen sollten, sie verstanden nicht, was in sie gefahren war, denn selbst wenn sie von Natur aus ungezogen war, dann heulte sie doch normalerweise nicht wie ein kleines Kind. Nach Betasten und Betrachten fanden sie zu ihrer Verwunderung heraus, dass das Mädchen in letzter Zeit so rapide gewachsen war, dass sie auf einmal die gleiche Kleidergröße brauchte wie Dódó. Daraufhin warfen sie ihr ein paar Kleidungsstücke von Erwachsenen hin, damit sie in die Schule gehen konnte.

Der Frost nahm in den nächsten Tagen noch mehr zu, und als es im Städtchen fast zwanzig Grad minus waren und sogar dreißig im Norden des Landes, begann Großmutter, sich längere Zeit im Keller aufzuhalten und die Ölheizung anzustarren, als ob sie daran zweifele, dass sie dieser Katastrophe standhalten könnte.

»So eine Musik habe ich seit 1918 nicht gehört«, sagte Kidda, als sie mittags aus dem Gefrierhaus nach Hause kam, dick vermummt unter dem weißen Kittel.

»Was für eine Musik?«, fragte Großmutter und schaute in Richtung Radio, in dem nur Todes- und Beerdigungsanzeigen verlesen wurden.

»Das Knirschen des Schnees«, schmäckelte Kidda vergnügt, denn sie hatte ebenso wie die Männer einen harten Winter prophezeit.

Die wenigsten Bewohner des Städtchens waren auf solchen Frost vorbereitet, und wer nicht unbedingt hinaus musste, hielt sich im Haus auf, aber diejenigen, die etwas auszurichten hatten, zogen sich sämtliche Wollsachen übereinander an. Alles, was frieren konnte, gefror. Die Wasserzufuhr versagte, als beim Wasserspeicher Filter und Rohrenden vereisten, sodass man sich weder Kaffee kochen noch Wasser heiß machen konnte, um sich wenigstens innerlich aufzuwärmen. Als das Wasser dann endlich wieder kam, war es so eisig, dass man es erst eine Zeit lang in Krügen und Wannen stehen lassen musste, bis es verwendet werden konnte.

Die Enten froren in einer kleinen Wake am unteren Ende des Teichs ein, und zum ersten Mal seit dem Frostwinter von 1918 war die ganze Förde zugefroren.

Großvaters Trawler schaffte es nicht, sich einen Weg in den Hafen zu bahnen, und lag den ganzen Tag draußen auf Reede, bis das Küstenschutzboot kam und den Weg durchs Eis bahnte.

Großvater kam deswegen fluchend an Land.

»Wo ist die verdammte Zeitung?«, brüllte er im gleichen Augenblick, wo er seinen Seesack in den Flur warf. Die Frauen kamen wie eh und je eilends herbei und sausten durchs ganze Haus, um die Zeitungen wieder zusammenzusuchen, die sich auf unerklärliche Weise auf die Zimmer verteilt hatten.

Mit Großvaters Heimkehr erwachte ein Hoffnungsfunken in Aggas Brust. Ihm konnte sie sagen, was passiert war, denn er hatte noch nie auch nur ein einziges Mal an ihren Worten oder Berichten gezweifelt. Sie folgte ihm durch das ganze Haus, während er wegen der Zeitungen schimpfte, aber als er sich endlich mit dem ganzen Stapel auf den Knien auf der Couch in der Kammer niedergelassen und sich so weit beruhigt hatte, dass er wieder ansprechbar war, da brachte ein zweispaltiger Artikel auf der Titelseite ihn wieder in Rage.

»Diese verdammten Kommunisten«, sagte er laut, sprang wieder auf und stürmte mit dem Blatt in die Küche zu Großmutter, als ob sie es herausgeben und die Verantwortung für den Inhalt tragen würde, und fragte sie, warum sie ihm nicht gleich gesagt hätte, dass die Roten für die Wahlen im Seemannsverband Leute mobilisierten, die jahrzehntelang kein Schiffsdeck mehr betreten, sondern die meiste Zeit hinter Ladentheken herumgelungert hätten?

Großmutter ging gar nicht auf ihn ein, bügelte weiter und scheuchte die Katze vom Küchenfensterbrett.

Kaum hatte Großvater die üblen Tricks der Kommunisten abgefertigt, als sein Blick auf eine andere Nachricht des Inhalts fiel, dass sich der Etat des Städtchens in diesem Jahr um eine Million erhöhen würde.

»Wo wollen sie mit Verlaub das Geld hernehmen!?«, brüllte er Großmutter an. »Sollen vielleicht die Kommunalsteuern mal wieder erhöht werden?«

»Ist das nicht deine Partei, die das vorschlägt«, sagte Großmutter nüchtern. »Wenn ich richtig verstanden habe, waren es die Konservativen, die den Riemen enger schnallen wollten.«

Sie schien sich unschlüssig zu sein, ob sie weitere Worte auf Großvater verschwenden sollte, aber sie konnte sich offensichtlich nicht zurückhalten und sagte: »Im Übrigen verstehe ich nicht, was sich deine Partei eigentlich denkt. Neulich habe ich in der Zeitung gelesen, dass so viel Schellfisch da wäre, dass sich hier schon Vorratsberge von zwanzigtausend Tonnen angesammelt hätten. Wir ersticken im Fisch, aber im Geschäft wird er keine Öre billiger. Verzeihung, aber so eine Politik verstehe ich nicht.«

»Ihr versteht sowieso überhaupt nichts, ihr aus den Westfjorden«, stieß Großvater hervor. »Aber diese verdammte Aaserei mit dem Geld übersteigt wirklich alles, das bedeutet nur noch mehr Teuerung. Es ist unsere verdammte Pflicht, uns zusammenzutun und für die Ziele zu kämpfen, die sich Arbeiterbewegung und Volk schon seit langem gesteckt haben.«

Er schlug auf den Küchentisch und hatte die peinliche Stufe der Rhetorik erreicht. So nebenbei wie nur möglich sagte Agga dann ins Blaue hinein, bevor Großvater weitermachen konnte: »Freyja hat sich den Kopf geschoren.«

Er beruhigte sich für einen Augenblick, starrte auf Agga und dann auf den Rücken von Oma, steckte die Hände in die Taschen und zog sich die Hose hoch.

»Stimmt es, was ich heute gehört habe, der Reaktionär ist umgekommen, nachdem er zu Silvester in meinem Haus war?«, fragte er Großmutter scharf.

»Zumindest hat man ihn beerdigt«, sagte Großmutter nach kurzem Schweigen und steckte auf einmal ganz hinten im tiefen Schrank, um nach Gewürzen zu suchen. »Im Übrigen war ich der Meinung, dass du dich nicht für das interessierst, was in diesem Haus in deiner Abwesenheit vor sich geht, normalerweise sind es andere und bedeutendere Dinge, über die du dich aufregst, und deswegen ist es wirklich nebensächlich, wenn Leute umkommen, nachdem sie in deinem Haus gewesen sind«, fügte sie mit dem Kopf im Schrank hinzu.

»Das ist doch wirklich zum Kotzen, dass man nicht das Haus verlassen kann, ohne dass das Weibervolk mit seinem verfluchten Getue alles auf den Kopf stellt«, stieß er hervor. »Und wo und wie ist dieses Mannsbild gestorben, wenn man fragen darf?«

Jetzt war die Stunde gekommen. Agga setzte sich in Positur und wartete begierig auf Omas Antwort. Oma war zu allem imstande, aber lügen würde sie nicht, egal, um wen es ging, und deswegen musste jetzt die Wahrheit ans Licht kommen, hier und jetzt in der Küche.

»Er hat unten am Fuß der Treppe gelegen«, sagte Oma endlich, immer noch im tiefen Schrank.

»Treppe!«, sagte Großvater verächtlich. »Ist er die Treppe runtergefallen, der Schwächling? Was, zum Teufel, hatte er auf der Treppe zu suchen, hab ich ihn nicht davor gewarnt, in so einem Zustand die Treppe heraufzuklabastern. Er ist natürlich besoffen gewesen, hat gefeiert wie gewöhnlich? Diesen Reaktionären ist ja sowieso alles zuzutrauen. Und was, zum Teufel, habt ihr euch eigentlich dabei gedacht? Das ganze Haus voller Weiber, und keine Einzige kann einen solchen Unfall verhindern! Konntet ihr nicht auf den armen Teufel aufpassen, wo er nun einmal nicht so ganz auf der Reihe war? Man kann ja wirklich dem Himmel danken, solange ihr einen nicht vor lauter Schusseligkeit und Einfalt ins Grab bringt. Und muss noch dankbarer dafür sein, euch nicht auf See um sich haben zu müssen. Gott stehe der isländischen Fischereiflotte bei, wenn Frauen an Bord gelassen werden.«

Seine Stimme wurde immer lauter, je länger die Epistel dauerte, die mit Brüllen endete. Er schlug sich vehement mit der Zeitung auf den Schenkel, stürmte aus der Küche heraus, kam aber augenblicklich wieder zurück, noch bevor sie sich von der Szene erholt hatten, und schrie noch erregter als vorher: »Und wer hat jetzt bei den Erzreaktionären in der Reederei das Sagen, wenn der Mann tot ist!?«

Großmutter war die ganze Zeit im tiefen Schrank geblieben, drehte sich jetzt aber ruckartig um und sagte mit eiskalter Ruhe: »Es wird bestimmt nicht schlimmer, wenn Freyja die Reederei übernimmt, wir hätten's nötig. In ihren Händen wird alles zu Geld; das ist mehr, als man von den Männern in diesem Städtchen behaupten kann.«

Mehr Worte wurden zwischen Großvater und Großmutter nicht gewechselt. Großvater ging zu einer Versammlung im Seemannsverband, ohne das Abendessen auch nur eines Blickes zu würdigen. Erklärte, dass er keine Lust auf diesen Weiberfraß hätte.

Der Streit ging weiter, als er später am Abend von der Versammlung zurückkehrte, aber jetzt war es wegen Agga, die sich strikt weigerte, sein Bett freizugeben und in die Nordkammer umzuziehen. Die Vorstellung, dort schlafen zu müssen, erfüllte sie mit solcher Panik und Angst vor der Dunkelheit, dass sie Herzklopfen bekam und überhaupt nicht imstande war, logisch zu denken, wie man es von einer Konfirmandin erwarten durfte. Sie konnte auch diese Gefühle, die sie überwältigten, überhaupt nicht erklären, saß nur wie ein altes zittriges Weib auf Großvaters Bett und weigerte sich, umzuziehen. Großvater und Großmutter kratzten sich an den gewohnten Stellen für akute Ratlosigkeit. Sie dachten zuerst, dass vielleicht das Nordzimmer nicht warm genug war, aber als sie herausfanden, dass das nicht der Grund war, sondern einzig und allein die Angst vor der Dunkelheit, schüttelten sie völlig ratlos den Kopf, außerstande zu begreifen, was in das schon halb erwachsene Mädchen gefahren war. Großmutter machte das Bett für Großvater im Nordzimmer zurecht, und dort schlief er, solange er an Land war, den göttlichen Schlaf des Gerechten, denn jetzt war er endlich das Schnaufen von Großmutter und sonstige Kehllaute los, wie er selbst sagte.

Angst vor der Dunkelheit war aber nicht nur mit dem Nordzimmer verbunden, sie konnte überall auftreten, draußen oder drinnen. Agga hatte immer das Gefühl, dass irgendjemand in dunklen Ecken ihr auflauerte. Jemand, der seine langen, knochigen Arme nach ihr ausstreckte, sie an sich riss und sie in Unterwelten entführte, wo Gespenster und Teufel sie in Stücke rissen. Derlei Albträume musste sie im Jahr ihrer Konfirmation erleben, zu einem Zeitpunkt, wo alle normalen

Menschen sich aus dem Bann dunkler Mächte befreien. Dódó erklärte, sie benähme sich wie ein Säugling, ewig quengelnd und heulend, wenn ihr irgendetwas gegen den Strich ging, aber selbst wollte sie auch auf keinen Fall mit dem kleinen Lilli ins Nordzimmer ziehen, als es ihr angeboten wurde. Agga schämte sich für ihre Furchtsamkeit, konnte aber nichts dagegen tun.

Wieder und wieder versuchte sie, gegenüber Großvater ein bestimmtes Thema ins Gespräch zu bringen, ihm zu verstehen zu geben, dass an Silvester in seinem Hause nicht alles mit rechten Dingen zugegangen war; oft war sie kurz davor, ihm die Wahrheit zu sagen, aber jedes Mal, wenn sie an dem Punkt angelangt war, wo die Frauen den Toten angegriffen hatten und es nun nicht mehr weit war bis zum eigentlichen Mord, regte er sich maßlos auf und ergoss sich in Schimpftiraden über das Weibervolk, das immer Scherereien machen musste und einen niemals in Ruhe lassen konnte, das keinen Anstand hatte und ihm ständig Schande machte.

Dann verstummte Agga, denn sie war sich nicht ganz sicher, ob sie nicht vielleicht selbst zu diesem Weibervolk gerechnet wurde. Sie fand auch, dass das Ableben des Reaktionärs keinen sonderlich tiefen Eindruck auf Großvater machte, sondern eher die Frage, wer jetzt die verdammte Reederei übernehmen würde. Er pochte ständig darauf herum, dass dies ein Anlass zur Besorgnis sei in Zeiten, wo der kleine Mann kaum genug zu essen hätte und keine Öre von seinem Hungerlohn entbehren könnte.

»Das ist eben die Gefahr, denn jetzt gehen im Städtchen die Apostel der Geldabwertung um und wollen Inflation und Teuerung durch neue Verlegenheitsmaßnahmen anheizen. Wir müssen uns zusammentun und für die Ziele kämpfen, die sich das Volk seit langem gesteckt hat«, sagte er und ging dabei wieder wie immer im Wohnzimmer auf und ab.

Unter solchen Tiraden wurde Agga ganz klein. Außerdem hatte sie ihre Zweifel bekommen, ob es wirklich richtig sei, Großvater mit der Wahrheit über das Weibervolk zu belasten, er befasste sich mit anderen und wichtigeren Dingen, mit nichts weniger als dem Schicksal der isländischen Nation.

Bevor noch abzusehen war, wer die Leitung der Reederei übernehmen würde, war Großvater schon wieder auf See.

Großmutter hatte nicht übertrieben, als sie sagte, dass in Freyjas Händen alles zu Geld würde. Bei der Inventur am Jahresende stellte sich heraus, dass der Profit des Geschäfts in diesem einen Jahr, seit sie es übernommen hatte, größer war als in den zehn Jahren davor zusammengenommen. Freyja sagte, dass dies Dódó und Dísa zu verdanken sei, die beide Verkäuferinnen von Gottes Gnaden seien, aber die wiederum wollten Freyja den Erfolg zuschieben, denn nur sie verstünde es, die richtigen Waren einzukaufen, und was noch wichtiger sei, sie zum richtigen Preis anzubieten. Die Verkäuferinnen erhielten einen Gehaltszuschlag in solcher Höhe, dass sie keine Zahlen nannten, um Neid und Geschwätz zu vermeiden. Der ganze Ort sprach darüber, dass Madame wohl beabsichtigte, die Zügel in der Reederei in die Hand zu nehmen, was ihr wohl anstand, da ihr Mann die Aktienmehrheit besessen hatte. Die Leute waren nicht gerade begeistert über dieses Gerücht und machten sich Sorgen über die Zukunft der Seeleute, die vollkommen von ihrer Reederei abhängig waren. Denn selbst wenn die Frau mit modischen Sachen und Stoffen für die Weiblichkeit Geld machte, dann sei es doch eine ganz andere Sache mit dem Fisch.

»Es endet noch damit, dass sie den ganzen Ort unter sich bringt«, sagte Mási vom Kiosk verärgert, denn er machte keineswegs so gute Geschäfte wie Freyja, und nach einigen Tagen hörte man diesen Satz aus jedem zweiten Haus.

Über dem Haus am Bach lastete die Stille des Winters. Mittags schien die Sonne auf weiße Wände und Fensterscheiben, und dann glühten sie und warfen die Strahlen zurück, aber abends gingen drinnen die Lichter an und ließen den Schnee im Garten gelb erscheinen.

Agga war eine Ewigkeit nicht im Haus am Bach gewesen und hatte eigentlich auch nicht vor hinzugehen, aber eines Abends gegen Ende Januar, als sie auf dem Weg über den Bach war, roch sie dänische Frikadellen. Mette kochte ihr Lieblingsgericht. Sie stand eine Weile wie angewurzelt, verspürte Machtlosigkeit in den Beinen und Hungerqualen im Bauch, starrte angestrengt auf den Schnee vor sich und ging dann wie in Trance in Richtung Küchenfenster. Je mehr sie sich dem Fenster näherte, desto wundervoller wurde der Geruch. Aber sie riss sich zusammen, stellte sich auf eine einige Meter vom Fenster entfernte Schneewehe, verharrte unbeweglich in der Dunkelheit und starrte in das erleuchtete Fenster hinein. Mette mit ihrer klassischen Jammermiene im müden dänischen Gesicht stand mit vor der Stirn zusammengeknotetem Kopftuch über die Pfanne gebeugt. Das Wasser lief Agga unablässig im Munde zusammen. Dann ging ihr plötzlich etwas auf. Für wen briet Mette die Frikadellen? Wohl kaum für die Dame des Hauses, die niemals Fleisch aß, außer selbstverständlich in einem bestimmten Keller, wo niemand zusah. Sie kochte nicht für die Arztwitwe, denn die lag im Krankenhaus, das sie wohl nicht wieder verlassen würde. Auch hatte Freyja bestimmt keine Gäste, denn nach dem, was Dódó sagte, war sie in diesen Tagen ständig schlapp, bleich und unerhört schwanger, denn sie stand kurz vor der Niederkunft, und in diesem Zustand würde sie wohl kaum Gäste einladen. Für wen waren die verflixten Frikadellen?

Agga schlich sich um die Ecke des Hauses und verwünschte den knirschenden Schnee. Im Esszimmer brannte Licht. Agga stieg auf eine etwa zwei Meter vom Fenster entfernte Schneewehe und starrte ins Haus.

Sie erblickte Freyjas Antlitz. Aggas Herz tat einen Sprung, und sie kauerte sich unwillkürlich zusammen. Die Dame saß am Tisch und machte sich Notizen. Agga hatte sie nicht gesehen, seitdem sie wankend in die Kirche kam, kreidebleich vor Schmerz, kurz geschoren wie ein Junge.

Das Haar war nicht länger geworden, aber das Aussehen hatte sich geändert. Diese Frau, die am erleuchteten Fenster im Haus am Bach saß, litt keine Qualen. Sie erinnerte an eine rote Rose kurz vor dem Aufblühen. Das Haar war zurückgekämmt wie bei einem Mann, aber das feuerrote, am Ausschnitt offene Kleid ließ keinen Zweifel über ihr Geschlecht zu. Die Wangen waren voller geworden und hatten Farbe bekommen, und um den kleinen roten Mund spielte ein winziges Lächeln.

Agga wurde übel, und sie hätte sich am liebsten bäuchlings über den Küchenhocker gelegt. Plötzlich blickte die Frau hoch und spähte hinaus in die Finsternis. Agga begegnete den eisblauen Augen der Dame und erstarrte. Minuten vergingen, die Dame schaute in die Dunkelheit hinaus, das Lächeln verschwand, und die Augen wurden weiß, schließlich blickte sie nieder, als ob sie nichts gesehen hätte. Zum ersten Mal in ihrem Leben pries Agga die Dunkelheit.

Als sie im Begriff war, sich wegzuschleichen, sah sie den Gast, für den die Frikadellen gedacht waren. Magnús kam herausgeputzt in Mantel und Hut, ging festen Schrittes zur Haustür, räusperte sich, brachte die Krawatte in Ordnung und klopfte an die Tür.

Das war zu viel für Agga. Ließ sich jetzt der Hüter des Gesetzes höchstpersönlich zu Frikadellen bei der Mörderin einladen?

Sie presste die Lippen zusammen und ließ die Finger knacken. So wahr sie Agga hieß, damit sollte Polizist Magnús nicht durchkommen, weiterhin in diesem Haus zu essen. Das wäre ja noch schöner.

Auf dem alten Steinpier

Die ewigen Eisblumen morgens früh an den Fensterscheiben waren lästig. Agga hatte herausgefunden, dass man am besten so lange wie möglich eingemummelt unter der Bettdecke blieb – oder zumindest so lange, bis es warm im Haus wurde. Oma sparte nachts mit der Heizung.

An diesem Sonntagmorgen hätte sie sich bis in die Puppen dem Eisblumenschlummer hingegeben, wenn nicht die Frauen angefangen hätten, unten zu rumoren. In letzter Zeit brauchte Agga viel Schlaf, denn weil sie sich, ohne zu wissen, warum, so schwer im Körper und im Kopf fühlte, fiel es ihr nicht leicht, morgens aus dem Bett zu kommen. Sie vermutete, dass ihre Knochen sich rapide vergrößerten. Oder die Eingeweide.

Mettes Besuch an diesem Sonntag machte dann dem Morgenfrieden endgültig ein Ende. Der Wirbel, der damit verbunden war, konnte einen glauben machen, dass ein Krieg ausgebrochen war. Sie hämmerte wie wild an der Tür, und nachdem ihr endlich geöffnet wurde, schrie sie zur Tür hinein, konnte aber verständlicherweise nichts anderes als Dänisch herausbringen: »Fruen skal föde barn!!«

Der Aufruhr, der daraufhin in der Küche entstand, ließ nur den Schluss zu, dass die Frauen überhaupt nicht darauf vorbereitet waren, dass eine schwangere Frau früher oder später gebären würde. Sie riefen die Nachricht in einer Tonlage zu Kidda hinunter, die man normalerweise nur anwendet, wenn es brennt. Sie befahlen ihr, sich schleunigst die Galoschen anzuziehen, schossen durch das ganze Haus auf der Suche nach etwas zum Anziehen für sich und für Lilli, und endlich nach viel Hin und Her und Geschrei und einem Anruf bei Dísa wurde die Haustür zugeschlagen. Es war das erste Mal, dass Großmutter und Kidda die Dame aus Amerika besuchten, und es bedurfte dazu keines geringeren Anlasses als einer Geburt.

Aggas Ruhe war dahin, sie warf die Beine über die Bettkante, stand mit übermenschlicher Kraft auf und begab sich nach unten in die Küche. Zu ihrer Verwunderung stand Ninna am Waschbecken.

»Was, du bist nicht mit zu Freyja gegangen?«, fragte Agga.

»Ich wasche gerade meine Strümpfe«, sagte Ninna und blickte beharrlich auf ihre Wäsche.

»Also ich dachte, du würdest sofort lossausen, wenn dein Idol ein Kind bekommt«, sagte Agga schnippisch.

»Ich wasche gerade meine Strümpfe«, wiederholte Ninna resolut, und die Schultern bebten, während sie sich an der Wäsche ausließ.

Gespräche mit Ninna waren nie ergiebiger, das wusste Agga aus Erfahrung, und deswegen war sie schon wieder auf dem Weg ins Bett, um bis mittags zu duseln, als sie auf halber Treppe urplötzlich Halt machte. Die Konstellation im Haus brachte sie zum Nachdenken. Sie und Ninna würden jetzt bis zum Nachmittag allein sein, so Gott wollte, und das bedeutete, dass sie egal wen ins Wohnzimmer bringen und ihm eine interessante kleine Geschichte über die Vorfälle in der Neujahrsnacht erzählen könnte. Sie raste nach oben, zog sich in aller Hast an und stand einen Augenblick später schon auf der Straße.

Sie hatte den Mantel nicht zugeknöpft, und das Haar war wild durcheinander, als sie an diesem Sonntagmorgen, während das Städtchen noch schlief, aufs Revier ging. Magnús saß an seinem Platz. Er ordnete mit Akribie Papiere in einen Ordner ein, wirkte beschäftigt und zufrieden. Er sah aus wie jemand, der genügend Schlaf bekommt, genug zu essen hat und von allen gemocht wird. Er schaute auf, als sie sich dem Schreibtisch näherte, schien aber ihr letztes Gespräch nicht vergessen zu haben, denn er war irgendwie unschlüssig und wusste augenscheinlich nicht, ob er nett zu ihr sein sollte oder mürrisch. Agga hatte beinahe das Gefühl, erwachsen zu sein, denn sie wusste, dass er niemals einem Kind gegenüber solches Zögern oder diese Unsicherheit an den Tag gelegt hätte. Erwachsene vergessen auf der Stelle wieder, was sie zu Kindern gesagt haben.

»Sitzen viele ein?«, fragte sie träge, indem sie sich ihm näherte, und stellte zu ihrer Verwunderung fest, dass es ihr völlig gleichgültig war, ob betrunkene Kerle seine Zellen füllten oder nicht.

»Keine Menschenseele«, antwortete er und lächelte froh, als er merkte, welche Richtung das Gespräch nahm. Dann blickte er ihr neugierig ins Gesicht und sah die verwuschelten, ungeflochtenen Haare, ließ seine Blicke an ihrem Körper entlanggleiten, nicht ohne an gewissen Stellen innezuhalten. Er hatte sie schon einmal zuvor so angeblickt, und da war Agga unruhig geworden. Jetzt wand sie sich wieder unter seinen Blicken, ließ sich aber so wenig wie möglich anmerken.

»Du bist Polizist in diesem Ort, nicht wahr?«, fragte sie

und versuchte, so desinteressiert zu wirken wie die Erwachsenen.

Er kniff kurz die Lider zusammen, als ob ihm etwas ins Auge gekommen sei, und sagte dann gequält: »So wird hin und wieder behauptet.«

»Dann solltest du eigentlich deiner Pflicht nachgehen und jetzt auf der Stelle mit mir kommen, denn ich muss dir etwas zeigen«, sagte sie und tat, als ob sie seine Reaktion nicht bemerke. Ging dann in Richtung Tür und blickte nur kurz über die Schulter zurück, um festzustellen, ob er auch auf dem Weg war.

»Was ist denn jetzt los, Agga«, fragte er ärgerlich.

»Wenn du nicht mit mir kommst, hole ich Thórdur, und der kommt ganz bestimmt sofort mit«, sagte sie so barsch, wie sie sich traute. Sie ging auf den Gang hinaus bis zur Tür und wartete dort. Nach einer ganzen Weile hörte sie, wie er gemächlich aufstand. Die Mütze in der Hand haltend, schaute er sie spöttisch an.

»Könnte mir das Fräulein vielleicht sagen, wie weit wir zu gehen haben? Muss ich mir den Mantel anziehen?«

»Nur über die Straße, zu mir nach Hause«, sagte sie schroff und ging los. Sie gingen schweigend die Straße entlang, er einige Meter hinter ihr, und der Schnee knirschte abwechselnd unter ihren und seinen Schritten. Zu Hause öffnete sie die Tür bei sich weit und hielt sie für ihn offen. Er zögerte auf der Treppe.

»Es ist keiner zu Hause«, sagte sie. »Sie sind alle bei Freyja, um das Kind in Empfang zu nehmen.«

Verständnislos betrat er mit beiden Händen an der Mütze das Haus und ließ sich von ihr ins Wohnzimmer führen. Dann standen sie mitten im Zimmer, und Agga atmete tief auf, als ob jetzt ein schwieriges Kapitel seinem Ende zuging. Vom Fußboden stieg Bohnerwachsgeruch hoch, und durch das offene Fenster drang das Gekreisch der Möwen herein.

Agga wusste, dass jetzt die Stunde gekommen war. Sie ließ alle Finger knacken, stellte sich am Esszimmertisch auf und erhob ihre Stimme, als ob sie ein Gedicht aufsagen wollte.

»In der Silvesternacht kurz nach Mitternacht haben die Frauen hier gesessen und Karten gespielt. Dann kam Björn Theodór tierisch besoffen und hämmerte wie verrückt an der Tür. Ninna hat ihm aufgemacht. Er wollte seine Frau auf der Stelle nach Hause holen, aber sie wollte nicht mit. Als er sie vom Stuhl hochzuzerren versuchte, sind die anderen Frauen auf ihn losgegangen und haben ihn geschlagen und geprügelt. Dann ist Freyja auf einmal wutverzerrt im Gesicht aufgestanden, hat den Fahnenständer da genommen und ihm damit über den Schädel gehauen.«

Sie musste wegen ihres Herzklopfens eine kleine Pause machen. Magnús rührte sich nicht, während sie sprach. Sie holte tief Atem und fuhr fort: »Der Mann ist wie tot zusammengesackt, hier auf dem Teppich, genau hier an dieser Stelle«, sagte sie und trat fest mit dem Fuß auf, da, wo einstmals der Kopf von Björn Theodór gelegen hatte. »Und dann fing es an zu bluten und zu bluten«, flüsterte sie.

Sie spürte, wie ihre Erregung stieg.

Er hatte sich immer noch nicht vom Fleck gerührt, aber er schaute sie an, als ob er sie jetzt endlich mehr als satt hätte. Hier wäre die Sache von seiner Seite aus an und für sich abgetan gewesen, wäre nicht ein unerwarteter Beistand mit nassen Strümpfen in der Hand in der Tür erschienen.

»Und ich habe ihm das Handtuch unter den Kopf getan«, sagte Ninna und kam schüchtern ins Wohnzimmer.

Er zuckte zusammen und starrte auf Ninna, die sich die Strümpfe wie Mullbinden um die Hand wickelte. Jetzt hatte die Sache eine unerwartete Wendung genommen, und Agga warf Ninna einen liebevollen Blick zu. Ninna war nicht imstande, eine Lüge zu erfinden, das wusste jeder, und Magnús auch. Er legte vorsichtig die Mütze von sich, verschränkte die Hände hinter dem Rücken und setzte eine Verhörmiene auf.

»Warum hast du ihm ein Handtuch untergeschoben?«, fragte er Ninna.

»Damit nicht das ganze Blut auf den Teppich floss«, sagte Ninna und hörte auf zu lächeln, als sie merkte, wie ernst die Obrigkeit war.

»Und was hast du dann gemacht?«

»Dann?« Sie schaute unruhig umher. »Ich habe es ihm dann einfach wieder unter den Kopf geschoben, als er da vor der Heizung lag«, sagte sie leise und deutete auf den Flur hinaus.

»Und was hast du danach gemacht?«

»Danach?« Sie blickte auf seine Schuhe. »Danach?«, wiederholte sie, konnte aber offensichtlich ihre damaligen Handlungen nur bis zu einem gewissen Grade rekonstruieren.

Sie lächelte und sagte mit Nachdruck: »Ich bin gerade dabei, meine Strümpfe zu waschen.«

Als er keinerlei Reaktion zeigte, ging sie festen Schrittes in die Küche und machte die Tür hinter sich zu. Er blickte auf Agga. Die blickte provozierend zurück.

»Und wo war das Fräulein selbst, während das alles passierte?«

Agga öffnete den Mund, schloss ihn aber sogleich wieder, als ihr klar wurde, welche Schmach ihr bevorstand. Er starrte sie an, und sie wusste, dass es kein Entkommen gab.

»Ich hatte mich ein bisschen da unter dem Sofa hingelegt«, sagte sie hastig.

Eine ganze Weile grinste er höhnisch, schaute dann auf den Teppich und sagte: »Ich kann nicht sehen, dass hier irgendwas vorgefallen ist.«

»Das ist auch nicht verwunderlich, denn sie haben den Teppich ausgetauscht«, sagte Agga triumphierend und froh darüber, dass keine weiteren Worte über ihre waagerechte Position unter dem Sofa verloren wurden.

Wichtigtuerisch stakste sie zur Kellertür, riss sie auf und sagte, dass er ihr folgen solle. Der Geruch von Fladenbrot schlug ihnen entgegen, während sie im Dunkeln die Kellertreppe hinuntertappten. Kidda hatte überall das Licht ausgemacht, und so hell waren die Tage noch nicht, dass der Keller davon profitierte. Sie machten Licht in der Küche, und Magnús schaute sich kurz um. Auf dem Tisch befand sich ein Schneidebrett mit einem Roggenbrot darauf, von dem eine halbe Schnitte abgeschnitten worden war. Ein Stück Schlachtwurst lag daneben und eine Kaffeetasse ohne Henkel. Die Tür zum Wohnzimmer stand halb offen, und das Ticken der Kuckucksuhr war zu hören. Agga schlich auf Zehenspitzen, obwohl sie wusste, dass dort keine Menschenseele sein konnte. Sie schnupperte um sich, darauf vorbereitet, den viel besprochenen Lemurengeruch zu riechen, aber sie roch nur den typischen Geruch alter Frauen. Ein brauner, gewebter Bettüberwurf lag auf dem Bett und darauf ein paar Kissen mit Hohlsaum. Auf einem langen, geschnitzten Regal über dem Bett standen einige Nippesfiguren, und darüber hing das sonderbare Bild von der Elfenkönigin, die den Elfen beim Tanz auf einem mondbeschienenen See zuschaute. Ein großer Teil des Teppichs befand sich unter dem Bett. In dieser Behausung stand Magnús ziemlich deplatziert da und machte den Eindruck, als wüsste er nicht mehr, wo's langging.

»Den Fleck sieht man nicht, der ist unter dem Bett«, sagte Agga und war sich ihrer Sache vollkommen sicher. Sie bückte sich entschlossen, hob die Bettdecke hoch und steckte den Kopf unter das Bett. Sie tastete herum und zog einen halb vollen Nachttopf hervor. Magnús verzog das Gesicht.

»Komm mit der Lampe und leuchte mal hier«, sagte sie befehlend, und er gehorchte, bückte sich an ihrer Seite nieder und ließ das Licht am Bettgestell entlanggleiten. Der Fleck war am Fußende. Ein braunroter Fleck so groß wie eine Fleischplatte. Sie starrten auf den Fleck und hielten den Atem an.

»Das Blut von Björn Theodór«, flüsterte Agga und schaute ihm in die Augen.

Unwillkürlich streckte er die Hand nach dem Fleck aus, rieb daran und schnupperte an seinen Fingerspitzen. Dann stand er abrupt auf, zog die Hosenbeine in Form und ging zum Fenster. Das Fenster war von außen halb zu mit Schnee, sodass man nur den Himmel sah, der kurz vor Tagesanbruch dunkelblau war.

»Sie könnte Saft verschüttet haben«, sagte er zum Himmel. Drehte sich dann wieder zu ihr hin, setzte die Mütze auf und stand breitbeinig über ihr.

»Es tut mir Leid, Fräulein Agga, aber jetzt reicht es, wenn man so sagen darf. Ich habe jetzt langsam genug von deinem Einfallsreichtum und möchte dich bitten, mich liebenswürdigerweise in Zukunft nicht mit derartigem Quatsch zu behelligen.«

Er drehte sich auf dem Absatz um und wollte hinaus, aber sie warf sich quer über den Fußboden zu ihm hin und packte ihn bei den Hosenbeinen.

»Nicht weggehen, ich schwöre, dass es wahr ist!«, wimmerte sie.

Diese vehemente Reaktion brachte ihn aus dem Gleichgewicht, und er versuchte sie abzuschütteln: »Lass meine Hose los, Mädel, was, zum Teufel, soll das eigentlich«, knurrte er. Und als gar nichts anderes mehr nutzte, bückte er sich, schlug ihr fest auf die Hände und marschierte hinaus. In Panik kroch sie auf allen vieren hinterher, kam wieder auf die Füße und stürzte ihm nach. Er war aber schneller auf der Straße und konnte das Gartentor zuwerfen, bevor sie ihn zu fassen bekam. Sie geriet völlig außer Fassung, schüttelte das Tor, trat wütend dagegen und schimpfte wie ein Rohrspatz hinter ihm her. Sie bot einen jämmerlichen Anblick, wie sie da ohne Schuhe und weinend in der nachtblauen Kälte am Tor hing.

Die Kirchturmuhr ging schon auf zwei Uhr, als Agga mit wehendem Mantel im frostigen Wind auf dem alten Steinpier stand, aber immerhin hatte sie sich die Nase geputzt und sich gekämmt. Nach der Szene mit Magnús am Morgen hatte sie zu nichts anderem mehr Kraft, als in der Wintersonne frische Luft zu schöpfen. Die Möwen gackerten am Ufer, und zum ersten Mal in ihrem Leben dachte sie darüber nach, ob es nicht an der Zeit sei, sie ein für alle Mal zum Schweigen zu bringen. Mit ihnen über sich und um sich konnte kein menschliches Wesen einen klaren Gedanken fassen. Aber sie konnte sowieso im Augenblick nicht denken, also machte es vielleicht nichts aus.

Binnen kurzem würde es an diesem Ruhetag des Herrn zum Gottesdienst läuten, und dann würden sich Straßen und Häuser nach der dösigen Mittagsruhe wieder mit Leben füllen. Über die Schulter hinweg schaute sie zum Kirchturm und sah im gleichen Moment einen schwarz gekleideten Mann an der Kirche entlanggehen. Von weitem wirkte er jugendlich, und sie erkannte bald, dass Magnús in seinem schwarzen Wintermantel über der Uniform unterwegs war. Er steuerte geradewegs auf den alten Pier zu. Sie bekam wieder das Prickeln im Bauch, nicht weil sie etwas Falsches gegessen hatte oder verliebt war, sondern wegen der Erniedrigungen, die sie immer wieder in der Nähe dieses Mannes ertragen musste. Sie schaute blitzschnell wieder weg und aufs Meer hinaus, als ob sie ihn nicht gesehen hätte. Bald hörte sie das Knirschen seiner Schritte hinter sich, trotz des Möwengekreischs, und einen Augenblick später spürte sie seinen Atem hinten im Nacken. Aus den Augenwinkeln sah sie den Rauch, der ihm vor dem Mund stand, und spürte, dass er auf ihren Nacken schaute und nicht aufs Meer. Es war ihr unangenehm, ihn in ihrem Rücken zu wissen.

»Deine Tante hat ein Mädchen zur Welt gebracht, wusstest du das?«, sagte er.

Sie blickte fest in Richtung Sonne, die sozusagen höflichkeitshalber im Süden über dem Städtchen hing, und überlegte eine Weile, ob sie diesem Mann je wieder antworten sollte oder nicht, konnte sich aber unmöglich zurückhalten und sagte schrill: »Wie interessant, und hat es Hände und Füße?«

»Soweit ich weiß, ja. Ansonsten bin ich nicht dabei gewesen, ich durfte noch nicht einmal hereinkommen. Sie sagten, Männer hätten bei so etwas nichts zu suchen.«

»Du bist wahrscheinlich hingegangen, um ein paar Frikadellen zu schnorren?«, fragte sie höhnisch und drehte sich zu ihm um.

Seine Wangen waren vor Kälte gerötet. Ohne den Blick von ihr abzuwenden, nahm er die Schirmmütze ab, fuhr sich mit der linken Hand durch die Haare und klemmte die Mütze unter den Arm.

»Frauen sind merkwürdig«, sagte er, und es klang so, als wäre es der Anfang einer ganzen Litanei. »Frauen sind auch unbegreiflich, und da du auch in gewissem Sinne eine Frau bist, wenn man so sagen darf, bist du ebenfalls unbegreiflich.«

Forsch legte er seine Hand an ihren heißen Hals, ließ sie eine Weile dort ruhen und spielte eine Zeit lang mit einer langen Locke. Eine Gänsehaut rieselte Agga den Rücken hinab, sie blickte starr auf die goldenen Knöpfe an seiner Brust.

»Dein Haar ist so lang und schön geworden«, sagte er dann mit seltsamer Stimme.

Agga kniff die Lippen zusammen.

»Heute Morgen, als du mich an den Beinen gepackt hattest, ist mir klar geworden, dass du im Begriff bist, eine Frau zu werden. Vielleicht bist du es schon«, sagte er. »Deswegen konnte ich nicht auf der Wache bleiben, nachdem ich mit dir gesprochen hatte. Ich bin in der halben Stadt herumgelaufen und habe über alles nachgedacht, was du mir gesagt hast. Als du noch Kind warst und jetzt, wo du zur Frau wirst. Ich könnte beinahe das eine oder andere von dem, was du mir gesagt hast, glauben.«

Er zog seine Hand zurück, ging von ihr weg zum Rand des Piers und spähte ins Wasser, als ob er nach Flundern Ausschau hielte.

»Mein Vater hat mich schon oft vor den Menschen gewarnt. Besonders vor Frauen. Lächelnde Frauen beißen, sagt er oft zu mir. Deine Behauptungen, dass deine Tante zwei Männer ins Jenseits befördert hätte, sind gelinde gesagt absurd, aber ich kann mir nicht helfen, ich muss mich selbst fragen, wieso zwei so junge Männer eines so unnatürlichen Todes sterben.

Zwei junge Männer, und zurück bleiben zwei junge Witwen. Was geht hier eigentlich vor?«

Er ging zur anderen Seite des alten Piers und trat heftig nach einem Eisklotz, den er aber beim besten Willen nicht ins Meer befördern konnte. Agga wurde klar, dass die Aufmerksamkeit, die sie für einen Augenblick als Frau erfahren hatte, bei der Obrigkeit nicht allzu tief ging, deswegen wandte sie ihr Gesicht der Wintersonne zu und ließ sich von ihr die Wangen umschmeicheln.

»Zwei junge Witwen«, wiederholte er und schob das Kinn vor. »Haben sich aus der Armut hochgearbeitet und gehören jetzt zu den feinen Damen des Städtchens. Deine Tante ist die Einzige, die hier am Ort Geld macht wie Heu. In ihrer Firma werden, soweit ich weiß, keine Verlustgeschäfte gemacht. Und jetzt will sie expandieren, wie man hört. Will nichts weniger als die Reederei übernehmen. Ist es vielleicht ein Wunder, dass man nicht mehr weiß, wo einem der Kopf steht? Was geht eigentlich hier vor im Städtchen? Was führen die Frauen hier eigentlich im Schilde? Wollen sie vielleicht die ganze Stadt unter sich bringen? Bevor man sich's versieht, übernehmen sie womöglich noch das Polizeirevier. Und dann beobachten Frauen einen Mord, aber keine sagt einen Ton außer denen, die nicht lügen können, das Kind und die Verrückte.«

»Ninna ist nicht verrückt«, fauchte Agga.

»Nein, und du bist wohl auch kein Kind mehr. Oder können Kinder so genial lügen? Die Menschheit ist ganz und gar unberechenbar, und, verdammt nochmal, man weiß nie, was diesen Frauen als Nächstes einfällt. Sie kämpfen mit anderen Waffen als wir. Deswegen, liebe Agga, müssen wir alles sehr vorsichtig angehen. Vielleicht ist das jetzt nur der Anfang. Diese Frauen bekommen nämlich Töchter, wie sich gerade erst erwiesen hat. Und Töchter bekommen Töchter. Deine Tante ist nicht die Bohne betrübt, obwohl sie ihren Mann verloren hat, da hast du völlig Recht. Das wurde mir an dem Abend klar, als sie mich zu den Frikadellen eingeladen hat. Ja, meine Liebe, wir müssen in jeder Hinsicht vorsichtig vorgehen. Wir müssen Augen und Ohren offen halten, und ich spreche mit den Frauen. Vorsichtig, damit sie bloß keinen Verdacht schöpfen. Knöpfe mir eine nach der anderen vor.«

Ein Schauder durchfuhr Agga. Hatte dieser Mann jetzt vor, die Frauen hinterrücks zu belauern? Wegen dem, was Freyja getan hatte? Wollte er womöglich Oma triezen und sie nach Strich und Faden wie einen x-beliebigen Ganoven verhören? Und Kidda und Dódó? Sie dann am Ende noch alle ins Zuchthaus bringen? Und was würde dann aus dem Geschäft und all den Kindern, die davon abhängig waren? Was fiel diesen Männern eigentlich ein? Eine nach der anderen. Womöglich auch noch irgendwann sie selbst? War er übergeschnappt, oder was?

Die Möwen schwebten unruhig über ihnen, ihr Fressen, das aus dem Gefrierhaus angespült wurde, lag verstreut im Ufergeröll, und deswegen versuchten sie, die beiden ungeladenen Subjekte mit Gekreisch zu vertreiben. Magnús lächelte, als ob damit die Sache abgeschlossen sei, ging zu ihr, imposant und gut aussehend, rückte die Krawatte zurecht und sagte: »Also denn, liebe Agga, das wollte ich dir gesagt haben. Jetzt helfen wir uns gegenseitig. Es gibt niemanden hier, der so gut spioniert wie du, und deswegen sollten wir uns zusammentun.«

Agga blinzelte in die Wintersonne, ließ alle Finger knacken und sagte dann: »Ich spioniere nicht nur am besten, sondern ich lüge auch am besten. Das Ganze war nichts als pure Erfindung und Unsinn. Kompletter Unsinn, wie du selbst gesagt hast.«

Mit diesen Worten warf sie ihre Haare nach hinten, zog den Mantel enger zu und ging den Pier entlang zurück. Mit seiner Mütze in der Hand stand er wie ein begossener Pudel da und blickte ihr entgeistert nach. Ein Zucken ging um seine Mundwinkel. Die Vögel aber freuten sich über ihr Verschwinden, denn hinter sich hörte Agga deutlich das hämische Gelächter der Möwen.

Maria Benedickt
Gefährliche Träume
Roman
Band 15194

Aus einem Tagtraum wird eine Affäre und aus der Affäre ein Alptraum: Als die Reisejournalistin Allegra Monti ihre Beziehung zu dem Hotelmagnaten Charles Levin beenden will, stellt er ihr ein Ultimatum, das wie eine blanke Drohung klingt.

Die spannende Geschichte eines folgenreichen Ehebruchs.

Nancy Thayer

Zwischen den Zeiten

Roman

Aus dem Amerikanischen von Karin Hafner

Band 14027

Daphne Millers Leben scheint in eine Sackgasse geraten zu sein. Ihr Ehemann hat sie verlassen, der Mann, den sie liebte, ist tot, und nun hat ihre sechzehnjährige Tochter beschlossen, zu ihrem Vater nach Kalifornien zu ziehen. Hat sie alles falsch gemacht in ihrem Leben – zum Beispiel damals, als sie ihr Studium abbrach, um die Karriere ihres Mannes zu unterstützen und später Zeit für ihre Tochter zu haben? Daphne muß das viel zu teure Haus in der Nähe des Westhampton College, wo sie arbeitet, aufgeben und zieht aufs Land nach Vermont. Ihre Nachbarn sind der College-Professor Jack und Carey Ann, ein junges Paar aus Kansas, das Mühe hat, sich in der neuen Umgebung einzuleben. Schon bald ertappt sich Jack dabei, daß er sich auf den morgendlichen Waldlauf freut, der an Daphnes Haus vorbeiführt. Und auch Daphne spürt, daß Jack ein Vakuum in ihrem Leben füllt.

Fischer Taschenbuch Verlag

fi 3044 / 2

Astrid Paprotta

Mimikry

Roman

Band 14849

Die Opfer lebten einsam mitten in der Metropole Frankfurt. Alle weisen sie die gleichen grausamen Verstümmelungen auf. Bei der Suche nach Motiven findet man heraus, dass sie alle Schlange standen, um in einer beliebten Talkshow ihr Intimleben kundzutun.

Die junge Kommissarin Ina Henkel versucht, sich gegen das Grauen, das ihr begegnet, abzuschirmen, doch die brutalen Morde lassen ihr keine Ruhe. Und je weiter sie sich an die Lösung des Falles herantastet, desto mehr gerät sie selbst, ohne es zu ahnen, in das Visier des Täters ...

Fischer Taschenbuch Verlag

fi 14849 / 1

Mary Logue
Dunkle Ernte
Roman
Aus dem Amerikanischen von Veronika Cordes
Band 15291

Nach dem Tod ihres Mannes verlässt Claire den Polizeidienst der Großstadt Minneapolis und zieht mit ihrer zehnjährigen Tochter Meg aufs Land, in die kleine Stadt Fort St. Antoine in West-Wisconsin, wo man vom Getreideanbau lebt, seinen Garten pflegt und Kapitalverbrechen nur aus dem Fernsehen kennt. In dieser friedlichen Umgebung will sie ein neues Leben beginnen – weit weg von allen quälenden Erinnerungen. So hofft sie. Was Claire nicht ahnen kann: ihre Tochter Meg war Zeugin des Verkehrsunfalls, dem der Vater zum Opfer fiel. Und der Mann am Steuer des Lasters, der Fahrerflucht beging, weiß, dass er gesehen wurde ...

Fischer Taschenbuch Verlag

fi 15291 / 1

Stefanie Zweig
Der Traum vom Paradies
Roman
Band 14873

Alfred, ein jüdischer Kinderarzt, verliebt sich in die schöne Studentin Andrea. Beide glauben, dass ihre Liebe stärker ist als die Probleme, die Tradition und die Schatten der Vergangenheit. Für ihren Traum vom Paradies stemmen sie sich gegen jede Konvention.

Einfühlsam erzählt die Bestsellerautorin Stefanie Zweig die Geschichte zweier mutiger junger Menschen im Deutschland von heute.

Fischer Taschenbuch Verlag

fi 14873 / 1